HAYMON taschenbuch 116

Auflage:
7 6
2015 2014 2013 2012

HAYMON tb 116

Originalausgabe

www.haymonverlag.at

ISBN 978-3-85218-916-1

Umschlag- und Buchgestaltung, Satz:
hœretzeder grafische gestaltung, Scheffau/Tirol
Coverfoto: www.shutterstock.com/Rob Byron
Autorenfoto: Haymon Verlag

Gedruckt auf umweltfreundlichem,
chlor- und säurefrei gebleichtem Papier.

Herbert Dutzler

Letzter Gipfel

Ein Altaussee-Krimi

Herbert Dutzler

Letzter Gipfel

1

Diesen Anblick hätte sich Gasperlmaier gern erspart. Das hätte er nicht unbedingt sehen müssen, noch dazu an einem Tag, an dem einem das Wetter allein schon Depressionen verursachte. Graue Nebelfetzen zogen an Gasperlmaier vorüber, ein feiner Nieselregen besprühte sein Gesicht, sodass sich schon ein kleiner Tropfen an seiner Nasenspitze gebildet hatte, und ein heftiger Wind zerrte von Norden her an seiner Dienstmütze, die er gelegentlich, wenn eine besonders heftige Bö vorüberheulte, sogar festhalten musste. Und das im Oktober schon. Und dann noch das.

Dabei hatte sich der Tag ganz entspannt angelassen. Nach einer kleinen Runde durch den Ort, der üblichen Anzeige der Frau Haselbrunner wegen Besitzstörung – die Schulkinder hatten wieder einmal eine Abkürzung über eines ihrer Grundstücke genommen – und einer kurzen Fahrt nach Aussee hinunter wegen ein paar kleinerer bürokratischer Angelegenheiten hatten sich der Kahlß Friedrich, der Postenkommandant, und er auf dem Posten in Altaussee zusammengefunden, um zu beratschlagen, was man denn zur Jause besorgen sollte.

Gasperlmaier war für warmen Leberkäse – da galt es allerdings, sich zu beeilen. „Weil die", so wurde er nicht müde, dem Friedrich zu erklären, „im Geschäft so ungeschickt sind, dass sie sich ein ums andere Mal nicht merken können, wie viel warmen Leberkäse sie für die Jausenzeit herrichten müssen." So um neun herum kamen die Arbeiter und Angestellten der umliegenden Firmen und Büros – ohnehin nur wenige Dutzend – gewöhnlich im örtlichen Supermarkt vorbei. Und wenn man da zögerte, wusste Gasperlmaier, und etwa um zwanzig nach neun oder gar erst um halb zehn vorbeischaute, um seinen warmen Leberkäse abzuholen, da stand man dann vor einem leeren Leberkäse-Wärmebehälter. „Leider aus!“, hieß es dann mit einem Schulterzucken der Verkäuferin, so, als sei man gerade heute vom Ansturm der Leute, die Gusto auf warmen Leberkäse verspürten, völlig überrascht, ja geradezu überrollt worden.

„Wir könnten natürlich auch zum Schneiderwirt hinübergehen, ein Paar Würstel essen“, wandte der Friedrich ein, der es lieber hatte, wenn er sich an einen ordentlichen Tisch setzen konnte, wo man ihm das Essen hinstellte. Dabei, so dachte Gasperlmaier manchmal bei sich, wäre es für den Kahlß Friedrich ohnehin besser gewesen, statt der Würstel oder des Leberkäses einen Apfel oder eine Banane zu essen, denn seine Leibesfülle hatte in den letzten Jahren so bedenklich zugenommen, dass der Friedrich gelegentlich schon heftig schnaufen musste, wenn er nur ein paar Stufen hinaufstieg.

Gerade als die Unentschlossenheit der beiden, was die Jause betraf, ihren Höhepunkt zu erreichen drohte – Gasperlmaier schwieg, der Kahlß Friedrich seufzte –, läutete das Telefon. Gasperlmaiers Vorgesetzter hob ab, hörte geduldig zu, schnaufte gelegentlich ins Telefon und brummte dann und wann ein „Aha!“ oder „So was!“ dazwischen. Noch war nicht lange gesprochen worden, da legte der Friedrich auch schon wieder auf, erhob sich und langte nach seiner Dienstmütze, die griffbereit an der Garderobe hing. „Gasperlmaier!“, ächzte er, „Auf geht's!“ So gut kannte Gasperlmaier den Friedrich schon, dass er ihm folgte, ohne viele Fragen zu stellen. Die notwendige Information würde er auf dem Weg zum Einsatzort schon bekommen.

Gasperlmaier nahm sein eigenes Kapperl, holte noch schnell – angesichts des Regens draußen – den durchsichtigen Plastiküberzug für die Dienstmütze aus seiner Schreibtischschublade und folgte dem Friedrich nach draußen. Der hatte sich indessen in den Fahrersitz des Geländewagens der Altausseer Polizei gezwängt.

„Auf den Loser müssen wir!“, begann der Kahlß Gasperlmaier ins Bild zu setzen. Der Loser war sozusagen der Hausberg der Altausseer. Im Sommer stieg man gerne hinauf, um von droben die wunderbare Aussicht aufs Ausseerland zu genießen, und im Winter gebrauchte man ihn zum Skifahren. „Sie haben auf der Loserhütte einen komischen Anruf bekommen. Da hat einer ganz hysterisch angerufen, dass seine Frau abgestürzt ist, und dass er Hilfe braucht.“ Gasperlmaier fragte sich, wer bei einem solchen Wetter wie heute Lust hatte, auf den Loser zu steigen, nur um gleich darauf wieder herunterzufallen und der Polizei Scherereien zu bereiten. Außerdem fragte er sich, warum da gleich die Polizei herbeigerufen wurde. Genügte nicht die Bergrettung? Seine Bedenken teilte er dem Kahlß Friedrich auch mit, der statt einer Antwort nur mit den Achseln zuckte. „Haben sie denn wenigstens schon die Bergrettung verständigt?“, setzte Gasperlmaier nach. „Ja, ja“, antwortete der Friedrich. „Die sind anscheinend schon unterwegs. Finden werden sie halt nichts, weil sie ja keine Ahnung haben, wo sie suchen müssen, so wie es ausschaut. Der Anruf ist ihnen auf der Hütte deswegen so seltsam vorgekommen, weil der Anrufer weder gesagt hat, wer er ist, noch, wo er ist, und weil er auch nicht bei der Hütte aufgetaucht ist. Was ja eigentlich normal wäre.“ „Vielleicht hat sich da einer einen Scherz erlaubt“, meinte Gasperlmaier.

Der Friedrich schaltete das Blaulicht ein und winkte dem Fahrer des altersschwachen Geländewagens zu, den sie auf der recht schmalen Zufahrtsstraße zum Loser hin überholten. Aus dem Wagen winkte ihnen der Bohuslav zu, der tschechische Kellner, der schon seit Jahren auf der Loserhütte den Skifahrern im Winter, wenn Selbstbedienung war, die Kasspatzen und die Germknödel zum Abholen hinstellte.

Bald nach der Mautstelle, bei der sechsten oder siebten Kehre schon, tauchten sie in die Nebelsuppe ein, die man von unten als tief hängende Wolkendecke wahrnehmen hatte können. „Ein grausliches Wetter!“, meinte Gasperlmaier, worauf ihm der Kahlß Friedrich mit einem leisen Grunzen beipflichtete. „Ganz schlecht für die Gäst!“, fügte Gasperlmaier noch hinzu. Der September und der Oktober, als beliebte Wandermonate, lockten oft noch viele Touristen an, die natürlich sofort das Weite suchten, sobald sich im Ausseerland einmal eine feuchtkalte Wetterlage eingenistet hatte, die sich oft tagelang hartnäckig weigerte, weiterzuziehen. Ein brauner Kombi kam ihnen entgegen, wie Gasperlmaier verwundert feststellte. „Ein Gmundner!“, informierte er Kahlß verwundert, um seine Überraschung darüber auszudrücken, dass bei diesem Wetter ein Auto mit einem Kennzeichen aus dem benachbarten Bezirk, mithin also kaum ein Einheimischer, vom Loser herunterfuhr.

Nach wenigen Minuten hatten sie die Loserhütte erreicht. Auf den paar Metern vom Auto in die Gaststube krochen Gasperlmaier Feuchtigkeit und Kälte durch die Uniform hindurch bis auf den Leib. Natürlich hatte er heute früh nicht daran gedacht, sich warme Unterwäsche anzuziehen. Vor drei Tagen erst war man zu Hause auf der Terrasse und beim Wirt im Gastgarten gesessen, da verschwendete man noch keine Gedanken an warme Winterkleidung.

„Grüß euch!“ Der Kilian, der Wirt der Loserhütte, bedeutete den beiden, in der leeren Gaststube Platz zu nehmen. „Was darf ich euch denn bringen? Zwei Bier?“ Der Kahlß Friedrich nickte nur kurz, was bedeutete, dass auch Gasperlmaier ein Bier bekommen würde. Zwei Gründe gab es, warum Gasperlmaier bei dem Gedanken, schon am Vormittag ein Bier zu trinken, ein wenig unwohl wurde. Zum einen hatte er sehr schlechte Erfahrungen mit Presse und Fernsehen gemacht, wo er vor kurzem recht dumm dagestanden war, als pflichtvergessener Polizist, der an nichts als sein tägliches Bier dachte. Eine Folge davon war ein recht unerfreuliches Gespräch mit dem Bezirkspolizeikommandanten über den Ruf der Polizei in der Öffentlichkeit gewesen, eine weitere, eine kräftige Abmahnung. Dabei, so dachte Gasperlmaier bei sich, war er sich auch jetzt noch, den damaligen Vorfall betreffend, keiner Schuld bewusst.

Der zweite Grund war die Christine, Gasperlmaiers Frau, die es nicht gerne sah, wenn er zu viel Bier und Schnaps in sich hineinschüttete. Und was zu viel war, darüber waren sich Gasperlmaier und seine Christine, so gut sie sich sonst auch vertrugen, selten einig.

Bevor Gasperlmaier noch mit seinen Gedanken zu Ende gekommen war, hatte der Kilian schon zwei Halbe Bier vor sie hingestellt. Der Kahlß Friedrich griff nach dem Glas, das ihm am nächsten stand, setzte es an, und als er es losließ, fehlte bereits die Hälfte des Inhalts. Ein tiefer, zufriedener Rülpser entfuhr dem Friedrich. Gasperlmaier, im Vergleich dazu, nippte nur an seinem Bier.

Jetzt, so dachte Gasperlmaier bei sich, geht es ans Geschäft, als der Friedrich fragte: „Wie war das jetzt mit dem Anruf?" „Ja", antwortete der Kilian, „da war die Jetti dran. Ich hol sie euch gleich." Die Jetti, das war eine Kellnerin, die nur gelegentlich beschäftigt wurde. Was sie an einem Tag, wo überhaupt mit keinem Geschäft zu rechnen war, hier heroben machte, das, so dachte Gasperlmaier bei sich, erschien ihm rätselhaft. Es sei denn, es bahnte sich zwischen dem Kilian und der Jetti etwas an.

Als die Jetti auftauchte, hatte der Kahlß Friedrich sein Glas bereits geleert, und bevor man noch mit der Befragung beginnen konnte, musste ein neues Bier für den Friedrich gezapft und serviert werden. Hinunter, dachte Gasperlmaier, würde wohl er selbst fahren müssen.

Die Jetti war Gasperlmaier nicht gerade sympathisch. Kaum, dass sie einmal einem Gast ein Lächeln schenkte, immer kurz angebunden, oft so, als tue man ihr etwas zu Fleiß, wenn man eine Bestellung aufgab. Ein wenig typisch für das Salzkammergut, dachte Gasperlmaier, man jammerte gern über einen Mangel an Touristen, aber man zeigte denen, die kamen, auch gern einmal, wer hier eigentlich die Herren waren.

Das Geschirrtuch in der einen Hand, setzte sich die Jetti hin und musterte die beiden Polizisten mit einem, wie es Gasperlmaier schien, ein wenig beleidigten, ungeduldigen Gesichtsausdruck. So, als stehle man ihr kostbare Zeit. Der Kahlß Friedrich zückte sein Notizbuch, trug ohne Hast Ort, Datum und Zeit ein und stellte seine erste Frage. „Was hat denn der Anrufer genau gesagt, Jetti?" Grantig fuhr die Angesprochene auf: „Ja, glaubst du denn, dass ich alles gleich auswendig lerne, was einer sagt, der anruft? Ich hab ja sonst auch noch was zu tun!"

Der Friedrich seufzte. „Ja, Jetti. Das verstehen wir natürlich. Dann sagst du uns halt das, an was du dich erinnerst." „Nicht viel!" kam es zurück. Gasperlmaier rollte die Augen. Jedes Mal, aber wirklich jedes Mal, wenn man jemanden zu befragen hatte, verging Frage um Frage, ohne dass dem Befragten eine einfache, geradlinige Antwort zu entlocken war. Zumindest nicht, bis man dem Opfer Raum gegeben hatte, ausführlich darzulegen, warum man sich an nichts erinnere, wie dringend man Besseres zu tun habe, als der Polizei Rede und Antwort zu stehen, und wie sehr einem Unrecht getan werde, allein durch die Tatsache, dass man mit Polizisten reden musste. Gasperlmaier und der Friedrich warteten geduldig, bis sich die Jetti bequemte, weiterzureden. „Also, da war ein Mann dran."

Gerade, als sie den Satz fertig gesprochen hatte, platzte der Kilian wieder herein. „Mögt's ihr vielleicht Kasspatzen?" Angesichts der verpassten Jause, dachte Gasperlmaier bei sich, wäre es sicherlich kein Fehler, wenn sich der Kahlß Friedrich und er eine Portion teilten, denn die Kasspatzen, die der Kilian auf den Tisch brachte, konnte man allein gar nicht verdrücken. Der Kahlß Friedrich aber nickte nur und wandte sich zu ihm um. „Du auch, Gasperlmaier?" Gasperlmaier beeilte sich, seinen Vorschlag zu unterbreiten: „Wenn wir uns vielleicht eine Portion teilen, ist ja erst Jausenzeit ..." Der Kahlß Friedrich gab, wie Gasperlmaier meinte, ein etwas verächtliches Ächzen von sich, wandte sich dem Kilian zu und meinte, mit dem Finger auf Gasperlmaier weisend: „Bringst halt ihm eine Seniorenportion." Der Wirt lachte über den, wie Gasperlmaier fand, müden Scherz laut auf, während die Jetti zumindest den Mund verzog.

„Also!", ermunterte sie der Friedrich zum Sprechen, als sich der Kilian in die Küche begeben hatte. „Ja, er hat ganz wild ins Telefon geschnauft und geschrien, meine

Frau ist abgestürzt, meine Frau ist abgestürzt, helft's mir, helft's mir!" „Hast du sonst noch was gehört?", fragte der Friedrich nach. „Wie, sonst?", fragte die Jetti. „Na, vielleicht irgendwelche Hintergrundgeräusche?" Die Jetti schüttelte den Kopf. „Nicht, dass ich wüsste." Gasperlmaier fragte sich, warum der Mann bisher nirgends aufgetaucht war, weder auf der Loserhütte noch auf dem Polizeiposten oder sonst wo, wo man sich halt hinwandte, wenn ein Unfall passiert war.

Jetzt war die Jetti in Fahrt. „Und ich hab natürlich gleich nachgefragt, wer er ist, und wo er ist, aber er hat gar nicht zugehört, immer nur dreingeredet, und plötzlich war's aus."

„Wie, aus?", fragte jetzt, der Abwechslung halber, einmal Gasperlmaier. „Na ja, er hat gebrüllt, ‚Jetzt tut's endlich was!', zweimal, und dann hat es ein bisschen gescheppert und er war weg." „Gescheppert, sagst du? Könnte es sein, dass ihm das Handy aus der Hand gefallen ist?" Die Jetti zuckte nur mit den Schultern und gab sich wieder verstockt. „Was weiß denn ich? Was ich weiß, hab ich euch schon gesagt." „Habt's ihr die Nummer von dem Handy?" Die Jetti zuckte erneut. „Ob wir so ein neumodisches Telefon da heroben haben, das weiß ich nicht. „Dann", so meinte der Friedrich, „schauen wir uns das halt einmal an."

Die Jetti zeigte ihnen, wo das Telefon stand, und Gasperlmaier sah gleich, dass es ein Apparat war, der die Rufnummer des Anrufers nicht anzeigte. Bei ihm daheim stand nämlich auch noch so ein Gerät herum, das sie schon seit fast zwanzig Jahren hatten. Wenn es läutete, wusste Gasperlmaier, dass nur seine Mutter dran sein konnte. Niemand sonst verwendete noch die Festnetznummer, außer vielleicht gelegentlich irgendwelche Werbefirmen, die die Nummer aus dem Telefonbuch hatten und Gasperlmaier, meist in norddeutschem Tonfall, irgendwas aufschwatzen wollten, von dem er sich sicher war, dass er es in diesem Leben nicht mehr gebrauchen würde können. „Das speichert keine Rufnummern“, beeilte er sich, seinen Informationsvorsprung an den Friedrich weiterzugeben. „Und was habt ihr dann gemacht?“, fragte der Friedrich die Jetti. „Ja, zuerst natürlich die Bergrettung angerufen. Die haben noch nichts gewusst von einem Absturz.“ Die Jetti, fand Gasperlmaier, reagierte so scharf, als hätte ihr der Friedrich einen Ladendiebstahl untergeschoben. „Und dann habt's ihr gleich uns angerufen?“ Auch der Friedrich klang jetzt ein wenig vorwurfsvoll. „Zuerst haben wir noch ein bisschen gewartet und auch hinausgeschaut. Erst, als es uns komisch vorgekommen ist, dass keiner kommt, haben wir euch angerufen.“ Der Friedrich seufzte. Wenn sie halt mit dem Anrufen bis nach der Jause gewartet hätte, dachte Gasperlmaier bei sich, würde er jetzt nicht mit den Kasspatzen sündigen.

Der Friedrich kraulte sich das Kinn. Gerade, als er zu reden anfangen wollte, kam der Kilian mit einem Tablett aus der Küche. „Eure Kasspatzen!“ Der Kahlß Friedrich folgte ihm in die Gaststube, ohne lang zu zögern, und setzte sich wieder an den Tisch. Mit Erstaunen stellte Gasperlmaier fest, dass der Kilian zwei gleich große Riesenportionen hergerichtet hatte. Bevor er dazu kam, zu reklamieren, rief der Friedrich dem Kilian noch nach, er solle ihm ein paar Schnitten Brot zu den Kasspatzen dazu bringen und ihm selbst und dem Gasperlmaier noch ein Bier. „Trink's aus!“, ermunterte der Friedrich Gasperlmaier, der ein wenig verzweifelt den Riesenberg Kasspatzen und sein beinahe noch halbvolles Bierglas musterte. „Schau, Gasperlmaier“, versuchte ihn der Friedrich zu beruhigen,

„bevor die von der Bergrettung nicht wieder da sind, können wir sowieso nichts tun. Wieder hinunterfahren zahlt sich auch nicht aus. Und draußen bläst ein kalter Wind, und es regnet." Gasperlmaier setzte sich und nahm den Kampf mit den wirklich vorzüglichen Kasspatzen auf. Hier heroben kam wenigstens noch einheimischer, auf der Alm selbst erzeugter Käse auf die Spatzen. Das war wenigstens was.

Seine Frau, die Christine, würde nicht begeistert sein, wenn er heute Abend gestehen würde müssen, was er sich zur Jause geleistet hatte. Die achtete nämlich auf ausgewogene Ernährung, war Gott sei Dank zugleich aber eine vorzügliche Köchin. Gelegentlich allerdings konnte es schon vorkommen, dass sie Gasperlmaier eine Portion auftischte, die so bescheiden war, dass er auch den allerletzten Brösel oder Soßenrest noch vom Teller kratzen musste. „In zehn Minuten wirst du merken, dass du eh satt bist!", sagte die Christine dann immer, statt ihm einen Nachschlag anzubieten. Gasperlmaier musste eingestehen, dass sie im Recht war, wenn er seinen doch noch einigermaßen kompakten Körper mit dem des Kahlß Friedrich verglich, dem jedwede Kontrolle über seine Leibesfülle zu entgleiten drohte. Sonst völlig phlegmatisch, hatte der Friedrich sich letzten Monat doch darüber aufregen müssen, dass er – „So kurz vor der Pension!" – noch um eine neue Uniform hatte anfragen müssen, weil der Hosenbund nicht mehr zugegangen war, von der Jacke ganz zu schweigen. Zwei Jahre, hatte der Friedrich gemeint, bis zu seiner Pensionierung, müsse er jetzt in diese Uniform passen. Sein Essverhalten, so dachte Gasperlmaier bei sich, ließ allerdings eher darauf schließen, dass er mit dieser Uniform nicht für zwei Jahre das Auslangen finden würde.

Schweigend, da auch der Kahlß Friedrich beschäftigt war, schaufelte Gasperlmaier seine Kasspatzen in sich hinein, spülte gelegentlich mit einem Schluck Bier nach und starrte zwischendurch in das Grau hinaus, das ihnen das Wetter heute auf dem Loser bescherte. Gasperlmaier hatte seine Aufgabe noch bei weitem nicht erledigt, als sich der Kahlß Friedrich zunächst den Mund mit der Serviette abwischte, danach zufrieden, aber mühsam in die Höhe stemmte, vernehmlich rülpste und seine Mütze aufsetzte. „Was machst denn?“, nuschelte Gasperlmaier, mit halbvollem Mund.

„Zuerst“, antwortete der Friedrich, „geh ich aufs Klo. Was oben hineinrinnt, muss auch unten wieder heraus. Danach schaue ich einmal hinaus, ob man von denen von der Bergrettung schon etwas sieht.“ Die Kasspatzen schmeckten dem Gasperlmaier zwar vorzüglich, aber wie er da nun so mit sich allein dasaß, spürte er es doch schon ordentlich im Magen drücken. Zurückschicken wollte er nichts, da hätte er ja dem Kilian erklären müssen, warum es ihm nicht geschmeckt hatte. So sagte Gasperlmaier den letzten im Pfandl verbliebenen Rammeln den Kampf an, als er den Friedrich rufen hörte. „Sie kommen! Komm heraus, Gasperlmaier!“

Nicht nur Gasperlmaier fand sich auf der Terrasse ein, sondern auch der Kilian und die Jetti sahen neugierig den Bergrettern entgegen, deren Umrisse sich langsam aus dem Nebel schälten und näher kamen. Gasperlmaier stellte fest, dass sich die Jetti regelrecht an den Kilian hindrückte. Am Ende war zwischen den beiden doch etwas im Gange. Er hätte dem Kilian was Besseres gewünscht, dachte er bei sich.

Gasperlmaier hielt sich die Hand vors Gesicht, weil ihm der Wind ständig Regentropfen gegen die Haut klatschte. Der Kahlß Friedrich ging den Bergrettern entgegen, die, Gasperlmaier konnte es nun deutlich sehen, eine Trage mit sich führten, auf der etwas lag, das in eine leuchtend blaue Plane eingeschlagen war. Anscheinend hatte man entgegen den Prophezeiungen des Friedrich in der undurchdringlichen Nebelsuppe auf dem Loser doch etwas gefunden. Gasperlmaier hoffte inständig, es möge keine Leiche sein, denn mit dem von den Kasspatzen übervollen Magen, so fürchtete er, würde er einem solchen Anblick nicht standhalten können. Dennoch folgte er dem Friedrich, während der Kilian und die Jetti, die nur Hausschlappfen anhatten, zurückblieben.

Wenige Meter neben der Hütte, nahe der Stelle, wo die Bergretter auch ihren Geländewagen geparkt hatten, setzten sie ihre Last ab. Der Friedrich und Gasperlmaier traten näher. „Habt's sie gefunden?", fragte der Friedrich. Der Kastenhuber Kurt, der Leiter der Gruppe, trat auf die beiden zu und schüttelte ihnen die Hände. „Grüß euch!" Ein Lächeln kam ihm dabei nicht aus. Verständlich, fand Gasperlmaier. Schließlich hatten die drei ja auch gerade von ihrer Arbeit weg und im Nieselregen auf dem Loser herumkraxeln müssen. Da hatte keiner eine Freude damit. Und, wie Gasperlmaier aus Erfahrung wusste, gab es was Schöneres, als jemanden auf die Trage packen zu müssen, der am Ende aus großer Höhe herabgestürzt war und dabei womöglich mehrmals auf scharfkantigen Felsen aufgeprallt war.

Ohne Vorwarnung fasste der Kurt nach einem Eck der Plane und schlug sie zurück. Auf der Stelle wurde Gasperlmaier übel, er trat, so schnell er konnte, ein paar Schritte zurück, drehte sich um und atmete tief durch, um den Brechreiz zu bekämpfen. Doch es half nichts, sein Magen krampfte sich immer mehr zusammen, und schließlich erbrach er sich heftig, nach Luft röchelnd. Nahezu direkt vor die Füße der Jetti, die es vor lauter Neugier nicht auf der Terrasse ausgehalten hatte und sich offenbar gerade auf den Weg zur Trage hatte machen wollen. Gasperlmaier starrte sie mit weit aufgerissenen Augen an, die Jetti hingegen war so erschrocken, dass sie ohne jeden weiteren Kommentar kehrtmachte und sich wieder auf die Terrasse zurückzog. Gasperlmaier holte mühsam und heftig Atem, suchte nach einem Taschentuch, um sich abzuwischen, und fühlte sich elend. Diesen Anblick, so dachte er bei sich, hätte er sich wirklich gern erspart. Er war auf so etwas nicht gefasst gewesen. Der Kurt hätte sie ja vorwarnen können. Fast musste man annehmen, er hatte dem Kahlß Friedrich und ihm vorsätzlich einen Schrecken einjagen wollen. Sein Atem ging nun schon wieder ruhiger. Gasperlmaier prüfte, ob sich Reste von Erbrochenem etwa irgendwo auf seiner Uniform befanden, stellte aber mit Erleichterung fest, dass er sich weit genug vorgebeugt hatte. Langsam kehrte er wieder zu den anderen zurück, die die Trage umstanden, und versuchte, sich so hinzustellen, dass der breite Rücken des Kahlß Friedrich das verbarg, was sich darauf befand. „Ich hätte niemals geglaubt, dass das so schnell, ich meine, wie?“ Obwohl nicht gänzlich ausformuliert, verstand der Kurt seine Frage schon, und trotz des grauenhaften Funds musste der nun lachen. „Gasperlmaier, du glaubst doch nicht, dass der da auf der Trage heute abgestürzt ist? So schnell schaust du nicht so aus! Das dauert schon ein paar Monate.“ Das, was Gasperlmaier auf der Trage gesehen hatte, war ein völlig skelettierter Totenschädel gewesen.

Der Kurt hielt ihm einen Flachmann hin. „Auf den Schreck, Gasperlmaier, brauchst du sicher einen

Schnaps. Du bist ja fast so käsig im Gesicht wie unsere Leich da." Gasperlmaier nahm die metallene Flasche entgegen, wunderte sich ein wenig darüber, dass dem Kurt nicht davor grauste, ihm nach seinem Erbrechen seinen Flachmann zu reichen, nahm das Angebot aber dankbar an. Er nahm einen kräftigen Schluck, der bis hinunter in den Magen brannte. Dennoch fühlte sich Gasperlmaier sofort ein wenig entspannter. Am Ende war es doch nur der unerwartete Anblick gewesen. Wenn er sich jetzt, so dachte Gasperlmaier bei sich, dem grausigen Fund vorsichtig näherte, im Wissen, worum es sich handelte, würde er dem Anblick wohl standhalten können. Die Neugier siegte über die Angst, und Gasperlmaier wagte sich langsam hinter dem breiten Rücken des Kahlß Friedrich hervor. Schließlich stand er vor den Resten des Menschen, der dort oben unterhalb der Loserwand sein Ende gefunden hatte. Gasperlmaier trieb es eine Gänsehaut auf, als er sah, dass am Schädel noch ein paar Hautfetzen und etliche Strähnen lange, schwarze Haare hingen. Ob es sich um das Skelett einer Frau handelte? Um den Schädel flatterte eine zerfetzte rote Kapuze. Sonst lag da nur ein Häufchen kleinerer und ein paar Stücke größerer Knochen, sogar ein zerfetzter Bergschuh war dabei. Gasperlmaier wandte sich wieder ab.

„Jetzt haben wir zwei Probleme", meinte der Kahlß Friedrich gerade zum Kurt. „Erstens, weil ihr die Knochen da gefunden habt, und über den da", er wies auf den Toten unter der Plane, „haben wir sicher keine Informationen. Zweitens haben wir noch diesen Anruf – heute soll ja auch jemand abgestürzt sein. Eine Frau." „Wir haben nur auf der Südseite gesucht, wir haben ja keinerlei Hinweis, wo der Absturz war. Bevor wir noch weiter nach Norden hinübergekommen sind, haben wir schon den da gefunden." Er wies auf den Schädel. „Und außerdem könnte die Frau ja wer weiß wo hinuntergefallen sein – vom Loserfenster, zum Beispiel. Das Gebiet ist so groß, wo da eine Leiche liegen könnte, da brauchen wir mehr Leute. Und vor allem genauere Hinweise. Weißt ja eh, dass hier im Toten Gebirge Leichen oft schon jahrelang gelegen sind, bis jemand ein paar Überreste gefunden hat."

Der Kahlß Friedrich nickte. „Ich besorg euch mehr Leute, die die möglichen Absturzstellen einmal oberflächlich absuchen. Wenn wir nicht schnell was finden, müssen wir heute sowieso Schluss machen." Der Friedrich blickte zum Himmel auf. „Und einen Hubschrauber ..." Er ließ den Satz unvollendet und wies nur mit einer unbestimmten Geste in die Nebelsuppe hinaus, die sie umgab.

„Könnt's ihr noch einmal hinauf?", fragte er den Kurt noch. Der nickte. „Einmal geht schon noch. Gehst mit, Gasperlmaier?" Der zuckte zusammen. Wieso sollte er mitgehen? Warum nicht der Friedrich? Er konnte ja inzwischen auf die Knochen aufpassen. Es verhielt sich nämlich so, dass Gasperlmaier, wenn er klaffender Abgründe und zerschrundener Steilabfälle ansichtig wurde, in ein ängstliches Zittern verfiel und keinen Schritt mehr vor den anderen zu setzen vermochte. Eingestehen allerdings wollte er das den Anwesenden keinesfalls, und so stieg ihm die Hitze ins Gesicht, ohne dass ihm sofort ein rettender Einfall zugeflogen wäre. „Ich hab ja gar keine Bergschuhe dabei!", fiel es ihm schließlich ein, und erleichtert ließ er seine Arme sinken, die davor heftig in der Luft herumgerudert hatten. „Wenn's nur das ist! Wir können dir ein Paar leihen. Was hast denn für eine Größe?" Wieder schoss Gasperlmaier das Blut ins Gesicht, als der Friedrich, der als einer der wenigen um Gasperlmaiers Schwäche wusste, gelassen abwinkte. „Ich brauch ihn hier. Euch kann er ja eh nicht viel helfen." Gasperlmaier war gerettet.

Doch nur vorläufig, denn gerade, als sich die Bergrettungsleute wieder abwandten und zum Steig hinüberstapften, der zum Losergipfel führte, sagte der Friedrich zu ihm: „Deckst ihn wieder zu? Ich kümmer mich um die Verstärkung." Der Friedrich machte sich auf den Weg zum Funkgerät ihres Einsatzfahrzeugs.

Gasperlmaier näherte sich der Trage, konzentriert die Hüttenwand anstarrend, so, als ob sich dort etwas enorm Interessantes verbarg. Nur nicht auf den Schädel schauen, sagte er sich, kniete sich vor der Trage hin, ohne einen Blick darauf zu werfen, und suchte blind nach dem Zipfel der Plane, um die Ecke wieder über den grinsenden Totenschädel schlagen zu können. Als er die Plane zu fassen bekam und daran zog, merkte er, dass er wohl darauf zu stehen gekommen war, denn er geriet aus dem Gleichgewicht und war drauf und dran, sich zu dem Knochenhäuflein dazuzulegen. Panisch begann er mit den Armen zu rudern, konnte sich dadurch gerade noch erfangen, stürzte jedoch statt auf die Leichenreste rücklings in den aufgeweichten Almboden. Fluchend rappelte er sich wieder hoch, packte die Plane und schlug sie über den Schädel, der ihn, wie er nun fast meinte, frech und hämisch angrinste. Auf dem Weg zur Terrasse spürte er, wie ihm die Feuchtigkeit des Bodens, auf den er aufgeschlagen war, durch die nasse Jacke auf die Haut drang. Gasperlmaier fröstelte, als er die Hüttentür hinter sich zuschlug.

Als er zum Tisch trat, an den sich der Kahlß Friedrich nun wieder gesetzt hatte, brachte der Kilian gerade eine Riesenpfanne Schwarzbeernocken. „Wo sind denn die von der Bergrettung? Ich hab mir gedacht, die könnten vielleicht auch eine Stärkung gebrauchen." „Die sind noch einmal hinauf", brummte der Friedrich, nahm einen Löffel aus dem Bierkrug auf dem Tisch, reichte dem verdatterten Gasperlmaier einen zweiten und machte sich über die Schwarzbeernocken her. Gasperlmaier zögerte. Hatte er überhaupt Hunger? Gusto? Oder war ihm schlecht? „Iss, Gasperlmaier!", forderte ihn der Friedrich auf. „Aber behalt's diesmal drinnen!" Gasperlmaier tat, wie ihm geheißen, und als die ersten Nocken sich als süß-saurer Flaum auf seiner Zunge niederließen, da kam der Appetit wieder zu ihm zurück. Löffel für Löffel stopfte er in sich hinein. Und weil der Kilian ihnen beiden auch je einen großen Schnaps hingestellt hatte, stürzte er ihn, einer plötzlichen Eingebung folgend, hinunter und fühlte, wie sich wohlige Wärme in seinem gesamten Inneren ausbreitete.

Gleichzeitig aber fragte er sich, wer heute wohl ihren Wagen die elf Kehren wieder nach unten steuern sollte, zwei Bier und zwei Schnäpse waren seiner Meinung nach eindeutig zu viel für das Lenken eines Einsatzfahrzeugs. Außerdem wusste er nicht, was sie eigentlich hier noch zu schaffen hatten – die Ermittlungen bezüglich des seltsamen Anrufs waren ja seitens der Polizei eigentlich abgeschlossen. Gasperlmaier nahm sich vor, es bei Kaffee und Tee zu belassen, und hoffte, sie würden bald wieder heimfahren können.

Es war noch nicht lang her, dass er und der Friedrich ganz ordentlich in Schwierigkeiten geraten waren, weil sie nach einem Mordalarm in Altaussee gefilmt und fotografiert worden waren, als sie in der Mittagspause beim Bierzelt gejausnet hatten. So etwas, dachte Gasperlmaier bei sich, wollte er nicht unbedingt noch einmal erleben, obwohl bei diesem Wetter wohl nicht gleich Fernsehteams anreisen würden, wenn man die Überbleibsel einer womöglich vor Jahren abgestürzten Toten geborgen hatte.

„Was glaubst du denn", fragte plötzlich der Friedrich mit vollem Mund und daher schwer verständlich, „wie lang die Leiche schon da oben gelegen ist?" Gasperlmaier hatte keine Ahnung, wie lang es dauerte, bis eine Leiche so zerfallen war, dass nur mehr einzelne Knochen davon übrig waren. „Der Ötzi", fiel ihm ein, „ist mehr als fünftausend Jahre oben am Gletscher gelegen und war noch ganz beisammen." Am Ende, dachte Gasperlmaier bei sich, hatten sie heute auch einen so sensationellen Fund gemacht wie damals die beiden Deutschen, die den Ötzi aus dem Gletschereis herausgekratzt hatten. Soweit sich Gasperlmaier erinnerte, hatten die beiden sogar einen saftigen Finderlohn bekommen.

„Gasperlmaier", meinte der Friedrich, nachdem er sich den letzten Löffel Schwarzbeernocken einverleibt hatte, „du bist ein Trottel." So unfreundlich war der Friedrich selten zu ihm. „Hast du nicht gesehen, dass da auch Fetzen von einer Regenjacke, oder von mir aus Wanderjacke, an den Knochen gehängt sind? Und die Schuhe? Glaubst du, in der Steinzeit haben sie schon Bergschuhe mit einem Markennamen drauf angehabt?" Gasperlmaier erinnerte sich. „Und die Fetzen waren", fuhr der Friedrich fort, „sicherlich nicht von einem Grasumhang oder von einer ziegenledernen Unterhose, so wie der Ötzi sie getragen hat, sondern das war ein modernes Material, Fleece, oder Gore-Tex, oder irgend so was. Da brauchst du dir jetzt keine Hoffnungen machen, dass du vielleicht eine Steinzeitleiche mitentdeckt hast." Gasperlmaier fühlte sich durchschaut. Er blickte nach draußen. Es schien, als ob der Regen aufgehört hatte und der Nebel sich zu lichten begann.

Jedenfalls war es eindeutig heller geworden während der Zeit, die sie gebraucht hatten, um die Pfanne mit den Schwarzbeernocken zu leeren und sauber auszuwischen.

Die Jetti schaute herein und trat zum Tisch, als sie sah, dass abserviert werden konnte. „Bringst mir noch einen Häferlkaffee?“, fragte Gasperlmaier freundlich. Die Jetti aber zog ein finsteres Gesicht. „Ihr kommt’s uns heute aber teuer!“, war ihre Antwort, bevor sie mit dem leeren Geschirr wieder verschwand. Gasperlmaier fragte sich, ob die Antwort der Jetti als Zustimmung oder Ablehnung seiner Bestellung zu deuten war und ob er seinen Kaffee nun bekommen würde, als draußen das Brummen eines Dieselmotors zu hören war. Der Friedrich erhob sich geräuschvoll und entließ einen deutlich hörbaren Darmwind, was Gasperlmaier aber höflich ignorierte. Stattdessen machte er, dass er zur Tür kam, um die Folgen des Versehens des Friedrich nicht erleiden zu müssen. „Da ist wer gekommen!“, beeilte er sich als Begründung für sein rasches Streben zur Tür vorzubringen.

Als Gasperlmaier aus der Tür trat, empfingen ihn die ersten milchigen Sonnenstrahlen, die durch die tief hängende Wolkendecke blinzelten. Der Doktor Walter, der Gemeindearzt, stieg gerade aus seinem Auto. „Grüß Sie!“, rief der Friedrich hinter Gasperlmaier hervor. „Sie sehen es eh!“, fügte er hinzu. „Eine Leich hätten wir da.“ Er streckte seine Pranke aus und wies auf die an der Hüttenwand abgestellte Trage, in der die Knochen immer noch in eine blitzblaue Plane eingewickelt lagen. Zusammen mit dem Doktor traten sie erneut zur Trage hin. Den Anblick nun schon gewohnt, wappnete sich Gasperlmaier dennoch innerlich, als der Doktor die Plane an einer Ecke fasste und weiter zurückschlug, als die Bergrettungsleute das vorhin getan hatten. Gasperlmaier wurde nun doch wieder ein wenig mulmig.

Der Doktor seufzte. „Herrschaftszeiten noch einmal!“, entfuhr es ihm. „Ich bin ja kein Gerichtsmediziner“, fügte er hinzu, das aber wusste Gasperlmaier schon, denn das hatte er auch bei der letzten Leiche betont, die Gasperlmaier damals ganz allein ohne Zuhilfenahme der Bergrettung entdeckt hatte. Sie war allerdings auch nicht im unwegsamen Gelände hoch über der Baumgrenze am Fuß einer Felswand gelegen. Und vollständig, und sogar bekleidet war sie gewesen.

Der Doktor hockte sich hin und starrte versonnen die Knochen an. „Erstens kann ich euch sagen, dass die hier abgestürzt ist. Mehrere Knochen sind gebrochen, schaut her, da ist ein abgebrochener Radius!“ Der Doktor klaubte einen Knochen aus dem Haufen heraus und fuhr prüfend über die Bruchstelle. „Also ich würde sagen, das ist ein Bruch, kein Tierfraß oder so.“ Gasperlmaier fragte sich, wo denn hier heroben Tiere hätten herkommen sollen, die einer Leiche den Arm brachen. „Und der Schädel!“ Der Doktor wies auf eine Stelle am Hinterkopf, die Gasperlmaier bisher noch nicht hatte sehen können. „Bruch des Schädeldachs. Also eindeutig ein Absturzopfer. Mehr kann man derzeit sicher nicht sagen.“

Aber der Doktor Walter, das wusste Gasperlmaier, neigte ein wenig zum Angeben und zum Schulmeistern seiner Patienten. „Und es ist eine Frauenleiche. Am Becken eindeutig erkennbar. Schaut, da!“ Der Doktor zog ein dunkelbraunes, flacheres Knochenstück aus dem Haufen hervor. Gasperlmaier fand es nicht nötig, genau hinzusehen. Wenn der Herr Doktor meinte, das sei eine Frauenleiche, dann glaubte er ihm das auch ohne Hinschauen.

„Und wie lange, glaubst du, ist die schon tot?", fragte der Friedrich. Der Doktor Walter seufzte, kratzte sich zunächst am Kopf und legte dann Zeigefinger und Daumen um sein Kinn. Als Gasperlmaier schon glaubte, er habe die Frage des Friedrich vergessen, fing er doch noch zu reden an. „Schwierig zu sagen. Das hängt vom Fundort, von der Temperatur, der Bedeckung und zahlreichen weiteren Faktoren ab." Gasperlmaier verwünschte ihn. Es hätte ja genügt, wenn er zwei Zahlen genannt hätte – mindestens und höchstens. Dass das nur eine Schätzung gewesen wäre, das wussten sie selber auch. „Das Tote Gebirge ist ja bekannt dafür, dass es seine Leichen frisst. Maden, Raubvögel, Marder und so weiter. Ihr wisst ja." Vor Gasperlmaiers innerem Auge erschienen Bilder, auf denen riesige Geier an den Fingern einer abgestürzten Frau zerrten. Er bemühte sich, seine Gedanken zu verdrängen, und starrte dem Doktor Walter ins Gesicht.

„Kopfhaut und Haar sind teilweise noch vorhanden, es kommt ja im Gebirge oft auch zu Mumifizierungen von Leichen. Denkt an den Ötzi." Er richtete sich auf, seufzte ein paar Mal, zögerte, so als ob er bei der Millionenshow eine entscheidende Frage zu beantworten hätte, und entschloss sich schließlich doch zu einer Einschätzung.

„Ich sag euch, nach einem Jahr kann eine Leiche schon so ausschauen." Gasperlmaier erschauderte bei dem Gedanken, dass von einem quicklebendigen Menschen nach einem Jahr nur mehr ein Häufchen unansehnlicher Knochen übrig war. „Außerdem", der Doktor deutete mit dem Finger auf die Jackenreste, „ist das eine Gore-Tex-Jacke, und die ist nicht mehr als zwei, drei Jahre alt. Und außerdem – so was trägt man wohl nicht zum Skifahren. Vorigen Sommer oder Herbst also, vielleicht.“ Das musste der Doktor ja wissen, dachte Gasperlmaier bei sich, der die Kunst des Mediziners geringschätzte. Dass er mehr von Sportjacken verstand als von Magengeschwüren, dessen war sich Gasperlmaier sicher, hatte er den Doktor doch viel öfter im Ski- oder Golfdress als im Arztkittel gesehen, sogar während der Ordinationszeiten. „Was macht's ihr jetzt weiter?“, wollte der Doktor Walter nun wissen. Der Friedrich zuckte mit den Schultern, schwieg und trat von einem Fuß auf den anderen. Gasperlmaier wollte ihm keinesfalls vorgreifen, war doch der Friedrich der Vorgesetzte. „Die da“, meinte er, wobei er auf das Skelett deutete, „muss auf jeden Fall in die Gerichtsmedizin, man muss sie ja identifizieren. Da werd ich mich gleich drum kümmern.“ Umständlich kramte der Friedrich sein Handy aus der Brusttasche. Dass der damit überhaupt telefonieren konnte, dachte Gasperlmaier – nicht zum ersten Mal – bei sich. Das Telefon schien in den gewaltigen Händen des Kahlß Friedrich wie ein Spielzeug für Puppenmütter, ein Finger des Friedrich schien fast so dick wie das ganze Gerät.

„Sakrament, Sakrament, Sakrament!“ Wenn der Friedrich sein Phlegma abschüttelte, dann aber so, dass es die Umstehenden ganz gewaltig riss. Mit seinem Zeigefinger klopfte er auf das Display des Handys. „Kein Empfang. Ich geh hinein, telefonieren.“ Gasperlmaier blieb mit dem Doktor allein zurück, der seinen Koffer, den er nicht einmal geöffnet hatte, vom Boden hob und Anstalten machte, zu seinem Auto zu gehen.

„Herr Doktor, wenn die von der Bergrettung aber noch einmal mit einer Leiche herunterkommen?“, gab Gasperlmaier zu bedenken. „Ihr habt's noch eine Leiche?“, fragte der Doktor erstaunt. Gasperlmaier dämmerte, dass der Doktor von dem mysteriösen Anruf ja noch nichts wusste, und setzte ihn ins Bild. Der schnaubte nur. „Glauben Sie im Ernst, dass die bei dem Nebel an einem Tag zwei Leichen finden, wenn sie nicht einmal wissen, wo genau sie abgestürzt ist? Machen Sie sich nicht lächerlich. Und wenn, dann fahr ich halt noch einmal herauf. Was aber sicher nicht passieren wird." Noch bevor Gasperlmaier richtig zu Atem gekommen war, hatte der Doktor schon die Autotür hinter sich zugeknallt und den Motor gestartet. Gasperlmaier war nun mit seiner Leiche allein, und um diesen Zustand schnellstmöglich zu beenden, folgte er dem Friedrich in die Loserhütte hinein.

Der war noch immer am Telefon, aber als er Gasperlmaiers ansichtig wurde, hielt er die Sprechmuschel hastig zu und schickte ihn sofort wieder hinaus. „Die Leiche musst bewachen! Stell dir vor, es kommen Wanderer und schauen nach, was da liegt!" Gasperlmaier teilte die Meinung des Friedrich zwar nicht – normalerweise, fand er, schlichen Wanderer nicht um die Schutzhütten herum und kontrollierten, was da unter Planen verborgen war –, hielt sich aber dennoch an die Anweisung, trat auf die Terrasse und behielt die Trage zumindest aus dem Augenwinkel unter Beobachtung.

Das Wetter hatte sich weiter gebessert, immer wieder blinzelten Sonnenstrahlen zwischen den Nebelfetzen hindurch, und für einen kurzen Moment meinte Gasperlmaier, durch ein Loch in der Wolkendecke sogar den See unten im Tal erkennen zu können. Wäre heute wirklich schönes Wetter, dachte Gasperlmaier, wäre die Terrasse voll, und jedermann würde den prachtvollen Ausblick hinüber zum Dachsteingletscher genießen, den man hier direkt vor Augen hatte.

2

Seit mehr als einer Viertelstunde standen Gasperlmaier und der Kahlß Friedrich jetzt schon auf der mittlerweile von immer zahlreicheren Sonnenstrahlen erwärmten Terrasse und hörten dem dumpfen Dröhnen des Hubschraubers zu, das einmal leiser, dann wieder lauter wurde und, wenn der Hubschrauber in Sichtweite geriet, nahezu ohrenbetäubend war.

„Da haben wir ein Glück gehabt, dass es doch noch so schön geworden ist, dass der Hubschrauber hat aufsteigen können!“, freute sich der Friedrich. Gasperlmaier war sich nicht so sicher, ob man es als Glück bezeichnen konnte, wenn womöglich in allernächster Zeit gleich die zweite Leiche des heutigen Tages angeliefert werden konnte, während die erste noch immer, gut verpackt, auf der Trage an der Hüttenwand ruhte. Die drei Bergretter, die sie gefunden hatten, waren mittlerweile erfolglos von ihrer Suche nach der abgestürzten Frau zurückgekehrt, hatten sich auf der Terrasse eine Bank und einen Tisch trockengewischt und warteten bei einem Bier ebenso gespannt wie die Polizisten auf die weitere Entwicklung der Dinge.

Das Knattern des Hubschraubers war inzwischen fast ganz abgeklungen. „Wenn sie aufgeben, dann fahren wir hinunter?“ Der im Schwebezustand zwischen Feststellung und Frage vorgebrachte Satz Gasperlmaiers wurde durch das wieder lauter werdende Grollen des Fluggeräts übertönt, und nur wenige Sekunden später tauchte das gelbe Rieseninsekt über dem Loser auf und sank so rasch auf Gasperlmaier zu, dass sie sich bald alle die Ohren zuhalten mussten. An einem langen Drahtseil, so konnte man jetzt deutlich erkennen, hingen eine Bergetrage, wiederum mit einer Plane abgedeckt, und ein Flugretter. Gasperlmaier befürchtete das Schlimmste. Unwillkürlich wich er zurück, als der Hubschrauber immer näher kam, obwohl er ja ohnehin im Schutz der Hütte so weit von einem möglichen Landeplatz entfernt stand, dass ihm die Rotoren keinesfalls etwas anhaben konnten. Im Gleichklang griffen er und der Kahlß Friedrich nach ihren Mützen, als die Druckwelle der Rotoren spürbar wurde. Langsam senkte sich die Last gegen den Almboden zu, während der in einem orangeroten Overall steckende Flugretter Zeichen nach oben gab, wohl um zu signalisieren, in welcher Höhe er sich gerade befand. Sehr schnell ging es, und der Flugretter hatte festen Boden unter den Füßen und klinkte sich aus dem Drahtseil aus. Gasperlmaiers Uniform knatterte im Wind der Rotoren, und er versuchte, an der Hüttenwand Schutz zu suchen.

Ebenso schnell, wie er gekommen war, schoss nun der Helikopter, abenteuerlich steil nach vorne geneigt, über die Hütte hinweg. Seine Last hatte er auf dem einigermaßen ebenen Platz vor der Hütte zurückgelassen.

Die Bergretter erhoben sich von ihrem Tisch, ihnen folgte der Friedrich, zögerlich nur Gasperlmaier selbst. „Kein schöner Anblick!“, warnte sie der Mann im orangeroten Overall. Seine Stimme klang dumpf durch das Helmvisier. Gasperlmaier schrak zurück, sich der Schwarzbeernocken in seinem Magen schmerzlich bewusst werdend. „Ruf du den Doktor Walter wieder her!“, rief ihm der Friedrich zu, und, dankbar dafür, eine Entschuldigung zu haben, die neuerliche Leiche nicht begutachten zu müssen, holte Gasperlmaier sein Handy hervor. Im Gegensatz zum Friedrich, stellte er beruhigt fest, zeigte seine Anzeige zwei Striche. Er hatte ihm immer schon gesagt, dass sein Netz das bessere war, was der Friedrich aber immer wieder vehement abgestritten hatte. Gott sei Dank hob der Doktor gleich ab. Als ihn Gasperlmaier in Grundzügen informiert hatte, brummte er wenig Freundliches in die Muschel, sagte aber zu, sich auf den Weg zu machen.

Mittlerweile, so stellte Gasperlmaier fest, umstanden alle fünf Anwesenden – die drei Bergretter, der Flugretter und der Kahlß Friedrich – die Trage mit der geborgenen Leiche, während sich von der Hütte her die Jetti, der Kilian und der Bohuslav näherten, neugierig, was denn nun schon wieder vorgefallen war. Während Gasperlmaier zögerte, kamen ihm die drei aus der Hütte zuvor, drängten sich zwischen die anderen, worauf die Jetti einen Schreckensschrei ausstieß, sich die Hand vor den Mund presste und so schnell in die Hütte zurück wollte, dass sie dabei einen ihrer Schlapfen verlor, der auf der feuchten Wiese zurückblieb.

Gasperlmaier schwankte – einerseits hätte er, so wenig Interesse er an der Jetti hatte, ihr gern den Schlapfen nachgetragen, andererseits war er sich der Tatsache bewusst, dass er als Exekutivorgan die Aufgabe hatte, die Sachlage zu prüfen und zu würdigen, und nicht Kellnerinnenschlapfen durch die Gegend zu tragen. So entschied er sich für einen Kompromiss: Den Schlapfen in der linken Hand haltend, näherte er sich vorsichtig der Trage, immer bedacht darauf, hinter dem Rücken eines der Anwesenden Deckung zu finden, um das Unvermeidliche hinauszuzögern. Die Kommentare der anderen machten es ihm nicht leichter. „Grauslich!“, schüttelte der Kilian seinen Kopf. „So was kriegen wir hier Gott sei Dank selten zu sehen.“ „Ich sag’s ja!“, wiederholte der Flugretter, der mittlerweile seinen Helm abgenommen hatte, unter dem ein verschwitzter Haarschopf zum Vorschein gekommen war. „Kein schöner Anblick!“

Nun gab es für den Gasperlmaier kein Ausweichen mehr, er versuchte jedoch, seinen Blick mehr oberhalb der Trage vorbeiziehen zu lassen, gewahrte aber dennoch eine blutige Masse, in der er Einzelheiten weder erkennen konnte noch wollte, und wandte sich ab. Ein paar Schritte zum Abhang hin, einige tiefe Atemzüge und der Ausblick auf den nunmehr frei und in der Sonne daliegenden Altausseer See entspannten ihn ein wenig. Diesmal gelang es ihm, seinen Mageninhalt bei sich zu behalten. Gasperlmaier ließ den Schlapfen der Jetti wieder fallen. Sollte sie sich doch selber darum kümmern.

Wenig später hörte man unterhalb der Hütte einen Motor in hoher Drehzahl heulen, und kurz darauf tauchte das Auto des Doktor Walter auf und parkte genau dort, von wo es vor weniger als zwei Stunden abgefahren war.

Grinsend stieg der Doktor aus. Der freut sich doch bloß, dachte Gasperlmaier bei sich, dass er heute gleich zweimal am Tag auf Kosten der Krankenkassa wie ein Rallyefahrer durch die Kehren herauf und wieder hinunterbrettern kann. Ohne lange zu zögern, ging der Doktor auf die Trage zu, auf der die Abgestürzte lag. Zwei der Bergretter hatten sich entfernt, um ihr Zeug zusammenzupacken und ins Auto einzuladen, nur der Flugretter und der Kastenhuber Kurt standen noch dort und rauchten. „Ich rauch nicht oft!“, meinte der Flugretter, „aber nach so einem Anblick ...“

Ohne darauf einzugehen, beugte sich der Doktor Walter über die Leiche, während Gasperlmaier sich abwandte und gebührenden Abstand hielt. Längere Zeit machte sich der Doktor an der Leiche zu schaffen, ging sogar auf die Knie und nahm eine Lupe zur Hand. Gasperlmaier erstarrte, als sich der Doktor, seine weißen

Handschuhe voller Blut, wieder aufrichtete: „Meine Herren!“, sagte er und machte dann, wie Gasperlmaier fand, eine bedeutungsschwangere Pause. „Eines kann ich Ihnen auf jeden Fall sagen: Die Frau ist vor ihrem Absturz ziemlich heftig gewürgt worden. Möglicherweise bis zur Bewusstlosigkeit.“ Der Friedrich atmete schwer und schüttelte ungläubig den Kopf.

Jetzt, so dachte Gasperlmaier bei sich, haben wir tatsächlich wieder einen Mordfall hier in Altaussee. Wahrscheinlich, zumindest. Es konnte gar nicht anders sein, als dass da einer die Frau gewürgt und danach oder sogar währenddessen vom Gipfelplateau über die Wand hinuntergestoßen hatte. Was Gasperlmaier sich nicht erklären konnte, war, warum er daraufhin – und es konnte ja gar niemand anderer gewesen sein – in der Loserhütte angerufen und behauptet hatte, seine Frau sei abgestürzt.

Der Friedrich trat an seine Seite. „Gasperlmaier“, sagte er, „jetzt müssen wir wen anrufen. Ob wir jetzt einen Unfall oder zwei haben oder ob da mehr dahintersteckt, da muss auf jeden Fall wer her, der ermittelt.“ Gasperlmaier stimmte nickend zu und dachte dabei an die Frau Doktor Kohlross vom Bezirkspolizeikommando in Liezen, die vor nicht allzu langer Zeit Bluttaten in Altaussee aufgeklärt hatte. Gasperlmaier hatte sie – als ortskundiger Führer und Berater – dabei begleitet und schätzen gelernt. Dachte er an die Frau Doktor, empfand er etwas, was, wie er meinte, seinen Gefühlen näher ging. Nicht, dass Gasperlmaier sich in die von der Statur her kleine, von der Persönlichkeit her aber fast dominierende Kommissarin verliebt hätte, ganz und gar nicht, lieben tat er seine Christine, immer noch und immer wieder, aber dennoch ließ ihn die Frau Doktor nicht unberührt. Allerdings, so dachte Gasperlmaier bei sich, war es wohl wenig wahrscheinlich, dass sie auch mit diesem Fall betraut werden würde – da unten in Liezen, da liefen die Studierten, die man in solchen Fällen unbedingt brauchte, sicherlich dutzendweise herum. Warum sollten sie ausgerechnet die Frau Doktor wieder nach Altaussee schicken – wo sie doch im letzten Fall, den sie hier bearbeitet hatte, sogar brutal zusammengeschlagen worden war und ein paar Tage im Krankenhaus hatte verbringen müssen.

Während Gasperlmaier seinen Gedanken nachhing, beendete der Friedrich sein Gespräch und brummte zufrieden: „Die Frau Doktor Kohlross schicken's. Die wird das hier schon in den Griff bekommen." Gasperlmaier überrieselte eine kleine Gänsehaut der Erregung und Vorfreude. Der Friedrich, so schien es ihm, war aber hauptsächlich froh darüber, dass er die Verantwortung für den Umgang mit den beiden Leichen jemand anderem überlassen konnte. „Wir sollen einstweilen nichts verändern, die Toten bleiben an Ort und Stelle", fügte der Friedrich noch hinzu.

Gasperlmaier ging in die Hütte zurück, sich daran erinnernd, dass er ja einen Kaffee bestellt hatte. Tatsächlich stand auf seinem Platz am Tisch ein gefülltes, jedoch nicht mehr dampfendes Häferl. Gasperlmaier berührte es, um festzustellen, ob der Kaffee noch warm wäre. Leider war er bereits ziemlich ausgekühlt. Er setzte sich hin, etwas geschwächt von den Ereignissen der letzten Stunden, und schaufelte drei Löffel Zucker in die braune Brühe. Kalter Kaffee sollte ja, einem alten Aberglauben zufolge, schön machen. Als er den ersten Schluck nehmen wollte, kam die Jetti aus der Küche herein. Verquollene Augen hatte sie, und mit einem Zipfel ihrer blaukarierten Schürze wischte sie an den Augenwinkeln herum, während sie sich zu Gasperlmaier setzte. Der erinnerte sich plötzlich an den Schlapfen, den er draußen hatte liegen lassen. Inzwischen würde er wohl völlig durchnässt sein. „Das ist so furchtbar!“, jammerte sie, „ich hab noch nie einen Toten gesehen! Die Leiche wird mir jetzt sicherlich im Traum erscheinen!“ Gasperlmaier war ein wenig verärgert. „Hättest ja nicht unbedingt hingehen müssen und dir alles anschauen“, versetzte er unfreundlich. „Und außerdem: Weißt du schon, Jetti, dass du mit dem Mörder telefoniert hast?“ Gasperlmaier versuchte, seiner Bemerkung eine möglichst schaurige Note zu verleihen. Erschrocken blickte die Jetti zu ihm auf. „Was sagst du da? Mörder?“ „Ja, ja!“, setzte der Gasperlmaier nach, „und du bist jetzt die Einzige, die ihn an der Stimme erkennen kann! Da musst du aufpassen, dass er dich nicht auch noch über die Felsen hinunterschmeißt!“ Aufheulend stürzte die Jetti davon. Gasperlmaier erschrak. Da hatte er wohl ein klein wenig übertrieben und die Jetti unnötig in Angst und Schrecken versetzt. Wenn sie aber auch so penetrant und lästig sein musste. Gasperlmaier überlegte, ob es wirklich vernünftig gewesen war, der Jetti die Mordgeschichte aufzutischen, wo doch bis jetzt nur der Doktor Walter so eine Behauptung aufgestellt hatte. Und schon gar nicht, dachte Gasperlmaier jetzt bei sich, hätte er die Information, die sich ja nur auf ein oberflächliches Gutachten stützte, ausgerechnet an die Jetti weitergeben dürfen, die jetzt sicher gleich zum Telefon stürzen und alle ihre Freundinnen ins Bild setzen würde. Wo doch der Doktor Walter selber immer behauptete, gar nicht kompetent zu sein, wenn es um Leichen ging. Für derlei Bedenken war es aber nun zu spät. Wieder einmal hatte er eine falsche Entscheidung getroffen und war in einen ausgewachsenen Fettnapf getreten. Wenn das nur keine unangenehmen Folgen haben würde. Gasperlmaier nahm einen Schluck von seinem Kaffee. Der war fast kalt und so süß, dass er ihn fast wieder ausgespuckt hätte und neuerlich kurz Brechreiz verspürte. Entweder, so dachte er bei sich, hatte er selbst in Gedanken zweimal Zucker hineingetan, oder die Jetti hatte ihn schon für ihn gezuckert. Er schob das Häferl angeekelt von sich.

Der Friedrich steckte seinen Kopf zur Tür herein. „Gasperlmaier, wo bleibst denn?", knurrte er. „Glaubst, ich mag die Leichen allein bewachen? Oder hast schon wieder speiben müssen?" Gasperlmaier fragte sich, ob der Friedrich hellsehen konnte und machte sich auf den Weg auf die Terrasse. „Ich muss nämlich einmal aufs Klo", meinte der Friedrich und gab Gasperlmaier einen freundschaftlichen Klaps auf die Schulter, dass es den nur so durchbeutelte. Gasperlmaier stellte sich in einer Entfernung von den beiden Tragen auf, die sicherstellte, dass er sie einerseits im Blickfeld hatte, andererseits aber auch nicht gezwungen war, irgendwelche Einzelheiten wahrzunehmen. Als er das Brummen eines Autos hörte, spähte er um die Ecke, um zu sehen, ob am Ende die Frau Doktor Kohlross schon eingetroffen war. Es war aber nur der Leichenwagen der örtlichen Bestattung. Gasperlmaier kehrte auf seinen Posten zurück, und kurz danach tauchte der Kreuzmayr Fredl auf, der Tischler und Bestattungsunternehmer, mit einem langen und hageren Assistenten, den Gasperlmaier noch nie gesehen hatte.

Der Fredl schüttelte dem Gasperlmaier grinsend die Hand. „Servus, Gasperlmaier. Habt's heut gleich zwei für uns? Ob ich die überhaupt in mein Auto hineinbringe? Wo habt's ihr denn die beiden?" Gasperlmaier wies auf die beiden abgedeckten Tragen. „Die eine, hab ich gehört, soll ja ganz leicht sein, kein Fleisch mehr auf den Knochen!“ Der Fredl kicherte. Gasperlmaier konnte seine Fröhlichkeit nicht ganz nachvollziehen, ihm war in Gegenwart zweier Verstorbener nicht nach Heiterkeit und ungezwungenem Geplauder zumute. „Ah da!“, meinte der Fredl, „da fahren wir gleich mit dem Auto her! Da, Otto!“ Er warf seinem Assistenten den Autoschlüssel zu und wies ihn an, den Leichenwagen um die Hütte herum zu chauffieren, auf dass die beiden Toten bequem eingeladen werden konnten. „Das ist der Aschauer Otto, der arbeitet erst seit ein paar Wochen bei mir.“ Er deutete dem Hageren nach, der um die Ecke verschwunden war. „Ein bisschen unheimlich ist er mir. Wie er die Leichen immer anschaut. Aber seine Arbeit, die macht er mit Liebe.“ Gasperlmaier sah den Fredl erstaunt an, schwieg aber, weil er gerade den Gedanken zu unterdrücken versuchte, wie der Otto die heute geborgenen Leichen unheimlich anschauen und liebevoll versorgen würde.

Mittlerweile war der Kahlß Friedrich wieder vom Klo zurück, und als die beiden Bestatter ihre Metallsärge ausluden, machte er ihnen gleich einen Strich durch die Rechnung. „Da wird hier nichts eingeladen, wir warten zuerst auf die Kriminalpolizei und die Spurensicherung.“ Jetzt wurde der Fredl ein wenig unwirsch. „Ja, glaubst denn, wir haben ewig Zeit? Wenn wir die zwei in die Gerichtsmedizin nach Graz fahren müssen, da sind wir vor neun, zehn am Abend gar nicht zurück! Und jetzt sollen wir hier auch noch warten!“ „Reg dich nicht so auf“, winkte der Friedrich ab, „du kriegst es ja bezahlt. Brauchst gar nicht so zu jammern.“ Der Fredl, dachte Gasperlmaier bei sich, der hatte leicht lachen, wenn es ein gutes Geschäft für ihn gab, aber wenn er mehr Zeit dafür aufwenden musste, als er veranschlagt hatte, dann wurde er ebenso leicht ungemütlich. Dabei war die Leichenbestatterei doch ein ausgesprochen gutes Geschäft. Gestorben, so dachte Gasperlmaier, wurde ja immer. Der Fredl und sein Assistent gingen in die Hütte, und Gasperlmaier und der Friedrich standen nun allein nebeneinander davor und schauten zum Dachstein hinüber, der im Licht der Nachmittagssonne vor einem fast schon blauen Himmel herüberglänzte. „Dass das ausgerechnet jetzt passieren muss!" Jetzt, so dachte Gasperlmaier, geht das Gejammer wegen seiner in Aussicht stehenden Pensionierung wieder los. Doch der Friedrich kam damit nicht weit. Ein laut aufheulender Motor und kurz darauf quietschende Reifen rissen die beiden aus ihren Gedanken. Das, so dachte Gasperlmaier, konnte nur die Frau Doktor Kohlross sein. Mit klopfendem Herzen eilte er über die ganze Länge der Terrasse, um sie, als er deren Ende erreicht hatte, schon aus dem Auto steigen zu sehen. Kaum wurde er ihrer ansichtig, erfassten Gasperlmaier Nervosität und Unruhe, er verlangsamte seine Schritte und streckte ihr die Hand entgegen, noch bevor sie ihn wahrgenommen hatte.

„Ja, grüß Sie, Gasperlmaier! Ist das schön, dass ich Sie einmal wiedersehe! Meinen Retter!" Gasperlmaier spürte, wie die Hitze über seine Wangen zu den Ohren aufstieg. Dabei war es doch eigentlich der Friedrich gewesen, der damals den Angreifer schachmatt gesetzt und Schlimmeres verhindert hatte. „Grüß Sie, Frau Doktor. Schön, dass Sie wieder da sind." Das war ja besser gelaufen, als er befürchtet hatte, dachte Gasperlmaier, immerhin hatte er einen passenden, vollständigen Satz herausgebracht. Die Frau Doktor, stellte Gasperlmaier fest, hatte sich dem Anlass entsprechend angezogen. Sie trug eine Wanderhose mit an den Oberschenkeln aufgenähten Taschen und eine dunkelblaue Wanderjacke. Die Haare hatte sie, was ihn überraschte, zu einem Pferdeschwanz gebunden. So hatte Gasperlmaier sie noch nie gesehen. Die Frau Doktor Kohlross reichte Gasperlmaier kaum bis zum Kinn, aber ihre wachen, scharf beobachtenden Augen, ihre energische Stimme und ihr ganzes Auftreten machten sie, fand Gasperlmaier, zu einer beeindruckenden Persönlichkeit, obwohl sie, wie Gasperlmaier meinte, doch ein ganzes Stück jünger sein musste als er selbst. Zehn Jahre, mindestens. Mittlerweile war auch der Kahlß Friedrich vor Ort und begrüßte die Frau Doktor.

„Ja, meine Herren!", meinte sie, „sosehr ich mich freue, Sie beide wiederzusehen, der Anlass ist mehr als unangenehm. Auf zu den Leichen!" Der Kahlß Friedrich wies den Weg, während Gasperlmaier zurückblieb. Er hatte seiner Meinung nach genug von den beiden unglücklichen Frauen gesehen, deren Überreste immer noch auf ihren Abtransport warteten.

Die Frau Doktor schlug bei beiden Leichen die Plane zurück, gab aber keinerlei Kommentar von sich. Wahrscheinlich hatte man sie schon darüber informiert, was hier auf sie wartete. Vor allem bei der Leiche, die, so nahm man zumindest an, heute abgestürzt war, ließ sich die Frau Doktor Zeit. Aus den Augenwinkeln beobachtete Gasperlmaier, wie sie Latexhandschuhe überstreifte und sich an der Toten zu schaffen machte. Nach ein paar Minuten richtete sie sich auf, zog die Plane wieder über die Leiche und trat zu Gasperlmaier und dem Friedrich. Sorgenvoll betrachtete Gasperlmaier ihre blutigen Handschuhe. Die Frau Doktor streifte sie ab und sah sich nach einem Ort um, wo sie sie loswerden konnte, Gasperlmaier tat es ihr gleich. Beide fanden sie aber keinen passenden Platz, so kehrte die Frau

Doktor zur Trage zurück und warf die Handschuhe achtlos daneben hin.

„Ja, meine Herren!“, meinte sie, „jetzt kommt einmal die Spurensicherung. Die Leichen dürfen noch nicht weg.“ Gasperlmaier stellte sich vor, wie der Fredl über die neuerliche Verzögerung fluchen würde. „Die beiden müssen natürlich in die Gerichtsmedizin. Bei der …“, die Frau Doktor überlegte kurz, wie sie sich ausdrücken sollte, „bei der nicht skelettierten Leiche habe ich in den Taschen der Kleidung, soweit sie zugänglich waren, nichts gefunden außer einem benutzten Papiertaschentuch und einem Kassenzettel vom Eurospar in Bad Goisern.“ Die Frau Doktor hielt ihnen ein Plastiksäckchen hin, in das sie die beiden blutverschmierten Beweisstücke gesteckt hatte. „Von heute. Damit wissen wir definitiv, dass die Frau heute ums Leben gekommen ist – und der Anrufer wahrscheinlich recht hatte. Vielleicht hat sie eine Jause für die Bergtour gekauft. Und sobald die Spurensicherung eingetroffen ist, werde ich mit einem von Ihnen und einem der Bergretter, die sie gefunden haben, zur Fundstelle aufsteigen. Herr Kahlß?“ Der Friedrich schüttelte abwehrend die Hand. „Liebe Frau Doktor, sind S’ mir nicht böse. Der Mensch ist keine Gams, und ich schon gar nicht, und außerdem hab ich nur noch zwei Jahre bis zur Pension.“ Gasperlmaier wurde es warm. Nicht ums Verrecken würde er der Frau Doktor von seiner Höhenangst erzählen, und genauso wenig konnte er sich vorstellen, hinauf, unter die senkrechte Loserwand zu steigen, wo kein markierter Weg hinführte und wo er noch nie gewesen war, weil er sich ebenso wenig wie der Friedrich dort wohlfühlte, wo die Gämsen ihr Zuhause hatten. Allerdings, so erinnerte sich Gasperlmaier, grasten dort oben in den letzten Jahren häufig Schafe. Für die Touristen war das egal, denn die meisten von ihnen konnten, vor allem aus der Entfernung, die einen ohnehin nicht von den anderen unterscheiden und waren in jedem Fall begeistert.

Gasperlmaier versuchte es mit der bewährten Ausrede. „Ich hab ja gar keine Bergschuhe!“ Die Frau Doktor fiel ihm ins Wort. „Papperlapapp! Auf einer Schutzhütte wie der da wird sich wohl ein Paar Bergschuhe finden, die ihnen passen! Und wenn nicht, dann lassen wir ein Paar heraufbringen!“ Gasperlmaier spürte, dass Widerspruch zwecklos war, und begann, sich in sein Schicksal zu fügen. Wenn es denn sein sollte, musste er also heute als drittes Opfer des Loser sein junges Leben lassen, und seine liebe Christine und seine Kinder würde er nie wiedersehen. Eine Hoffnung, allerdings, keimte noch in ihm. „Da oben werden wir sowieso nichts finden. Und die von der Bergrettung, die finden da sicher gar nicht mehr hin!“ Mit einer Geste winkte die Frau Doktor Gasperlmaiers Bedenken beiseite. „Der Fundort ist zu untersuchen! Punkt!“

3

Ausgestattet mit einem Paar nagelneuer Bergschuhe von der Bergrettung, die, so musste er sich eingestehen, besser passten als seine eigenen, begann Gasperlmaier nun in seiner Uniform bereits zu schwitzen. Vor ihm stieg der Kurt Kastenhuber hinauf, der die Aufgabe übernommen hatte, ihnen die Fundstellen der beiden Leichen zu zeigen, die seiner Meinung nach nicht so weit voneinander und von der Hütte entfernt waren, dass man noch einmal den Hubschrauber hätte anfordern müssen. Wo es, so der Kurt, ohnehin ein größeres Problem gewesen wäre, vier Personen am Seil absetzen und danach wieder nach oben holen zu müssen. Fast glücklich war Gasperlmaier gewesen, dass er nur knapp dem Vergnügen entronnen war, am Drahtseil baumelnd von einem in den Turbulenzen der Winde über dem Loser taumelnden Helikopter in einen unauslotbaren Abgrund hinuntergelassen zu werden. Dennoch, sein Schwitzen kam nicht nur von der Anstrengung des Aufstiegs, sondern auch von seiner Angst.

Vor ihm hüpfte die Frau Doktor munter von Stein zu Stein, so leicht, als wäre es geradezu ein Vergnügen. „Von mir aus könnt ihr ruhig schneller gehen!", hatte sie schon mehrmals zu verstehen gegeben, damit man nicht glaube, weil sie von Statur klein und eine Frau war, sei sie nicht in der Lage, das Tempo der Männer mitzuhalten. Gasperlmaier allerdings war mit dem Tempo, das der Kurt anschlug, schon am Rande seiner Möglichkeiten angekommen, wild schlug sein Herz, und seine Beine schmerzten. Da traf es sich gut, dass der Spurensicherer, der mit ihnen heraufkommen hatte müssen, klagte, er könne nicht so schnell steigen, der Koffer, den er mithabe, sei schwer und unpraktisch zu tragen.

„Ich hab ihm eh gleich gesagt, dass er sein Glumpert in einen Rucksack tun soll, aber er hat mir einfach nicht gefolgt!“, brummte der Kurt, als er stehen blieb und sich umwandte. Als sie alle beisammen standen, erklärte ihnen der Kurt, dass sie jetzt den markierten Steig, der zum Losergipfel führte, verlassen und unter die Loserwand hinüberqueren müssten. Er deutete mit der ausgestreckten Hand vage in einen von Latschen bestandenen Bereich, der aber bald in einen mit kurzem Gras bewachsenen Steilhang überging, aus dem stellenweise große Felsbrocken herausragten und der sich bis zum Fuß der Loserwand hinzog. Bis hierher war Gasperlmaier ja schon öfter gekommen, obwohl ihm dieser Abschnitt des Weges, der recht ausgesetzt in steilem Gelände verlief, schon nicht mehr recht behagte. Er hielt sich hier immer nahe am Hang, richtete seine Blicke aufwärts, niemals hinunter zur Loserstraße und zu den hässlichen, kahlen Wällen, die man aufschütten hatte müssen, um die Skiabfahrt vor Lawinen zu schützen.

Der Kurt wusste, wo er hinwollte, und schritt zügig voran, Gasperlmaier zögerte. „Warten Sie einmal, Gasperlmaier!“, vernahm er plötzlich die Stimme der Frau Doktor hinter sich. „Sagen Sie, gibt es hier Schlangen?“ Gasperlmaier zuckte mit den Schultern. Gehört hatte er gelegentlich von Kreuzottern, die Wanderer gesehen haben wollten, aber persönlich hatte er noch keine Begegnung mit einem Reptil zu verzeichnen gehabt. Möglicherweise auch deshalb, weil er, wie seine Frau immer meinte, ein fürchterlich schlechter Beobachter war. Wenn seine Christine und er zusammen spazieren gingen, machte sie ihn immer wieder auf interessante Pflanzen und Tiere am Wegesrand aufmerksam und schalt ihn, er laufe blind durch die Welt und könne so, in seinem sturen Dahinrennen, die Natur gar nicht wirklich genießen. Ähnlich verhielt es sich beim Pilzesuchen. Hatte die Christine ihren Korb bereits halb voll, klagte Gasperlmaier, heuer wüchsen überhaupt keine Schwammerl.

„Höchstens Kreuzottern!", sagte er also wahrheitsgemäß, worauf die Frau Doktor einen schrillen Schrei ausstieß, die Hände in die Höhe streckte und entsetzt die Gegend um ihre Fußspitzen anstarrte. Gasperlmaier war überrascht. Solche Anzeichen von Unsicherheit hatte er an ihr noch nicht wahrgenommen. Sollte sie etwa Angst vor Schlangen haben? „Gasperlmaier, Sie gehen also vor, und wenn Sie irgend so ein Vieh sehen, dann warnen Sie mich, dann bleiben Sie stehen!" Wie konnte das sein, dachte Gasperlmaier bei sich, dass sich die Frau Doktor vor so harmlosen Tieren, die schon Jahrzehnte keinen Menschen mehr das Leben gekostet hatten, ängstigte? Wo sie doch sonst so bestimmt und resolut auftrat.

Gasperlmaier schritt voran, und zwischen den Latschen ging es ihm noch ganz gut. Zwar war es mühsam, den weglosen Steilhang zu queren, doch konnte er der Latschen wegen wenigstens nicht in den Abgrund hinuntersehen und fühlte sich ein wenig geborgen. Plötzlich schrie die Frau Doktor hinter ihm abermals auf. Als er sich umdrehte, fuchtelte sie hysterisch mit ihren Armen vor dem Gesicht herum, fuhr sich durch die Haare und wischte ihre Jacke ab. „Da war was!", schrie sie mit sich überschlagender Stimme, die Gasperlmaier nicht von ihr gewohnt war. „Eine Spinne!" Gasperlmaier trat ein paar Schritte auf sie zu, nahm Gesicht, Schultern und Haare in Augenschein, gewahrte einen kleinen schwarzen Punkt im Haar der Frau Doktor und dachte nur wenig nach, bevor er mit seinen Fingern durch ihre Mähne strich und den Punkt zu Boden streifte. „War nichts!“, sagte er beruhigend. „Doch! Da war ein Spinnennetz!“ Noch hatte sich die Frau Doktor nicht ganz beruhigt, da fiel Gasperlmaier ein, dass er es vielleicht besser hätte unterlassen sollen, der Frau Doktor durch die Haare zu streifen, denn das konnte ganz schnell missverstanden werden. Vor allem vom Kurt, der schon ein ganzes Stück voraus war und sicher nicht mehr verstehen konnte, worum es hier eigentlich gegangen war. Wider Erwarten aber wies ihn die Frau Doktor nicht zurecht, strich selbst mehrmals über die Stelle, wo sich der Punkt befunden hatte, und fragte, immer noch ein wenig zu schrill für Gasperlmaiers Ohren: „Ist sie weg? Ist sie weg?“ „Da war nichts“, antwortete Gasperlmaier. „Da war nur ein Punkt. Ein Brösel. Eine Mücke.“ Da die Frau Doktor nicht aufhören wollte, an ihrer Jacke herumzuputzen, und Gasperlmaier nicht wusste, was er sonst noch hätte tun können, wandte er sich um und stieg vorsichtig weiter. Wunderbar ist das, dachte Gasperlmaier bei sich. Da sind wir zwei da heroben, der eine mit Höhenangst, die andere mit einer Spinnen- und Schlangenphobie, und dann sollen wir auch noch nach Blutflecken und Leichenteilen suchen. Ein wirklich wunderbarer Tag war das geworden.

Für die Frau Doktor, so dachte Gasperlmaier bei sich, als sie aus dem mit Latschen bewachsenen Teil des Steilhangs nach oben hinaustraten, mochte es ja angenehm sein, dass sie sich jetzt nicht mehr in einem Bereich befanden, in dem sich Spinnennetze quer über ihren Weg spannen oder unliebsame Kriechtiere im Schatten unter Wurzeln verbergen konnten. Ihm aber wurde sowohl, wenn er seine Blicke der immer drohender über ihm aufragenden Wand zuwandte, als auch, wenn er ins Tal hinunterschaute, immer mulmiger in seiner Haut zumute. Tief gebückt, die Augen, soweit er es vermochte, nur auf den Stein oder den Felsen geheftet, auf den er seinen nächsten Schritt zu setzen gedachte, schlich er dahin, wagte nicht, nach links und rechts zu sehen, und schwitzte erbärmlich. Gasperlmaier wusste verlässlich, dass sich unterhalb des Steilhangs, auf dem sie sich befanden, senkrechte Felsbänder verbargen, über die man recht gut zu Tode stürzen konnte. Schließlich machte es keinen großen Unterschied, ob man aus zwanzig oder aus zweihundert Meter Höhe mit dem Kopf auf einen Felsen schlug. Er wagte es gar nicht, den Kurt zu fragen, wie weit es noch bis zur Fundstelle sei, doch bald kam es ihm vor, als kletterten sie schon eine Ewigkeit hier in dieser Einöde herum. Plötzlich gewahrte Gasperlmaier vor sich eine Felsstufe, vielleicht zwei Körperlängen hoch, die der Kurt gerade unter Zuhilfenahme seiner kräftigen Arme überwand. Nicht einmal einen klaren Gedanken hatte er noch fassen können, drängte sich die Frau Doktor schon an ihm vorbei. „Was ist denn, Gasperlmaier, können S' nicht mehr?", schnaufte sie. Das Können, so dachte Gasperlmaier bei sich, das war hier überhaupt nicht die Frage, es ging mehr um das Wollen, das Müssen, oder das Sich-nicht-Trauen. Dennoch wollte er sich öffentlich vor der Frau Doktor keine Blöße geben. Beherzt trat er näher an die Felsstufe heran und fasste nach einem, wie es ihm schien, sicheren Griff. So ungeschickt, dachte Gasperlmaier, war er ja gar nicht, wenn da nur nicht die Angst vor der Tiefe gewesen wäre. Eigentlich war ja die Höhenangst, so dachte er bei sich, eine Tiefenangst, denn man ängstigte sich ja nicht vor der Höhe, die über einem aufragte, sondern vor der Tiefe, die unter einem gähnend klaffte. Und als Gasperlmaier daran dachte, wie man aussah, wenn man in so einen Abgrund hinuntergeschleudert worden war, wozu er ja heute bereits ausgiebig die Gelegenheit gehabt hatte, verkrampfte er, klammerte sich mit den Händen an die Felswand und wagte nicht, auch nur eine einzige Bewegung weiter nach unten oder gar nach oben zu vollführen. Ein heftiger Schwindel erfasste ihn, und jeden Moment meinte er, er werde stürzen. Bis ihm die Frau Doktor sanft auf die Schulter klopfte.

„Gasperlmaier, ist Ihnen nicht gut? Da können Sie gar nicht hinunterfallen, da würden Sie höchstens zu meinen Füßen kollabieren. Weiter geht's nicht." Wenn auch ihre Worte sein Gehirn nicht erreichten, so tat dies doch der beruhigende Tonfall. Gasperlmaier erfing sich langsam, entspannte sich, kletterte die wenigen Meter nach oben und stand neben dem Kastenhuber Kurt, der den Kopf schüttelte. „Das hättest uns sagen sollen, Gasperlmaier, dass du Höhenangst hast. Dann hätten wir dich nicht mit hier herauf genommen." Dafür, dachte Gasperlmaier, war es jetzt wohl zu spät. Er nahm sich vor, in Zukunft rechtzeitig über allfällige Hinderungsgründe bei gefährlichen Unternehmungen Bescheid zu geben, fragte sich aber gleichzeitig, wie es wohl jetzt weitergehen, und vor allem, wie er hier wieder hinunterkommen sollte.

„Es ist nicht mehr weit", ermutigte ihn der Kurt, „wir sind fast schon da." Tatsächlich blieb der Kurt nach weniger als fünfzig Schritten stehen. „Da haben wir die Knochen und den Schädel gefunden." Er deutete auf einen sich nach unten zu verjüngenden Spalt in einem Haufen ineinander verkeilter Felsplatten, über denen sich, so nahm Gasperlmaier erst jetzt wahr, fast überhängend die Loserwand erhob. Gleich wurde ihm wieder schwindlig und er beeilte sich, seine Blicke wieder zu seinen Schuhspitzen hinunter zu lenken, worauf ihm ein wenig wohler wurde. „Jetzt verstehe ich“, hörte er die Frau Doktor, „wie es möglich war, dass man die Leiche so lang nicht gefunden hat. Sie ist wahrscheinlich in einem dieser Hohlräume zwischen den Felsbrocken zu liegen gekommen?“ Der Kastenhuber Kurt nickte. Gasperlmaier ließ sich bauchwärts fallen, drehte sich vorsichtig um, ohne seine Blicke talwärts wandern zu lassen, und verkeilte seine Fersen sorgsam im Geröll. Um nichts in der Welt würde man ihn dazu bringen, nach irgendwelchen Resten der unglücklichen, womöglich vor Jahren hier verstorbenen Frau zu suchen. Er vergrub seine Blicke zwischen den Knien und wurde so nur mehr Ohrenzeuge dessen, was im Folgenden geschah. „Da!“, so der Kurt, „zwischen diesen beiden Brocken ist der Schädel gelegen, es war ein reiner Zufall, dass ich in den Spalt hineingeschaut habe. Hier kommt normalerweise niemand vorbei, keine Kletterroute berührt diese Stelle. Allerdings wundert mich, dass man sie nach dem Absturz nicht gefunden hat. Wenn man weiß, von wo sie gefallen ist, hätte man auch hier suchen müssen.“ „Möglicherweise hat man nicht gewusst, wo man suchen muss, so wie heute“, hörte Gasperlmaier nun die Frau Doktor. „Ingmar, bitte suchen Sie die Stelle ab, ob Sie noch irgendetwas finden.“ Ingmar, dachte Gasperlmaier bei sich, das war ein recht seltsamer und komisch klingender Name. Wer dem Ingmar den wohl verpasst haben mochte? Gasperlmaier erinnerte sich, dass es vor Jahrzehnten einmal einen großartigen schwedischen Skifahrer gegeben hatte, allerdings hatte der Ingemar geheißen, meinte er sich zu erinnern. Recht schweigsam war der gewesen, was Gasperlmaier aber nicht wunderte, wenn er an die dummen Fragen der Sportreporter dachte, die so ein Weltcupass nach jeder einzelnen Abfahrt im Ziel zu beantworten hatte. Da wäre Gasperlmaier auch schweigsam geblieben, ganz davon abgesehen, dass es ihm ohnehin unmöglich war, auf spontane Fragen zusammenhängende, sinnvolle Antworten zu geben. Das war Gasperlmaiers Sache nicht.

„Ich hab was!", freute sich der Ingmar. „Ein paar Knochensplitter. Und da, ein Hautfetzen mit Haaren dran!" Der Ingmar stöhnte und seine Stimme klang ganz dumpf. Gasperlmaier vermutete, dass er kopfüber in dem Spalt steckte, der den Schädel so lange vor neugierigen Blicken verborgen hatte. Gasperlmaier mochte weder hinhören noch sich vorstellen, wie der Ingmar mit einer Zange seine Fundstücke in die Plastiksäcke beförderte, die für derlei Beweisstücke jederzeit und überall verfügbar zu sein hatten. „Kleidungsreste!" Offenbar fand der Ingmar jetzt so viele Überbleibsel, dass er nicht mehr jeden Fund im Einzelnen kommentierte.

Gasperlmaier dachte an den unvermeidlichen Abstieg, und als der Kurt fragte: „Gehen wir weiter?", erschrak er so, dass er meinte, er werde sofort den Steilhang hinunterkollern. Er wagte einen Blick nach oben. „Wie, weiter?" „Na ja", schmunzelte der Kurt, „hast du vergessen, dass wir noch einen weiteren Leichenfundort haben? In einer knappen halben Stunde sind wir dort."

Die Frau Doktor Kohlross trat zu Gasperlmaier hin und fragte besorgt: „Gasperlmaier, wenn Sie lieber hierbleiben möchten, dann sagen Sie es ruhig!" Der Angesprochene drehte sich langsam auf die Bauchseite und stemmte sich mit den Armen in den Stand. So steil war es, dass er meinte, er brauche nur die Arme auszustrecken, schon werde er mit den Händen den Abhang berühren können. Allein zurückgelassen werden wollte er auf keinen Fall, und schon gar nicht wollte er vor der Frau Doktor als so eine Art Pflegefall dastehen, der spezielle Rücksichtnahme erforderte.

„Geht schon!", krächzte er tapfer und folgte dem Kurt, der sich bereits umgewandt hatte und von ihnen fort weiter bergan stieg. Die Augen hielt Gasperlmaier fest auf die Schuhe des Vorangehenden geheftet. Er meinte, die Klippen, über die er kraxeln hatte müssen, schon nicht mehr zählen zu können, als die Frau Doktor wiederum aufschrie. Gasperlmaier meinte, sie habe am Ende eine weitere Leiche oder zumindest einen Teil gefunden, der bei einem ihrer Opfer noch abgängig war. „Eine Schlange!", kreischte sie hysterisch. Gasperlmaier wandte sich vorsichtig um, darauf bedacht, dabei niemals in den Abgrund hinunterzublicken, und gewahrte mehr aus den Augenwinkeln, wie ein dunkler Reptilienschwanz zwischen zwei Steinen verschwand. Wenige Augenblicke später war er sich nicht mehr sicher, ob er überhaupt etwas gesehen hatte. „Da war sie! Ich hätte fast hingegriffen!" Wieder überschlug sich die Stimme der Frau Doktor, und nun war es an Gasperlmaier, tröstende Worte zu finden. „Aber Sie sehen doch, sie ist ja gleich verschwunden. Schlangen mögen keine Erschütterungen, und sie sind sehr scheu." Gasperlmaier vergaß seine eigene Angst für einen Moment, stieg ein, zwei Schritte zurück, fasste die Frau Doktor am Arm und geleitete sie an der Stelle vorbei, an der das Reptil gerade verschwunden war. Den Rest des Weges hielt sich die Frau Doktor keuchend knapp hinter Gasperlmaier, der ihre Angst förmlich im Nacken spüren konnte. Wirklich helfen tat ihm das nicht.

Endlich blieb der Kurt stehen. „Da drüben!" Er wies auf eine steile Fläche direkt unterhalb der Wand, die von mit Felsbrocken durchsetztem Geröll bedeckt war und sich kaum von der Stelle unterschied, an der sie vorher haltgemacht hatten. Gasperlmaier hockte sich hin und stützte sich mit der rechten Hand ab, um ein etwas sichereres Gefühl zu haben. „Genau wo?“, fragte die Frau Doktor. „Sehen Sie, dort vorne, wo diese Felsplatte herausschaut, die sich so zu uns herüberneigt?“, fragte der Kurt. „Genau davor ist sie gelegen, ein kleines Stück weiter oben.“ „Wir gehen jetzt noch ein wenig näher, dann bestimmen wir das Suchgebiet, und danach suchen wir alles ab, nach Resten von Ausrüstung und ...“ Die Frau Doktor brauchte den Satz nicht zu beenden, um ihnen klarzumachen, dass auch nach Blutflecken und anderen Überbleibseln der Leiche zu suchen war. Gasperlmaier folgte den dreien, bis sie stehen blieben, gewahrte etwa dreißig Meter unter seinem Standort das Ende des Steilhangs und dahinter nur mehr gähnende Leere. Er wandte seine bereits bewährte Technik an, ließ sich auf den Bauch fallen, drehte sich vorsichtig um und verkeilte seine Fersen zwischen den Steinen, um sich vor dem Abrutschen zu sichern. So leise, dass er hoffte, es werde nur die Frau Doktor hören, die ihm am nächsten stand, sagte er: „Ich kann hier nichts suchen. Ich muss hier sitzen bleiben. Mir geht es nicht gut.“ Die Frau Doktor wandte sich zu ihm um. „Ist in Ordnung. Wir machen das schon.“

Dann hörte Gasperlmaier nur mehr die Stimmen der anderen, da er intensiv mit der Beobachtung des Stückchen Bodens zwischen seinen angezogenen Beinen beschäftigt war. „Könnte sein“, hörte er aus der Ferne den Kurt rufen, „dass wir eher nach oben zu suchen müssen, vielleicht ist sie hier heroben schon aufgeschlagen und danach noch nach unten gerutscht.“ „Komm schon!“, rief die Frau Doktor zurück, und der Ingmar informierte alle lautstark darüber, dass er Gewebeteile gefunden habe und nun dabei sei, sie zu sichern.

Plötzlich fiel Gasperlmaier in der Nähe seiner linken Ferse etwas auf, das nicht hierhergehörte. Etwas Glitzerndes. Gasperlmaier beugte sich ein wenig vor und sah einen grünen Stein, der halb durchsichtig zu sein schien. Er tastete vorsichtig mit den Fingern danach, um nicht doch noch abzurutschen, bekam den Stein zu fassen und besah ihn sich genauer. Der Stein war in Silber gefasst, darüber befanden sich noch mehrere kleinere Steine derselben Farbe, und das ganze hing ...

Gasperlmaier ließ den Stein fallen, als sei er von der Tarantel gestochen worden. Wild schüttelte er seine Finger, als ob ihm selbst Reste dessen, was an dem Schmuckstück gehangen war, noch gefährlich werden konnten. Vor sich im Geröll sah Gasperlmaier nun ein Ohrgehänge liegen, an dem deutlich sichtbar ein blutverschmiertes Ohrläppchen samt einem Teil der Ohrmuschel hing. Gasperlmaier zog sich, rücklings auf allen vieren, ein paar Schritte bergauf zurück und rief: „Ich hab da auch was gefunden!" „Gleich!", beschied ihm der Ingmar. Gasperlmaier konnte seinen Blick nicht von seinem schaurigen Fund abwenden und zeigte mit dem Finger darauf, als sich der Ingmar genähert hatte. Der beugte sich über den Fund. „Super, Herr Gasperlmaier! Toller Fund!" So Tatortmenschen, dachte Gasperlmaier bei sich, mussten schon besonders feinfühlig sein, wenn sie über ein Schmuckstück, an dem noch ein Teil der ehemaligen Trägerin hing, in solche Begeisterung ausbrechen konnten. Man könnte meinen, er habe einen kiloschweren Steinpilz oder was Ähnliches gefunden. Der Ingmar bettete seinen Fund sorgfältig mittels einer Art Pinzette in einen Plastikbeutel und suchte die Umgebung nach weiteren Teilen der Verunglückten ab. „Sie sitzen am Ende mitten im Sturzbereich, Gasperlmaier“, meinte der Ingmar. Trotz des unter ihm gähnenden Abgrunds zog sich Gasperlmaier, rückwärts robbend, nun sicher zehn, zwanzig Meter weit zurück, um sich gegenüber weiteren ungewollten Funden abzusichern.

Nach einer, wie es Gasperlmaier schien, halben Ewigkeit, während der er krampfhaft damit beschäftigt war, nicht ins Tal hinunterzuschauen, fanden sich alle wieder an seinem Sitzplatz ein. „Ihr Fund, Gasperlmaier, war der interessanteste!“, beglückwünschte ihn die Frau Doktor. „Sonst haben wir nichts gar so Aufregendes gefunden – außer dem hier!“ Die Frau Doktor schwang voller Stolz einen Plastikbeutel vor Gasperlmaiers Augen hin und her. Zunächst konnte er nicht erkennen, was sich darin befand, es sah aus, wie zufällig zusammengeklaubter Müll. „Das Handy!“, erlöste ihn schließlich die Frau Doktor. „Viel ist zwar nicht davon übrig, aber ich bin mir ganz sicher, dass unsere Spezialisten von der SIM-Karte – die ist nämlich noch dabei, sehen Sie?“, sie hielt den Finger unter ein deformiertes Stückchen Kunststoff mit Metallstreifen darin – „noch etwas herunterlesen können“, vollendete sie ihren Satz. Gasperlmaier konnte sich nicht vorstellen, dass ihnen dieser Haufen Metall- und Kunststoffschrott noch irgendetwas verraten würde, aber die Frau Doktor, war er sich sicher, würde es wohl besser wissen.

Auf dem Rückweg hielt sich Gasperlmaier am Ende der Gruppe, verlor ein paarmal regelrecht den Anschluss, als er sich sehr steile Passagen im Rückwärtsgang, mit dem Gesicht zum Berg, hinuntertastete, und war am Ende, als sie den markierten Weg wieder erreichten, fix und fertig. Sowohl körperlich als auch seelisch. Er war sich sicher, dass er noch wochenlang von den Abgründen, die ihn umgeben hatten, und von einem Absturz träumen würde. So war es ihm schon einmal ergangen, denn in einem Anfall von Leichtsinn hatte er sich vor Jahren von ein paar Freunden überreden lassen, den Traunstein in Gmunden draußen zu besteigen, einen weithin berüchtigten Berg, auf dem alljährlich mehrere Verwegene ihr Leben lassen mussten. Ein ganzes Buch hing an einem Kreuz beim Einstieg, in dem alle verzeichnet waren, die hier zu Tode gestürzt waren. Wie man auf die Idee kommen konnte, angesichts dieser schier endlosen Opferliste da hinaufzusteigen, war ihm damals schon ein Rätsel gewesen. Gasperlmaier war ohnehin nur mitgegangen, weil der Beginn des Aufstiegs in dichtem Wald eher harmlos gewirkt hatte, und als man dann über mehrere Leitern in völlig unwegsames Gelände gestiegen war, hatte er nicht mehr gewagt, seine Höhenangst ins Treffen zu führen und umzukehren. Der Aufstieg hatte sich in keiner Weise bezahlt gemacht, denn Gasperlmaier hatte aus Angst, am Ende beim Abstieg sein Gleichgewicht zu verlieren, nicht einmal gewagt, oben auf der Hütte ein Bier zu trinken. Dafür hatte er mit wochenlangen Albträumen von Felswänden und Steilabbrüchen bezahlen müssen.

Gasperlmaier dachte nur noch daran, jetzt zur Hütte und nach Hause zu kommen, um seine geschundenen Glieder vor den Fernseher zu betten, als die Frau Doktor die Arme in die Seiten stemmte und sagte: „So. Jetzt zum Gipfel!“ Gasperlmaier traf fast der Schlag. Was sollten sie denn jetzt am Gipfel oben? Der Kurt meinte, er habe jetzt keine Zeit mehr, und auf den Gipfel würden sie allein auch hinauffinden, da bräuchten sie keine Bergrettung. Und der Ingmar hatte auch keine Lust. „Bis ich wieder zu Hause bin, ist es ohnehin sieben, halb acht. Keiner zahlt mir die Überstunden. Glauben Sie wirklich, dass da oben spurensicherungsmäßig was zu tun ist?“

Die Frau Doktor winkte ab. „Schaff ich schon selber. Gasperlmaier kennt den Weg, oder?“ Das bedeutete, schloss Gasperlmaier, dass er jetzt allein mit der Frau Doktor noch auf den Losergipfel hinaufmusste, anstatt sich zu Hause mit einer Flasche Bier vor den Fernseher zurückziehen zu können. Er zuckte mit den Schultern, und noch bevor er etwas sagen konnte, hatten sich alle voneinander verabschiedet, die Frau Doktor kletterte in der nun bereits tief stehenden Sonne den Berg hinauf, die beiden anderen waren schon auf dem Weg nach unten. Gasperlmaier fügte sich in sein Schicksal. Wind war aufgekommen und trieb neuerlich Nebelfetzen in ihre Richtung, und noch bevor sie den Sattel erreicht hatten, wo der Weg wieder flacher wurde und in einer großen Schleife nunmehr sanft ansteigend zum Losergipfel hinaufführte, waren sie wieder in der Nebelsuppe untergetaucht. Und kaum hatten sie die letzten Latschen hinter sich gelassen, um auf das Gipfelplateau hinaufzusteigen, begann es zu regnen. Die Tropfen peitschten Gasperlmaier ins Gesicht und er fragte sich wirklich, was das für einen Sinn hatte, heute hier noch heraufzusteigen. Zudem wurde es nun immer dunkler. Die Frau Doktor blieb stehen, drehte sich zu ihm um und lächelte. Ihre Haare hatte sie inzwischen unter einer blauen Kapuze versteckt. Ja, dachte Gasperlmaier bei sich, die Frau Doktor hat gut lachen, sie hat eine wasserdichte Jacke mit einer Kapuze an, und ich stehe da mit meiner Uniformjacke, die bald durchweicht sein wird, und muss mit einer Hand meine Kappe festhalten, damit sie mir der Wind nicht ins Kar hinunter davonweht.

„Hat schon was, so eine Stimmung, finden Sie nicht, Gasperlmaier? Der Nebel, die Felsen, direkt gruselig?" Gasperlmaier teilte diese Einschätzung nicht, behielt das aber für sich. Er konnte nun endlich das Gipfelkreuz erkennen, das versprach, ihn von seinen Nöten zu erlösen. Erschöpft ließ er sich auf den Betonsockel fallen. „Ich hab jetzt ein wenig die Orientierung verloren, Gasperlmaier. Wo kann die Frau hinuntergestürzt sein?" Gasperlmaier deutete vage in südliche Richtung, denn dort unten, so meinte er, musste die Unglückliche gefunden worden sein. „Kommen Sie, wir müssen dahin, wo sie abgestürzt ist. Vielleicht finden wir was." Seufzend erhob sich Gasperlmaier, doch die Frau Doktor war bereits im Nebel verschwunden. Gasperlmaier bekam es mit der Angst zu tun. „Frau Doktor?", rief er, und nochmals: „Frau Doktor?" Keine Antwort. Panik erfasste Gasperlmaier. Sorgsam Fuß vor Fuß setzend, bewegte er sich in die Richtung, in die, wie er meinte, die Frau Doktor verschwunden war. Immer wieder rufend näherte er sich der Kante des Plateaus. Der Losergipfel war, wie Gasperlmaier wusste, auf allen Seiten von schroffen Steilwänden umgeben, außer an der Seite, auf der der Weg heraufführte. Wohin immer sich die Frau Doktor wandte, sie musste an die Kante einer Felswand gelangen. Plötzlich stand Gasperlmaier vor dem Abgrund. War die Frau Doktor am Ende schon hinuntergestürzt? Da hörte er zu seiner Erleichterung ein Rufen. „Gasperlmaier?" Es schien von rechts zu kommen. Er ging ein paar Schritte und gewahrte die Umrisse der blauen Jacke der Frau Doktor. „Stellen Sie sich vor!", sagte die Frau Doktor, „so wie wir beide hier sind die vor ein paar Stunden auch dagestanden. Und dann ist sie hinuntergestürzt, und er ruft die Loserhütte an und verschwindet. Ist das logisch?" Gasperlmaier schüttelte den Kopf. Er hatte keine Lust, sich vorzustellen, was passierte, wenn einer von zwei einsamen Bergsteigern hier heroben im Nebel einen Fehltritt beging. Die Frau Doktor trat nah an den Abgrund heran. „Was war hier los?", sinnierte sie, in den Abgrund hinunterstarrend. Gasperlmaier zog sich ein paar Schritte zurück. Die Frau Doktor drehte sich um, wobei sie über einen Stein stolperte und kurz ins Taumeln geriet. Gasperlmaier tat einen Schrei, bewegte sich aber vor Schreck keinen Millimeter von der Stelle. Schon meinte er, die Frau Doktor würde vor seinen Augen zu Tode stürzen, als sie ganz ruhig auf ihn zukam. „Was ist denn, Gasperlmaier? Ist Ihr Nervenkostüm heute schon so angeknackst? Nur die Ruhe. Bald haben wir es geschafft. Wir müssen nur noch hier die Kante absuchen, ob von den beiden irgendetwas zurückgeblieben ist." Das war so ungefähr die Vorstellung Gasperlmaiers von Fegefeuer und Hölle, dass er am Rand eines Abgrunds in Nebel und immer bedrohlicher einfallender Dunkelheit etwas suchen sollte, von dem er nicht wusste, was es war. Ein Fiebertraum.

Die Frau Doktor entfernte sich wieder von ihm, ihre Blicke aufmerksam zu Boden geheftet. Gasperlmaier sollte nun, so schlussfolgerte er zumindest, in die andere Richtung gehen, um nach irgendetwas zu suchen, das die beiden einsamen Bergwanderer heute Vormittag hinterlassen hatten. Einerseits kam ihm der Nebel nicht ungelegen: Keine gähnend tiefen Abgründe taten sich vor ihm auf, an deren unterem Ende, Hunderte Höhenmeter tiefer, er sich im Geiste schon liegen sah. Der Nebel verschluckte alles. Allerdings auch den Sicherheitsabstand zum Rand der Klippe, dem sich Gasperlmaier nähern sollte. Fünf Meter schienen ihm ausreichend, und so schlich er, aus Sicherheitsgründen, um seinen Schwerpunkt tiefer zu legen, gebückt am Rand des Gipfelplateaus entlang. Die Verpackung eines Müsliriegels lag plötzlich vor seiner Schuhspitze, einen Schritt weiter ein benutztes Papiertaschentuch. Verärgert steckte Gasperlmaier beides ein, um es beim nächsten Mistkübel loszuwerden. Was die Wanderer heutzutage doch für Ferkel waren. Was man auf den Berg hinauftragen konnte, hatte Gasperlmaiers Mutter immer schon gepredigt, das konnte man doch, wenn man seinen Inhalt verspeist hatte, auch leer wieder hinuntertragen. Das war doch nicht so schwierig. Gasperlmaier erinnerte sich an die jährlichen Reinigungsaktionen, als er als Jungfeuerwehrmann kreuz und quer über die Wanderwege der näheren Umgebung geschickt worden war, um weggeworfenen Müll einzusammeln. Auch damals, gestand er sich ein, waren sie nach zwei, drei Stunden mit prall gefüllten Müllbeuteln zurückgekommen. Vor fünfundzwanzig Jahren waren also die Wanderer auch nicht reinlicher gewesen als heute.

Plötzlich hörte er die Frau Doktor rufen, blickte auf und konnte sich nur schwer orientieren. Wo war jetzt das Gipfelkreuz? Wo der Weg nach unten? In aufkommender Panik irrte Gasperlmaier einmal hierhin, einmal dorthin, nur um nach wenigen Schritten wieder auf eine Abbruchkante zu stoßen. Schweiß trat aus allen seinen Poren, und Gasperlmaier begann zu keuchen, als sich eine Hand auf seine Schulter legte. „Kommen Sie, Gasperlmaier. Kein Grund zur Panik. Wir gehen jetzt hinunter. Hier gibt's wohl nichts mehr für uns." Sanft steuerte sie Gasperlmaier, der nach wenigen Schritten das rettende Gipfelkreuz erblickte und sich wiederum, schwer atmend, auf dem Sockel niederließ. „Ich weiß, wie das ist", meinte die Frau Doktor. „Glauben Sie nicht, dass ich Angstzustände nicht kenne. Der

Unterschied ist nur, Männer versuchen meist, sie zu überspielen. Auf die Idee, sie zuzugeben und dagegen etwas zu unternehmen, kommen sie meistens nicht. Haben Sie schon einmal daran gedacht, eine Therapie gegen Ihre Höhenangst zu machen? Immerhin leben Sie mitten im Gebirge?"

Gasperlmaier ersparte sich, der Frau Doktor seine Meinung darzulegen, nach der der Mensch eben keine Gams war und es dem natürlichen Überlebenswillen seiner Spezies entsprach, sich nicht mutwillig Gefahren für Leib und Leben in Gestalt senkrechter Felswände auszusetzen. Warum sollte er sich etwas wegtherapieren lassen, was ihm unter Umständen das Leben retten konnte? Stattdessen zuckte er nur mit den Schultern. „Ich weiß nicht recht, Frau Doktor", gestand er schließlich doch ein, „glauben Sie denn, dass das wirklich hilft?" Die Frau Doktor nickte. „Sehen Sie, ich habe es bei meiner Spinnen- und Schlangenphobie schon weit gebracht. Ich kann zum Beispiel in einen Reptilienzoo gehen und völlig ruhig die Viecher hinter den Glasscheiben betrachten." Gasperlmaier dachte bei sich, dass er – auch ohne Therapie – jeden Abgrund jederzeit durch dicke Glasscheiben hindurch ohne jede Panik zu betrachten bereit war, wollte aber das Thema nicht vertiefen und erhob sich. Bevor er sich auf den Weg nach unten machte, holte er noch schnell den eingesammelten Müll aus seiner Jackentasche und warf ihn in den Müllsack, der leer und verlassen, vom Wind ein wenig angestupst, in seinem Gestell neben dem Gipfelkreuz baumelte. Misstrauisch, wie es ihm schien, beobachtete ihn die Frau Doktor dabei. „Was schmeißen Sie denn da weg, Gasperlmaier?", fragte sie argwöhnisch. Gasperlmaier zuckte die Schultern. „Nur ein bisschen Mist, den ich zusammengeklaubt habe", antwortete er, ohne sich einer Schuld bewusst zu werden. Die Frau Doktor aber stürzte wie eine Hyäne auf den Müllsack zu, öffnete den Deckel und versuchte, ganz unten im Dunkeln zu identifizieren, was Gasperlmaier hineingeworfen hatte. „Haben Sie nicht daran gedacht, dass Ihr Müll vom Mordopfer beziehungsweise vom Mörder stammen könnte?" Die Frau Doktor schüttelte indigniert den Kopf, während sie einen Latexhandschuh überzog und einen Plastikbeutel aus einer Tasche ihrer Wanderjacke zutage förderte. Sie musste den Müllsack ein wenig nach oben ziehen, um auf seinen Grund langen zu können. „Aha!" Sie betrachtete die Fundstücke. „Ein Müsliriegel, und ein gebrauchtes Papiertaschentuch! Vor allem das Taschentuch, Gasperlmaier! Eine hervorragende DNA-Quelle!" Sie stopfte die beiden Fundstücke in ihren Plastikbeutel und verstaute ihn in ihrer Jacke. „Jetzt müssen Sie mir noch zeigen, wo Sie das gefunden haben!" Gasperlmaier wurde schwarz vor Augen, zum einen, weil er es nicht wahrhaben wollte, dass er jetzt noch einmal an der Kante der Loserwand nach einer Stelle suchen sollte, an der jetzt sicher nichts mehr lag, zum anderen, weil sich bereits die Dämmerung herabzusenken begann. Den ganzen Nachmittag über hatte er ohne zu murren getan, was man ihm aufgetragen hatte, er persönlich jedoch für gänzlich sinnlos hielt, doch nun platzte ihm der Kragen. „Frau Doktor, wie stellen Sie sich denn vor, dass ich im Nebel eine Stelle finden soll, an der ich jetzt eben nichts mehr finden kann? Ich habe schließlich kein Staberl mit einer Nummer an der Stelle hinterlassen, wie eure Tatortmenschen das gern tun! Und außerdem wird es finster! Wir müssen hinunter!"

Die Frau Doktor zog die Augenbrauen nach oben. Nicht, wie es Gasperlmaier schien, aus Verachtung, sondern aus fast so etwas wie Respekt vor dem plötzlichen energischen Gefühlsausbruch Gasperlmaiers. „Sie haben recht", gestand sie ein. „Wir gehen hinunter. Vielleicht schicke ich morgen noch einmal jemanden herauf."

Gasperlmaier hatte es eilig. Wortlos trat er den Abstieg an, und er drehte sich nur dann um, wenn er meinte, die Schritte der Frau Doktor nicht mehr zu hören. Die jedoch, so merkte er, bemühte sich, mit seinem nun forschen Tempo Schritt zu halten. Als sie nach weniger als einer Viertelstunde wieder etwa bei jener Stelle angelangt waren, an der sie zuvor den markierten Steig verlassen hatten, um nach dem Fundort der Leichen zu suchen, tauchte vor Gasperlmaier plötzlich ein Licht aus dem immer undurchdringlicher werdenden Grau des Nebels auf. Es war der Kilian mit einer Stirnlampe. „Ich hab euch schon gesucht", keuchte er, „weil es schon finster wird!"

Ein Glück war es, dass ihnen der Kilian heimleuchtete, denn als sie bei der Hütte anlangten, war es bereits fast völlig dunkel geworden. „Ich bin der Einzige, der noch heroben ist", sagte der Kilian, auf die Hütte deutend, deren Fenster ebenso dunkel glänzten wie der Himmel darüber, „die anderen sind alle schon hinuntergefahren." Der Kilian verschwand in der Hütte, während die Frau Doktor und Gasperlmaier auf ihren Audi zusteuerten. Gasperlmaier öffnete die Beifahrertür, und als sie losfuhren, wurde ihm bewusst, dass er die Loserstraße noch nie bei Dunkelheit hinuntergefahren war.

Gasperlmaiers Füße schmerzten. Die Bergschuhe waren ihm anscheinend doch etwas zu eng, so bequem sie ihm zunächst auch erschienen waren. Nachdem sie aus der Hüttenzufahrt in die Straße eingebogen waren, begann die Frau Doktor, die während der letzten halben Stunde ziemlich wortkarg gewesen war, wieder zu sprechen. „Rekapitulieren wir, Gasperlmaier!“, sagte sie. Während Gasperlmaier noch überlegte, was genau dieses Wort wohl bedeuten mochte, überhörte er fast die Überlegungen, die die Frau Doktor von sich gab, während sich ihr Wagen so schwungvoll durch die Kehren schlängelte, dass Gasperlmaier einmal gegen die Tür, das andere Mal aber gegen die Frau Doktor geschleudert zu werden drohte. Das Letztere war ihm definitiv angenehmer.

„Wir haben also zwei Leichen, Fundort nahezu identisch. Todeszeitpunkt – sicherlich ein paar Monate auseinander, vielleicht ein Jahr. Todesursache – einmal wahrscheinlich Fremdeinwirkung, das andere Mal völlig ungeklärt. Identität beider Opfer ungeklärt. Beides Frauen. Ein Zusammenhang zwischen den beiden Todesfällen? Reine Spekulation. Ein Verbrechen? Im zweiten Fall mehr als wahrscheinlich. Gasperlmaier, auf uns kommt viel Arbeit zu. Wir sehen uns morgen früh wieder – und ich hoffe, bis dahin haben wir zumindest die Identität des gestern verstorbenen Opfers geklärt. Ich setze meine Hoffnung da auf das Handy. Und vielleicht meldet sich ja jemand als vermisst.“

Mittlerweile hatten sie die Mautstelle passiert und näherten sich der Talstation der Lifte, die auf den Loser und den Sandling hinaufführten, und den zugehörigen größeren Parkflächen.

„Sie glauben gar nicht, Gasperlmaier“, holte die Frau Doktor in ihren Ausführungen ein wenig weiter aus, „wie viele Leute vermisst gemeldet und nie gefunden werden. Und wie viele Leichen, andererseits, gefunden werden, deren Identität nicht oder erst nach sehr langer Zeit geklärt werden kann. Ist es nicht seltsam, dass es Leute gibt, die niemandem abgehen, wenn sie verschwinden?“ Gasperlmaier versuchte, sich eine halbwegs intelligente Antwort zurechtzulegen, als die Frau Doktor auch schon fortfuhr. „Haben Sie Kinder, Gasperlmaier? Ich komm nur drauf, weil ich gerade überlege, dass wenigstens Eltern den Kindern abgehen sollten, wenn sie verschwinden. Oder umgekehrt. Wem würde ich abgehen, wenn ich verschwinden würde? Ja, sicher. Meinem Arbeitgeber. Aber sonst. Ich hab keine Kinder, Gasperlmaier. Aber ich hätte gern welche. Aber wie soll man das anstellen, in diesem Job?“ Langsam begriff Gasperlmaier, dass die Frau Doktor nicht unbedingt Antworten von ihm erwartete, was ihm an sich nicht unangenehm war. Unangenehm war ihm hingegen, dass er das Gefühl hatte, die Frau Doktor sei gerade dabei, ihm ihr Herz auszuschütten, und das war nichts für Gasperlmaier, ganz allgemein, dass Frauen ihm ihr Herz ausschütteten, denn mit dem Inhalt desselben konnte er selten was anfangen. Entgangen war es ihm allerdings nicht, dass Frauen ihm manchmal mehr von sich erzählten, als er von ihnen wissen wollte. Seine Christine hatte ihm einmal erklärt, die Unbeholfenheit, die er zuweilen ausstrahle, wecke in Frauen den Beschützerinstinkt, sie sähen ihn, so die Christine, eher als großen oder auch kleinen Bruder, an dessen Schulter man sich ausweinen könne. Gasperlmaier war froh, dass ihn wenigstens die Christine nicht wie einen kleinen Bruder behandelte, denn in diesem Fall hätte ihm die Ehe, so dachte er bei sich, wohl wenig Freude bereitet.

Inzwischen waren sie vor dem Gasperlmaier’schen Haus angelangt, ohne dass die Frau Doktor nach dem Weg hatte fragen müssen. „Woher wissen Sie …?“, fragte Gasperlmaier, ohne die Frage zu Ende zu bringen. Eine seiner schlechten Angewohnheiten, wie seine Frau immer wieder betonte. Er solle einmal angefangene Sätze auch fertig sprechen, ermahnte sie ihn gelegentlich. Die Frau Doktor lächelte. „Erinnern Sie sich nicht mehr? Ich hab sie doch hier schon einmal frühmorgens zu einem Einsatz abgeholt!" Gasperlmaier verabschiedete sich und konnte sich nicht genug darüber wundern, dass sich die Frau Doktor nach einem einzigen Mal, wo noch dazu große Eile geboten gewesen war, den Weg zu seinem Haus gemerkt hatte.

Erst als die Frau Doktor im Rückwärtsgang verschwunden war, bemerkte Gasperlmaier, dass vor seinem Haus ein alter VW-Bus parkte, mit einem Salzburger Kennzeichen. Den hatte er hier noch nie gesehen. Es war kein ganz alter, sondern schon die ein bisschen eckigere Ausführung, mit runden Scheinwerfern und ziemlich verrostet. Auf den blau-weiß lackierten Seitenflächen stand in großen, etwas schlampig hingepinselten Lettern „Beda Venerabilis", was immer das bedeuten mochte. Gasperlmaier nahm seine Mütze ab, kratzte sich am Kopf und öffnete das Gartentor.

4

„Hallo!“, grüßte Gasperlmaier in das leere Vorhaus hinein. Nichts rührte sich. War am Ende niemand zu Hause? Doch nein: Es brannte ja überall das Licht. Gasperlmaier stieß die Küchentür auf und sah seine Christine am Herd herumfuhrwerken. „Hallo!“, machte sich Gasperlmaier noch einmal bemerkbar. Die Christine fuhr herum und begrüßte den Gasperlmaier mit einem Lächeln. „Hallo! Bist du schon da?“ Fast wäre Gasperlmaier versucht gewesen, zu antworten, nein, er sei noch auf dem Polizeiposten, da drehte sich die Christine schon wieder zum Herd um. „Es gibt Kasspatzen! Die magst du doch so gern!“ Gasperlmaier erinnerte sich an die übergroße Portion desselben Gerichts, die er heute schon in der Loserhütte gegessen und nicht bei sich behalten hatte können. Er verspürte wenig Lust auf eine Neuauflage und verzog den Mund, was die Christine aber nicht sehen konnte.

„So“, sagte sie, „schon fertig!“, und wandte sich Gasperlmaier zu, der einen Kuss bekam, den er eifrig erwiderte. Eine schöne Frau war seine Christine, darauf bestand Gasperlmaier, und trotz ihrer fünfundvierzig Jahre noch resch und frisch, wie er fand. Nur durfte man in ihrer Gegenwart das Wort „noch“ nicht verwenden, wenn es auf ihr jugendliches Aussehen angewandt wurde. „Wenn sich das Wort ‚noch‘ einschleicht“, pflegte sie zu sagen, „wenn dir wer ein Kompliment macht, dann ist eh schon alles zu spät.“ Gasperlmaier versuchte, sie ein wenig an sich zu drücken, doch die Christine machte sich los. „Wir haben einen Gast!“, lächelte sie, und erst jetzt, als er sich umdrehte und einen groß gewachsenen, hageren Mann mit langen Haaren an ihrem Esstisch gewahrte, erinnerte sich Gasperlmaier an den VW-Bus. Als die Christine auf ihn zuging, erhob er sich. „Das“, so stellte die Christine ihn vor, „ist der Beda, und das“, sie wies dabei auf den Gasperlmaier, „ist mein Mann, der Franz.“ So nannte ihn die Christine normalerweise nur, wenn sie böse auf ihn war. Gasperlmaier trat auf den Mann zu und schüttelte ihm die Hand. Wie konnte jemand Beda heißen? Der Kerl hatte eingefallene Wangen, roch irgendwie seltsam und grinste Gasperlmaier geistesabwesend ins Gesicht. Der wartete auf Erklärungen, die sogleich folgten. „Den Beda kenne ich noch vom Studium. Wir haben ...“ Die Christine unterbrach sich, musste sich räuspern und setzte ein wenig unsicher fort: „Er hat eine Zeitlang in der gleichen WG gewohnt wie ich.“ Gasperlmaiers Miene verfinsterte sich. Die WG, das war ein dunkler Punkt in der Vergangenheit der Christine, der sich für Gasperlmaier noch nicht zur Gänze erhellt hatte. Die Christine hatte vor mehr als zwanzig Jahren an der Pädagogischen Akademie in Salzburg draußen studiert, und anscheinend hatte sie dort in der Großstadt auch ein wildes, ausschweifendes Leben in einer Wohngemeinschaft geführt, über die Gasperlmaier außer einem wissenden Lächeln der Christine niemals Genaueres hatte erfahren können. „Du musst nicht alles wissen, eine Frau bleibt nur interessant, wenn sie sich mit einem kleinen Geheimnis umgibt!“, pflegte sie Gasperlmaier abzuwimmeln. „Ich weiß ja auch nicht alles über dich!“ Bei ihm, dachte Gasperlmaier bei sich, gab es weder viel zu wissen noch geheim zu halten. Er hatte lang bei seiner Mutter gewohnt, hatte die Polizeischule besucht, weil sein Vater auch Polizist gewesen war und den Beruf für solide hielt, und Gasperlmaier hatte dem nicht viel entgegenzusetzen gehabt. Beziehungen zu Frauen hatte er so gut wie gar nicht gehabt, bevor ihn die Christine erobert hatte, und das Einzige, was er vor ihr bisher geheim gehalten hatte, war, dass er als Jugendlicher manchmal durch die Ritzen der Umkleidekabinen am Badeplatz draußen am Kahlseneck gespäht hatte. Wenig genug war dabei zu sehen gewesen. Ein wahrlich wenig aufregendes Leben.

Der Kerl, mit dem Gasperlmaier jetzt am Tisch saß, sah deutlich schneller gealtert aus als die Christine, die jetzt, während sie die Teller und das Besteck herbrachte, zu Erklärungen ausholte: „Der Beda, der war früher auch Lehrer. Deutschlehrer. Jetzt ist er aber Schauspieler, Musiker und Performancekünstler." Ein gewisses Strahlen, das von der Christine ausging, entging Gasperlmaiers Aufmerksamkeit nicht. Zudem hatte sie die Erklärung zum Beruf des seltsamen Gastes mit einer solchen Inbrunst vorgetragen, als wäre der der Bundeskanzler persönlich. Gasperlmaier hingegen nötigte es keinen Respekt ab, dass einer mit einem schrottreifen VW-Bus umherzog, um den Leuten ein bisschen Musik und ein paar Faxen vorzuführen. Viel, so dachte Gasperlmaier bei sich, konnte er mit seiner Kunst nicht verdienen, so abgerissen, wie der daherkam.

„Wo ist denn die Katharina?", fragte Gasperlmaier, „isst die nicht mit uns?" „Erstens", antwortete die Christine, „mag sie keine Kasspatzen, die sind ihr zu fett, wie du weißt, und zweitens hat sie ihren Salat schon gegessen." Gasperlmaier warf der Christine einen skeptischen Blick zu. Das Essverhalten der Katharina bereitete ihm Sorgen. Kein Fleisch, kein Fett, keinen Fisch. Kein Wunder, dass sie so dünn war. Die Christine stellte die Kasspatzen auf den Tisch, und Gasperlmaier nahm sich eine bescheidene Portion, während der Beda sich seinen Teller ordentlich auflud. „Fantastisch, wie du kochst!“, grinste der die Christine an. Da war etwas zwischen den beiden, das Gasperlmaier irritierte. Da war mehr, als er bisher erzählt bekommen hatte. Und das war ja eigentlich recht wenig. „Wie kommt man eigentlich zu einem solchen Namen?“, fragte Gasperlmaier nach dem ersten Mundvoll Kasspatzen. Jetzt erst merkte er, dass er doch einen ordentlichen Hunger von dem anstrengenden Tag mitgebracht hatte. „Beda?“ Gasperlmaier legte in das Wort so viel Verachtung hinein, wie es ihm nur möglich war. Der Beda faltete die Hände mit gespreizten Fingern unter seinem Kinn, vergaß auf seine Kasspatzen und begann zu dozieren. „Beda Venerabilis – oder auch the Venerable Bede, wie man ihn auf Englisch nennt – war ein Gelehrter und Mönch des frühen Mittelalters in England.“ Gasperlmaier schaltete auf Durchzug, kaute weiter, schaufelte Salat in sich hinein und spülte mit einem kräftigen Schluck Bier nach. Eigentlich hätte es ihn interessiert, warum sich der Kerl selbst Beda nannte, nicht, wer sein historisches Vorbild vor mehr als tausend Jahren gewesen war. Die Christine hatte natürlich Gasperlmaiers Verstimmung bemerkt. Sensibel war sie ja. Als der Beda seinen Vortrag beendet hatte, versuchte sie, vermittelnd einzugreifen. „Weißt du, Franz ...“ Schon wieder musste er sich Franz nennen lassen. War „Gasperlmaier“ für den Herrn aus der Großstadt zu peinlich? „Der Beda heißt eigentlich Peter, nur hat er sich halt einen Künstlernamen zugelegt. Weil er so mittelalterliche Instrumente spielt.“ Der meldete sich jetzt wieder selbst zu Wort. „In meiner Performance möchte ich das Mittelalter wiedererstehen lassen. Es ergibt sich ein Einklang zwischen Musik, Schauspiel und meinem Körper als Objekt und Subjekt gleichermaßen. Das Ziel ist Transzendenz, gewissermaßen. Das versuche ich zu vermitteln." Gasperlmaier verstand gar nichts. Und ihm war egal, was der Beda zu vermitteln hoffte. Außerdem roch er seltsam.

„Der Beda, ich habe ihm versprochen, dass er bei uns übernachten kann. Wo doch der Christoph eh beim Roten Kreuz heute Nachtdienst hat." Gasperlmaier merkte, dass die Christine jetzt unsicher wurde. Dass die Chemie zwischen dem Beda und Gasperlmaier nicht stimmte, war ja auch nicht zu übersehen. Warum aber hatte sie diesen Kasperl überhaupt ins Haus gelassen? Was war da los?

„Und wenn der Christoph einmal Nachtdienst hat, dann müssen wir sein Zimmer gleich vermieten. Der Herr Künstler kann sich kein Hotel leisten?" Gasperlmaier musste seinem Ärger Luft machen. Wie die Christine diesen verkommenen Kerl angestrahlt hatte! Beda erhob sich. „Ich glaub, es ist gescheiter, ich lass euch jetzt mal allein. Ich geh auf die Terrasse, eine rauchen. Und, Herr Inspektor, lassen Sie's ganz locker angehen. Cool bleiben." Der Beda warf der Christine einen Blick zu, den Gasperlmaier genau zu deuten wusste. Wie hast du den nur heiraten können? Einen Dorfpolizisten! Einen Dorftrottel! Als er die Terrassentür zugeschlagen hatte, blieben Gasperlmaier und die Christine allein zurück, beide peinlich berührt und wortlos. Bis die Christine ihre Hand auf die Gasperlmaiers legte. „Ich weiß, ich hätte ihn nicht einladen sollen. Ich hätte wissen müssen, dass ihr euch nicht versteht. Aber er stand einfach so da, unangemeldet, und ich hab mich einfach gefreut, ihn wiederzusehen, nach all den Jahren. Sicherlich, er ist ein bisschen komisch. Aber wirklich nicht ungut." Gasperlmaier antwortete nicht. Ein furchtbarer Tag war das gewesen. Zwei Leichen, eine schlimmer zugerichtet als die andere. Auf den Berg hinauf hatte er müssen und Ängste ausgestanden wie lange nicht. Hinauf und hinunter, im Sonnenschein, im Nebel und im Regen. Und dann freute man sich auf einen gemütlichen Abend, hätte gern der eigenen Frau ein bisschen von seinem schweren Tag erzählt und die Füße hochgelegt, und dann war das Haus quasi besetzt. Von einem Deutschlehrer, der sich als mittelalterlicher Mönch gefiel. Gasperlmaier brütete dumpf vor sich hin. „Er hat morgen eine Veranstaltung am Toplitzsee. Er hat sich halt gedacht, er muss die Kosten niedrig halten, und hat sich an eine alte Freundin gewandt." „Alte Freundin!", wiederholte Gasperlmaier hämisch, und die Situation war, so dachte er bei sich, ganz knapp vor einem lautstarken und folgenschweren Streit angelangt, der bei ihnen so selten war, als Gasperlmaier lautes Trampeln von der Stiege her vernahm und die Katharina atemlos zur Tür hereinstürzte.

Seine fünfzehnjährige Tochter machte es Gasperlmaier zuweilen schwer, sie so lieb zu haben, wie er sich das eigentlich gewünscht hätte. Wenn es nach ihr ging, waren ihre Eltern ganztags nur damit beschäftigt, sich zu überlegen, wie man am besten ihr Leben zerstören konnte. Heute zerstörte man ihr Leben, weil sie nicht bis zwei Uhr nachts fort durfte, morgen nahm man ihr die Zukunft, weil man Bedenken anmeldete, ob eine Musicalakademie in Hamburg für dreitausend Euro im Semester doch der richtige Weg für sie war. Jetzt allerdings hielt die Katharina plötzlich inne, noch bevor sie ihre Eltern mit Forderungen nach Geld, Ausgang oder sonstigen Extras bestürmen konnte. „Hier riecht's komisch", sagte sie. „So süßlich. Papa, hast du einen Joint geraucht?" Gasperlmaier zuckte zusammen. Plötzlich meinte auch er, einen seltsamen, süßlichen Rauchgeruch wahrzunehmen. Gasperlmaier kannte diesen Duft. Mehr als einmal hatte er auch hier, in Altaussee, mit Jugendlichen zu tun gehabt, die Haschisch rauchten, oder wie sie dieses Zeug auch immer gerade nannten.

Jetzt platzte Gasperlmaier aber der Kragen. Er stürmte zur Terrassentür, packte den Beda im Genick und riss ihn zu sich herum. „Ja bist du denn wahnsinnig geworden, du Mönch, du komischer! Ja glaubst du denn, du kannst da einfach hereinschneien, dich breitmachen, und auf meiner Terrasse einen Joint rauchen? Und dann womöglich noch bei mir übernachten?“ Gasperlmaier war völlig außer Atem. Der Beda grinste ihn nur ebenso abweisend wie geistesabwesend an und meinte: „Entspann dich, Alter. Dir würde so ein Joint auch guttun. Magst einmal ziehen?“

„Schau, dass d' weiterkommst!“, brüllte Gasperlmaier nur und trat den Rückzug an. Und als er der Christine begegnete, die ihm auf die Terrasse nachgekommen war, schrie er auch sie noch an. „Ich will den Kerl nicht mehr sehen, wenn ich wieder herunterkomm!“ Gasperlmaier zitterte vor Wut, schnappte sich eine Bierflasche aus dem Kühlschrank und stampfte wütend die Stiege hinauf, um sich ins Schlafzimmer zurückzuziehen. So weit also der gemütliche Abend. Gasperlmaier drehte das Radio laut auf, ohne wahrzunehmen, was für eine Sendung überhaupt lief. Nebenher bekam er noch mit, dass es unten einen erregten Wortwechsel gab und schließlich die Haustür ins Schloss fiel. Kurz darauf startete der Motor des VW-Busses hustend und knatternd. Gasperlmaier überlegte kurz, ob er den Kahlß Friedrich anrufen sollte, damit der einen auffälligen Drogenlenker aus dem Verkehr zog, schlief aber ein, noch bevor er eine Entscheidung hatte treffen können. Viel später, als das Radio verstummte und das Bett ein wenig knarrte, als die Christine sich zu ihm legte, wachte er kurz auf.

Am nächsten Tag beim Frühstück war Gasperlmaier sein Verhalten vom Vortag peinlich. Zwar, so dachte er bei sich, war er vollständig im Recht gewesen, er hatte es nicht zulassen können, dass so ein dahergelaufener Minnesänger im Haus eines Polizisten Drogen konsumierte, noch dazu in Anwesenheit von dessen minderjähriger Tochter. Doch Gasperlmaier hätte sich gewünscht, er hätte das Problem souverän und mit entsprechender Gelassenheit gemeistert. Stattdessen hatte er herumgebrüllt, fast noch Gewalt angewendet und sich beleidigt zurückgezogen. Gasperlmaier zog den Kopf ein und starrte den Tisch an, auf dem ihm die Christine wortlos das Kaffeehäferl hingestellt und mit Kaffee, Milch und Zucker gefüllt hatte. Kurz sah er auf, als sich die Christine ihm gegenüber hinsetzte und eine Brotscheibe auf seinen Teller legte. Sie fühlte sich, so schien es Gasperlmaier, auch nicht ganz wohl in ihrer Haut. Er wartete ab. Normalerweise war es die Christine, die das Schweigen brach und die notwendigen versöhnlichen Worte fand. „Gut, dass du ihn hinausgeschmissen hast", sagte sie schließlich. Gasperlmaier sah überrascht auf und hielt sein Messer, auf das er gerade ein Stück Butter geladen hatte, wie einen Taktstock vor seine Brust. „Er hat sich nicht wie ein Gast verhalten. Das kann man nicht machen, bei einem Polizisten einen Joint rauchen, wo auch noch ein Kind im Haus ist." Schau an, dachte Gasperlmaier bei sich, die Christine beurteilte die Situation von gestern Abend also gar nicht so viel anders als er selbst. „Du hättest dich halt nur nicht so aufregen sollen." Eine Sache war es, etwas selber einzusehen, etwas anderes, das von jemand anderem gesagt zu bekommen. „Nicht aufregen!“, brauste Gasperlmaier auf und schwang das Buttermesser vor seinem Gesicht herum, dass das Stück Butter, das daran klebte, sich löste und Gott sei Dank bloß auf den Deckel des Marmeladeglases klatschte. Gasperlmaier beruhigte sich, barg die Butter und wischte den Deckel mit seiner Serviette ab.

„Ich geh einmal davon aus, dass du seine Performance heute Abend nicht besuchen möchtest“, sagte die Christine. Wiederum blickte Gasperlmaier überrascht auf. Hieß das, die Christine würde diesem traurigen Raubritter auch noch nachlaufen und für seine gewiss erbärmliche Veranstaltung Eintritt zahlen? Das konnte doch nicht wahr sein! Die Christine verstand ihn, auch ohne dass Gasperlmaier den Mund aufbrachte. „Ich versteh dich ja. Ich hab ihm halt versprochen, dass ich mir sein, sein ...“, sie suchte nach Worten, „... Konzert, oder was immer es auch ist, anschaue. So viele Leute werden eh nicht kommen, ich hab halt Mitleid mit ihm.“ Gasperlmaier war sich nicht so sicher, ob es reines Mitgefühl war, das seine Christine veranlasste, diese Kreatur heute neuerlich zu treffen. Unangenehm bohrte in seinem Magen das Gefühl, die Christine verberge etwas vor ihm, das ihr harmonisches Zusammenleben bedrohte.

5

Gasperlmaier warf einen Blick nach draußen. Es regnete wieder. „Du magst doch sicher noch einen Kaffee, oder?“ Schon hatte die Christine eingeschenkt. Gasperlmaier würgte an seinem letzten Stück Marmeladenbrot, als sein Handy läutete. Hastig wischte er seine Hände an einem Geschirrtuch ab, das er gerade in die Finger bekam, und griff nach dem Telefon. „Morgen, Gasperlmaier!“, hörte er die Stimme der Frau Doktor Kohlross, „Auf geht's! Nach Bad Ischl! Wir haben das erste Opfer identifiziert!“ Gasperlmaier versuchte nachzufragen, wann er denn auf dem Posten eintreffen solle, kaute aber noch an seinem Brot und brachte nur ein Husten hervor. Reste von Marmelade, Brot und Butter versprühte er dabei über den Frühstückstisch, während die Frau Doktor ihn unnötigerweise bedauerte. „Haben Sie sich bei unserer Expedition gestern verkühlt, Gasperlmaier? Das tut mir aber leid!“ Gasperlmaier würgte und hustete noch immer, krächzte gerade noch ein „Nein, nein!“ hervor, bevor die Frau Doktor wieder das Wort ergriff. „Ich bin schon fast vor Ihrem Haus, Gasperlmaier, ich hol Sie ab!“ Noch bevor er Gelegenheit hatte, zu antworten, legte sie auf.

„Ich muss mit der Frau Doktor nach Bad Ischl fahren“, informierte er die Christine, die schon dabei war, in ihrem Arbeitszimmer die Sachen zusammenzusuchen, die sie für den heutigen Schultag brauchte. „Könnt's ihr mich mitnehmen?“ Die Katharina hatte gerade ihre Tasche und ihre Jacke geschnappt. „Du kannst doch nicht mit dem Polizeiauto mitfahren! Was glaubst du denn?“ Gasperlmaier war entrüstet. „Aber es regnet, Papa. Da werd ich auf dem Weg zum Bus ja ganz nass!“ Die Katharina besuchte die Höhere Lehransta draußen in Bad Aussee, sie wollte Tourismusmanagerin werden. Gasperlmaier befürchtete eher, dass sie stattdessen nach der Schule an einer Rezeption herumstehen und ständig die gleichen dummen Fragen der Touristen beantworten würde müssen. „Dann ziehst halt eine Regenjacke an!“ „Geh bitte, Papa, eine Regenjacke! So was tragen wirklich nur die letzten Nerds.“ Gasperlmaier fragte sich zwar, was ein *Nörd* wohl sein könnte, hatte aber keine Zeit mehr für Verhandlungen, denn vor dem Fenster war schon der Audi der Frau Doktor aufgetaucht. Er verabschiedete sich schnell und merkte erst, als er auf der Straße stand, dass ihm die Katharina gefolgt war. Bevor er selbst noch Worte fand, als die Frau Doktor ausstieg, hatte die Katharina schon gefragt: „Kann ich bis Bad Aussee mitfahren? Bitte!“ Die Frau Doktor lächelte. „Wenn Sie den kleinen Umweg in Kauf nehmen wollen, Gasperlmaier? Sie fahren nämlich!“ Gasperlmaier war beides unangenehm. Erstens fuhr er nicht gern mit fremden Autos, und zweitens fand er die Katharina, die es sich schon auf dem Rücksitz bequem gemacht hatte, unverschämt. „Los, los!“, trieb ihn die Frau Doktor an. „Wir sollten keine Zeit verlieren. Ich muss noch ein paar Papiere durchschauen, das kann ich besser, wenn ich nicht fahren muss.“ Gasperlmaier startete, und die Frau Doktor entnahm ihrer Handtasche einen Schnellhefter und begann zu blättern. Rund um Gasperlmaier erklang ein Piepen aus verschiedenen Ecken des Fahrzeugs, auf dem Display in der Mitte blinkte hektisch eine rote Leuchtanzeige. „Das sind nur die Parksensoren, Gasperlmaier, fahren S’ einfach los!“ So einfach war das aber nicht. Gasperlmaier suchte den Rückwärtsgang, den er dort nicht fand, wo er in seinem eigenen Auto einzulegen war. Als Gasperlmaier ihn endlich gefunden hatte, tat das Auto einen Hopser – der Druckpunkt der Kupplung war viel früher, als er das gewohnt war. Als sie endlich ins Fahren gekommen waren, war Gasperlmaier peinlich berührt. Nicht nur, weil er sich, wie er meinte, ungeschickt angestellt hatte, sondern auch, weil die Katharina Zeugin seiner Ungeschicklichkeit geworden war. Die allerdings hatte, wie er im Rückspiegel bemerkte, den Kopf ohnehin in ihrem Italienischbuch vergraben.

Zudem war es ihm unangenehm, dass sie wegen der Katharina nun einen Umweg fuhren, noch dazu mit einem Dienstfahrzeug. Gasperlmaier blieb wortkarg, seine Gedanken schweiften wieder zu dem seltsamen Haschischraucher ab, den die Christine offenbar so verehrte. Seine Stimmung blieb dumpf. Erst als die Katharina ausgestiegen war – wenigstens hatte sie sich bedankt und ordentlich verabschiedet, dachte Gasperlmaier bei sich –, begann die Frau Doktor zu reden.

„Zum Gymnasium in Ischl müssen wir, Gasperlmaier. Dort unterrichtet nämlich der Mann der Verstorbenen. Den möchten wir doch allzu gern fragen, wo er gestern war, finden Sie nicht, Gasperlmaier?“ Gasperlmaier nickte. „Seltsame Geschichte! Die Frau heißt Simone Eisel, sie ist auch Lehrerin, aber momentan im Sabbatical.“ Gasperlmaier horchte auf. An seinem fragenden Blick merkte die Frau Doktor, dass er gern gewusst hätte, was ein Sabbatical war. „Man bekommt fünf Jahre nur achtzig Prozent vom Gehalt, dafür kann man dann eines der fünf Jahre freinehmen“, erklärte sie Gasperlmaier. „Würde ich auch gern machen. Obwohl – mit achtzig Prozent vom Gehalt auskommen? Würden Sie das, Gasperlmaier?“ Richtig aufgeräumt war die Frau Doktor heute, es schien Gasperlmaier, als betrachte sie den Fall als praktisch schon gelöst. Wo sie doch noch nicht einmal wussten, wer die zweite Leiche gewesen war, als sie noch gelebt hatte.

Gasperlmaier überlegte, ob er der Frau Doktor von seiner gestrigen Begegnung mit dem Beda erzählen und sie um Rat fragen sollte, wobei ihm einfiel, dass sie praktisch alles über ihn wusste – wo er wohnte, mit wem er zusammenlebte, wie alt seine Kinder waren – er aber wusste von ihr nicht einmal den Vornamen. Geschweige denn, ob sie verheiratet, verwitwet oder geschieden war. Bloß dass sie keine Kinder hatte, aber welche wollte, das hatte sie ihm gestern verraten. Da durfte sie aber dazuschauen, fand Gasperlmaier. Fünfunddreißig war sie sicherlich schon, schätzte er. Gasperlmaier seufzte. Er war für die Frau Doktor ein offenes Buch, sie hingegen für ihn ein Geheimnis. Er beschloss, ihr nichts vom Beda zu erzählen.

„Ja!", die Frau Doktor stöberte in ihren Papieren. „Die Simone Eisel hat an der Tourismusschule unterrichtet, Französisch und Italienisch. Vierundvierzig Jahre alt. Und jetzt fragen wir ihren Ehemann, der im Gymnasium unterrichtet, warum ihm seine Frau nicht abgegangen ist." Gasperlmaier behagte der Gedanke nicht, in eine Schule zu müssen. Das war für ihn kein Ort, an dem Wohlbefinden aufkam. „Ist das nicht peinlich, ich meine, wenn die Schüler mitbekommen, dass wegen ihrem Lehrer die Polizei kommt? Sollten wir ihn nicht lieber am Nachmittag daheim ...?" Gasperlmaier ließ den Satz ausklingen. Das war, fand er, ein gutes Argument. Die Frau Doktor allerdings ließ es nicht gelten. „Nix da, Gasperlmaier! Wir müssen den Überraschungsmoment ausnützen! Je unangenehmer ihm die Situation ist, desto schneller wird er mit der Wahrheit herausrücken! Da habe ich übrigens was für Sie!" Obwohl Gasperlmaier den Wagen steuerte, hielt sie ihm ein Plastiksäckchen vor die Nase. Gasperlmaier erschrak. Er erkannte darin das Schmuckstück, das er gestern, an einem Ohrläppchen hängend, auf dem Loser gefunden hatte. Allerdings schien es jetzt gereinigt und von den Resten seiner Besitzerin befreit zu sein. „Das legen wir dem Ehemann vor. Wenn er es erkennt, haben wir einen ersten Schritt zur sicheren Identifizierung des Opfers getan." Gasperlmaier bekam eine Gänsehaut, als er an seinen grauenhaften Fund dachte. Hoffentlich würde die Frau Doktor den Ehemann nicht mit den Einzelheiten des Fundes konfrontieren, er selber wollte davon nichts mehr hören.

Gasperlmaier nahm den Pötschenpass in Angriff. Wie von Zauberhand schaltete sich der Scheibenwischer ein, als es wieder zu regnen begann. „Praktisch, nicht?", meinte die Frau Doktor. „Der Regensensor erkennt automatisch, wie viel gewischt werden muss. Funktioniert wirklich!" Langsam machte es ihm Freude, dieses Auto zu fahren, das in den Kurven den Berg hinauf viel flotter anzog als sein schon etwas in die Jahre gekommener Opel. „Können wir überhaupt in Oberösterreich ...?" Die Frau Doktor vollendete seinen Satz: „Ermitteln? Natürlich. Die Kollegen in Oberösterreich wissen schon Bescheid. Die Tat ist ja schließlich in der Steiermark verübt worden, da wär es recht umständlich, wenn wir dann Zeugenvernehmungen an ein anderes Team abgeben würden. Überholen Sie den, Gasperlmaier!" Vor ihnen mühte sich ein mit Baumstämmen beladener LKW samt Anhänger die Steigung hoch, doch Gasperlmaier hatte seinem Gefühl nach nicht genug Sicht, um ihn zu überholen, auch hatte er das Auto doch noch nicht so im Griff. „Wir haben's eilig!" Gasperlmaier entschloss sich also zu einem Überholvorgang, er wollte vor der Frau Doktor schließlich nicht als Schlappschwanz dastehen. Als er sich gerade neben der Fahrerkabine des LKW befand, tauchte am Ende der Geraden ein Fahrzeug auf. Gasperlmaier riss das Auto knapp vor dem LKW zurück auf die rechte Spur. Der LKW-Fahrer bedeutete Gasperlmaier mit der Lichthupe, was er von seinen Fahrkünsten hielt, der entgegenkommende Fahrer hupte und tippte sich mit den Fingern an die Stirn. Gasperlmaier schwitzte. „Sauber!", lobte ihn hingegen die Frau Doktor. „Sportlich gefahren!"

„Bei der Vernehmung müssen wir behutsam vorgehen, Gasperlmaier", warnte ihn die Frau Doktor jetzt. „Wenn der Mann nicht der Mörder war, weiß er wahrscheinlich noch nichts von ihrem Tod. Wir müssen also ganz genau beobachten, wie er sich verhält. Da kommen Sie ins Spiel, Gasperlmaier. Ich rede, und Sie beobachten. Das liegt Ihnen ohnehin besser."

Gasperlmaier fühlte sich ein wenig überfordert. Eigentlich wäre er lieber nur Fahrer und ortskundiger Begleiter gewesen, als psychologisch geschulter Beobachter, so fand er, war er kaum bis gar nicht zu gebrauchen. Als ob sie seine Gedanken hätte lesen können, sagte die Frau Doktor: „Bei Männern, Gasperlmaier, braucht man keine sonderlichen Fähigkeiten, um herauszufinden, ob sie lügen oder nicht. Die sind in der Regel recht ungeschickt dabei. Bei Frauen ist das nicht so einfach, die haben ein wesentlich breiteres Verhaltensrepertoire."

Gasperlmaier fragte die Frau Doktor nach der Adresse, er kannte sich zwar in Ischl halbwegs aus, aber im Gymnasium war er noch nie gewesen. „Grazer Straße. Da sind wir schon!" Gasperlmaier hielt den Wagen direkt vor dem Eingang an, denn keiner der wenigen Parkplätze auf dem Vorplatz der Schule war frei. „Passt schon!“, meinte die Frau Doktor. „Die Polizei darf überall stehen!“ „Wo haben Sie denn Ihren Schirm?“, fragte Gasperlmaier, in der Absicht, die Frau Doktor trocken zum Eingang zu geleiten. „Ach was, Schirm“, antwortete die, „ich bin ja nicht aus Zucker!“ Trotzdem hatte sie es eilig, unter das Vordach zu kommen, und ungeachtet ihrer hohen Absätze war sie so flott unterwegs, dass Gasperlmaier Mühe hatte zu folgen.

Anscheinend war gerade Pause, denn als die Frau Doktor und Gasperlmaier die Eingangstür durchschritten, erhob sich ein unglaubliches Getöse. Schreie, Fußbälle, umstürzende Stühle, alles, was irgendwie Lärm verursachen konnte, so schien es Gasperlmaier, war in ununterbrochenem Einsatz. Nach kurzem Zögern folgte die Frau Doktor dem Gang nach rechts, als Gasperlmaier ihr jedoch um die Ecke folgte, bohrte sich ein Kopf in seine Brust. Dessen Besitzer hatte offenbar während des Laufens nach hinten geblickt, Gasperlmaier in vollem Tempo gerammt und ihm dabei den Atem genommen. So schnell, wie er gekommen war, war der Übeltäter schon wieder verschwunden, als Gasperlmaier entsetzt auf seine Uniform hinunterblickte. Sie war voller Blut. Mühsam rang er nach Atem.

Die Frau Doktor sah sich nach Gasperlmaier um und grinste. Was gab es zu grinsen? Entweder war er selbst schwer verletzt und spürte es, des Schocks wegen, bloß noch nicht, oder der Bub hatte sich wer weiß was getan! „Gasperlmaier, was haben Sie denn mit ihrem Käsetoast gemacht? Haben Sie schon wieder Hunger?“ Tatsächlich. Zu Gasperlmaiers Füßen lag ein zerdrückter Käsetoast, den der Angreifer hatte fallen lassen. Das Ketchup, das sich ebenfalls auf dem Pappteller befunden hatte, zierte jetzt Gasperlmaiers Uniformjacke.

Die Frau, die am Buffet ihren Dienst versah, hatte das Missgeschick wohl mitbekommen und kam mit einem Fetzen gelaufen. „Oje, oje!", jammerte sie, während sie mit völlig unzureichenden Mitteln versuchte, Gasperlmaiers Jacke von den Ketchupresten zu befreien. „Diese Fratzen! Sie glauben ja gar nicht, wie die sich aufführen! Und nicht einmal bitte und danke können sie sagen! Und wenn wir uns nicht alles gefallen lassen, kommen gleich die Eltern dahermarschiert!"

Gasperlmaier besah sich seine Jacke. Eigentlich, fand er, hatte die Frau alles nur noch schlimmer gemacht. Jetzt war die gesamte Vorderseite der Jacke nicht nur mit Ketchup verschmiert, sondern auch noch völlig durchnässt. Gasperlmaier versuchte, sich ihren Bemühungen zu entziehen. „Ich muss jetzt wirklich, wir haben einen Einsatz!" Die Frau Doktor, bemerkte Gasperlmaier, bedeutete ihm mit einer etwas unwirschen Kopfbewegung, er solle jetzt endlich kommen. „Einen Einsatz? Ja, was will denn die Polizei bei uns in der Schule?" Gasperlmaier machte sich los, während die Frau Doktor schon die Hand auf die Türklinke des Schulsekretariats gelegt hatte.

Drinnen im Büro befand sich eine Theke, hinter der sich zwei große Schreibtische ausbreiteten. Den linken hatte eine ältere Frau im Dirndl mit kurzen, blonden Haaren besetzt, vor dem rechten saß eine junge, schwarzhaarige, die Kaugummi kaute. Auf Gasperlmaiers Seite des Tresens standen fünf oder sechs kleine Mädchen. Die ältere Frau kramte gerade in einer Schuhschachtel mit Fundsachen herum und hielt eine Füllfeder in die Höhe. „Die?" Eines der Mädchen, das nur auf Zehenspitzen stehend über den Tresen blicken konnte, schüttelte den Kopf. Die anderen hatten sich Gasperlmaier zugewandt und staunten mit offenen

Mündern. Erstens, dachte Gasperlmaier, wahrscheinlich, weil ihnen ein Polizist in ihrer Schule ein doch ungewohnter Anblick war, und zweitens wegen seiner angepatzten Jacke. „Sind Sie wegen meiner gestohlenen Füllfeder da?“, piepste die Kleine. Gasperlmaier schüttelte den Kopf. „Nein, ich bin wegen ...“ Die Frau Doktor stieß ihm den Ellbogen in die Rippen, um ihm zu verstehen zu geben, er solle den Mund halten.

Die blonde Sekretärin erhob sich nun. „Was kann ich denn für Sie tun? Und ihr verschwindet's jetzt!“, verscheuchte sie die Mädchen, die gehorsam im Gänsemarsch zur Tür hinaus trippelten. „Immer das Gleiche!“, lamentierte sie, „einer fehlt was, und zu sechst kommen sie hier herein und verstopfen alles. Und natürlich ist immer alles gleich gestohlen worden – dass sie mit ihrer Schlamperei meist selbst schuld sind, wenn was verschwindet, darauf kommen sie zuallerletzt!“ Die Sekretärin warf einen Blick auf Gasperlmaiers Brust. „Um Gottes willen! Was ist denn mit Ihrer Uniform passiert?“ Die Frau Doktor kam gar nicht dazu, ihr Anliegen vorzutragen. „Geben S' das schnell her, ich richt Ihnen das!“ Fast riss sie Gasperlmaier die Jacke vom Körper und verschwand mit ihr, sodass sich die Frau Doktor an die offensichtlich recht desinteressierte schwarzhaarige Kaugummikauerin wenden musste, die unverwandt auf ihren Bildschirm starrte und dann und wann einmal mit der Maus klickte. So schnell, dachte Gasperlmaier, bin sogar ich, wenn ich mit dem Computer arbeiten muss.

„Doktor Kohlross, Bezirkspolizeikommando Liezen. Wir hätten gern den Schulleiter beziehungsweise die Schulleiterin gesprochen. Die Schwarze blickte kurz auf. „Sie meinen den Herrn Direktor?“ „Wenn es ein Herr ist, dann ganz sicherlich. Und zwar möglichst schnell." Die Frau Doktor schien ein wenig ungeduldig zu werden. Alles, so schien es Gasperlmaier, dauerte ihr offenbar zu lang – woran er selber ja nicht unschuldig war.

„Ja, ich weiß aber nicht, ob der gerade Zeit hat", meinte die junge Frau, die selbst wohl alle Zeit der Welt hatte. Die Frau Doktor zückte ihren Ausweis. „Liebe junge Frau. Sie werden mich jetzt allerschnellstens bei Ihrem Herrn Direktor anmelden. Und wenn Sie das nicht schaffen, dann gehen wir einfach da rein. Und Sie muss ich dann wegen Behinderung der Ermittlungen in einem ungeklärten Todesfall belangen." Der Schwarzhaarigen blieb der Mund offen stehen, und sie deutete nur mit ausgestrecktem Zeigefinger auf die Tür neben ihr.

„Kommen Sie, Gasperlmaier!" Die Frau Doktor stieß die Tür auf. Gasperlmaier fühlte sich im Hemd, so ohne Uniformjacke, ein wenig nackt. „Guten Tag!" Der Direktor war, bemerkte Gasperlmaier, zusammengezuckt, als er plötzlich von hinten angesprochen wurde. Schnell klickte er ein Patiencespiel weg, mit dem er sich gerade an seinem PC die Zeit vertrieben hatte. So also, dachte Gasperlmaier bei sich, sieht ein Schuldirektor aus, der vielleicht gerade nicht Zeit hat, mit der Polizei zu reden. Der ganze Mann, so schien es Gasperlmaier, war ergraut, ein grauer Haarkranz zog sich um eine mit Sommersprossen bedeckte Glatze, ein grauer Anzug verhüllte seine ein wenig gebeugte, hagere Gestalt, und sogar seine Haut wies, zumindest im Gesicht, das er seinen Besuchern nun zuwandte, einen grauen Schimmer auf.

Die Frau Doktor verlor keine Sekunde und hielt ihm ihren Ausweis vor die Nase. „Doktor Kohlross, Bezirkspolizeikommando Liezen, Steiermark. Wir ermitteln in einem bislang ungeklärten Todesfall und möchten mit Ihnen sprechen. Dürfen wir uns setzen?“ Sie wies auf einen Besprechungstisch mit sechs darum herum gruppierten Sesseln. „Bitte, bitte!“ Der Direktor, so schien es Gasperlmaier, hatte sich ein wenig erfangen. Zunächst musterte er Gasperlmaier, offenbar ein wenig verwundert darüber, dass ein Polizist in Hemdsärmeln im Einsatz war. Dann betrachtete er unverhohlen die Beine der Frau Doktor Kohlross. Die hatte sich bereits hingesetzt und dieselben übereinandergeschlagen. Jetzt erst fiel Gasperlmaier auf, dass sie heute wieder das feine, nicht ganz weiße Kostüm trug, in dem er sie zum ersten Mal gesehen hatte. Gasperlmaier fand die Blicke des Direktors unverschämt, obwohl er selbst die Beine der Frau Doktor schon bei mehreren Gelegenheiten ausgiebig bewundert hatte. Er, so fand Gasperlmaier, durfte das. Er gehörte schließlich irgendwie zu ihr.

„Kommen wir gleich zur Sache. Wir müssen mit einem Lehrer Ihrer Schule dringend sprechen. Herrn Magister Hubert Eisel. Er unterrichtet doch hier und ist im Hause?“ Der Direktor nickte. „Ja, aber ...“ Die Frau Doktor ließ ihn nicht ausreden. „Es geht um einen bislang ungeklärten Todesfall. Wir möchten den Herrn Magister als Zeugen befragen. Und zwar jetzt. Es ist dringend.“

„Ja, aber der ist im Unterricht!“ Gasperlmaier musste innerlich grinsen. Glaubte der Direktor wirklich, dass die Frau Doktor jetzt sagen würde, na, dann warten wir halt bis zur Pause, oder vielleicht können wir mit dem Herrn Magister in seiner Sprechstunde reden? „Deswegen sind wir bei Ihnen“, antwortete die Frau Doktor stattdessen. „Damit Sie ihn aus dem Unterricht holen. Die Autorität werden Sie sicherlich haben.“ „Ja, so einfach ist das nicht, wie Sie sich das vorstellen!", brauste der Direktor auf. „Vielleicht hat er gerade Schularbeit oder eine Prüfung!"

Die Augenbrauen der Frau Doktor wanderten in lichte Höhen, was, wie Gasperlmaier bereits wusste, ein Anzeichen höchster Verwunderung oder auch Verärgerung war. „Ich ersuche Sie jetzt nochmals in aller Höflichkeit und gebotener Dringlichkeit, den Herrn Magister Eisel aus dem Unterricht zu holen, damit wir mit ihm sprechen können. Ich wiederhole, es ist dringend. Wollen Sie, dass wir in jedes Klassenzimmer schauen und nach ihm fragen?" Die Stimme der Frau Doktor war schneidend geworden. Der Direktor nickte, vollführte ein paar besänftigende Handbewegungen und drückte eine Taste an seinem Telefon. „Frau Gamsjäger, wenn Sie bitte den Herrn Professor Eisel aus dem Unterricht holen wollen. Es ist dringend." Er ließ die Taste wieder los, ohne eine Antwort abzuwarten.

„Kann ich sonst irgendwas für Sie tun?" „Ja", antwortete die Frau Doktor. „Sie können uns einen Raum zur Verfügung stellen, in dem wir uns ungestört mit dem Herrn Magister Eisel unterhalten können. „Ja, da ...", der Direktor erhob sich, „da hätten wir das Elternsprechzimmer, ich schau einmal, wenn Sie erlauben?" Dabei deutete er auf die Tür, die zum Gang hinausführte, und verließ das Büro.

Die Frau Doktor wippte ungeduldig mit dem Fuß, der dadurch Gasperlmaiers Aufmerksamkeit auf sich zog. Grün waren die Schuhe diesmal. Gasperlmaier war sich nicht sicher, ob das zum Kostüm passte. „Was halten Sie von dem, Gasperlmaier? Umständlich, was? Und alles dauert und dauert! Gasperlmaier, starren Sie nicht auf meine Beine! Das hat der Herr Direktor für heute schon erledigt!" Gasperlmaier schoss die Hitze ins Gesicht. Die Frau Doktor nahm alles wahr, übersah nichts, sprach aber auch alles sofort an, was sie, so meinte Gasperlmaier, auch einmal für sich hätte behalten können. „Entschuldigung. Ich war in Gedanken.“ Gasperlmaier hob seinen Blick. „Ja“, antwortete die Frau Doktor, „das habe ich gesehen. Fragt sich nur, was für Gedanken das waren!“ Gott sei Dank lächelte sie jetzt, die Augenbrauen waren unten, sodass Gasperlmaier für den Moment nichts zu befürchten hatte.

Plötzlich öffneten sich gleichzeitig beide Türen: Aus dem Sekretariat kam ein Mann in hellbraunen Schnürlsamthosen mit einem zu weiten, weißen Hemd, und vom Gang her kam der Direktor wieder zurück. Der war offensichtlich ein wenig durcheinander. „Ah, ich sehe, Kollege Eisel, das Elternsprechzimmer, da ist leider ... der Elternverein, wichtige Sache, Kollege Eisel, die Polizei, ich lasse Sie am besten jetzt allein.“ Er vollführte einige Gesten, die den Eindruck, er sei verwirrt, noch unterstrichen, und verschwand im Rückwärtsgang in sein Sekretariat.

Die Frau Doktor übernahm die Rolle der Gastgeberin und bat den Herrn Magister Eisel, Platz zu nehmen. Sie stellte ihm auch Gasperlmaier und sich selbst vor. „Herr Eisel, wir haben Sie hierher gebeten, weil wir in einer wirklich wichtigen Angelegenheit mit Ihnen sprechen müssen.“ Der Magister Eisel, so fand Gasperlmaier, sah für den Ehemann der Toten zu alt aus, er machte den Eindruck, als sei er kurz vor der Pension. Ein wenig wirre, ungepflegte weiße Haare hingen über den Kragen, oben war der Kopf, ebenso wie der des Direktors, unbehaart, und Gesicht und Hals waren faltig, auch unrasiert, wie Gasperlmaier aufmerksam feststellte. Sein Bauch hing über den Hosenbund, und sein Hemd klaffte darüber ein wenig auf, sodass aus Gasperlmaiers Perspektive ein wenig weiße, behaarte

Bauchhaut sichtbar war. Immerhin, so dachte er bei sich, war er ja zur Beobachtung abgestellt worden.

„Simone Eisel, geboren 1967, Lehrerin an der Tourismusschule hier in Ischl, ist das Ihre Frau?“ Eisel fuhr auf. „Ist was mit ihr? Ist ihr was passiert? Wo ist sie? Reden Sie doch!“ Gasperlmaier kam seine Erregung echt vor. Wenn es nach ihm ging, war der hier nicht derjenige, der die Frau Eisel gewürgt und über die Loserwand gestoßen hatte. Sonst hätte er sich wohl nicht so aufgeregt. Die Frau Doktor hatte ihm ja erklärt, dass Männer im Tarnen und Täuschen nicht so versiert waren. Möglicherweise, so überlegte Gasperlmaier, war er aber auch deshalb aufgeregt, weil man ihm auf die Schliche zu kommen drohte. Es war schwierig. Gasperlmaier nahm sich vor, weiterhin genauestens zu beobachten.

„Herr Magister“, die Frau Doktor hatte nun einen ganz ernsten, ruhigen Ton angeschlagen, „ich muss Ihnen leider die traurige Mitteilung machen, dass ihre Frau nicht mehr am Leben ist. Sie wurde gestern Nachmittag leblos am Fuß der Loserwand aufgefunden.“ Eisel blickte starr vor sich hin, so, als habe er gar nicht zugehört. Die Frau Doktor stieß gleich nach. „Wir möchten von Ihnen, Herr Magister, vor allem wissen, ob Sie mit Ihrer Frau gestern auf dem Loser waren, und wenn nicht, warum Sie sich nicht gemeldet haben, als sie abends nicht nach Hause gekommen ist.“

Eisel sprach zu seinen Knien hinunter, fast tonlos, mit erstickter Stimme. „Sie war nicht auf dem Loser gestern. Sie war mit einer Freundin in einer Therme. Verlängertes Wochenende. Sie macht ja ein Sabbatical. Sie kann gar nicht vom Loser heruntergestürzt sein. Sie ist ja in Bad Schallerbach.“ Die Frau Doktor schien ein wenig ratlos. Sie kramte das Plastiksäckchen mit dem Ohrgehänge aus ihrer Handtasche und legte es auf den Tisch neben sich. „Erkennen Sie dieses Schmuckstück? Wir haben es bei der Toten gefunden." Der Magister Eisel nahm das Säckchen in die Hand, schob seine Brille auf die Stirn und hielt es sich ganz nahe vor die Augen. Nach einer Weile zuckte er die Schultern. „Meine Frau hat Dutzende, vielleicht Hunderte von denen. Kann schon sein, dass das ihr gehört hat. Ich glaub, ich hab es an ihr schon einmal gesehen." Er wiederholte sein Schulterzucken und legte das Säckchen wieder zurück. „Wir haben bei der Toten auf dem Loser auch das Handy Ihrer Frau gefunden, der Nachweis ist einwandfrei. Können Sie sich vorstellen, dass sie ihr Handy jemandem geliehen hat, oder dass man es ihr gestohlen hat?" Der Magister Eisel sah der Frau Doktor unsicher in die Augen. „Sie ist in Bad Schallerbach!", wiederholte er stur, so, als ob er sich dieser Tatsache selbst unbedingt vergewissern wollte.

„Herr Magister, wann haben Sie denn das letzte Mal Kontakt mit Ihrer Frau gehabt? Telefonisch, oder wie auch immer?" „Sie hat mich am Sonntagabend angerufen. Aus Bad Schallerbach." Gasperlmaier fragte sich, wieso sich der Herr Magister Eisel so sehr darauf versteifte, dass seine Frau wirklich dort gewesen war, wo er sie vermutet hatte. Auf jeden Fall, so dachte Gasperlmaier bei sich, wollte der auf keinen Fall wahrhaben, dass seine Frau tot war.

Die Frau Doktor schlug das rechte Bein, das vorher unter dem linken gewesen war, über das andere und beugte sich vor. In ruhigem, begütigendem Tonfall redete sie auf den Magister Eisel ein: „War ihre Frau allein oder mit jemandem zusammen unterwegs? In welchem Hotel hat sie geschlafen? Das müssen wir wissen! Und, Herr Eisel: Wir haben Ihre Frau nur anhand des Handys identifiziert, bisher. Wenn Sie also berechtigte Zweifel daran haben, dass sie ihr Handy bei sich hatte, helfen Sie uns!“ Der Magister Eisel nickte geistesabwesend und senkte den Blick wieder auf seine Knie. Dort hatte er auch seine Hände abgestützt. Die Hose, fand Gasperlmaier, hatte auch schon bessere Zeiten gesehen, so abgenutzt und ausgebeult, wie sie war. Gasperlmaier selbst legte schon Wert auf eine gepflegte Uniform, mit einer solchen Hose hätte er sich nirgendwo sehen lassen.

„Sie ist mit der Susi Schneider unterwegs. In Bad Schallerbach!“ Mein Gott, war der Mann stur! „Die Susi Schneider ist ihre beste Freundin. Die macht zwar gerade kein Sabbatical, aber die ist beim Tourismus beschäftigt, irgendwo. Und sie kriegt immer Hotelgutscheine, zum Testen, was weiß ich. Und die beiden sind manchmal zusammen weggefahren. Und am Sonntag, am Abend, hat sie angerufen und gesagt, dass es ihr so gut gefällt. Und dass sie bis heute dortbleiben. Heute kommt sie heim.“ Ein schwieriger Fall, fand Gasperlmaier. „Heute haben wir Dienstag. Hat sie sich seit Sonntagabend noch einmal gemeldet?“ Der Magister Eisel schüttelte seinen weißen Kopf. „Ich hab’s ein paarmal probiert, aber ihr Handy war aus. Das ist nichts Besonderes, sie schaltet oft ab oder vergisst ihr Ladegerät. Dann hat mich die Susi Schneider gestern Abend angerufen, dass die Simone keinen Akku mehr hat.“ „Und es ist Ihnen nicht komisch vorgekommen, dass sie nicht selber am Apparat war?“

Der Magister Eisel hob den Blick erneut. In seinen Augenwinkeln, so meinte Gasperlmaier, sah er es feucht glitzern. „Die Susi hat gesagt, sie ist im Wasser. Meine Frau, meine ich.“ Die Frau Doktor warf dem Gasperlmaier einen Blick zu. Diese Susi, sagte der Blick, die werden wir uns auch genauer anschauen müssen.

„Herr Magister, wo waren Sie denn gestern tagsüber? Ich nehme an, in der Schule?“ Der Magister Eisel schüttelte den Kopf. „Ich war im Krankenstand. Zu Hause. Tinnitus, wissen Sie. Das ist manchmal so quälend, da können Sie ...“ Er winkte resigniert ab. „Und Zeugen hab ich natürlich keine.“ Die Frau Doktor zog die Augenbrauen hoch und warf Gasperlmaier einen vielsagenden Blick zu. „Herr Magister, das wäre vorläufig alles. Ach so, ja, das Hotel?“ „Das weiß ich nicht, wo sie eingekehrt sind, keine Ahnung!“

„Ja!“, meinte die Frau Doktor und erhob sich. Gasperlmaier tat es ihr gleich, während der Magister Eisel teilnahmslos sitzen blieb. Sorgfältig strich sie ihren Rock glatt, während sie weitersprach. „Ich kann es Ihnen nicht ersparen, dass Sie sich die Tote, die wir gefunden haben, ansehen. Jedenfalls dann, wenn es uns oder Ihnen nicht gelingt, im Laufe des Vormittags Ihre Frau zu erreichen. Ich lasse Sie in diesem Fall so um eins von einem Kollegen abholen, er wird Sie ins gerichtsmedizinische Institut nach Graz fahren, dort hat man die Tote hingebracht.“

„Nach Graz?“, fragte der Magister Eisel überrascht. „Ja, tut mir leid, der Tod ist in der Steiermark passiert, also Graz. Es tut mir sehr leid.“ Die Frau Doktor schüttelte dem Magister Eisel die Hand, Gasperlmaier tat es ihr gleich. Dessen Händedruck war schlaff. „Eins noch!“ Die Frau Doktor wandte sich noch einmal zum Magister Eisel um, der noch immer dumpf vor sich hin brütete. „Wo finden wir die Frau Schneider, falls sie zu Hause sein sollte? Können Sie uns das sagen?“ „Ja, die wohnt eh bei euch drüben. In Bad Aussee.“ Die Frau Doktor zog die Augenbrauen hoch.

„Glauben Sie das?“, fragte die Frau Doktor, als sie die Tür auf den Gang hinter sich hatten zufallen lassen, „der erkennt nicht einmal, ob der Schmuck von seiner Frau stammt oder nicht. Wirklich interessiert kann er sich für sie ja nicht haben, sonst gibt's das ja wohl nicht. Meinen Sie nicht auch, Gasperlmaier?" Gasperlmaier wurde etwas unwohl. Er dachte daran, wie es ihm ergehen würde, wenn man ihm ein Schmuckstück der Christine vorlegen und von ihm verlangen würde, treffsicher anzugeben, ob es ihr gehörte oder nicht. Dabei besaß die Christine sicher keine Dutzende von Ohrgehängen, so wie anscheinend die Frau Eisel. Gasperlmaier entschloss sich daher zu einem unbestimmten Nicken und hoffte, die Frau Doktor würde nicht nachfragen.

Die ältere, blonde Frau kam ihnen mit Gasperlmaiers Uniformjacke entgegen, die sie sorgfältig auf einem Kleiderbügel aufgehängt hatte. Vom Ketchup war nichts mehr zu sehen. Die Frau lächelte. „Da staunen Sie, was? Das hätten Sie sich nicht gedacht? Aber was tut man nicht alles für die Polizei. Nächstes Mal, wenn Sie mich in Aussee beim Falschparken erwischen, hab ich aber was gut bei Ihnen!" Gasperlmaier dankte und fragte sich, wie es in der kurzen Zeit möglich gewesen war, die Jacke zu reinigen und zu trocknen, verkniff sich die Frage aber, als der Direktor aus dem Sekretariat heraus auf sie zutrat.

„Wenn Sie noch einen kurzen Moment Zeit haben?" Plötzlich war er es, dachte Gasperlmaier bei sich, der Zeit hatte und sogar noch die Zeit der Frau Doktor in Anspruch nehmen wollte. Als sie wieder ins Büro des Direktors traten, war der Magister Eisel verschwunden. Der Direktor bot ihnen wortlos mit etwas hilflosen Gesten wieder Platz an. „Es, äh", begann er, „hat sich bereits herumgesprochen, dass, äh, die Gattin ..." Gasperlmaier stellte erstaunt fest, dass nicht nur er eine Tendenz dazu hatte, Sätze unvollendet zu lassen, sondern dass dies auch akademisch gebildete Schuldirektoren fertigbrachten. Die Frau Doktor ließ sich jedoch nicht aus der Reserve locken. „Was, meinen Sie, ist denn mit der Gattin des Herrn Magister Eisel los?", versuchte sie ihrerseits, Informationen aus dem Herrn Direktor herauszubohren. Darin, so wusste Gasperlmaier, war sie wirklich gut. „Ja, äh", setzte der Direktor fort, „da war eben eine Journalistin da, während Sie ..." „Und, was hat die Ihnen erzählt?" So hatte der Direktor sich das wohl nicht vorgestellt, der sich jetzt wand wie ein Wurm am Haken, fand Gasperlmaier.

„Die hat uns, also mich, darüber informiert, dass die Frau Magister Eisel ermordet worden ist!" Das Wort „ermordet" hauchte der Direktor nur, so als wolle er seiner Aussage so viel Spannung wie möglich verleihen, gleichzeitig aber auch sein Grauen zum Ausdruck bringen.

„Ja!", lächelte die Frau Doktor zurück. „Da wissen Sie mehr als wir! Sie wissen ja, die Polizei erfährt alles immer zuletzt. Und wir wissen lediglich, dass gestern auf dem Loser eine Frau zu Tode gestürzt ist, deren Identität noch nicht zweifelsfrei feststeht. Und Ihnen würde ich raten, auch nicht mehr als das weiterzuverbreiten!" Der Direktor ruderte abwehrend mit den Händen. „Keinesfalls! Also selbstverständlich! Der arme Magister Eisel!" Zum Zeichen, dass sie ihm gern noch ein wenig zuhören wollte, schlug die Frau Doktor nochmals ihre Beine übereinander und legte die Hände in den Schoß. „Erzählen Sie uns doch noch ein bisschen was über den Herrn Magister!" Hilflos hob der Direktor die Hände. „Er hat ja so schon Schwierigkeiten genug!" Die Frau Doktor blieb aufmerksam, aber stumm. Er würde schon weiterreden, dachte auch Gasperlmaier bei sich. „Er verrennt sich da immer in was. Wissen Sie, das ist nicht so leicht, in Mathematik, mit alternativen Unterrichtsformen, und mit seinem Projektunterricht, und mit seinen ganzen Öko-Spinnereien. Da ist er schon recht radikal, der Kollege Eisel." „Wie meinen Sie, radikal?", bohrte die Frau Doktor nach. „Ja, nicht richtig radikal. Er will halt immer anders sein, um jeden Preis. Und er weigert sich, Fünfer zu geben. Das wäre gegen seine Prinzipien."

„Kennen Sie eigentlich auch die Frau Eisel?", setzte die Frau Doktor nach. Lächelnd winkte der Direktor ab. „Ach die! Wissen Sie, die ist ganz anders. Immer elegant, immer Stöckelschuhe, immer etepetete. Was man ja vom Kollegen Eisel nicht gerade sagen kann, Sie haben es ja gesehen!" Die Frau Doktor lachte. „Ja, haben wir!" Dem Direktor, so schien es Gasperlmaier, fiel gar nicht auf, dass er die Frau Eisel so ähnlich beschrieben hatte, wie die Frau Doktor jetzt vor ihm saß. Immer etepetete und immer, wenn es die Situation zuließ, hohe Absätze. Was Gasperlmaier verstand: Die Frau Doktor reichte ja, inklusive ihrer Absätze, Gasperlmaier gerade einmal bis zum Kinn, und er war beileibe kein Riese. „Da können Sie sich ja vorstellen, dass es da gelegentlich Krisen gegeben hat. Sie immer für ein schickes Auto, er mit dem Waffenrad. Sie will Shoppen nach Barcelona, er will auf dem Salzburger Almenweg wandern. Sportlich, allerdings, war sie. Aber halt mehr so in Richtung Golf und Segeln, und alles, das einem hilft, abzunehmen. Auch da hatte der Kollege Eisel nicht viel dafür übrig." Der Direktor, so kam es Gasperlmaier vor, plauderte ganz schön viel über seinen Kollegen und dessen Frau aus. Wahrscheinlich, so dachte er bei sich, hatte er selber ein Auge auf die Frau Eisel geworfen. Oder er hatte einfach niemanden, der ihm freiwillig zuhörte. Das kam, so hatte seine Christine es ihm erzählt, bei Menschen in Führungspositionen öfter vor, als man glaubte. Gasperlmaier fragte sich, warum sie denn mit einem anderen auf dem Loser gewesen sein sollte, wenn sie ihrem Ehemann den Salzburger Almenweg verweigerte.

Die Frau Doktor erhob sich. „Ja! Herr Direktor, wir danken Ihnen für das Gespräch und die Informationen. Bitte behalten Sie alles für sich, behandeln Sie die Informationen vertraulich." „Selbstverständlich! Selbstverständlich!" Gasperlmaier fand ihn allzu beflissen, fast schleimig. Und jetzt, Gasperlmaier konnte es kaum glauben, führte er die Hand, die ihm die Frau Doktor gereicht hatte, zum Mund und drückte seine Lippen drauf. „Mit so charmanten Gesprächspartnerinnen ist es ein Vergnügen!" Die Frau Doktor schien es plötzlich eilig zu haben, gerade, dass sie ihm die Hand nicht entriss. „Puh!", schnaubte sie, als sie wieder draußen waren, „was für ein Schleimer!" Sie holte ein Taschentuch aus ihrer Handtasche und wischte den vom Schuldirektor geküssten Handrücken ab. Gasperlmaier stellte mit Genugtuung fest, dass die Frau Doktor seine Einschätzung teilte.

Auf dem Gang herrschte jetzt wieder ein Höllenlärm. Als Gasperlmaier und die Frau Doktor gerade zum Ausgang hinauswollten, hörte er hinter sich eine laute Stimme: „Haut's den Kieberer!" Die Frau Doktor drehte sich blitzschnell um und identifizierte, wie es Gasperlmaier schien, binnen Sekundenbruchteilen den Schreier in einer Gruppe Halbwüchsiger, die sich gerade davonmachen wollten, und trat auf ihn zu. Sie hielt ihm ihre Marke direkt vors Gesicht. „Kriminalpolizei. Was gibt's?" Obwohl alle größer waren als die Frau Doktor, traute sich keiner der Burschen, aufzumucken. Stattdessen betrachteten sie konzentriert die Spitzen ihrer ausgefransten Turnschuhe. „Ich bin auch ein Kieberer. Hat wer Lust, mich zu schlagen? Möchte wer wissen, welche Tatbestände damit erfüllt wären? Ihr seid doch schon vierzehn, oder?“ Betreten nickten die Burschen. Die Frau Doktor hatte nicht einmal besonders laut gesprochen, nur ihre Augenbrauen waren in lichte Höhen gewandert. In der Pausenhalle war es still geworden, ein dichter Kreis von Zuschauern hatte sich um die Szene gebildet. „Dann seid ihr strafmündig und müsst auch Verantwortung für euer Handeln übernehmen. Es ist weder lustig, einem Polizisten beziehungsweise einer Polizistin Gewalt anzudrohen noch sie ihm oder ihr gegenüber auszuüben. Da können schnell ein paar Jahre zusammenkommen!“ Keiner der Burschen rührte sich. „Ich möchte euch nicht erschrecken. Ich möchte nur, dass ihr ein Gefühl für Recht und Unrecht bekommt, und Verantwortung für euch selbst übernehmt! Bis zum nächsten Mal!“ Die Frau Doktor drehte sich um und bedeutete Gasperlmaier, ihm zu folgen. Respektvoll flüsterte einer der unter den Zuschauern stehenden Jugendlichen, „Oida!“

Wie sie sich Respekt verschaffte, das fand Gasperlmaier bewundernswert. Die Frau Doktor hatte zu den Burschen aufschauen müssen, und dennoch hatte sich keiner getraut, ihr dumm zu kommen. Eine solch eindrucksvolle Persönlichkeit wäre Gasperlmaier selber gern gewesen.

Diesmal nahm die Frau Doktor selber auf dem Fahrersitz Platz. „Rekapitulieren wir einmal, Gasperlmaier: Identifiziert haben wir die Tote nur anhand des Handys. Wenn es uns allerdings nicht schnell gelingt, Kontakt zu ihr aufzunehmen, können wir mit einiger Sicherheit davon ausgehen: Es ist die arme, elegante Simone Eisel. Sie treibt sich – möglicherweise mit einem anderen Kerl, der sie würgt und die Wand hinunterstößt – auf dem Loser herum, während ihr Mann sie mit einer Freundin auf Wellness-Wochenende wähnt. Behauptet er. Er selbst hat kein Alibi, könnte also auch mit ihr oben gewesen sein. Die Presse ist uns bereits einen Schritt voraus und erzählt überall herum, auf dem Loser sei ein Mord passiert. Die zweite Leiche lassen wir jetzt einmal beiseite, erstens ist sie noch nicht identifiziert, zweitens wird das wahrscheinlich ein Unfall gewesen sein. Was machen wir jetzt als Nächstes, Gasperlmaier?" Das war Gasperlmaier völlig klar, und er war recht stolz auf sich, als er der Frau Doktor in der Gewissheit, richtig zu liegen, erklärte: „Jetzt suchen wir die Susi Schneider!" „Falsch, Gasperlmaier: Jetzt fahren wir zur Tourismusschule und erkundigen uns dort über die Tote – denn dort ist auch die Journalistin, von der der Direktor gesprochen hat, und schnüffelt herum. Denn von der Susi Schneider weiß sie ja – hoffentlich! – noch nichts."

Wo die Tourismusschule war, das wusste Gasperlmaier, man brauchte nur zur Katrin-Seilbahn nach hinten zu fahren. Auf die Katrin hatte er schon ein paarmal mit Kollegen Skitouren unternommen. Während die Frau Doktor das Auto lenkte, telefonierte sie, ohne dass sie ihr Handy aus der Tasche nehmen musste. Anscheinend verstand sie das Auto auch so. Die Stimme ihres Kollegen kam aus den Radiolautsprechern. Christoph hatte ihm das einmal erklärt und ihm einreden wollen, endlich auch so ein Auto mit *Blutus* zu kaufen, wie er das nannte. So blöd war Gasperlmaier aber nicht – solange sich der Christoph für das Familienauto schämte, stand es wenigstens ihm und der Christine zur Verfügung, weil der Herr Sohn dann lieber doch mit dem Mountainbike als mit dem biederen Opel herumkurvte. Außerdem hatte er keine Ahnung, was der Christoph mit *Blutus* meinte. Und im Internet hatte er das auch nirgends gefunden.

Als sie bei der Tourismusschule ankamen, stand dort tatsächlich ein weißes Auto mit dem roten Logo der Schilling-Zeitung. „Schilling-Leser sind klüger!" stand in schwungvoller Schrift als Slogan unter dem Logo auf der Tür. Gasperlmaiers ohnehin schon bescheidene Laune verdüsterte sich. Die Schilling-Zeitung hatte ihm bereits einmal übel mitgespielt, er war völlig unschuldig, als vertrottelter Polizist gebrandmarkt, auf der Titelseite abgebildet gewesen. Seitdem kam ihm kein Exemplar dieser Zeitung mehr ins Haus. Gasperlmaier fürchtete ein Zusammentreffen mit einer der immer schlagfertigen Reporterinnen. Mit der Frau Doktor an seiner Seite, so hoffte er, würde es nicht zum Äußersten kommen. „Das möchte ich entschieden bezweifeln!", lächelte die, auf den Slogan der Schilling-Zeitung deutend.

Sehr viel Unterschied, stellte Gasperlmaier fest, gab es zwischen dem Gymnasium und der Schule hier nicht. Beides waren Zweckbauten aus den siebziger oder achtziger Jahren, teilweise mit hässlichem Waschbeton verkleidet, und weder von außen noch von innen schön anzusehen. Drinnen herrschte Ruhe, offenbar war gerade Unterricht, dennoch erschrak Gasperlmaier, als ihnen eine Frau entgegenkam, die er nur zu gut kannte. „Da schau her, der Gasperlmaier!", grinste sie süffisant. „Und die Frau Kommissar! Sind wir auch schon draufgekommen, dass jemand umgebracht worden ist? Der Schilling war halt wieder einmal schneller!" Es war die Maggie Schablinger, erinnerte sich Gasperlmaier, die sehr viel von sich selbst, wenig aber von der Arbeit der Polizei hielt. Eine auffällige Persönlichkeit, die man nicht vergaß. Schwarze Haare, schwarze Kleidung – diesmal mit viel Spitze und Rüschchen, schwarze Ringe um die Augen und blutroter Mund. Ein bisschen sah sie aus wie ein Vampir, dachte Gasperlmaier bei sich, und ihre Beschäftigung war dem Blutsaugen ja nicht unähnlich. Zuerst saugten sie alle möglichen und unmöglichen Wortspenden aus den Leuten heraus, dann wurde alles verunstaltet, aufgeblasen, verfälscht und der Meute wieder zum Kauf vorgeworfen.

Die Frau Doktor bedachte die Maggie nur mit einem abschätzigen Blick. Doch die ließ sie nicht so ohne weiteres ziehen. „Übrigens, Frau Doktor, ein Foto der Dahingeschiedenen hab ich schon!" Sie wies zunächst auf die Kamera in ihrer einen Hand, dann auf den Schaukasten, der hinter ihr hing. Unter der Überschrift „Unsere Mitarbeiterinnen und Mitarbeiter" hingen postkartengroße Fotos aller Lehrerinnen, Lehrer und sonstigen Mitarbeiter der Schule. Bis hin zum Reinigungspersonal. Natürlich konnte man den verschiedenen akademischen Titeln entnehmen, wer zu welcher Gruppe gehörte, sonst aber waren die Fotos fein säuberlich alphabetisch sortiert, wie Gasperlmaier feststellte, als er näher trat. Gasperlmaier besah sich das Foto der Frau Eisel. Der Direktor hatte nicht zu viel versprochen. Eine elegante, blonde Dame mit kirschroten Lippen lächelte Gasperlmaier entgegen, und das Foto schien ihm professionell beleuchtet und gestaltet. „Mag. Simone Eisel, Italienisch und Französisch" stand darunter.

Die Frau Doktor seufzte und hob ihre Augenbrauen. „Sie darum zu bitten, sich an die Fakten zu halten, wäre wahrscheinlich vergebliche Liebesmühe", sagte sie zur Maggie. Gasperlmaier meinte, einen ironischen Unterton in ihrer Stimme wahrnehmen zu können. „Wenn Sie es wenigstens bleiben lassen könnten, Menschen zu verleumden oder auf den Gefühlen Hinterbliebener herumzutrampeln, wäre ich schon zufrieden.“ Die Frau Doktor wandte sich ab. Die Maggie meinte noch hämisch: „Was wir schreiben, Frau Doktor, liest die ganze Steiermark. In diesem Fall sogar ganz Österreich! Was Sie sagen, interessiert niemanden!“ Die Maggie, fand Gasperlmaier, war eine ausgewachsene Landplage. Er folgte der Frau Doktor den Gang hinunter. Als er sich kurz nach der Maggie umwandte, hatte sie gerade die Kamera auf ihn gerichtet und drückte ab. „Mit so was müssen wir leben, Gasperlmaier. In den Augen von denen machen wir alles falsch. Von der Prävention weg bis zur Bestrafung von Triebtätern. Wir sollten uns gar nicht bemühen, denen schönzutun.“ Sie seufzte resigniert und deutete auf das Türschild, das sie soeben gefunden hatte: „Sekretariat“. „Wegen des Fotos machen Sie sich keine Gedanken, was soll sie schon damit anfangen. Die wollte Sie nur ärgern.“ Sie öffnete die Tür.

Drinnen bot sich ein ähnliches Bild wie in der Schule zuvor. Bloß ein wenig schneller ging es hier. Als sich die Frau Doktor vorgestellt hatte, hieß es nur: „Wir haben schon damit gerechnet, dass Sie kommen. Gehen Sie hinein, die Frau Direktor erwartet Sie!“, und schon waren sie in der Direktion.

Die Frau Direktor war eine grauhaarige Dame mit einem flotten Kurzhaarschnitt, ebenso groß wie die Frau Doktor, stellte Gasperlmaier fest, als sie sich die Hand schüttelten. „Ich wollte schon fast bei der Polizei anrufen, nachdem diese Journalistin gegangen ist. Ein extrem aufdringliches Frauenzimmer. Möchten Sie Kaffee?“ Die Frau Doktor nickte. „Gern. Sie auch,

Gasperlmaier?" Gasperlmaier konnte sich, wie üblich, nicht entscheiden und nickte der Einfachheit halber auch, um die Prozedur abzukürzen. Eigentlich aber war ihm nicht nach Kaffee.

Die Frau Direktor kam gleich zur Sache, nachdem sie ihnen Platz angeboten hatte. „Können Sie mir sagen, was an dem dran ist, das die Journalistin erzählt hat?" Die Frau Doktor informierte die Direktorin kurz und sachlich, wobei sie wenig Zweifel daran ließ, dass die Tote Simone Eisel sei. „Oder haben Sie in den letzten beiden Tagen irgendeinen Kontakt zu ihr herstellen können?"

Die Sekretärin kam mit einem Tablett mit Kaffeetassen. Die Frau Doktor nahm eine davon und nippte an dem schwarzen, ungezuckerten Getränk. Gasperlmaier wollte nicht umständlich erscheinen und tat es ihr gleich, obwohl Milch und Zucker ebenfalls auf dem Tablett vorhanden waren. Die bittere Brühe schmeckte ihm nicht.

„Ich hatte in den letzten Tagen keinen Grund, die Frau Magister Eisel anzurufen. Sie kriegt natürlich regelmäßig die Mails mit den wichtigsten Informationen, aber ich kann mich nicht einmal mehr erinnern, wann ich zuletzt mit ihr gesprochen habe. Ich weiß allerdings noch, worüber: Ich wollte wissen, ob sie im nächsten Jahr eine Klasse als Klassenvorstand übernehmen kann. Sie war bereit dazu." Irgendwie erinnerte sie Gasperlmaier an eine ältere Version der Frau Doktor: Beide bewegten sich zielstrebig, redeten klar und sachlich, blieben dabei distanziert, aber freundlich. Unter Männern, so dachte Gasperlmaier bei sich, war das nicht so einfach. Gespräche endeten stets in einem Gerangel darum, wer der Bessere, Stärkere und so weiter war, die Frauen versuchten einfach bloß, Informationen auszutauschen. Da waren sie, so fand Gasperlmaier, den Männern weit voraus.

„Können Sie mir kurz ein Bild von Frau Eisel geben?“, fragte die Frau Doktor. „Gern. Sie war zielstrebig, ehrgeizig, hat großen Wert auf untadeliges Äußeres gelegt und war eine echte Stütze hier in der Schule. Sie hat vieles angetrieben, bewegt, Projekte initiiert. Es wäre mir sehr leid um sie, wenn Ihr Verdacht zutreffen sollte.“ Der Direktor im Gymnasium hatte Ähnliches gesagt über die Frau Eisel, fiel Gasperlmaier auf, nur hatte es bei ihm eher abwertend als positiv geklungen.

„Nach meinem ersten Eindruck“, setzte die Frau Doktor nach, „gab es ziemliche Unterschiede in Lebensstil und, na ja, generellen Auffassungen zwischen der Frau Eisel und ihrem Mann?“ Die Direktorin nickte. „So sehe ich das auch. Soweit ich weiß, hat es in der Ehe zeitweilig ziemlich gekriselt. Das mit den Auffassungen möchte ich so nicht unterschreiben, sie waren beide eher so grün-links eingestellt, der Herr Eisel mehr der Ministrantenfraktion nahe, sie war generell kirchenkritisch eingestellt.“ „Ministrantenfraktion?“ Die Frau Doktor hatte den Ausdruck, so wie Gasperlmaier, offensichtlich noch nie gehört. „Na ja“, die Frau Direktor lächelte, „so bezeichne ich für mich selbst diese grün-katholische Fraktion, die unter Lehrerinnen und Lehrern, glaube ich, recht populär ist. Sofern sie nicht generell tiefschwarz sind. Hier im Salzkammergut“, fügte sie hinzu, „ist es nicht ganz so schlimm – hier waren die Menschen von jeher widerständig und zum Großteil protestantisch, das war nie ein guter Boden für die Schwarzen.“ Gasperlmaier fand es erstaunlich, dass die Frau Direktor Politisches so offen ansprach – wo sie ja nicht wissen konnte, wie die Frau Doktor politisch dachte. Aber vielleicht, so dachte Gasperlmaier bei sich, fühlten Frauen so etwas ja. Wie er von seiner Frau wusste, spürten Frauen vieles, was Männern ewig ein Rätsel blieb. Vielleicht hatte er ja – obwohl er die beiden Frauen während des Gesprächs ständig beobachtet hatte – wichtige körpersprachliche Signale übersehen, die ein unausgesprochenes Einverständnis zwischen den beiden signalisierten.

„Frau Direktor", sagte nun die Frau Doktor, „um ganz offen mit Ihnen zu sein: Wir haben Hinweise darauf, dass beim Tod der Frau Eisel Fremdverschulden vorliegt. Wenn sie also nicht mit ihrem Mann Bergsteigen war – haben Sie dann einen Verdacht, mit wem sie auf dem Loser gewesen sein könnte? Die Person muss ja nicht notwendigerweise der Täter sein." Die Frau Direktor legte eine Hand um ihr Kinn und antwortete nicht sofort. „Es ist schwierig und vielleicht unverantwortlich, der Polizei gegenüber Gerüchte zu erwähnen. Ich weiß nicht, warum, aber ich vertraue Ihnen." Dabei, so schien es Gasperlmaier, sah sie der Frau Doktor in die Augen, warf aber auch ihm einen kurzen Seitenblick zu, der, wie ihm vorkam, nicht gänzlich von Zweifeln frei war. „Bitte behandeln Sie Gerüchte also als solche, und erwähnen Sie keinesfalls mich als Informationsquelle. Das muss unter uns bleiben!" Gasperlmaier war gespannt. Die Frau Direktor beugte sich ein wenig vor und sprach nun leiser. „Es gibt zwei Männer, die den Gerüchten zufolge, die mir zugetragen wurden, ein Verhältnis – welcher Art auch immer – mit der Frau Eisel hatten. Der eine war ein Kollege hier und unterrichtet jetzt in Bad Aussee. An der Höheren Lehranstalt." Gasperlmaier spitzte die Ohren. Das war ja an der Schule seiner Katharina! „Sein Name ist Kaspar Fritzenwallner." Seltsamer Name, dachte Gasperlmaier bei sich, aber die Frau Direktor fügte gleich eine Erklärung hinzu. „Er kommt aus dem Pongau, aus irgendeinem Tal, da heißen fast alle so, und der Vorname ist dort durchaus üblich. Hat man mir gesagt. Der Kaspar war sehr beliebt, und es hat keine wirklich schlüssige Erklärung dafür gegeben, dass er die Schule wechseln wollte. Er ist ein sehr fescher Mann, und nicht zuletzt sein Schulwechsel hat halt den Gerüchten Nahrung gegeben, dass er ein Verhältnis mit einer verheirateten Frau beenden und ihr aus dem Weg gehen wollte – der Simone Eisel.“ Gasperlmaier hatte den Namen Fritzenwallner noch nie gehört, und wenn er ehrlich zu sich selbst war, musste er auch zugeben, dass er sich nicht sonderlich für die Namen der Lehrer seiner Kinder interessierte – solange die Noten in Ordnung waren. Die Frau Direktor lehnte sich wieder zurück. „Mir war das egal, solange in der Schule alles in Ordnung ist, können die Leute in ihrem Privatleben tun, was sie wollen.“

„Und der zweite?“ Nun war es die Frau Doktor, die sich etwas vorbeugte. „Von dem weiß ich nicht einmal den Namen, es soll ein Wirt oder Restaurantbesitzer aus der Umgebung sein, wir haben ja vom Schwerpunkt unserer Schule her auch viel mit Gastronomiebetrieben zu tun. Aber ich möchte noch einmal wiederholen: alles unbestätigte Gerüchte.“ Die Frau Direktor stand auf, wohl, um darauf hinzuweisen, dass sie ihrer Meinung nach bereits genug gesagt hatte. „Wollen Sie vielleicht bei uns essen?“, fragte sie. „Wir bieten den Lehrerinnen und Lehrern, und gelegentlich auch Besuchern, an, bei uns zu essen. Für die Schüler ist es ja ein Schulfach – vormittags wird gekocht, und zu Mittag wird serviert. Eine ganz normale Unterrichtsstunde.“ Das kam Gasperlmaier gerade recht. Seit dem Frühstück war viel Zeit vergangen, und wenn man mit der Frau

Doktor unterwegs war, kam es immer wieder vor, dass die Jause aus Zeitgründen ausfiel. Zwar, so dachte Gasperlmaier bei sich, wusste er nur wenig über die Frau Doktor, aber dass ihr Essen nicht so wichtig war, wenn sie im Dienst war, das konnte er mit Sicherheit sagen. „Nein danke, wir haben's leider eilig, dafür können wir uns keine Zeit nehmen!" Die Frau Doktor schüttelte der Frau Direktor die Hand, und Gasperlmaiers Laune sank auf den Nullpunkt. Irgendwas musste gegen seinen Hunger ja sowieso unternommen werden. Warum nicht gleich hier?

„Trösten Sie sich, Gasperlmaier!", sagte die Frau Doktor draußen auf dem Gang zu ihm. „Denken Sie daran: Was hier gegessen wird, das haben Schüler gekocht – wollten Sie das wirklich riskieren?" Gasperlmaier fühlte sich durchschaut, wollte aber die Ehre der Tourismusschüler, zu denen schließlich auch seine Tochter zählte, verteidigen: „Also, die Schule von unserer Katharina hat einmal ein Buffet hergerichtet, das war ... erstklassig!" Gerade noch hatte er seinen Satz mit einem passenden Wort zu Ende bringen können. Die Frau Doktor winkte lachend ab. „Ja, Gasperlmaier, ich wollte niemanden beleidigen. Wir kaufen uns im Vorbeifahren im Supermarkt ein Weckerl oder so." Gasperlmaier war dennoch ein wenig verschnupft. Besser als so ein batzweiches Weckerl aus dem Supermarkt, das schon stundenlang in der Plastikfolie schmorte, wäre das Essen in der Tourismusschule allemal gewesen. Gasperlmaier blieb ein wenig hinter der Frau Doktor zurück. Als die gerade den Schlüssel zückte und ihren Audi aufsperrte, kam dahinter ein feister Mann zum Vorschein. „Da können S' aber nicht parken, junge Frau! Das ist die Feuerwehrzufahrt! Wo täten wir denn da hinkommen, wenn jede, die ihren Fratzen die Schulsachen nachträgt, da stehen bleibt!“ Das Gesicht des Mannes hatte sich gerötet, und beim Reden hatte er Speicheltröpfchen gegen die Frau Doktor versprüht, Gasperlmaier hatte es deutlich gesehen. Anscheinend, so dachte Gasperlmaier bei sich, hielt der Mann die Frau Doktor für eine unterbeschäftigte Mutter, die nichts Besseres zu tun hatte, als der Jessica oder der Jaqueline, oder wie sie auch immer hießen, die vergessene Federschachtel nachzuliefern. Gasperlmaier hatte von seiner Christine gehört, dass es solche Mütter bisweilen auch in Altaussee gab. Den Vogel aber hatte eine abgeschossen, die ihrem Sohn einmal über sechzig Kilometer nachgefahren war, weil ihm auf den Projekttagen das Taschengeld ausgegangen war. Der ohnehin schon übergewichtige Sprössling hatte trotz Vollpension gleich am ersten Tag sein ganzes Geld für Pommes frites und Eislutscher ausgegeben. Die Christine hatte sich tagelang über die Frau und ihre Erziehungsmethoden geärgert.

Inzwischen hatte sich Gasperlmaier genähert, und als der Mann erkannte, dass die Frau Doktor und Gasperlmaier zusammengehörten, begann er sich wortreich zu entschuldigen. „Entschuldigung, ich habe ja nicht wissen können, die Polizei, dein Freund und Helfer, nicht wahr!“ Dem Mann standen Schweißperlen auf Stirn und Oberlippe. Er war, so fand Gasperlmaier, für sein noch jugendliches Alter viel zu fett. Unter dem kurz geschnittenen schwarzen Haar prangten dicke, aufgeblasene Backen und wulstige Lippen. Seinen kurzen, voluminösen Oberkörper hatte er in eine schwarze Lederjacke gezwängt und er sah darin aus wie ein Taxifahrer. „Wissen Sie“, erklärte er, „ich bin hier der Brandschutzbeauftragte. Ein Wahnsinn. Jeder parkt, wo er will, jeder stellt Sofas in die Klassen hinein, die natürlich jeder Brandschutzverordnung widersprechen, jeder meint, er kann die ausgebleichten Vorhänge seiner Großmutter in die Klassen hineinhängen. Ein Wahnsinn!"

Gasperlmaier fragte sich, warum die Frau Doktor den lästigen Kerl nicht schon längst abgewimmelt hatte, wurde aber eines Besseren belehrt, als die, lässig mit der Schulter an ihr Auto gelehnt, ihn sogar noch ermutigte. „Bei uns nicht anders!", lächelte sie. „Wissen Sie, wir waren auf einem dringenden Einsatz. Da können wir nicht nach Parklücken suchen." Aha, so dachte Gasperlmaier bei sich, jetzt manövriert sie ihn vorsichtig dahin, dass er uns etwas über die Frau Eisel erzählt. Er behielt recht. „Ja, ich hab ja schon gehört, dass die Frau Eisel ... also dass man glaubt, sie ist ermordet worden. Schrecklich! Dass wir einmal mit einem Mord zu tun haben könnten!"

„Haben Sie die Frau Eisel gekannt?", fragte die Frau Doktor, so, als ob sie nicht nur an seinem Geschwafel, sondern auch an der Person interessiert wäre. Gasperlmaier bewunderte ihre Wandlungsfähigkeit. „Ja – wie man eine Kollegin eben kennt. Sie war ja älter als ich, ich hab auch andere Fächer, wir haben nicht so viel miteinander zu tun gehabt. Sie hat sich halt also schon immer wieder sehr exponiert. Die hat nicht nur Freunde gehabt." „Exponiert?", fragte die Frau Doktor nach. Der Dicke verlagerte sein Gewicht auf seinen rechten Fuß und schaute haarscharf an der Frau Doktor vorbei. „Dass Sie mich nicht falsch verstehen: nichts Schlechtes über Tote!" Er stellte seinen Aktenkoffer ab und hob in einer Geste der Unschuld beide Hände. „Aber sie war umtriebig. Und nicht immer unserer Sache dienlich. Sie hat sich schon für was Besseres gehalten. Und sich immer mit ihren Projekten wichtig gemacht." „Unsere Sache?" Die Frau Doktor führte ihr Spielchen weiter. „Ja, ich meine, es ist ja selbstverständlich, gewissermaßen, wenn man einigermaßen ein Niveau haben will, da in der Schule, dass man, dass man da gewisse Standards haben muss, und mit ihren alternativ-grünen Ideen, das ist natürlich ein Wahnsinn!"

„Wahnsinn" schien ein Lieblingswort des Dicken zu sein. Gasperlmaier fand es beruhigend, dass nicht nur er selbst unter dem Problem litt, einmal begonnene Sätze nicht ordnungsgemäß zu Ende führen zu können, vor allem, wenn einem eine Frau wie die Frau Doktor gegenüberstand. „Und was genau ist Ihre Sache?", wollte die Frau Doktor noch wissen. „Ja, ich vertrete, quasi, die Mehrheitsfraktion. Und das können Sie mir glauben, da haben wir was zu tun, dass uns die vom Ministerium nicht ununterbrochen irgendeinen Schwachsinn hineindrücken!" Die Frau Doktor, so fand Gasperlmaier, lächelte so amüsiert, als fände sie das Gespräch mit dem heftig schwitzenden Gewerkschafter wirklich unterhaltsam, in Wirklichkeit aber, so dachte er bei sich, hatte sie ihn am Haken und würde ihn sicherlich nicht loslassen, bis er noch einige Interna ausgeplaudert hatte. Er täuschte sich wieder einmal.

„Sagen Sie mir bitte noch Ihren Namen, und wo sie gestern Vormittag waren. Schließlich hatten Sie ja auch ein Mordmotiv, nicht wahr?" Der Angesprochene fiel aus allen Wolken. „Ja, ich ... das ist jetzt aber ... ich habe gedacht, das ist eine normale Unterhaltung, und jetzt. Ich muss schon protestieren!" Der Dicke wirkte so überrascht und hilflos, dass die Frau Doktor auflachte. „Ja. Protestieren Sie. Und dann reißen Sie sich einmal zusammen. Ihr Name?"

„Loisenhammer", stammelte der. „Friedrich Loisenhammer. Und ich war gestern Vormittag bei einem

Seminar. Da finden Sie meine Unterschrift auf der Teilnehmerliste! Außerdem geh ich nicht auf Berge!" Die Frau Doktor hatte die Autotür geöffnet und bedeutete dem Gasperlmaier, auch einzusteigen. „Das glaube ich Ihnen gern!" Sie winkte dem dicken Friedrich sogar noch neckisch zu. „Auf Wiedersehen, Herr Loisenhammer. Vielleicht kann ich mich ja auch einmal mit einem gewerkschaftlichen Anliegen an Sie wenden!"

Die Frau Doktor lachte noch, als sie das Auto schon gestartet hatte. „Dem haben wir aber jetzt einen schönen Schrecken eingejagt", grinste sie, „was, Gasperlmaier?" Gasperlmaier fand, sie hatte ein wenig übertrieben und den Friedrich Loisenhammer lächerlich gemacht. Das, so fürchtete er, konnte auch ihm jederzeit passieren, wenn er sich bei der Frau Doktor im Ton oder in der Wortwahl vergriff. Er musste vorsichtig sein.

Gasperlmaier war es plötzlich so, als hätte er in der Schule irgendetwas Wichtiges gesehen, das mit ihrem Fall zusammenhing. Er zermarterte sich das Hirn, aber je mehr er sich bemühte, desto mehr entschwand ihm das Bild, das seine Aufmerksamkeit erregt hatte. Oder war es vor der Schule gewesen? Es war zwecklos. Gasperlmaier ärgerte sich darüber, dass es ihm immer wieder so ging. Manchmal fiel ihm etwas ein, was er unbedingt wissen wollte, und er schaltete den Computer ein, um im Internet nachzusehen. Wenn der hochgefahren war, war es oft schon zu spät. Es war ihm entfallen, was er noch vor wenigen Minuten dringend hatte wissen wollen. Manchmal fragte er sich, ob das was mit beginnender Demenz oder Alzheimer zu tun haben konnte.

„Schwarze Lehrergewerkschafter sind so sexy! Finden Sie nicht, Gasperlmaier?" Die Frau Doktor konnte sich noch immer nicht beruhigen. Gasperlmaiers

Schweigen jedoch deutete sie falsch. „Gasperlmaier, hab ich Sie etwa beleidigt? Sind Sie politisch auch eher konservativ eingestellt?“ Plötzlich war sie ernst geworden. Gasperlmaier fühlte sich bei dieser Frage nicht wohl. Er wählte seit Jahr und Tag die Sozialdemokraten, wie auch seine Eltern das getan hatten, Gedanken darüber hatte er sich aber nie viel gemacht. Die Christine wählte die Grünen, Gasperlmaier aber hatte bei politischen Debatten zu Hause kaum jemals etwas beizutragen. Die Christine meinte, es passe schon, dass einer in der Familie den Roten eine Stimme gab. Gasperlmaier war nicht gerade glücklich darüber, dass er sich jetzt auch politisch deklarieren musste, sodass der Informationsvorsprung, was sein Verhältnis zur Frau Doktor betraf, auf ihrer Seite immer größer und größer wurde. Das musste sich ändern. „Wie heißen Sie eigentlich mit Vornamen?“, platzte er heraus. Die Frau Doktor sah erstaunt zu ihm hinüber, obwohl sie gerade dabei war, in den fünften Gang zu schalten. Gasperlmaier begriff, dass das natürlich eine völlig inadäquate Antwort auf ihre Frage gewesen war – er hatte ja seine Gedankengänge, die ihn schließlich dazu geführt hatten, für sich behalten.

Die Frau Doktor riskierte einen neuerlichen Seitenblick. Mit angehobenen Augenbrauen. „Gasperlmaier, da sind Sie mir jetzt aber eine Erklärung schuldig. Ich frag Sie nach Ihrer politischen Einstellung – zugegeben, das geht mich nichts an – aber trotzdem finde ich Ihre Reaktion seltsam: Sie fragen mich daraufhin nach meinem Vornamen?“ Gasperlmaier erkannte den angehobenen Ton am Ende des Satzes, der eine Erklärung forderte. Er spürte Hitze in sein Gesicht aufsteigen, der Erklärungsnotstand machte sich wieder einmal in einer Sprechhemmung bemerkbar. „Ich ...“

Gasperlmaier fuchtelte hilflos mit den Händen in der Luft herum, bemühte sich aber gleichzeitig, regelmäßig und tief ein- und vor allem auszuatmen. Es half. Er versuchte, seine Gedankengänge kurz zu fassen. „Nein, nein“, begann er, „das macht nichts. Ich meine, dass Sie wegen der Politik nachfragen. Ich habe mir nur gedacht, dass Sie fast alles über mich wissen, und ich gar nichts über Sie. Und jetzt wollten Sie auch noch wissen, wie ich über Politik denke. Und da ist mir eingefallen, dass ich nicht einmal Ihren Vornamen kenne!“

„Ach so. Entschuldigung.“ Die Frau Doktor, so schien es Gasperlmaier, war ein wenig betroffen. „Ich heiße Renate. Ich sage meinen Vornamen nicht gern, er gefällt mir nicht. Ich weiß auch nicht, wie meine Eltern darauf gekommen sind.“ Die Frau Doktor bog so plötzlich in die Einfahrt zum Supermarkt ein, dass Gasperlmaier gegen sie geschleudert zu werden drohte. Unwillkürlich stützte er sich mit der Hand auf ihrem Oberschenkel ab, zog sie aber so schnell wieder zurück, als hätte er sich verbrannt, als er merkte, dass sie unterhalb des Rocksaums auf ihrem Strumpf gelandet war. „Ich wollte nicht ...“, begann er seinen Satz, hielt seine Hand vors Gesicht und betrachtete sie eingehend. „Kein Problem“, beruhigte ihn die Frau Doktor. „Meine Schuld. Ich hab die Einfahrt zu spät gesehen. Warum schauen Sie denn ihre Hand so genau an?“ Gasperlmaier steckte, so schnell er konnte, die Hand unter seinen eigenen Oberschenkel.

Die Frau Doktor hatte inzwischen angehalten. „Ich hol uns schnell was. Auf meine Rechnung!“ Gasperlmaier fand gar keine Zeit, zu überlegen, ob er mit in den Markt gehen sollte, so schnell war sie weg. Also blieb er sitzen, ärgerte sich über seine Ungeschicklichkeit und, weil er schon dabei war, gleich auch noch über den bevorstehenden Abend ohne seine Christine, die ja die Gesellschaft des seltsamen Barden vorzog, der gestern zu Besuch gewesen war und gleich versucht hatte, sich in Gasperlmaiers Haus breitzumachen.

Die Frau Doktor riss die Tür auf. „Hier!" Sie reichte Gasperlmaier einen Papiersack und eine Flasche Bier. Sogar gekühlt. Gasperlmaier sah überrascht zu ihr auf. „Sollten wir nicht während des Dienstes, ich meine, das darf ich doch eigentlich nicht!" „Ach was!" Die Frau Doktor machte eine wegwerfende Handbewegung. „Es war ein anstrengender Vormittag, und ich war vorhin auch nicht gerade nett zu ihnen. Nehmen Sie's als Entschuldigung." Gasperlmaier entspannte sich etwas und kramte im Papiersack. Er enthielt gleich zwei Leberkäsesemmeln, eine mit normalem und eine mit scharfem Leberkäse. „Weil ich nicht gewusst habe, welchen Sie lieber haben." Gasperlmaier begann beruhigt zu kauen und nahm einen Schluck Bier. Seine Entspannung wich aber umgehend neuerlicher Unruhe, als die Frau Doktor gleichzeitig losfuhr, ihr Mozzarellaweckerl aus der Plastikfolie befreite und einmal abbiss. Gasperlmaier fragte sich, wie das gleichzeitig mit Schalten, Blinken und so weiter gutgehen konnte. Dabei vergaß er aufs Kauen und würgte einen zu großen Bissen seiner Semmel hinunter, sodass er röchelnd nach Luft schnappen musste.

Naturgemäß war die Frau Doktor mit ihrem Weckerl fertig, als Gasperlmaier noch mit seiner zweiten Semmel beschäftigt war. Der scharfe Leberkäse verdiente seine Bezeichnung. Gasperlmaier gönnte sich einen tiefen Schluck, als seine Augen zu tränen begannen. Verstohlen blickte er um sich, ob nicht etwa das Auto der Schilling-Zeitung mit der Maggie Schablinger drin hinter ihnen herfuhr. Sie hatte ihn schon einmal bloßgestellt, als sie ihn beim Biertrinken fotografiert hatte.

„Jetzt sind Sie mir aber noch was schuldig!" Gasperlmaier verschluckte sich neuerlich. „Sie haben mir noch nicht gesagt, ob ich Sie beleidigt habe, als ich mich über die Konservativen lustig gemacht habe." Gasperlmaier schüttelte heftig den Kopf. „Nein, nein. Ich wähle immer die SPÖ." Inständig hoffte Gasperlmaier, dass sie mit „konservativ" nicht diese Partei gemeint hatte. „Okay, dann haben wir ja kein Problem miteinander. Sie haben ja sicherlich gemerkt, als ich mit der Frau Direktor gesprochen habe, dass ich – und sie auch – dass wir also politisch nicht konservativ sind, wenn man das so vorsichtig ausdrücken darf. Wissen Sie, das spürt man von Frau zu Frau einfach."

Das hatte sich Gasperlmaier schon gedacht. Es schien ihm, als habe er in dieser recht schwierigen, fast glitschigen politischen Materie richtig reagiert. Renate also. Gasperlmaier hatte sich einmal in eine Renate verliebt, aber das war ein ziemliches Problem gewesen, damals. Die Renate war nämlich siebzehn gewesen, ziemlich üppig, mit langen, brünetten Haaren, Gasperlmaier dagegen erst fünfzehn, und er hatte sich wochenlang umsonst nach ihrem warmen, weichen Körper verzehrt. Renate also.

6

Plötzlich, gerade auf der Pötschenhöhe, unterbrach eine seltsame Melodie die Musik aus dem Radio. Die Frau Doktor drückte einen Knopf am Lenkrad und sprach, so wie es Gasperlmaier schien, mit dem Auto. Eine Stimme meldete sich. „Hallo, Renate!" Da hätte er sich jetzt nicht so bemühen brauchen wegen des Vornamens, dachte Gasperlmaier bei sich. „Richard hier." „Ich höre!", sagte die Frau Doktor. „Wir haben einiges Neues für euch. Zuerst einmal die Gesprächsnachweise für das Handy der Toten. Es gibt einige Gespräche mit ihrem Mann, das letzte allerdings am Samstag. Einige mit einer Susanne Schneider. Dann mehrere Gespräche mit einem nicht registrierten Wertkartenhandy. Sonst nur unaufregend, Arzt, Friseur und so weiter."

„Habt ihr das Handy auch orten können?", fragte die Frau Doktor. „Ja, jedenfalls nicht in Bad Schallerbach. Sie scheint sich über das Wochenende nur in Ischl und in Aussee aufgehalten zu haben. Zeitweise war es allerdings auch nicht ortbar, also wahrscheinlich abgeschaltet. Hotels in Bad Schallerbach ebenfalls negativ. Eine Simone Eisel war über das Wochenende definitiv in keinem Hotel in Schallerbach. Zumindest nicht unter diesem Namen."

„Was Neues zu unserer zweiten Leiche?" „Eigentlich nein." Die Stimme kam, stellte Gasperlmaier fest, wiederum aus dem Radiolautsprecher. „Wir überprüfen gerade alle Vermisstenmeldungen im fraglichen Zeitraum in einem Umkreis von ungefähr hundert Kilometern, da sind wir aber noch nicht fertig damit, das sind mehr, als wir gedacht haben. Wir versuchen es jetzt mit dem Zahnstatus. Das wird aber seine Zeit dauern, du weißt ja. Aber es hat ja keine Priorität, wir gehen da ja nach wie vor von einem Unfall aus." „Okay, danke." Die Frau Doktor drückte wieder einen Knopf und beendete damit das Gespräch. „Interessant!", sagte sie, ohne dass Gasperlmaier sich denken konnte, was genau sie meinte. „Entweder hat sie ihren Mann angelogen und war bei irgendwem in Ischl oder bei der Susi Schneider. Oder er hat uns angelogen, und sie waren das ganze Wochenende zusammen. Gasperlmaier, jetzt geht's zur Frau Schneider! Danach sehen wir sicher klarer."

Die Frau Doktor parkte direkt vor dem ehemaligen Kurhaus in Bad Aussee, in dessen Nähe der Tourismusverband seinen Sitz hatte. Gasperlmaier konnte sich noch daran erinnern, wie in dem Gebäude das grauenhafte Ausseer Heilwasser ausgeschenkt und verkauft worden war. Es hatte nach Salz und Schwefel geschmeckt, ihm war schon schlecht geworden, wenn er nur daran gerochen hatte. Seine Mutter hatte es gelegentlich gegen allerlei Leiden getrunken, manchmal aber auch ihm aufgezwungen. Seither litt Gasperlmaier unter einer heftigen Abneigung gegen alles, was sich als Kur bezeichnete, und im Besonderen gegen Getränke, die nichts versprachen, außer der Gesundheit förderlich zu sein. Seine Christine hatte dann und wann mit verschiedenen Wässerchen und sogar asiatischen Getränken experimentiert und auch ihm davon angeboten, er jedoch war felsenfest davon überzeugt, dass Bier das einzige wirklich gesunde Getränk war, das im Alltag zur Verfügung stand. Schließlich enthielt es weder Zucker noch Fett, dafür aber eine ganze Reihe gesundheitsfördernder Inhaltsstoffe. Der Kahlß Friedrich hatte ihm einmal eine Geschichte erzählt von einem Gefangenen, der sich ein einziges Nahrungsmittel oder ein einziges Getränk hatte aussuchen dürfen, das er in beliebiger Menge bekommen würde, bis er starb. Man hatte natürlich damit gerechnet, so der Friedrich, dass der Mann binnen kurzem qualvoll entweder verhungern oder verdursten würde. Der kluge Mann hatte jedoch nach Bier verlangt und war so lange am Leben geblieben, bis man ihn der ins Astronomische steigenden Kosten wegen freilassen hatte müssen. Das hatte ihm der Friedrich glaubhaft versichert.

Drinnen im Tourismusbüro standen mehrere Frauen, die alle Ausseer Dirndl trugen, hinter verschiedenen Schaltern. Die Frau Doktor ging auf die ältere, grauhaarige Frau in der Mitte zu, es war die Resi Sommerer, die Gasperlmaier als Einzige im Raum näher kannte. Die hatte nämlich, als sie noch jünger gewesen war, in einem Wirtshaus gekellnert, das auch Gasperlmaier öfters aufgesucht hatte. Sie war für ihre Strenge und ihre scharfe Zunge berühmt und berüchtigt gewesen, deswegen hielt sich Gasperlmaier jetzt im Hintergrund. Überhaupt war er sich nicht mehr sicher, ob ihn die Resi überhaupt erkennen würde. Und wenn, Gasperlmaier dämmerte es langsam, dann würde es keine angenehme Erinnerung sein, denn Gasperlmaier hatte sich, wenn ihn sein Gedächtnis nicht trog, in ihrem Wirtshaus einmal durchaus unangemessen benommen, nachdem er ein paar Biere und Schnäpse über den eigentlichen Bedarf hinaus genossen hatte.

„Die Frau Schneider steht da drüben", hörte Gasperlmaier die Stimme der Frau Sommerer, während er vortäuschte, die in einem Ständer untergebrachten Faltprospekte der verschiedenen touristischen Attraktionen des steirischen Salzkammerguts genauer zu studieren. „Sie hat sich eh schon gedacht, dass bald wer von der Polizei kommen wird." Das, so fand Gasperlmaier, war jetzt ein wenig giftig herausgekommen. Die Frau Doktor wandte sich nach links hinüber, und Gasperlmaier folgte ihr. Die Frau Schneider war eine, wie Gasperlmaier fand, noch junge und sehr attraktive Frau. Sie hatte kurze blonde Haare, deren Ansatz aber, so schien es, mit Absicht schwarz gefärbt war, was der Frisur einen zumindest ungewöhnlichen Anschein gab. Die Frau Doktor schüttelte ihr die Hand und stellte sich vor, worauf die Frau Schneider in haltloses Schluchzen ausbrach und die Hände vors Gesicht schlug. Gasperlmaier stellte fest, dass die Arme der Frau Schneider, die nur bis zur Hälfte des Oberarms von den Ärmeln ihrer Dirndlbluse bedeckt waren, äußerst muskulös waren. Möglicherweise ging sie klettern oder so was Ähnliches. Immer noch schluchzend deutete sie kurz auf eine Tür in ihrem Rücken und bat die beiden, ihr in ein kleines Büro zu folgen, wo man sich hinsetzen konnte.

„Entschuldigen Sie!", heulte die Frau Schneider und zog ein Papiertaschentuch aus dem Ausschnitt ihres Dirndls, um sich kräftig hineinzuschnäuzen. „Das war heute alles ein bisschen viel für mich!" „Wir müssen Ihnen ein paar Fragen im Zusammenhang mit dem Verschwinden der Frau Simone Eisel stellen", eröffnete die Frau Doktor, doch das schien bei der Frau Schneider gar nicht anzukommen, denn die schüttelte es förmlich in einem neuerlichen Weinkrampf. Die Frau Doktor legte ihr beruhigend die Hand auf einen Unterarm. „Bitte beruhigen Sie sich, Frau Schneider, wir gehen nicht davon aus, dass Sie in irgendeiner Form Schuld am Verschwinden der Frau Eisel tragen, es geht uns lediglich darum, herauszubekommen, wo und mit wem sie das Wochenende verbracht hat." Der Atem der Frau Schneider schien sich etwas zu beruhigen. Es fiel Gasperlmaier ein wenig schwer, seinen Blick von ihr abzuwenden, und das war nur wegen des Schmetterlings. Die Frau Schneider trug nämlich eine recht großzügig ausgeschnittene Dirndlbluse, und auf dem, was man von ihrem nicht unerheblichen linken Busen sehen konnte, hatte sie einen Schmetterling tätowiert. Gasperlmaier wusste natürlich, dass man Frauen nicht in den Ausschnitt starrte. Zum einen schloss er sich voll und ganz der Meinung seiner Frau an, dass es entwürdigend war, die Frau gänzlich auf ihren Körper zu reduzieren, zum anderen war es schlicht und einfach schlechtes Benehmen, und Gasperlmaier wollte sich ungern, vor allem von der Frau Doktor, bei einer Ungehörigkeit ertappen lassen. Dennoch stellte er sich die Frage, warum denn zum Beispiel die Frau Schneider sich einen Schmetterling auf die Brust tätowieren ließ, den man dann auch noch sehen konnte. Waren denn Bilder, die man sich zu Hause oder gar im Museum aufhängte, nicht dazu gedacht, betrachtet zu werden? Und war der Schmetterling der Frau Schneider nicht auch ein solches Bild? Gasperlmaier wandte sich demonstrativ der Aussicht aus dem Fenster zu, die aber lediglich auf die Straße hinausführte, um nicht der Faszination des Schmetterlings zu erliegen. Frauen, hatte seine Christine öfters gemeint, machten sich nicht zum Zweck der Betrachtung durch Männer schön, sondern einfach für sich selbst. Da fragte sich Gasperlmaier aber schon, warum sie sich dann Körperteile wie zum Beispiel Augenlider und Lippen anmalten, die sie tagsüber nur dann zu Gesicht bekamen, wenn ein Spiegel zur Verfügung stand. Dennoch, so dachte Gasperlmaier bei sich, ausgeschlossen war es nicht, dass sich Frauen schön machten, um danach ihr Spiegelbild bewundern zu können. Den Beginn des Gesprächs zwischen der Frau Doktor und der Frau Schneider hatte er über seinen Überlegungen natürlich verpasst.

„... hab ich mir ja schon überlegt, ob ich nicht selber zur Polizei gehen soll, aber es ist alles zu schnell gegangen, ich hab ja erst heute früh hier im Büro von dem Absturz gehört, und dass es die Simone sein soll, ich hab mich zuerst einmal fassen müssen und bin gar nicht zum Überlegen gekommen“, sagte die Frau Schneider. „Und Sie waren am Wochenende nicht mit ihr zusammen?“ „Nein“, antwortete die Frau Schneider, während sie sich wieder ein paar Tränen aus den Augenwinkeln wischte. Das Taschentuch, so schien es Gasperlmaier, war inzwischen einigermaßen durchweicht. „Ich hab einfach für sie gelogen. Wir waren gute Freundinnen und ...“ Sie schaute Gasperlmaier direkt ins Gesicht, der sich daraufhin bemühte, seinen Blick auf ihre Haare zu konzentrieren, um nicht in Verdacht zu geraten, zu tief zu blicken. „Können wir kurz unter vier Augen ...?“ Die Frau Doktor winkte ab. „Alles, was Sie hier erzählen, bleibt vertraulich – so lange, bis Sie vor Gericht vielleicht noch einmal dazu befragt werden. Der Kollege ist absolut vertrauenswürdig.“ Bei dem Wort „Gericht“ war die Frau Schneider, hatte Gasperlmaier beobachtet, merklich zusammengezuckt.

Die Frau Schneider bewunderte jetzt ebenfalls die Aussicht aus dem Fenster, während sie weitersprach. „Sie hat öfter Affären mit Männern gehabt. Ich hab manchmal für sie gelogen. Und sie ... für mich – wie ich noch verheiratet war“, kam es nun sehr zögernd. „Ihr Mann war zwar irgendwie lieb, aber so unbeholfen und desinteressiert, was ihre Beziehung angegangen ist. Sie war halt viel unternehmungslustiger und hat sich nach mehr gesehnt, als ihr Mann ihr gegeben hat.“ „Frau Schneider“, mischte sich jetzt die Frau Doktor ein, „wir bewerten in keinem Fall Moral oder Anstand, das ist nicht unser Geschäft, es ist also überhaupt nicht notwendig, die Frau Eisel zu rechtfertigen. Was ich wissen möchte, ist, ob Sie wissen, mit wem sie über das Wochenende, und vor allem am Montag, zusammen war." Die Frau Schneider seufzte. „Sie hat ein Geheimnis draus gemacht, sie hat mir ja nicht immer von ihren Liebhabern erzählt. ‚Je weniger du weißt, desto besser!', hat sie mir oft gesagt. Ich selber war ja wirklich in Schallerbach, auf einer Tourismustagung, aber nur bis zum Samstagabend. Danach habe ich nicht viel unternommen, weil das Wetter ja so schlecht war. Im Auftrag der Simone hab ich sonntagabends noch ihren Mann angerufen und ihm eine kleine Geschichte erzählt, dass ihre Abwesenheit am Montag auch noch gedeckt ist."

„Frau Schneider, gibt es jemanden, der bestätigen kann, wo Sie am Wochenende waren?" „Brauche ich jetzt ein Alibi?" Die Frau Schneider wirkte erschrocken und verunsichert. „Wir müssen alles klären, was irgendwie in Zusammenhang mit der Frau Eisel steht", beruhigte sie die Frau Doktor. Die Frau Schneider nickte. „Ich lebe ja allein, und den ganzen Sonntag habe ich niemanden gesehen." „Kennen Sie Männer, mit denen Frau Eisel ein Verhältnis hatte?", hakte die Frau Doktor nach. „Muss ich das jetzt sagen?" Die Frau Doktor hob die offenen Handflächen. „Sie können ihr nicht mehr helfen, indem Sie was verschweigen. Wenn Sie uns alle Informationen geben, die Sie haben, helfen Sie uns, ihren Tod aufzuklären."

„Sicher weiß ich nur von einem. Der arbeitet als Lehrer hier in der Tourismusschule. Allerdings hat er sich extra hierher versetzen lassen, weil er sich von ihr trennen wollte. Er heißt Fritzenwallner." Bei der Nennung des Namens, so kam es Gasperlmaier vor, lag ein wenig Verachtung in der Stimme der Frau Schneider.

Die Frau Doktor nickte. „Das bestätigt eine Aussage, die wir schon haben.“ Die Frau Eisel, so dachte Gasperlmaier bei sich, das musste offenbar eine gewesen sein, die den Männern gleich reihenweise die Köpfe verdreht hatte, so wie das jetzt aussah. Kein Wunder, dass einem einmal der Kragen geplatzt war und er sie die Loserwand hinuntergeschmissen hatte. Gasperlmaier hatte einmal eine Aufführung von „Carmen“ in einem Freilufttheater gesehen, wo das genau gewesen war, konnte er sich nicht mehr erinnern. Jedenfalls hatte ihn die Christine dazu überredet, und sie waren stundenlang im Bus dorthingefahren, und dann war es dort eiskalt gewesen, und ein paarmal hatte es sogar getröpfelt. Jedenfalls, so erinnerte er sich, hatte die Carmen ihren Verehrer mit ihren Spielchen – einmal schon, einmal nicht, dann wieder vielleicht doch – fast an den Rand des Wahnsinns getrieben und Gasperlmaier hatte sich, als es dann so weit war und der Verehrer der Carmen in einem Anfall von rasender Eifersucht ein Messer zwischen die Rippen gerammt hatte, gut vorstellen können, dass auch ihn diese Frau so weit hätte treiben können. Wo er doch sonst eher ein ruhiger Charakter war. Wenn die Frau Eisel auch so eine Carmen gewesen war …

Gasperlmaier verbat sich derlei Gedanken. Es konnte wohl nicht angehen, dass man dem Opfer die Schuld zuschob. Eifersucht hin oder her. Gasperlmaier musste beim Stichwort „Eifersucht“ an den Beda Venerabilis denken, der ihn gestern eigentlich auch in maßlose Wut versetzt hatte. Und je mehr er an ihn dachte, desto heißer brannte auch der Stachel in ihm, den ihm die Christine mit ihrer unverhohlenen Verehrung des komischen Minnesängers ins Fleisch getrieben hatte.

„Ja, Frau Schneider, das wäre dann vorläufig alles. Und bitte machen Sie sich nicht zu viele Gedanken – es ist ja weder strafbar, eine Affäre zu unterhalten, noch für eine Freundin zu lügen. Da wären die Gerichte und die Gefängnisse heillos überfordert, wenn wir all das unter Strafe stellen wollten." Die Frau Schneider wischte noch einmal ein wenig mit ihrem jetzt schon völlig zerfledderten Taschentuch, brachte aber auch ein kleines Lächeln zustande. Gasperlmaier konnte nicht verhindern, dass sich seine Augen beim Händeschütteln selbständig machten und noch einen kurzen Blick auf den Schmetterling warfen, der durch das Händeschütteln zu allem Überfluss in zartes Beben versetzt worden war und mit den Flügeln zu schlagen schien.

Draußen stellte sich ihnen die Resi Sommerer in den Weg. „Jetzt weiß ich, wer du bist!", strahlte sie Gasperlmaier an. „Du bist der Gasperlmaier Franz. Und ihr wart immer bei mir im Gasthaus, als du noch Jungfeuerwehrmann warst." Dabei grinste sie so unverschämt, dass sich Gasperlmaier ganz sicher war, dass die Resi Sommerer an jenen Vorfall dachte, als sie Gasperlmaier höchstpersönlich in der Scheibtruhe bei seiner Mutter hatte abliefern müssen, weil er sich nicht mehr auf den Beinen hatte halten können. „Deine Mutter hat ja damals mir die Schuld geben wollen!", meinte sie noch, „dabei habt ihr ja heimlich eure Schnapsflaschen mitgehabt." Gasperlmaier machte, dass er den Ausgang fand. Sogar, dass es höflich gewesen wäre, der Frau Doktor die Tür aufzuhalten, vergaß er.

Leider half seine überstürzte Flucht nicht viel. „Woran wollte Ihre Mutter der Dame da drinnen die Schuld geben?", lächelte sie. Wiederum fühlte Gasperlmaier Verzweiflung in sich aufsteigen. In seiner Vergangenheit sollte gekramt werden, längst vergessen geglaubte Peinlichkeiten waren knapp davor, in die Gegenwart gezerrt zu werden. „Eine lange Geschichte!“, antwortete Gasperlmaier so unverbindlich wie möglich. „Und es ist schon so lang her.“ Die Frau Doktor ließ das Thema fallen. „Gasperlmaier, ich möchte mit Ihnen noch einmal hinauf zum Tatort.“ Neuerlich sank ihm das Herz in die Hose. Die Frau Doktor musste gesehen haben, wie erschüttert er war, sodass sie gleich einschränkte: „Nein, nein, nicht an die Fundstelle, nur zur Loserhütte hinauf. Wenn wir zwei uns jetzt vorstellen, wir wären das Pärchen, das gestern da hinauf ist, und nur einer kehrt zurück, das hilft mir beim Durchdenken der ganzen Angelegenheit. Es gibt ja kaum konkrete Spuren bis jetzt, da kommen wir nur mit Denken weiter.“ Gasperlmaier fühlte sich unwohl bei dem Gedanken, er habe jetzt quasi den Liebhaber und Mörder für die Frau Doktor zu mimen, auf solche Rollenspielchen hatte er keine Lust.

7

Gasperlmaiers Schädel brummte. Er hatte noch gar nicht richtig mitbekommen, was eigentlich geschehen war. Ein Schrei der Frau Doktor, ein Knall, ein weißes Etwas fuhr Gasperlmaier ins Gesicht, und danach nur noch leises Zischen oder Rauschen, von dem er sich nicht sicher war, ob es von außerhalb kam oder in seinen Ohren seinen Ursprung hatte. Langsam konnte er sich wieder orientieren, und danach ging gleich wieder alles ganz schnell. Die Frau Doktor stöhnte neben ihm, plötzlich tauchte im linken Seitenfenster ein Schatten auf, die Frau Doktor keuchte: „Das darf ja wohl nicht wahr sein!", rüttelte an ihrer Wagentür, die scheppernd aufsprang, und war schon draußen. „Bleiben Sie stehen!" Gasperlmaier versuchte verzweifelt, auch seine Tür zu öffnen, doch sie klemmte. „Bleiben Sie stehen, oder ich schieße!" Gasperlmaier taumelte aus der Fahrertür, wie er das so schnell geschafft hatte, würde er später nicht erklären können. Kaum war er draußen, knallte ein Schuss. Die Frau Doktor hatte ihre Dienstwaffe gegen den Hang gerichtet, von dem nun ein paar kleinere Steine wegspritzten. In einiger Entfernung stand ein Mann, der Gasperlmaier irgendwie bekannt vorkam. „Ganz langsam umdrehen! Hände oben lassen!" Der Mann bemühte sich, genau das zu tun, was die Frau Doktor anordnete, der hatte ordentlich die Hosen voll, dachte Gasperlmaier bei sich. Als er das Gesicht erkennen konnte, fiel Gasperlmaier die Kinnlade hinunter. Es war der Magister Eisel, der Ehemann, oder besser Witwer, ihrer Toten, der eigentlich, so fiel Gasperlmaier ein, auf dem Weg nach Graz sein sollte, um den Leichnam zu identifizieren, den sie gestern hier oben gefunden hatten.

Die Frau Doktor atmete schwer, als sich der Magister Eisel langsam mit erhobenen Armen näherte. Man sollte es nicht glauben, dachte Gasperlmaier, was sich in so einem nicht ganz weißen Kostüm alles unterbringen ließ, als die Frau Doktor die Handschellen herausfischte und Gasperlmaier in die Hand drückte. „Fesseln!“, ordnete sie an, und Gasperlmaier trat hinter den ebenfalls schwer atmenden Magister Eisel, der immer noch sein zerdrücktes weißes Hemd vom Vormittag und die gleiche zerknautschte Schnürlsamthose trug. Nicht gerade die geeignete Montur, um bei diesem Wetter auf dem Loser herumzuturnen, dachte Gasperlmaier, als er es bei dem Magister Eisel klicken ließ. Die Frau Doktor packte den an der Schulter und stieß ihn ein wenig unsanft, wie Gasperlmaier fand, gegen die Seite ihres Audi, der nun nicht mehr viel gleichschaute. Der Magister Eisel stöhnte leise. Erst jetzt fand Gasperlmaier Zeit, sich das ganze Elend genauer anzusehen. Genau vor der Kehre sechs war es passiert, der von oben entgegenkommende Wagen hatte nicht auf sie geachtet, war viel zu schnell in die Kehre gerast, auf ihre Fahrspur geraten und hatte zuerst den Audi der Frau Doktor und danach noch die Leitschiene gerammt. Eine Flüssigkeit rann die Straße hinunter, unter der Motorhaube des Audi drang ein leises Zischen hervor. Keines der Autos, dachte Gasperlmaier, würde selbständig hier wieder wegfahren.

Die Frau Doktor suchte den Magister Eisel nach Waffen ab, fand aber nichts. Endlich steckte sie ihre Glock weg, keuchte aber immer noch. Wahrscheinlich, so dachte Gasperlmaier, hatte sie einen Schock erlitten. Sonst hätte sie wohl nicht so schnell zu ihrer Waffe gegriffen und gleich auch noch losgeballert, das war nicht ihre Art. Der Magister Eisel, dachte Gasperlmaier, wäre ihnen mit seinen ausgelatschten Halbschuhen sowieso nicht entkommen. „Setzen Sie sich dort an die Leitschiene! Und keinen Mucks! Gasperlmaier, passen Sie auf ihn auf!“ Gasperlmaier führte den Magister Eisel am Arm hinter dessen eigenem Fahrzeug herum und deutete auf einen einigermaßen trockenen Fleck auf dem Boden. Der Magister Eisel, so fand Gasperlmaier, blickte unsteten Auges in der Gegend umher, wahrscheinlich war auch er nach dem Aufprall nicht ganz bei Sinnen. Gehorsam ließ er sich auf den schotterigen Boden fallen und stöhnte ein wenig, als er versuchte, sich an die Leitschiene zu lehnen. „Sind Sie verletzt?“, fragte Gasperlmaier. Der Magister Eisel schüttelte den Kopf, sagte aber nichts. Überhaupt hatte er seit dem Unfall noch kein Wort von sich gegeben.

„So eine verdammte Scheiße!“ Die Frau Doktor hatte Tränen in den Augen. Ein paarmal noch wiederholte sie das wenig damenhafte Wort und trat dabei gegen das Vorderrad ihres Audi. Da werden höchstens die Stöckelschuhe auch noch hin, dachte Gasperlmaier, das wäre jetzt nicht nötig gewesen. Das Auto sah aber auch wirklich furchtbar aus. Vor allem vorne und auf der rechten Seite. Die Frau Doktor hatte anscheinend versucht, dem entgegenkommenden Wagen noch nach links auszuweichen, es war sich aber nicht mehr ausgegangen. Gasperlmaier hatte davon kaum etwas mitbekommen, zumindest erinnerte er sich nicht daran. Die Frau Doktor konnte froh sein, dass sie den Aufprall unverletzt überstanden hatten. Allerdings – war da nicht ein wenig Blut auf ihrer Bluse? Gasperlmaier ließ den Magister Eisel sitzen. „Frau Doktor, da ist Blut …“ Gasperlmaier deutete auf den Fleck. Als sie die Hand hob, um nach ihrer Bluse zu greifen, sah Gasperlmaier, wo es herkam: Ein langer, blutiger Kratzer zog sich über den Handrücken der Frau Doktor. „Wo haben Sie denn Ihr Verbandszeug?" „Hinten drinnen." Die leise, ein wenig zittrige Stimme der Frau Doktor verriet ihm, dass sie, seelisch gesehen, auch schon bessere Zeiten erlebt hatte. Die Heckklappe war unbeschädigt und ließ sich öffnen. Das Verbandszeug, so fand Gasperlmaier, sah nicht mehr ganz so taufrisch aus, aber er fand eine Mullbinde, deren Verpackungsfolie ihm intakt schien. „Wenigstens haben wir jetzt den Mörder!", versuchte er die Frau Doktor zu trösten, während er sie vorsichtig an der Hand nahm, um die Mullbinde darum zu wickeln. „Sieht fast so aus!", antwortete die Frau Doktor, während Gasperlmaier das wohlige Gefühl auskostete, sie an der Hand halten zu dürfen. Ihr helfen zu können, war eine angenehme Abwechslung zu den Peinlichkeiten, die ihm immer wieder widerfahren waren. „Rufen Sie jemanden, der uns abschleppen kann, Gasperlmaier. Und die Polizei", sagte die Frau Doktor, als er seine Arbeit mit einem kunstvollen Knoten abschloss. Gasperlmaier sah verdutzt auf. Die Frau Doktor konnte schon wieder lächeln. „Ja, Gasperlmaier, jemand muss den Unfall ja aufnehmen. Ist ja Personenschaden entstanden." Sie hielt ihre Hand hoch. „Und wir selber als Beteiligte dürfen das gar nicht. Rufen Sie also Ihren Kahlß Friedrich an, der soll heraufkommen. Ich nehme mir inzwischen den Herrn Eisel vor."

Gasperlmaier kramte nach seinem Handy und fand es, dem Augenschein nach unbeschädigt, in seiner Brusttasche vor. Während er darauf wartete, dass sich der Friedrich meldete, besah er sich die Schäden an den beiden Autos genauer. Das des Magister Eisel war ein rotes Fahrzeug älteren Datums, wahrscheinlich japanischer Herkunft. Auch dort, wo der Unfall keine Spuren hinterlassen hatte, gab es trübe Stellen auf dem Lack und vereinzelte Rostflecken. Da war sein eigenes Auto ja noch direkt vorzeigbar, gegenüber dieser Rostlaube, die der Herr Magister Eisel spazieren fuhr, jetzt aber endgültig in die ewigen Jagdgründe geschickt hatte. Denn wenn das kein Totalschaden war, dann hatte Gasperlmaier noch keinen gesehen.

Endlich meldete sich der Friedrich. Gasperlmaier schilderte ihm die Sachlage. „Soll ich auch eine Rettung schicken?“, erkundigte sich der Friedrich. Gasperlmaier zögerte und sah zur Frau Doktor hinüber. Blut war bereits durch den Mullverband gesickert. Außerdem, das nahm Gasperlmaier erst jetzt wahr, stöhnte der Magister Eisel schon wieder. „Ja, ja!“, pflichtete er dem Friedrich bei, „einen Rettungswagen auch. Und jemanden, der uns abschleppen kann. Zwei Autos eigentlich, denn das von der Frau Doktor ist auch hin.“ „Der schöne Audi?“ Der Friedrich schnaubte fassungslos. Gasperlmaier hörte ein Auto, das sich von oben der Unfallstelle näherte, und rannte die Kehre bergauf, um den Fahrer vor der blockierten Straße zu warnen. Der war aber ohnehin sehr langsam unterwegs. Als der Geländewagen oberhalb der Kehre hielt, entstieg ihm der Kellner Bohuslav.

„Gasperlmaier!“ Der Bohuslav schüttelte den Kopf. „Hast du scheenes Auto gefahren zu Haufen Schrott?“ Er grinste, Gasperlmaier bedachte ihn aber nur mit einer wegwerfenden Handbewegung. „Der da“, Gasperlmaier deutete auf den an der Leitschiene lehnenden Magister Eisel, während sie sich den Unfallfahrzeugen näherten, „der hat uns gerammt. Siehst ja, welcher auf der falschen Seite steht! War der vielleicht bei euch oben in der Hütte?“ Der Bohuslav interessierte sich vor allem für den Schaden am Audi. „Schande, dass so scheenes Auto sieht aus wie Ziehharmonika. Glaubst du, Frau Kommissar verkauft Unfall?“ Gasperlmaier stöhnte. „Das ist doch jetzt überhaupt nicht die Frage! Weißt du, wen wir da haben? Das ist der Mann der Leiche, die wir gestern gefunden haben! Und er hat kein Alibi! Und heute rast er den Loser herunter, dass man glauben könnte, der Teufel wäre hinter ihm her gewesen. Wir haben den Mörder!“ Der Bohuslav riss die Augen auf. „Die Merder? Meinst du, von frische Leiche oder Knochenfrau?“ „Von frische Leiche!“, antwortete Gasperlmaier, bevor es ihm bewusst wurde, dass er unwillkürlich das gebrochene Deutsch des Bohuslav imitiert und ihn vielleicht damit beleidigt hatte. „Ich meine, von der Frau, die erst gestern abgestürzt ist. War der jetzt bei euch in der Hütte?“ Der Bohuslav näherte sich der Frau Doktor, die neben dem Magister Eisel stand und auf ihn einredete. Der aber atmete nur mühsam und stöhnte bei jedem Ausatmen ein wenig. „War nicht in Hitte. Muss ich wissen, war heite wenig Kundschaft. Drei Deitsche. Kamma nicht wissen, warum Trottel steigen auf Loser, wenn nix sieht und wird nass. Scheiß Regen. Ganze Herbstgeschäft hinieber. Hoffma, dass Schnee bald kommt und Skifahrer. Schaut aus, als ob ist schwer verletzt?“ Damit meinte der Bohuslav den Magister Eisel, der nun, so fand auch Gasperlmaier, wesentlich schlechter aussah als noch vor fünf Minuten, als er ja noch wie ein Wiesel vor ihnen davongelaufen war und erst durch den Warnschuss der Frau Doktor gebremst hatte werden können.

Gasperlmaier trat zur Frau Doktor. „Sie kennen ja den Bohuslav.“ Gasperlmaier deutete über seine Schulter. „Er sagt, dass der Magister Eisel nicht in der Hütte war. Hat er schon was gesagt?“ Die Frau Doktor schüttelte den Kopf. „Anscheinend hat es ihn doch schwerer erwischt, als es zunächst den Anschein hatte. Sehen

Sie!“, sie deutete durch das schmierige Seitenfenster des Nissan, „der hat keinen Airbag. Er muss mit dem Brustkorb auf das Lenkrad aufgeschlagen sein. Im ersten Schock hat er wahrscheinlich nichts gespürt, wahrscheinlich eine Brustkorbprellung.“ Das Stöhnen des Magister Eisel war schlimmer geworden. Gasperlmaier fürchtete um ihn und hoffte, die Rettung werde bald kommen. „Legen Sie sich lieber hin!“, sagte er zum Magister Eisel. Der aber nickte nur anstatt einer Antwort und streckte dem Gasperlmaier die gefesselten Hände hin. Allein, so schien es Gasperlmaier, brachte er das wohl nicht mehr zustande. Als ihn Gasperlmaier an einer Hand nahm und ein wenig daran zog, um den Rücken des Magister Eisel von der Leitschiene wegzubekommen, entrang sich dessen Kehle ein erbärmliches Röcheln. Gasperlmaier griff nach der zweiten Hand und ließ ihn langsam auf den Rücken sinken. Als Gasperlmaier losließ, fühlte die Frau Doktor dem Verletzten den Puls, nahm ihm die Handschellen ab und sah sorgenvoll zu Gasperlmaier auf. „Meglich, er ist schwerer verletzt, innerlich? Vielleicht, dass ist Arterie gerissen und ganze Bauchraum schon voller Blut?“ Bohuslavs Diagnose führte dazu, dass der Magister Eisel erneut röchelte und den Bohuslav mit vor Entsetzen starren Augen anblickte.

„Das wäre jetzt aber nicht nötig gewesen!“ Die Frau Doktor bedachte den Bohuslav mit einem vorwurfsvollen Blick mit gehobenen Augenbrauen. Gasperlmaier meinte, er könne das Folgetonhorn eines Rettungswagens leise hören. Kurz darauf wurde deutlich, dass sich eine ganze Karawane von Einsatzfahrzeugen die Bergstraße heraufschlängelte. Angeführt wurde sie von der Rettung, dahinter kam ein Einsatzfahrzeug der Altausseer Polizei, und zum Schluss ein Feuerwehrfahrzeug. Es war schon, so dachte Gasperlmaier bei sich, ein beeindruckender Anblick, wenn die österreichischen Blaulichtorganisationen in geschlossener Formation einen Einsatz in Angriff nahmen, optisch ebenso wie akustisch.

Die Frau Doktor hatte sich inzwischen neben den Magister Eisel hingehockt, was, so dachte Gasperlmaier, in dem engen Kostüm mit den Stöckelschuhen nicht so angenehm sein konnte. „Gleich bekommen Sie Hilfe! Halten Sie durch!", sprach sie dem Magister Eisel Mut zu. Gasperlmaier selbst hatte nicht viel für den Magister Eisel übrig, der zuerst, so nahm Gasperlmaier an, seine Frau gewürgt und die Loserwand hinuntergestoßen, und danach noch die Frau Doktor verletzt und ihren Audi kaputtgefahren hatte. Und auch er, Gasperlmaier, begann ein unangenehmes Ziehen links der Halswirbelsäule zu verspüren. Während er in die Betrachtung der Frau Doktor in ihrer Rolle als Trostspenderin versunken war, hatte der Bohuslav das Rettungsfahrzeug eingewiesen, das direkt in der Kehre, ein wenig oberhalb der Stelle, an der der Magister Eisel nun lag, anhielt. „Hallo, Papa!", rief ihm der Christoph entgegen, der gerade beim Roten Kreuz seinen Zivildienst ableistete. „Was machst denn du da heroben? Hast du das Auto da zu Schrott verarbeitet?" Der Christoph deutet auf den Audi, und Gasperlmaier kam ein wenig Magensäure hoch. Warum musste jeder hier annehmen, dass er Schuld daran trug, wenn zwei Autos zusammenstießen? Hatte er einen solchen Ruf, dass man automatisch annahm, wenn etwas schiefging, dann war der Gasperlmaier schuld? „Der da hat uns von oben gerammt!", entfuhr es ihm ein wenig aggressiver, als es angemessen gewesen wäre. Der Christoph zuckte zurück. „Aber Papa, hast du vielleicht einen Schock? Sollen wir dich auch mitnehmen? Bei Schock musst du dich hinlegen und die Füße hinaufstrecken, das schaut sicher hübsch aus." Gasperlmaier fand, dass der Christoph offensichtlich zu unreif war, um so einen Einsatz mit dem nötigen Ernst abwickeln zu können, und dass er darüber hinaus schlecht ausgebildet war, da er anscheinend einen medizinischen Schock nicht von einem psychischen Schockzustand auseinanderzuhalten vermochte. Das war selbst ihm, Gasperlmaier, geläufig.

Der Christoph wandte sich von ihm ab und trat zu dem Fahrer des Rettungswagens, der in dem engen Raum zwischen dem Fahrzeug des Magister Eisel und der Leitschiene versuchte, eine Krankentrage abzustellen. Der Christoph half ihm nun dabei, dem Magister Eisel eine Halskrause anzulegen und ihn auf die Trage zu legen. Als sie ihn vorsichtig anhoben, stöhnte er ganz erbärmlich. Gasperlmaier sah schweigend zu, wie die Trage in den Krankenwagen geschoben wurde. Der Fahrer ging nach vorn und machte sich an seinem Funkgerät zu schaffen, während sich Christoph wieder Gasperlmaier zuwandte. Inzwischen hatte sich die Gruppe vergrößert. Der Kahlß Friedrich stand schnaufend neben dem zerstörten Audi und schüttelte den Kopf. Die beiden Feuerwehrleute waren bereits damit beschäftigt, Bindemittel auf die ausgeronnene Flüssigkeit zu streuen.

„Bist du gefahren?", wollte der Friedrich wissen. Gasperlmaier wurde es jetzt endgültig zu bunt. Schweigend zog er den Hals ein und würdigte den Friedrich keiner Antwort. „Wie kommen wir jetzt hinunter?" Die Frau Doktor hatte sich zu ihnen gesellt. Der Kahlß Friedrich deutete auf den Polizei-Opel. „Wir fahren miteinander hinunter. Ich hab den Audi-Händler angerufen, der wird Ihr Auto in die Werkstatt bringen lassen. Es ist gar nicht weit, kurz vor Bad Aussee. Hoffentlich kann man's noch reparieren." Der Friedrich, dachte Gasperlmaier bei sich, machte sich mehr Sorgen um das schöne Auto als um die Frau Doktor, deren Hand übel aussah. Der Verband war schon ziemlich gut durchblutet, fand Gasperlmaier. Und auch seine Halsschmerzen meldeten sich immer deutlicher.

Gasperlmaier wollte zeigen, dass er verstand, Prioritäten zu setzen. „Frau Doktor, Sie sollten auch ins Krankenhaus. Vielleicht muss die Hand genäht werden." Die Frau Doktor winkte ab. „Wegen dem Kratzer? Mehr Sorgen mach ich mir um mein Auto!" Gasperlmaier schüttelte resigniert den Kopf, was die Schmerzen in seinem Nacken nur verstärkte. Der Christoph verabschiedete sich: „Wir passen auf euren Mörder auf. Dass er nicht auskommt!" Als der Rettungswagen wendete und den Berg wieder hinunterfuhr, bedeutete ihnen der Friedrich, einzusteigen.

8

Nun saßen Gasperlmaier und die Frau Doktor doch im Krankenhaus in Bad Aussee, und zwar in der Notaufnahme. „Ich hab es Ihnen gleich gesagt, das gehört genäht!“ Gasperlmaier gab sich stur. Eigentlich waren sie ja nur hierhergefahren, um den Magister Eisel zu vernehmen, den man auch hierhergebracht hatte. Als die Stationsschwester jedoch einen Blick auf die Hand der Frau Doktor geworfen hatte, war sie nahezu hysterisch geworden. Schlussendlich hatte man ihnen mitgeteilt, dass der Magister Eisel im Moment ohnehin nicht vernehmungsfähig sei, und sie in die Unfallambulanz geschickt, wo sie auf die Behandlung warten sollten. „Gasperlmaier, warum halten Sie den Kopf denn so schief?“ Gasperlmaiers Schmerzen im Bereich der Halswirbel waren in der letzten Stunde heftiger, teils nahezu unerträglich geworden. Er hatte sich nach links hinten gelehnt und den Kopf nach rechts vorne gestreckt, um die Schmerzen ein wenig zu lindern. „Nichts, nichts!“, beschied er der Frau Doktor. Das fehlte noch, dass man ihn hier auch zum Patienten erklärte. Nachdem die Frau Doktor aufgerufen worden war, stand Gasperlmaier auf, denn das Sitzen war ihm unerträglich geworden. Vorsichtig versuchte er durch Bewegen der Schultern und Arme die Schmerzen in seinem Hals zum Nachlassen zu bewegen, doch es half nicht viel. Die Schwester kam wieder vorbei und blieb vor Gasperlmaier stehen. „Was ist denn mit Ihnen los? Haben Sie Schmerzen?“ „Nein, nein!“, Gasperlmaier versuchte zu lächeln, was aber nicht gänzlich gelingen wollte. „Nur ein wenig verspannt!“ Er schüttelte locker die Arme aus, um der Schwester zu beweisen, dass ihm aber auch wirklich nichts fehlte. Dabei verspürte er einen heftigen Stich in der Wirbelsäulengegend, der ihm bis ins Hirn fuhr und ihn zusammenzucken ließ. „Na, für einen, der keine Schmerzen hat, benehmen Sie sich ja ziemlich eigenartig. Sagen Sie, waren Sie nicht auch an dem Unfall mit dem Polizeiauto beteiligt?“ Gasperlmaier versuchte entspannt zu nicken, aber es gelang ihm nicht. Die Krankenschwester fasste ihn am Arm. „Kommen Sie einmal mit.“ Gasperlmaier versuchte nicht einmal, sich zu wehren, es schmerzte zu sehr. „Schwester Angelika, der Herr hier möchte zum Röntgen. Wirbelsäule, Schleudertrauma, Autounfall. Das Übliche halt.“ Die Schwester Angelika nickte, lächelte und drückte Gasperlmaier einen Zettel in die Hand, den sie eben ausgedruckt hatte. „Und wir holen uns jetzt gleich noch eine Halskrause. Ich bin übrigens Schwester Gabi.“ Diesmal etwas vorsichtiger, nahm sie Gasperlmaier wiederum am Arm, brachte ihn drei oder vier Türen weiter und schubste ihn in einen Raum, in dem ein Radfahrer im Renndress auf einer Bahre lag. Seine Radhose war zerrissen, an Ellbogen und Oberschenkel hatte der Mann großflächige, hellrot leuchtende Schürfwunden erlitten. „Hallo!“, begrüßte er Gasperlmaier matt. „Ich war aber nicht schuld. Muss mir die Polizei bis ins Krankenhaus nachrennen?“ „Nix da!“, beschied ihm Schwester Gabi. „Der ist selber ein Unfallopfer!“ Schwester Gabi holte aus einer Schublade eine Halskrause mit Klettverschluss und legte sie Gasperlmaier um. Wenige Minuten später saß er wieder auf einem der unbequemen Stühle im Wartebereich der Ambulanz, hielt einen Zettel in der Hand, den er mangels Brille nicht lesen konnte, und konnte den Kopf nicht bewegen, weil ihn die Halskrause daran hinderte. Die Schmerzen hatten kaum nachgelassen. Gasperlmaier wusste gar nicht, wie ihm geschehen war. Vor nicht einmal einer Stunde hatte er das Krankenhaus als gesunder Mann betreten, und jetzt saß er nahezu bewegungsunfähig da, während die Frau Doktor einen Raum weiter wahrscheinlich gerade zusammengeflickt wurde. Er brachte der Frau Doktor wohl kein Glück. Es war ja nicht das erste Mal, dass ein Einsatz mit ihm für sie im Krankenhaus geendet hatte.

„So, Gasperlmaier. Hoffen wir, dass der Magister Eisel jetzt vernehmungsfähig ist." Die Frau Doktor, so schien es Gasperlmaier, kam fast erheitert von ihrer Verarztung zurück und trug jetzt einen sauberen, weißen Verband an ihrer linken Hand. „Ja Gasperlmaier, was ist denn mit Ihnen passiert?" Erst jetzt hatte sie wahrgenommen, dass auch er, Gasperlmaier, ein Opfer der Behandlungswut der hiesigen Ärzte geworden war. „Eigentlich sollte ich noch auf ein Röntgen ..." Die Frau Doktor schritt rasch an ihm vorüber. „Dazu ist später auch noch Zeit. Wir sollten jetzt schauen, dass wir einmal Feierabend machen können." Mit dem Finger bedeutete sie Gasperlmaier, ihr zu folgen. Er steckte umständlich, weil er sie nicht sehen konnte, den Zettel, den man ihm mitgegeben hatte, in seine Jackentasche und stand auf. Das Schmerzmittel, das ihm die Schwester Gabi gegeben hatte, wirkte jetzt anscheinend. Die Schmerzen waren deutlich erträglicher geworden. Gasperlmaier folgte der Frau Doktor in die Abteilung, wo man ihnen erklärt hatte, der Magister Eisel werde noch untersucht und könne nicht vernommen werden. Im Schwesternzimmer wurden sie mit großen Augen empfangen. Eine sehr junge und, wie Gasperlmaier fand, außerordentlich hübsche Schwester fragte im Flüsterton: „Ist der wirklich ein Mörder?" und deutete auf eine Tür ein wenig weiter den Gang hinunter, vor der ein Uniformierter postiert war. Das Mädchen, fand Gasperlmaier, hätte gut in eine der amerikanischen Krankenhausserien gepasst, wegen denen er manchmal aus dem Wohnzimmer verscheucht wurde. Seine Kinder, die keine eigenen Fernseher besaßen, bestanden darauf, jede Folge sehen zu müssen. „Gar keine Rede!", winkte die Frau Doktor ab. Die Schwester schien ein wenig enttäuscht. „Wir befragen den Herrn in diesem Fall nicht einmal als Beschuldigten, sondern nur als Zeugen." „Und die Zeugen lassen Sie immer von Polizeibeamten bewachen?" Ein wenig zu schnippisch, so dachte Gasperlmaier bei sich, da wird die Frau Doktor nicht erbaut sein. „Wissen Sie was, Schwester", sagte die Frau Doktor kühl, „ich möchte jetzt mit einem Arzt sprechen und wissen, ob ich zu dem Patienten hinein kann. Wenn Sie bitte dafür sorgen möchten, dass das schnell passiert?" „Ja, ja!" Die Schwester war ein wenig verstimmt, drückte aber folgsam die Taste einer Gegensprechanlage. „Frau Doktor, die Kommissarin wäre jetzt hier. Ob sie mit dem Herrn Magister Eisel sprechen kann." Eine, wie Gasperlmaier fand, ziemlich verrauchte Stimme antwortete: „Erstens, Schwester Simone, ist die Frage, unter welchen Bedingungen die Kommissarin da wäre, wenn sie nicht da ist. Zum zweiten können Sie einen Gliedsatz, der mit ‚ob' beginnt, nicht ohne Hauptsatz stehen lassen." Gasperlmaier erschrak. Das war keine Ärztin, fand er, das war eine besserwisserische Sprachpolizistin. Die Schwester rollte die Augen und wartete. „Sie kann getrost hineingehen. Dem Pädagogen ist nichts weiter Übles widerfahren, er hat lediglich durchaus schmerzhafte Prellungen erlitten. Überaus wehleidig, der Herr Magister, wie ich noch hinzufügen möchte. Ich mache mich binnen kurzem auf den Weg." „Bitte!" Die Schwester Simone vollführte eine, wie Gasperlmaier fand, kokette Armbewegung, um sie darauf zum Zimmer des Magister Eisel zu begleiten. „Redet die immer so?“, fragte Gasperlmaier noch, bekam aber nur ein abermaliges Rollen der schönen Augen der Schwester und ein überaus dramatisches Seufzen zur Antwort.

Der Magister Eisel lag ein wenig steif in seinem Bett, hatte die Arme über der Decke neben dem Körper ausgestreckt und sah zum Fenster hinaus. Die Frau Doktor zog einen der Stühle, die im Zimmer standen, an das Bett heran und setzte sich zunächst wortlos daneben. Gasperlmaier holte sich ebenfalls einen Stuhl und nahm am Fußende Platz. Wenn er sich mit den Armen auf den Fußteil des Bettes stützte, linderte das seine Schmerzen, fand er heraus. Die Frau Doktor schlug die Beine übereinander, der Magister Eisel tat keinen Mucks und sah nach wie vor zum Fenster hinaus. Ein paarmal atmete die Frau Doktor tief durch. „Möchten Sie uns vielleicht irgendetwas erzählen, Herr Magister?“ Der reagierte nicht. Doch! Gasperlmaier sah, dass er seine linke Hand zur Faust ballte. Die Frau Doktor konnte das nicht sehen, sie saß auf der falschen Seite.

„Herr Eisel.“ Der Titel, so dachte Gasperlmaier bei sich, war schon einmal gefallen. Das bedeutete für den immer noch starr Daliegenden nichts Gutes. „Wir möchten jetzt eine klare Aussage von Ihnen: Warum sind Sie auf den Loser gefahren, anstatt, wie vereinbart, in Graz Ihre Frau zu identifizieren?“ Der Magister Eisel blieb stumm und zog es vor, aus dem Fenster zu starren, wo es aber außer einem Stück Dach und einem kleinen Teil einer Baumkrone, die sich schon ins Gelbliche verfärbt hatte, gar nichts zu sehen gab. „Ich hab sie geliebt!“ Gasperlmaier konnte es kaum glauben, aber da schienen sogar ein paar Tränen in den Augen des Magister Eisel zu schimmern. Die Frau

Doktor aber war wenig gerührt. „Werden S' nicht kitschig, Herr Eisel! Eifersüchtig waren Sie, und dann haben Sie sie zu einer Wanderung überredet, es ist zu einem Streit gekommen, wegen der Affären Ihrer Frau und Ihrer Eifersucht, eins kam zum anderen, da haben Sie sie gewürgt und dann die Felswand hinuntergestoßen! Und dann sind Sie noch einmal hinauf, weil Sie irgendwas verloren haben, das wir nicht finden sollten!" Die Frau Doktor war laut geworden und hatte sich zum Magister Eisel vorgebeugt. Plötzlich wandte der ihr den Blick zu und schrie: „Nein! Nein! Ich war das nicht! Das müssen Sie mir glauben!" Diesmal war es an Gasperlmaier, die Augen zu rollen. Der Satz kam in jedem zweiten Krimi vor, das war ja peinlich, wie sich der Herr Magister Eisel zu verteidigen versuchte. „Und wo waren Sie dann am Montag? Wo?", stieß die Frau Doktor nach. „Migräne! Dass ich nicht lache! Und keine Zeugen! Kein Staatsanwalt wird Ihnen das glauben! Und keine Richterin!" Ob sich die Frau Doktor da nicht in etwas verrannte, dachte Gasperlmaier bei sich. Schließlich hatten sie bislang wenig Konkretes gegen den Magister Eisel in der Hand. Außerdem, wenn die Beziehung ohnehin am Abkühlen war, wieso hätte die Simone Eisel dann ausgerechnet bei so miesem Wetter einer gemeinsamen Wanderung zustimmen sollen? „Und warum waren Sie heute auf dem Loser? Können Sie mir das erklären?" Gerade in diesem Moment betrat eine dürre, überaus faltige Frau das Zimmer. „Ein bisschen Mäßigung, das wäre mein Wunsch, gnädige Frau!", raspelte sie. Das konnte nur, so fand Gasperlmaier, die Ärztin mit der seltsamen Ausdrucksweise sein, die sie vorher über die Gegensprechanlage gehört hatten. „Der Patient, auch wenn er ein Schelm oder Haderlump sein mag, ist immer noch ein Patient und bedarf als solcher geziemender Schonung!" Die Frau Doktor hatte sich wieder zurückgelehnt und drehte sich nun zur Ärztin um. „Eine Antwort brauche ich aber noch von ihm!" Die Ärztin stellte sich schweigend neben Gasperlmaier hin. Der nahm deutlich den Geruch kalten Rauches war. Wenn man es genau nahm, stank diese Frau Doktor wie ein tagelang nicht geleerter Aschenbecher. „Also: warum auf den Loser?" Der Magister Eisel gönnte sich eine lange Pause, bevor er antwortete.

„Sie können das sicher nicht verstehen", begann er. Dann gab es wieder eine lange Pause, die Frau Doktor aber ließ ihn diesmal gewähren. „Es war mir einfach ein dringendes Bedürfnis, den Ort zu sehen, an dem sie gestorben ist. Ich wollte selber sehen, wo sie abgestürzt ist, das bin ich ihr schuldig. Es war ein innerer Drang." Die Frau Doktor verzog verächtlich den Mund. „Und Ihr innerer Drang hat Sie dann genötigt, den Berg so herunterzurasen, dass Sie uns gerammt haben?"

Der Magister Eisel schien nun entspannt. „Ich war aufgewühlt. Aufgeregt. Wissen Sie, ich habe ein reiches spirituelles Leben." Der verächtliche Blick der Frau Doktor verschärfte sich durch das Hochziehen der Augenbrauen. „Damit kann ich nichts anfangen, Herr Eisel. Ein Alibi für Montag werden Sie mit Ihrer ganzen Spiritualität nicht zusammenbekommen. Und Sie können sich sicher sein: Wir werden Zeugen finden, die Sie und Ihre Frau am Montag irgendwo auf dieser Seite des Pötschenpasses gesehen haben, und dann sind Sie geliefert!"

Der Magister Eisel, so schien es Gasperlmaier nun, war entspannt, antwortete nicht und sah wieder zum Fenster hinaus. „Sie würden mich über die Maßen zufriedenstellen, gnädige Frau, und Herr Inspektor, wenn Sie dem Patienten jetzt die ihm zukommende Ruhe gewähren und den Raum verlassen würden. Ich bin Ihnen zutiefst verbunden." Die Ärztin deutete sogar eine Verbeugung an. „Kommen Sie, Gasperlmaier." Mühsam richtete der sich auf und folgte der Frau Doktor, die, ohne weitere Höflichkeiten mit der Ärztin auszutauschen, das Krankenzimmer verließ.

„So, Gasperlmaier. Können Sie überhaupt fahren, in diesem Zustand? Denn ich werde abgeholt, ich habe mir schon einen Wagen aus Liezen kommen lassen." Die Frau Doktor deutete auf einen schwarzen BMW, dem soeben ein schwarzhaariger, junger Mann entstieg, der, so fand Gasperlmaier, durchaus einem Hollywoodfilm entsprungen hätte sein können. Gegeltes Haar, Halstuch, Dreitagebart. „Hallo, Renate!", winkte er ihnen zu. „Wird schon gehen!", brummte Gasperlmaier und sah der Frau Doktor nach, die von dem Schwarzhaarigen sogar auf beide Wangen geküsst wurde, bevor sie in den BMW stieg. Gasperlmaier wurde bewusst, dass er allein und ohne Fahrzeug hier war. „Hallo, Renate!" Dumpfe, graue Wut staute sich in Gasperlmaiers Magen. Er hatte die Mühen des Alltags mit der Frau Doktor zu bewältigen gehabt, und am Abend kam einer im schwarzen BMW und wurde geküsst. „Hallo, Renate!" Gasperlmaier fiel ein, dass das Einzige, was er heute über die Frau Doktor erfahren hatte, ihr Vorname war. Und, dass sie sich Kinder wünschte. Hoffentlich nicht von dem da, der sie abgeholt hatte. Als sich der BMW aufheulend entfernte, war Gasperlmaier, als erinnere er sich wieder ganz deutlich an das, was er in der Schule in Ischl gesehen hatte. Er war sich jetzt ganz sicher, das hatte was mit dem Fall zu tun. Mit dem Magister Eisel, der Simone Eisel, und mit jemandem, den sie in Ischl getroffen hatten. Gasperlmaier bemühte sich, den Gedanken festzuhalten, doch er entschwand so schnell, wie er gekommen war.

Wie sollte er jetzt heimkommen? Die Dämmerung verschluckte bereits die Konturen der Bäume, die vor dem Eingang des Krankenhauses standen. Gasperlmaier fand, dass die Frau Doktor ruhig hätte fragen können, ob sie ihn nicht nach Hause bringen konnte, doch der junge Mann im schwarzen BMW hatte ihr offenbar die Sinne vernebelt. Oder vielleicht wollte sie sogar mit ihm allein sein. Gasperlmaier holte sein Handy hervor und wählte die Nummer des Kahlß Friedrich. Sollte der ihn doch abholen, der hatte heute ohnedies nichts mehr zu tun.

„Du weißt aber schon, Gasperlmaier, dass ich schon beim Schneiderwirt sitze und auf mein Abendessen warte?“ Gerade begeistert war der Friedrich nicht von Gasperlmaiers Ansinnen. Gasperlmaiers Wut bedurfte eines Ventils. „Ja, meinst du vielleicht, ich soll zu Fuß nach Altaussee hatschen? Oder mir einen Postbus suchen, der nur alle heiligen Zeiten fährt?“ So viel Gespür besaß der Friedrich offenbar doch, dass er ein wenig begütigend in sein Telefon murmelte: „Ich komm ja schon, Gasperlmaier. Für mein Schnitzel wird sich doch auch noch ein anderer finden.“

Gasperlmaier steckte gerade das Handy ein, da hörte er hinter sich jemanden rufen. „Herr Inspektor! Sie haben ja auf das Röntgen vergessen!“ Schon war die Schwester Gabi bei ihm, packte ihn am Arm und zerrte ihn, der vor lauter Überraschung wenig Widerstand leistete, zurück ins Krankenhaus.

Als Gasperlmaier wieder aus dem Röntgenraum trat und ungeschickt versuchte, seine Jacke zuzuknöpfen, nahm er den Friedrich wahr, der schwer atmend gerade von einem Sessel aufstand. „Da hätte ich zwei Schnitzel essen können, in der Zeit, die ich jetzt auf dich gewartet hab!" Gasperlmaier überhörte den vorwurfsvollen Ton nicht, da der Friedrich aber ohne weitere Kommentare dem Ausgang zustrebte, verzichtete er auf eine Erklärung. Obwohl ja die Schwester Gabi an der Verspätung schuld war, nicht er selbst. „Wir schicken den Befund dann Ihrem Hausarzt!", rief ihm die Schwester noch fröhlich nach.

Als sich Gasperlmaier unter Stöhnen ins Auto quälte, hoffte er, der Friedrich würde keine allzu komplizierten Fragen wegen seiner Halskrause stellen. Der aber schaute bloß erstaunt und vermied jede Bemerkung, anscheinend, so dachte Gasperlmaier bei sich, wollte er keinen neuerlichen Zornesausbruch heraufbeschwören. „Gehst mit zum Schneiderwirt?", fragte der Friedrich versöhnlich, doch Gasperlmaier hatte keine Lust, vielleicht noch drei oder vier anderen Leuten erklären zu müssen, woher seine Halskrause stammte. „Bring mich lieber nach Hause!"

9

Zu Hause wartete auf Gasperlmaier nichts Erfreuliches. Auf dem Küchentisch fand er einen Zettel vor. Seine Christine wusste eben, dass er oft vergaß, nachzusehen, ob er ein SMS bekommen hatte. „Krautfleckerl im Rohr. Bitte wärmen. Ich komme bald zurück, du weißt ja, wo ich bin. Schönen Abend! Bussi!“ Dahinter war noch ein Herz gemalt. Ja, davon konnte er sich jetzt auch nichts abschneiden. Er konnte sich kaum bewegen vor Schmerzen, und anstatt dass sich jemand um ihn kümmerte, fand er einen Zettel vor. Und die Christine vergnügte sich mit ihrem komischen Heiligen aus der Studenten-WG, der so heilig und harmlos nicht war, und die Frau Doktor ließ sich von „Hallo-Renate“ mit Haargel trösten. Das würde, so fand Gasperlmaier, sicher ein ganz wunderbarer Abend werden. „Hallo, ist da jemand?“, rief Gasperlmaier die Stiege hinauf, und nach kurzem Zögern kam ein „Ja?“ zurück, kurz danach ein ungeduldiges „Was ist denn?“.

„Kommt's doch einmal runter!“, schrie Gasperlmaier, der es hasste, sich brüllend mit seinen Kindern unterhalten zu müssen, die in ihren Zimmern hinter geschlossenen Türen hockten und womöglich noch Stöpsel in den Ohren hatten. Das Schreien aber tat seinem Hals nicht gut. Der schmerzte jetzt mehr als zuvor. Gasperlmaier ging in die Küche, um noch eine Schmerztablette zu nehmen. Er musste eine Zeitlang warten, bis eines seiner Kinder auftauchte. „Papa!“ Katharina huschte herein. „Was ist denn mit dir passiert?“ Endlich jemand, der mitfühlt, dachte Gasperlmaier. „Kannst du mir das Essen wärmen?“, fragte er. „Ich hab von dem Unfall noch solche Schmerzen.“ „Leg dich doch hin, Papa!“ Die Katharina war halt doch eine mitfühlende Seele. Gasperlmaier fühlt sich gleich ein wenig besser, nachdem er sich, mühsam und unter Schmerzen, auf das Sofa gelegt und die Beine hochgelagert hatte. Die Katharina würde ihm jetzt ein Bier bringen und das Essen warm machen. „Du Papa, wegen dem Essen. Ich hab jetzt wirklich keine Zeit. Ich hab morgen Italienisch-Schularbeit. Und da muss ich mich voll konzentrieren. Ich schick dir den Christoph." Gasperlmaier verbiss sich eine harsche Bemerkung und griff nach der Fernbedienung für den Fernseher. In seinen Ohren rauschte es vor unterdrückter Wut. Leider war die regionale Nachrichtensendung gerade zu Ende gegangen. „Verbreitet wird es morgen regnen, lebhafter Wind aus West bis Nordwest, Tageshöchstwerte um acht Grad." Auch der Wetterbericht war nicht geeignet, Gasperlmaier aufzuheitern.

Der Christoph steckte seinen Kopf um die Ecke. „Ich bin dann mal weg!" Noch bevor Gasperlmaier antworten konnte, war er im Vorhaus verschwunden. „Wohin denn?", schrie er ihm nach, sich der Sinnlosigkeit der Frage wohl bewusst. „Zur Andrea!" Die Haustür schloss sich mit einem lauten Schlag. Gasperlmaier stierte auf die Werbebotschaften, die ihm aus dem Fernseher entgegensprangen. Das hatte man nun von einer Familie. Ausgehungert und verletzt nach einem grauenvollen Tag, blieb man allein und auf sich selbst gestellt zurück. Verhungern und verdursten konnte man, niemanden kümmerte es. Aber nicht mit ihm. Nicht mit Gasperlmaier. Er konnte es auch, er konnte sich auch einen schönen Abend machen. Und das würde er jetzt auch tun. Mühsam stand er auf, warf zwei weitere Schmerztabletten ein, zog die Uniformjacke wieder an und machte sich auf den Weg zum Schneiderwirt.

Er ließ sich neben dem Kahlß Friedrich auf die Bank fallen, der gerade die letzten Reste seines Schnitzels in den Mund schob. „Hast es dir doch anders überlegt, Gasperlmaier?“ Die Jasmin stellte dem Gasperlmaier unaufgefordert sein Bier hin. „Asch Gott, Gasperlmaier, dü siehst aber gar nischt güt aos!“ Die Jasmin war eine wunderbare Kellnerin, wie Gasperlmaier fand, mit dem durchaus zu verschmerzenden Nachteil, dass sie aus Sachsen zugewandert war. Dafür las sie, ganz im Gegensatz zu vielen anderen Kellnerinnen, die im Salzkammergut ihr Unwesen trieben, den Gästen ihre Wünsche praktisch von den Augen ab. In der Regel genügte bei der Jasmin ein leichtes Anheben des leeren Bierglases, um sie dazu zu veranlassen, ein weiteres volles auf dem Bierdeckel abzustellen. So eine Kellnerin, fand Gasperlmaier, gab es weder alle Tage noch überall. Bevor er dem Kahlß Friedrich antwortete, gab er der Jasmin noch den Auftrag, in der Küche nachzufragen, ob noch ein Schweinsbraten da sei. Den, so fand Gasperlmaier, hatte er sich redlich verdient. „Schaut's nicht so neugierig, wisst's eh alle schon, dass ich heute einen Unfall gehabt habe.“ Gasperlmaier war die Aufmerksamkeit, die seine Halskrause erregte, unangenehm, und er wusste nicht recht, was und worüber er reden sollte. Deswegen nahm er vorerst einmal einen tiefen Schluck und starrte in sein Bierglas. Der Kastenhuber Kurt, der gestern den Trupp geleitet hatte, der die Leiche der Simone Eisel geborgen hatte, war auch da. Und ein paar Feuerwehrleute, darunter der Gruber Kajetan, der damals dem Gasperlmaier und der Frau Doktor Kohlross geholfen hatte, eine Leiche aus dem Altausseer See zu fischen. Der Kahlß Friedrich wusste natürlich, dass es nicht ratsam war, beim Stammtisch Einzelheiten über eine Ermittlung auszuplaudern, und schwieg. Bis es ihm doch einfiel, Gasperlmaier zu fragen, warum er heute nicht zu Hause esse, wo er doch ohnehin ein wenig angeschlagen ausschaue. Darauf wollte Gasperlmaier ebenso wenig antworten wie auf die Frage nach den genaueren Umständen seiner Verletzung. Stattdessen bestellte er sich bei der Jasmin ein weiteres Bier und einen Obstler. „Kömmt schön!" Und kaum waren die bestellten Getränke geliefert und der Obstler hinuntergestürzt – was Gasperlmaier gröbere Unannehmlichkeiten bereitete, weil es ihm recht schwerfiel, den Kopf so weit nach hinten zu neigen, dass ihm der Schnaps nicht übers Kinn rann –, stand schon der Schweinsbraten vor ihm. Mit Kruste, Saft und Semmelknödel. Und Kraut. Nach ein paar Bissen war Gasperlmaier ein klein wenig mit dem Tag versöhnt. Der Obstler wärmte Körper und Seele. Die Gespräche am Tisch drehten sich natürlich um die beiden Toten von gestern, Gasperlmaier schwieg, weil er den Mund voll hatte, und der Friedrich sah ihm beim Essen zu. „Das glaubt's ihr gar nicht, wie die ausgeschaut hat, die Leiche." Der Kastenhuber Kurt wurde Gasperlmaier allmählich ein wenig unsympathisch. Musste er ausgerechnet dann eine Leichenbeschreibung abgeben, wenn Gasperlmaier aß? Nicht nur er, übrigens, wie er mit einem kurzen Blick über den Tisch feststellte. Der Kajetan tunkte gerade einen Semmelrest in seinen Gulaschsaft, und der Fischer Erwin schnitt sich von seinem Bierkäse ein Stück herunter, während der Kurt weitererzählte. „Ich sag euch, ich bin mir sicher, die zweite Leiche, die ist auch ermordet worden. Da haben wir es mit einem Serienkiller zu tun. Der reißt sich die Frauen auf, und wenn sie ihm zu anhänglich werden und ihm ihr Geld überschrieben haben, dann geht er mit ihnen auf den Loser und schmeißt sie hinunter. Niemand kann ihm was nachweisen. Schlau, oder?" „Da hätte ich meine Alte auch schon lang vom Loser hinunterschmeißen müssen!", gab der Erwin zu bedenken. Gasperlmaier gefiel die Richtung nicht, die die Unterhaltung nahm. Er hatte sich nie damit anfreunden können, dass in Männerrunden so häufig abfällige, ja beleidigende Bemerkungen über Frauen im Allgemeinen und über die eigene Ehefrau im Besonderen abgegeben wurden. „Dass du nur keinen Blödsinn redest, Kurt!" Der Kahlß Friedrich mischte sich ein, lupfte mit einer seiner Riesenpranken sein Glas und bestellte für Gasperlmaier gleich ein Bier und einen Obstler mit dazu. „Du solltest nicht über Dinge reden, die du nicht weißt und von denen du nichts verstehst", sagte der Friedrich ganz ruhig. „Und ich weiß nicht, ob es gar so interessant ist, wenn du uns erzählst, wie eine Leiche ausschaut, die vom Loser heruntergefallen ist."

Der Kurt sah ein wenig verärgert auf. „Brauchst ja nicht gleich ungemütlich werden, Kahlß. Ich hab ja nur gemeint!"

Für eine Weile herrschte Stille, und die Männer starrten ihre Biergläser an und nahmen zuweilen den einen oder anderen Schluck. Bald wandte sich die Unterhaltung dem neuen Pfarrer zu, der angeblich mit einer jungen Lehrerin zusammenlebte und mit anderen Frauen schon zwei Kinder gezeugt haben sollte. Und der Kahlß Friedrich beugte sich zu Gasperlmaier hinüber, der gerade dabei war, den letzten Rest Schweinsbratensaft mit dem Rest des Semmelknödels aufzutunken. „Möchtest dir nicht morgen freinehmen? Schaust ja wirklich nicht gut aus!" Gasperlmaier versuchte den Kopf zu schütteln, was ihm aber sofort einen stechenden Schmerz durch Hals und Nacken jagte. „Geht schon!“ Gasperlmaier fühlte sich nach den drei Bier und den beiden Schnäpsen jetzt wirklich besser. Sein Hunger war gestillt, eine angenehme Leichtigkeit hatte sich in seinem Kopf breitgemacht, der Schmerz ebbte schnell wieder ab, die Tabletten schienen zu wirken. Alles war gut. Morgen würde er wieder fit sein.

Plötzlich aber ging die Tür auf, und Gasperlmaiers Stimmung sank augenblicklich ins Bodenlose. In der Tür stand die Maggie Schablinger, die überaus farbenprächtig geschminkte Reporterin der Schilling-Zeitung, die Gasperlmaier schon einmal übel mitgespielt hatte. Heute, so dachte Gasperlmaier bei sich, konnte sie ihnen wenigstens nicht den Vorwurf machen, sie tränken während der Dienstzeit. Dennoch nahm sich Gasperlmaier vor, sie genau im Auge zu behalten, falls es ihr doch einmal einfallen sollte, die Kamera zu zücken. Außerdem würde kein Wort über seine Lippen kommen. Er kannte sich selber so gut, dass er wusste, dass seine Zunge locker wurde, wenn er getrunken hatte. Er hatte zu fortgeschrittener Stunde zur Erheiterung mancher Stammtischrunde schon allerhand Unsinn von sich gegeben, das durfte heute keinesfalls passieren. Gasperlmaier umklammerte Bier- und Schnapsglas, als ob er sich damit gegen den Angriff der Maggie Schablinger wappnen wollte.

„Ob mich die Herren wohl in ihre gesellige Runde aufnehmen wollen?“ Die Maggie hatte den Kopf kokett schief gelegt und ein verführerisches Grinsen aufgesetzt, das aber, wusste Gasperlmaier, so falsch war wie die ganze Person. So selten allerdings eine Frau am Stammtisch war, so bereitwillig rückten die Herren jetzt auseinander, beziehungsweise zusammen, denn manch einem von ihnen blieb fast der Mund offen stehen, so beeindruckt, schien Gasperlmaier, waren sie von der Maggie Schablinger. Wenn man sie nicht kannte, gestand sich Gasperlmaier ein, war sie ja hübsch anzusehen, da gab es nichts. Wenn man es halt mochte, dass sich Frauen gar so viel Farbe ins Gesicht und auf die Fingernägel schmierten und Unmengen von Rüscherln und Spitzenzeugs an sich herumtrugen. Die Maggie setzte sich zwischen den Kahlß Friedrich und den Gruber Kajetan, gegenüber von ihr grinste der Kurt etwas mitleiderregend vor sich hin. Heute hatte sie dunkelblaue Fingernägel, fiel Gasperlmaier auf, und an der rechten Hand trug sie einen Ring, der so groß war, dass Gasperlmaier sich gut vorstellen konnte, dass man darin ein ganzes Aufnahmegerät unterbrachte.

„Nachtdienst, Gasperlmaier?", grinste die Maggie. „Sie haben den Mord sicher schon aufgeklärt, oder?" Daher also wehte der Wind. Gasperlmaier hatte sich schon so was gedacht. So freundlich war sie nur, weil sie ihn aushorchen wollte, um für die morgige Schilling-Zeitung wieder eine rührselige Story zusammenzuschustern. Gasperlmaier schüttelte nur den Kopf, diesmal vorsichtiger. Seiner Sprache war er sich nicht mehr so sicher. War es das dritte Bier oder schon das vierte? Hatte die Jasmin schon wieder abgeräumt, oder hatte er wirklich erst einen Schnaps getrunken? „Nichts!", sagte er dennoch. Da war man auf der sicheren Seite und konnte sich weder verhaspeln noch bloßstellen. Obwohl es als Reaktion auf die Fragen der Maggie nicht genau passte. „Oh, oh, Gasperlmaier!" Die Maggie wackelte mit dem Zeigefinger, was sie wohl für eine neckische Geste hielt. „Haben Sie vielleicht schon wieder ein paar über den Durst getrunken? Ich habe fast den Verdacht, Mordermittlungen bekommen Ihnen nicht!" Gasperlmaier hatte das Gefühl, als wanke er in eine Sackgasse, deren Mauern links und rechts immer näher aufeinander zuliefen. Der Maggie, so schien es ihm, konnte man nicht entkommen. „Ich sag nix!“, entrang er sich schließlich, und schwor sich, ab sofort den Mund nicht mehr aufzumachen, bis die Maggie wieder gegangen war. Außerdem musste er aufs Klo. Ein wenig unsicheren Schrittes begab er sich dorthin, und als er erleichtert zurückkam, lauschte die Maggie aufmerksam den Erzählungen des Kastenhuber Kurt, der bereitwillig alle grausigen Einzelheiten des gestrigen Tages vor der Maggie auf dem Wirtshaustisch ausbreitete. Gasperlmaier nahm Platz, obwohl er irgendwo tief in sich ein Gefühl spürte, das ihm sagte, es wäre besser, jetzt nach Hause zu gehen. Der Kahlß Friedrich unterbrach den Kurt zwar nicht, schüttelte aber immer wieder den Kopf, wenn er gar zu unverschämt übertrieb. Vor Gasperlmaiers Augen begannen die Biere, die Schnäpse und die Gesichter zu verschwimmen. Wie die Maggie Schablinger dem Kurt an den Lippen hing! „Herr Kastenhuber!“, sagte sie schließlich, „wenn ich jetzt vielleicht noch ein Foto von Ihnen machen darf? Dann kommen Sie morgen mit Ihrer Story ganz groß raus!“ Als sie tatsächlich die Kamera zückte, wurde es Gasperlmaier zu bunt. „Dass Sie sich nicht unterstehen, uns hier zu fotografieren! Du musst aufpassen, Kurt! Dann stehst du morgen als Alkoholiker in der Zeitung! Und sie schreibt, dass wir nichts tun als herumsitzen und saufen, wo wir doch eigentlich den Mörder suchen sollten! Und lauter solches Zeug!“ Gasperlmaier war aufgestanden und hatte, ungeachtet seiner Schmerzen, wild zu gestikulieren begonnen. Ein wenig unsicher war er schon auf den Beinen, da passierte es, dass er das halbvolle Bierglas des Kahlß Friedrich umstieß und auf den Platz der Maggie Schablinger leerte. Die allerdings war mit ihrer Kamera bereits aufgestanden, sodass sich das Bier in ihre Handtasche ergoss. Die Maggie begann sofort hysterisch zu kreischen. „Sind Sie wahnsinnig geworden! Das kommt Sie teuer zu stehen! Ich vertrete hier die freie Presse! Ich kann fotografieren, wen ich will!“ Gasperlmaier, der erschöpft auf seine Bank zurückgesunken war, sah, wie der Friedrich aufstand und der Maggie Schablinger seine Pranke auf die Schulter legte. Er schien Gasperlmaier trotz seiner zahlreich genossenen Biere ganz ruhig zu sein. „Frau Reporterin, regen Sie sich nicht so auf. Es war ja nur ein Missgeschick. Und Sie brauchen sich nicht wundern, dass es dem Gasperlmaier nicht gefällt, wenn Sie hier hereinschneien, unseren Stammtisch durcheinanderbringen und versuchen, uns auszuhorchen. Wir sind ja auch nicht blöd und wissen, was Ihre Zeitung für einen Stiefel zusammenschreibt. Und wir wollen am Abend unter uns sein und unsere Ruhe haben.“ Gasperlmaier wunderte sich, dass der Friedrich eine derartig lange Rede zustande brachte. Um diese Zeit. Für ihn selbst war wieder einmal alles schiefgelaufen, an diesem Abend. Wäre er zu Hause geblieben, hätte er zwar die aufgewärmten Krautfleckerl essen müssen, aber das ganze Theater mit der Schablinger und dem Kastenhuber Kurt, das wäre ihm erspart geblieben. Gasperlmaier verdross es über die Maßen, dass man nicht einmal mehr einen ruhigen Abend im Gasthaus verbringen konnte, ohne dass einen die unangenehmen Ereignisse des Tages einholten. Resigniert ließ er es geschehen, dass die Jasmin noch ein Bier vor ihn hinstellte.

10

Das Aufwachen am nächsten Morgen war für Gasperlmaier alles andere als angenehm. Als die Christine die Jalousie hochzog, das Fenster öffnete und ihn dem Licht des anbrechenden Morgens samt seiner recht erfrischenden Temperaturen preisgab, versuchte Gasperlmaier, sein Gesicht von der durchdringenden Helligkeit abzuwenden und noch einmal einzuschlafen. Wenn er den Kopf nicht bewegte, konnte er vielleicht den Moment der Wahrheit hinauszögern, in dem sich sein Kopfschmerz endgültig manifestierte.

Gasperlmaier erinnerte sich noch daran, dass die Maggie Schablinger dann doch gegangen war, und erschrak bei dem Gedanken, dass er womöglich gleich heute Morgen zu lesen bekommen würde, was sie über den Fall und unter Umständen auch über ihn zusammengeschrieben hatte. Außerdem erinnerte er sich daran, dass bei seiner Heimkehr die Katharina aus ihrem Zimmer gekommen war, weil er so geräuschvoll die Stiege hinaufgepoltert war, dass sie Zeuge seines Rausches hatte werden müssen, was ihm außerordentlich peinlich war. Und zu guter Letzt erinnerte er sich daran, dass das Bett neben ihm leer gewesen war, als er sich hineinfallen hatte lassen, und dass er, sich in unruhigem Schlaf hin und her wälzend, auch während der Nacht seinen Arm in eine noch immer leere zweite Hälfte des Ehebettes hinübergestreckt hatte. Alles in allem kein Grund, aufzustehen, den anderen fröhlich einen guten Morgen zu wünschen und sich entspannt zum Frühstückstisch zu setzen.

„Gasperlmaier! Frühstück!" Schuldbewusstsein konnte Gasperlmaier der Stimme seiner Christine nicht entnehmen. Wie war es überhaupt möglich, dass sie nach offenbar durchzechter Nacht so frisch und munter schien?

Missmutig setzte sich Gasperlmaier zum Frühstückstisch. Er hatte Kopfweh, und er wusste nicht recht, was er mit der durchschwitzten Halskrause anfangen sollte, die unangenehm drückte und säuerlich roch. „Du schaust ja furchtbar aus! Was ist denn mit dir passiert?" Gasperlmaier überlegte, was er sagen sollte. „Ich hab mich schon gewundert über die Halskrause, als ich heimgekommen bin, aber ich wollte dich halt nicht aufwecken." Das, so verstand Gasperlmaier, war eine eindeutige Aufforderung, endlich damit herauszurücken, wie er zu seinem Halsschmuck gekommen war. „Und du stinkst! Wo warst du denn gestern noch?" Mit einem raschen Ruck öffnete die Christine den Klettverschluss, und Gasperlmaier gelang es nicht rechtzeitig, den Kopf im Gleichgewicht zu behalten, sodass der recht unsanft vor- und wieder zurückpendelte, was seine Halswirbelsäule mit einem Schmerzausbruch quittierte. Erstaunt stellte Gasperlmaier fest, dass der heftige Schmerz, der sich jetzt vom Hals über die Schulter hinweg den Arm hinunterzog, seinen Kopfschmerz ausblendete. Anscheinend war es ihm nicht möglich, an zwei Körperteilen gleichzeitig heftigen Schmerz zu empfinden. „Du kannst das Ding nicht dauernd tragen, das wird ja völlig verschwitzt. Bleib da sitzen, ich schau, dass ich es ein bisschen abwischen kann." Gasperlmaier hatte noch nicht einmal einen Schluck Kaffee getrunken, schon war er der Christine mehrere Antworten schuldig, ohne dass er überhaupt zu Wort gekommen war. Wo es ihn doch brennend interessiert hätte, warum die Christine so spät nach Hause gekommen war, und, vor allem, was sie während ihrer Abwesenheit getrieben hatte. Gasperlmaier nippte am heißen Kaffee.

Auf Essen hatte er jetzt absolut keine Lust. Als er die Tasse, vor jedem Schluck vorsichtig über die Oberfläche des heißen Kaffees blasend, halb geleert hatte, kam die Christine zurück und gab ihm die Halskrause. Sie roch tatsächlich besser und war sogar trocken. Unbeholfen versuchte er sie umzulegen, doch die Christine kam ihm zuvor und befestigte sie mit raschen Handgriffen um den Hals Gasperlmaiers. „Beim Duschen wirst du sie noch einmal runternehmen müssen. Na, fällt dir jetzt endlich ein, wie du zu dem Ding gekommen bist?" Gasperlmaier entschloss sich zu einer Kurzversion. „Ein Mordverdächtiger hat uns mit dem Auto gerammt. Unabsichtlich. Es ist eh nichts passiert." Die Christine atmete hörbar aus. „Und ich hab mir schon gedacht, die Rettung hat dich in deinem Rausch aufklauben müssen und mit der Halskrause heimgebracht." Sie schien erleichtert. Und das, so dachte Gasperlmaier bei sich, wo sie soeben erfahren hatte, dass er an einem Unfall beteiligt gewesen war. Das war wohl nicht so schlimm, als wäre er auf dem Nachhauseweg im Rausch irgendwo hingeschlagen. Dennoch fühlte sich auch Gasperlmaier, obwohl er noch nicht einmal ansatzweise eine Erklärung für die allzu späte Heimkehr der Christine erhalten hatte, ein wenig leichter.

„Wo ist der Unfall denn passiert?", wollte die Christine wissen, die sich offenbar pudelwohl fühlte und ihr Früchtemüsli in sich hineinschaufelte, während Gasperlmaier überlegte, ob ihm eine zweite Tasse Kaffee besser helfen würde, durch den Tag zu kommen. „Auf der Loserstraße", antwortete er. Und noch bevor die Christine wieder ablenken konnte, fragte Gasperlmaier vorsichtig nach: „Wo bist du denn gestern so lang gewesen?" Dabei bemühte er sich, jeden Vorwurf aus seiner Stimme herauszuhalten und so zu klingen, als ginge es ihm wirklich nur um interessierte Anteilnahme an den Unternehmungen seiner Christine. Die jedoch hatte anscheinend doch einen leisen, unausgesprochenen Vorwurf aus Gasperlmaiers Frage herausgehört. „Franz, du weißt, ich war gestern bei der Veranstaltung vom Beda. Und ich sage dir ganz ehrlich, mir hat sein Kasperltheater nicht besonders gefallen." Gasperlmaier wusste, dass es ernst wurde, wenn sie ihn mit „Franz" anredete. „Er hat mir sogar ein wenig leidgetan, weil so wenig Leute gekommen sind. Und weil es so kalt war, haben wir uns in der Fischerhütte noch zusammengesetzt und geplaudert. Wenn du so willst, habe ich ihn sogar getröstet." Gasperlmaier sah überrascht auf. Die Christine dagegen wackelte vor seinen Augen mit dem Finger. „Nein, Gasperlmaier, nicht schon wieder in diesen typisch männlichen Kategorien denken. Wenn ich sage trösten, dann meine ich trösten, und wenn ich meinen würde, dass ich mit ihm geschlafen habe, dann würde ich sagen, ich habe mit ihm geschlafen." Bei den letzten Worten war die Katharina hereingekommen, um sich schnell einen Apfel vom Frühstückstisch zu schnappen. „Mama!", rief sie entsetzt. Gasperlmaier vermutete, dass sie nur den letzten halben Satz der Christine gehört hatte. Die aber lachte über das Entsetzen der Katharina. „Ich hab nur mit dem Papa diskutiert, Kathi. Und, keine Angst. Der Einzige, mit dem ich geschlafen habe, seit es dich gibt, das ist der da." Sie zeigte grinsend mit dem Finger auf Gasperlmaier. Dem war das außerordentlich peinlich. Der Katharina auch, denn sie verschwand mit gesenktem Kopf. „Hätte ich gar nicht wissen müssen!", grummelte sie, während sie sich schon aus der Küche davonmachte.

Der Christine gelang es, in den folgenden zehn Minuten die wesentlichen Eckdaten über den vergangenen Tag aus Gasperlmaier herauszuholen und ihm zwei Schmerztabletten einzuflößen, obwohl der sich wenig kooperativ zeigte und es im Wesentlichen bei einsilbigen Antworten beließ. Gasperlmaier jedoch erfuhr über die Tröstungen, die die Christine dem Beda hatte angedeihen lassen, keine weiteren Einzelheiten. Nicht nur bei der Frau Doktor ging es ihm so, dass er ausgehorcht wurde, während man ihn im Ungewissen ließ, dachte Gasperlmaier bei sich, sondern sogar bei seiner Frau.

Draußen war alles grau in grau, Straßen und Wiesen glänzten vor Nässe um die Wette, sodass Gasperlmaier auf dem Posten zuerst das Licht einschalten musste, bevor er die Schilling-Zeitung aufschlug. Auf den Titel hatte es der Kastenhuber Kurt mit seiner Angeberei nicht gebracht, aber auf Seite drei prangte sein Bild unter der fetten Überschrift: „Loser-Doppelmord: Bergretter packt aus!“ Daneben gleich ein Foto der Simone Eisel, auf dem sie, so fand Gasperlmaier, sehr verführerisch in die Kamera lächelte. Wo, so fragte er sich, hatte die Maggie wohl ein Foto her, das die Simone Eisel im Dirndl zeigte?

Was der Kurt dann auspackte, war bei weitem nicht so sensationell wie die Überschrift. Die Maggie Schablinger hatte halt den Zustand der Leichen sowohl ausführlich als auch gruselig dargestellt. „Selbst Polizeibeamte, die, was grausam zugerichtete Leichen betrifft, einiges gewohnt sein dürften, waren angesichts des Zustands der Toten dem Zusammenbruch nahe“, musste Gasperlmaier lesen. Das, so dachte er bei sich, war sicherlich ein Seitenhieb der Maggie auf ihn, weil der Kastenhuber Kurt, der Depp, in seinem Dusel nicht hatte dichthalten können und über Gasperlmaiers Missgeschick angesichts der Skelettteile, die die Bergretter heruntergebracht hatten, anscheinend ausführlich Bericht erstattet hatte. „Offenbar schleppende Ermittlungen der Polizei haben noch zu keinem Ergebnis geführt." Einen Seitenhieb auf die Polizei konnte sich die Maggie wohl niemals verkneifen. Gasperlmaiers Magen meldete sich schmerzhaft zu Wort. Wenn es mit ihm seelisch nicht zum Besten stand, machte sich das am ehesten im Magen bemerkbar.

Unten auf der Seite gab es noch ein Kästchen, das Gasperlmaier überraschte. „Ehemann gebrochen" stand da, und es gab auch ein Foto des Magister Eisel in seinem zerknautschten weißen Hemd und seiner Schnürlsamthose, das die Maggie, so wie es schien, gestern aufgenommen hatte. „Der Gatte", so hieß es da, „ist verzweifelt. Wer ihm seine geliebte Ehefrau genommen hat, möchte er so schnell wie möglich wissen." Stilistisch, dachte Gasperlmaier, ist die Maggie auch nicht ganz auf der Höhe, denn das Wort „Gatte", das mochte Gasperlmaier nicht, da musste er an eine lange, schlotternde Unterhose denken, denn in seiner Jugend war die „Gatte" eine solche gewesen, aber auf jeden Fall kein Ehemann.

„Auf, Gasperlmaier!", hieß es plötzlich, und der Angesprochene fuhr von seiner wenig erbaulichen Lektüre auf, was seine Halswirbelsäule mit einem Schmerzausbruch quittierte. Die Frau Doktor stand vor ihm, in der rechten Hand einen noch tropfenden, blauweißen Schirm. „Jetzt gehen wir den Herrn Magister Fritzenwallner besuchen, ich bin doch zu gespannt, wie einer aussieht, der der eleganten Simone Eisel den Kopf verdreht!" Die Frau Doktor, so fiel Gasperlmaier auf, war heute ganz in Lila. Bluse hell, Jacke und Hose ein wenig dunkler. Ausgezeichnet passte das zu ihren rostroten Haaren mit den orangen Strähnen drin, dachte

Gasperlmaier. Nur der weiße Verband an der Hand, der passte nicht ganz dazu, fand er. Lila Mullbinden waren halt noch nicht erfunden worden. „Was ist denn bei dem Röntgen gestern rausgekommen?“, fragte die Frau Doktor. Gasperlmaier zuckte nur mit den Schultern. „Das kriegt der Hausarzt. Ich weiß noch nichts.“ Die Frau Doktor zeigte auf die Halskrause. „Und Sie sind trotzdem einsatzfähig?“ Gasperlmaier vergaß, dass er nicht nicken konnte, versuchte es und büßte wiederum mit einem stechenden Schmerz. Die Frau Doktor zog eine Grimasse, um ihren Zweifel an seiner Einsatzfähigkeit auszudrücken. Mehr als „Hm!“ sagte sie allerdings nicht zu seinem Zustand.

„Ist der nicht in der Schule?“, fragte Gasperlmaier, als ihn die Frau Doktor in Aussee anwies, in die Auffahrt zu einem größeren Haus einzubiegen. „Ich hab mich schlau gemacht, Gasperlmaier. Der Herr Magister Fritzenwallner hat heute erst am Nachmittag Unterricht, wir erwischen ihn an seinem freien Vormittag.“ Gasperlmaier hatte nicht gewusst, dass Lehrer freie Vormittage hatten. Ihm war es schon genug, dass sie anscheinend am Nachmittag nichts zu tun hatten. Allerdings, musste er sich selbst eingestehen, wenn er daran dachte, wie viele Nachmittage seine Christine entweder gleich in der Schule oder zu Hause mit Schularbeiten verbrachte, mochte seine Auffassung vielleicht ein wenig ungerecht sein. „Wenn ich boshaft wäre“, pflegte seine Christine zu sagen, „dann würde ich dir auch die ganzen Stunden von deiner Arbeitszeit abziehen, wo du auf dem Posten herumsitzt und dir mit dem Kahlß Friedrich zusammen überlegst, wann die nächste Jause herangeschafft werden soll und wo sie herkommt. Für Pausen hab ich nämlich in der Schule keine Zeit.“ Die Christine, so erinnerte sich Gasperlmaier, hatte sich sogar schon öfters darüber beklagt, dass sie vormittags nicht einmal Zeit zum Klogehen habe. Dafür gönnte man sich auf dem Polizeiposten allerdings ausreichend Gelegenheit.

Gasperlmaier stellte das Auto auf dem kleinen Parkplatz ab, der zu dem Haus zu gehören schien, neben einem blitzblauen Cabrio. Gasperlmaier staunte. „Ob dem Herrn Magister Fritzenwallner das ganze Haus gehört?", fragte er sich ebenso wie die Frau Doktor. „Das ist ja riesig! Hat er eine Familie?" Die Frau Doktor zuckte nur mit den Schultern und stieg den kurzen, ansteigenden Weg zur Haustür hinauf.

An der befanden sich insgesamt drei Klingelknöpfe, deren mittlerer mit „Fritzenwallner" beschriftet war. Das beruhigte Gasperlmaier, denn er war bei dem Gedanken, dass ein Lehrer, auch wenn er ein Magister war, ein solches Haus ganz allein besaß, schon ein wenig neidisch geworden. Es dauerte ein bisschen, bis der Herr Magister Fritzenwallner öffnete. Der war allerdings nicht nur für Gasperlmaier, sondern auch für die Frau Doktor eine Überraschung. Der Herr Magister Fritzenwallner lächelte freundlich. „Schönen guten Tag. Was kann ich denn für Sie tun?" Die Frau Doktor, fand Gasperlmaier, war beim Anblick des Magister Fritzenwallner ein wenig in Verlegenheit geraten. Der trug nämlich nur eine schwarze Radlerhose und ein violettes Handtuch um den Hals, das in der Farbe durchaus mit dem Kostüm der Frau Doktor harmonierte. Seine gänzlich haarlose Brust glänzte vor Schweiß, und unter der gebräunten Haut zeichneten sich gut trainierte Muskeln ab. Der Herr Magister, so dachte Gasperlmaier bei sich, besitzt das, was man heutzutage wohl ein „Sixpack" nannte. Sein Sohn Christoph träumte auch von einem solchen und hatte zu dem Zweck ein Brett mit

Klettergriffen über dem Türrahmen montiert, an dem er allabendlich Klimmzüge trainierte. Teilweise sogar an nur zwei Fingern. Der Herr Magister hatte kurze, rabenschwarze Haare und so einen kurzen Bart, bei dem die Haut durchschien. Darunter kamen kantige Gesichtszüge zum Vorschein.

„Bitte entschuldigen Sie – an meinem freien Vormittag trainiere ich gewöhnlich ein, zwei Stunden. Und bei dem Wetter", er deutete nach draußen, gegen den Himmel hin, „muss ich mich halt mit dem Ergobike begnügen." Die Frau Doktor lächelte dem Herrn Magister etwas unkritisch ins Gesicht, wie Gasperlmaier fand. Ihm war auch nicht entgangen, dass sie dessen Brust- und Bauchmuskeln mit kurzen, aber aufmerksamen Blicken begutachtet hatte. Gasperlmaier fragte sich, was ein Ergobike wohl sein mochte. Dass es sich um irgendeine Art Fahrrad handelte, das man im Zimmer benutzen konnte, war ihm klar, den Ausdruck aber hatte er noch nie gehört. Der Herr Magister bat sie ins Haus. „Bitte kommen Sie zu mir hinauf. Meine Wohnung ist im ersten Stock, das Apartment hier herunten gehört einer Grazer Familie, die verwenden es als Ferienwohnung."

Im ersten Stock stellte sich heraus, dass das Ergobike ein Hometrainer war, dessen Geometrie einem Rennrad bis ins kleinste Detail glich. „Mein Ergobike!", erklärte der Herr Magister denn auch ungefragt. „Wissen Sie, ich fahre Mountainbike-Marathons. In der kälteren Jahreszeit muss man sich indoor fit halten." Die Frau Doktor musterte das Ergobike mit Kennermiene, und Gasperlmaier konnte nicht umhin festzustellen, dass der Herr Magister einen starken ersten Eindruck hinterlassen hatte. „Toll!", sagte sie jetzt sogar. „Das hab ich mir auch schon immer vorgenommen, aber ich komme zu wenig zum Trainieren." Gasperlmaier fragte sich, warum der Herr Magister „indoor" und nicht einfach in seinem Vorzimmer trainierte, und wunderte sich, dass seine Angeberei der Frau Doktor nicht schon sauer aufgestoßen war. „Sollen wir einmal eine Trainingsfahrt zusammen machen? Sie sehen ja superfit aus, wenn ich mir die Bemerkung erlauben darf." Die Frau Doktor, so schien es, schmolz geradezu dahin, noch dazu, wo der Herr Magister jetzt sein Handtuch abwarf, um ein T-Shirt überzuziehen, und dabei seine glänzenden Muskeln so deutlich wie möglich demonstrierte. Die Frau Doktor, so fand Gasperlmaier, hätte jetzt ruhig einmal ihr Lächeln abschalten und zur Sache kommen können. Stattdessen ging der Smalltalk mit dem Herrn Magister ungehindert weiter. „Aber nein! Wenn ich mir Ihre Muskeln anschaue, da kann ich sicher nicht mithalten!" Ob er jetzt nicht schön langsam im Weg war, so dachte Gasperlmaier bei sich, denn die beiden unterhielten sich in einem Tonfall, der, wie er fand, einer polizeilichen Einvernahme durchaus unangemessen war. „Was ist Ihnen beiden eigentlich passiert? Schlägerei?" Der Magister Fritzenwallner grinste anzüglich und wies mit dem Finger sowohl auf Gasperlmaiers Halskrause als auch auf den Verband der Frau Doktor. „Berufsrisiko!", winkte die ab, ohne ihr Dauerlächeln endlich auszuknipsen. „Nicht der Rede wert."

Entgegen Gasperlmaiers Befürchtungen kratzte die Frau Doktor nun doch die Kurve zur Sache und zum sachlichen Tonfall. „Wir sind eigentlich wegen einer sehr unangenehmen beziehungsweise traurigen Angelegenheit hier." Der Herr Magister nickte. „Ich habe schon davon gehört. Die Simone Eisel ist tot." Mit einer Handbewegung bot ihnen der Herr Magister Platz an einem Tisch an einem großen Fenster an, durch das man den Loser hätte sehen können, stellte Gasperlmaier fest, wenn er nicht fast gänzlich hinter grauen Nebelschwaden verborgen gewesen wäre.

„Wir wissen bereits über Ihr Verhältnis zu Frau Eisel Bescheid und befragen natürlich alle, die in einem Naheverhältnis zu ihr stehen oder standen.“ Die Frau Doktor hatte sich, wie Gasperlmaier fand, wieder völlig gefasst. Der Herr Magister Fritzenwallner allerdings versuchte, ihr ein wenig zu tief in ihre Augen zu blicken, während sie ihm jene Informationen preisgab, die für die Befragung nötig waren. Der Herr Magister selbst hatte durchaus eindrucksvolle, wasserblaue Augen, die ihre Wirkung auf Frauen wohl nicht verfehlen mochten.

„Ja, ich habe ein Verhältnis mit der Simone gehabt. Was heißt, ein Verhältnis! Ich habe sie geliebt!“ Gasperlmaier meinte es in den Augenwinkeln des Magister Fritzenwallner glitzern zu sehen, so als könne er die Tränen gerade noch zurückhalten. Gasperlmaier fand ihn ein wenig dramatisch. „Ich verstehe ja, dass Sie geschockt sind“, beruhigte ihn die Frau Doktor. „Erzählen Sie uns trotzdem ein wenig über Ihre Beziehung.“ Aha, so dachte Gasperlmaier bei sich, da war also das Verhältnis, das der Magister Fritzenwallner mit einer immerhin verheirateten Frau unterhalten hatte, schon zu einer Beziehung aufgestiegen. „Die Simone war eine wunderbare Frau. Wir waren sozusagen, wenn ich das sagen darf, füreinander bestimmt. Eigentlich wollte sie sich von ihrem Mann trennen, um mit mir zusammen zu sein, aber leider ist es dann doch nie dazu gekommen. Und jetzt ...“ Der Magister Fritzenwallner stützte seinen Kopf in die Hand, drückte Daumen und Zeigefinger auf seine Augen und schluchzte laut auf. Gasperlmaier fühlte sich ein wenig an die englischen Liebesfilme erinnert, die sich die Katharina und seine Christine gern anschauten, und in denen solche Szenen immer auf der gleichen, sturmumtosten Klippe gefilmt wurden. Er nahm dem Herrn Magister seine Gefühlsaufwallungen nicht recht ab, allerdings musste er eingestehen, dass ihm seine Christine schon öfters vorgeworfen hatte, gefühlsarm und überhaupt zu wenig einfühlsam zu sein. Am Ende hatten sie es hier doch mit einem gefühlvollen, muskulösen Märchenprinzen mit kantigem Gesicht und schwarzen Haaren zu tun. Die Frau Doktor schien davon jedenfalls überzeugt, denn sie legte eine ihrer Hände tröstend auf die des Magister Fritzenwallner. Das Bild der beiden beunruhigte Gasperlmaier, ohne dass er genau hätte sagen können, warum. Seine Halskrause kratzte, und er versuchte, mit einem Finger an die juckende Stelle zu gelangen, was aber misslang.

Die Frau Doktor richtete sich wieder auf. „Und Sie haben die Beziehung beendet und sich hierher nach Bad Aussee versetzen lassen, um ihr nicht ständig zu begegnen?" Der Herr Magister nickte. „Ich habe das nicht mehr ausgehalten. Die ständigen Heimlichkeiten, das Hin und Her, einmal Scheidung, dann wieder nicht. Das war tödlich." Das hatte dem Herrn Magister natürlich nicht gepasst, dass die elegante Simone Eisel nicht ganz und für ihn persönlich da war, dachte Gasperlmaier bei sich. Obwohl, er rechnete nach, sie sicherlich um ein paar Jahre älter gewesen sein musste als der feinfühlige Supersportler, der ihm gegenübersaß.

„Wann haben Sie denn die Simone Eisel zuletzt gesehen? Und wann haben Sie mit ihr den letzten Kontakt gehabt, telefonisch, oder per Mail?" Der Herr Magister zögerte, sein Blick wanderte unstet zwischen Tischtuch und Frau Doktor hin und her. „Wie jetzt?" Diese

Art von billiger Ausflucht, so schien es Gasperlmaier, gefiel auch der Frau Doktor nicht recht. Zwar lächelte sie immer noch, als sie nachsetzte: „Ich glaube, ich habe mich recht verständlich ausgedrückt", doch Gasperlmaier entging der leicht sarkastische Unterton nicht.

„Lassen Sie mich nachdenken." Der Magister Fritzenwallner blickte versonnen zur Zimmerdecke, an der, wie Gasperlmaier feststellte, außer ein paar Spinnweben nichts Aufregendes zu sehen war. „Ich hab sie schon länger nicht mehr gesehen." Das, so wusste Gasperlmaier, würde der Frau Doktor nicht genügen, obwohl es der Magister Fritzenwallner in einem irgendwie endgültig klingenden Tonfall von sich gegeben hatte. „Geben Sie Ihrem Gedächtnis einen Stoß!", ermunterte ihn die Frau Doktor. „Sie müssen sich doch noch daran erinnern, wann Ihre Beziehung zum letzten Mal ...", die Frau Doktor zögerte kurz, so als suche sie nach möglichst unverfänglichen Worten, „... einen intimen Charakter hatte." Etwas verblüfft erwiderte der Magister Fritzenwallner ihren Blick. „Das ist aber ziemlich privat, hm?" „In einer Mordsache gibt es keine Privatsphäre, zumindest der Polizei gegenüber nicht", gab sie zurück. Der Magister Fritzenwallner wurde einsilbig. „Wir waren im Sommer einmal Boot fahren. Zum Abschied. Wir wollten uns aussprechen. Und dabei ist es zu ... zu ..." Der Magister Fritzenwallner wollte den Satz nicht vollenden. „... Intimitäten gekommen?", assistierte ihm die Frau Doktor. „So könnte man das bezeichnen, ja." „Und seither gab es keinen Kontakt?" Der Magister hob zum Zeichen völliger Unschuld die Handflächen, streckte sie der Frau Doktor entgegen und schüttelte den Kopf.

Dann aber rückte die Frau Doktor mit einem Detail heraus, das nicht nur den Magister Fritzenwallner, sondern auch Gasperlmaier überraschte. „Und wie kommt es dann, dass Sie sie am Samstag und am Sonntag mehrmals angerufen haben?“ Gasperlmaier fragte sich, wie die Frau Doktor herausbekommen hatte, wer der Besitzer des Wertkartenhandys war, den die Frau Eisel mehrmals angerufen hatte – schließlich konnte es sich nur um dieses Gerät handeln. Der Herr Magister hatte es wohl als Zweitgerät verwendet, um seine amourösen Abenteuer inkognito zu organisieren. Fritzenwallner lief rot an, das konnte man trotz seiner gebräunten Haut gut sehen. Er stotterte ein wenig herum und vollführte auch etliche unkoordinierte Armbewegungen. Den Blick wandte er zu Boden. Der ist jetzt kurz vor einem Geständnis, dachte Gasperlmaier bei sich, jetzt haben wir den Mörder, denn das könnte man ja als Lehrfilm vorführen, für einen, der gerade bei einer Lüge ertappt worden ist, so wie der da herumzappelt. „Worum ist es denn in diesen Telefonaten gegangen?“, setzte die Frau Doktor nach. „Haben Sie sich mit ihr für den Montag verabredet? Sind Sie mit ihr auf dem Loser gewesen?“ Händeringend wehrte der Magister Fritzenwallner ab. „Nein, nein! Das müssen Sie mir glauben!“ Innerlich rollte Gasperlmaier die Augen angesichts dieser hohlen, aus tausend Krimis bekannten Phrase. Warum bloß meinten von der Polizei befragte mehr oder weniger verdächtige Hallodris immerzu, man müsse ihnen irgendetwas glauben? Gar nichts musste man. Beweise waren gefragt. „Wir, wir …“ Der Magister Fritzenwallner rang um Worte. „Wir haben gelegentlich, wenn wir Sehnsucht nacheinander gehabt haben, dann haben wir …“ Ja, dachte Gasperlmaier bei sich, dann haben sie telefoniert und sich wahrscheinlich entweder nette oder aber auch schmutzige Dinge in die Ohren geflüstert, oder vielleicht haben sie auch gestritten. Vielleicht hat der Kaspar aber auch bloß nachgefragt, ob er vielleicht seine schwarzen Socken vom letzten Tête-à-Tête in der Handtasche der Simone Eisel vergessen hat. „Es ist um ein Schulprojekt gegangen, in das ich noch von der Ischler Zeit her involviert bin." Dem Magister Fritzenwallner schien ein Stein vom Herzen zu fallen, als er mit dieser billigen Ausrede daherkam. So leicht aber war die Frau Doktor nicht zufriedenzustellen. „Um was für ein Projekt hat es sich da genau gehandelt? Gegenstände, Thema, involvierte Klassen? Lehrerinnen? Lehrer?" Jetzt, so fand Gasperlmaier, schien sie trotz der wasserblauen Augen, die sie aus einem wie gemeißelten Gesicht heraus treuherzig anblickten, mit ihrer Geduld am Ende. Der Magister Fritzenwallner begann wieder herumzustottern, er könne sich nicht mehr genau daran erinnern, das sei ihm entfallen. Die Frau Doktor holte zum vernichtenden Schlag aus. „Und wo waren Sie am Montagvormittag?" „Ich? In der Schule natürlich! Da gibt es Dutzende Zeugen!" Gasperlmaier fiel ein, dass er da auch die Katharina fragen konnte. Ein Lehrer wie der Magister Fritzenwallner musste den Teenagern doch auffallen, er würde die Katharina fragen, ob sie ihn tatsächlich am fraglichen Montag in der Schule gesehen hatte.

Die Frau Doktor erhob sich. „Herzlichen Dank für Ihre Zeit, Herr Magister. Und weiterhin viel Spaß beim Trainieren. Vielleicht komme ich einmal auf Ihr Angebot zurück, wenn es noch gilt?" Der Magister Fritzenwallner beeilte sich, zu nicken, und schüttelte der Frau Doktor wie auch Gasperlmaier mit einem sehr kräftigen, gerade eben nicht quetschenden Händedruck die Hand.

Draußen atmete die Frau Doktor tief durch. „Also, dass die Frau Eisel mit dem was angefangen hat, wundert mich nicht", meinte sie. „Der ist doch wirklich äußerst ansehnlich, der Magister Fritzenwallner. Freundlich und höflich ist er noch dazu. Wenn er auch ein wenig ins Wanken gekommen ist, als ich ihm zugesetzt habe." Gasperlmaier war überrascht, dass die Frau Doktor immer noch eine so positive Grundauffassung, den Magister Fritzenwallner betreffend, hegte. „Scheint mir ein wenig ein Don Juan zu sein, so, wie er mich angeflirtet hat." Gasperlmaier verbiss sich die Bemerkung, dass seiner Meinung nach die Frau Doktor auch ganz schön zurückgeflirtet hatte. „Woher haben Sie denn gewusst, dass er es ist, dem das Wertkartenhandy gehört?" Die Frau Doktor schnippte mit den Fingern und lächelte. „Das, Gasperlmaier, war ein Bluff. Wir hatten bis vor fünf Minuten keine Ahnung, wem das Handy gehört. Jetzt wissen wir es." Gasperlmaier schüttelte den Kopf über so viel Unverfrorenheit. Und der Magister Fritzenwallner war, ohne lang zu überlegen, in die Falle getappt. „Ihre Tochter ist doch in der Schule, wo er unterrichtet?", fragte die Frau Doktor. „Ich wette, da sind alle Mädchen in ihn verliebt." Mit schwärmerischem Gesichtsausdruck sah die Frau Doktor direkt durch ihn hindurch in weite Ferne. Gasperlmaier hatte das Gefühl, als sei sie nicht in der Lage, das gleichermaßen kitschige wie verworrene Gefasel des Magister Fritzenwallner als solches zu entlarven. Was man als Realität wahrnahm, so dachte Gasperlmaier bei sich, war nicht immer das, was sich einem unbeeinflussbaren Beobachter erschloss. Ihm selbst, so musste er sich eingestehen, erging es manchmal nicht anders. Jetzt, zum Beispiel, drängte sich bei Gasperlmaier der Gedanke an eine wohlschmeckende, verdiente Jause so sehr in den Vordergrund, dass er bereit war, diesen Wunsch als absolut vordringlich anzusehen.

„Was machen wir jetzt?", fühlte Gasperlmaier vorsichtig vor, während er den Wagen aufschloss. Die Frau Doktor ließ sich auf den Beifahrersitz plumpsen. „Ehrlich gesagt, Gasperlmaier, ich bin ein wenig ratlos. Der Fall wird uns kalt." Gasperlmaier sah sie fragend an. „Na ja, Sie wissen doch, wenn man in den ersten vierundzwanzig Stunden keinen wesentlichen Ermittlungsfortschritt macht, wird es immer schwieriger. Das Problem ist, wir haben keine richtigen Spuren. Weil wir eben auch keinen Tatort haben, im engeren Sinn. Und die Verdächtigen zerrinnen uns unter den Fingern. Der Magister Fritzenwallner hat wohl immer noch was mit ihr gehabt. Der aber war zum Tatzeitpunkt in der Schule. Bleibt uns der Ehemann – kein Alibi, aber auch keine wirklich schlagenden Indizien. Motiv, okay. Zwar da, überzeugt mich aber nicht. Gelegenheit hatte er, aber auf was hinauf sollten wir dem auf den Pelz rücken? Ich hab zwar schon Leute losgeschickt, die überall entlang der Strecke nachfragen, ob wer den Wagen des Magister Eisel am Montag gesehen hat, aber bisher hat sich absolut nichts ergeben."

Gasperlmaier stellte fest, dass seine Halskrause bereits wieder säuerlich roch. Außerdem schwitzte er unter ihr. Das Ding musste weg, es musste auch so gehen. Er zerrte am Klettverschluss, was ihm sofort einen Stromstoß durch die Wirbelsäule jagte, der ihn aufstöhnen ließ. Die Frau Doktor sah ihn besorgt an. „Ist das wirklich eine gute Idee, das abzunehmen?" „Ich halt's nicht mehr aus!", wurde Gasperlmaier ärgerlich. „Kommen Sie!" Die Frau Doktor beugte sich zu ihm hinüber und löste den Klettverschluss. Gasperlmaier warf das Ding auf den Rücksitz. „Danke. Jetzt geht's mir besser", log er, denn er fühlte sich zwar befreit, sein Nacken schmerzte aber bei jeder kleinsten Bewegung heftig. Er nahm sich vor, den Kopf ruhig zu halten, und steckte den Zündschlüssel ins Schloss, ließ aber den Motor nicht an. Er hätte ja nicht gewusst, wohin er fahren sollte. Langsam begannen sich die Scheiben des Autos innen zu beschlagen. Die Frau Doktor starrte, wie Gasperlmaier bei einem schmerzhaften Seitenblick wahrnahm, ausdruckslos durch die Windschutzscheibe hinaus. „Wer, glauben Sie denn, dass es war?“, fragte Gasperlmaier. „Nach allem, was die Erfahrung lehrt, war es der Ehemann. Aber warum sollte sie mit ihm auf den Loser? Welchen Grund hätte sie gehabt? Er schon, aber sie?“ Gasperlmaier versuchte dem Gespräch eine Wendung zu geben: „Haben wir eigentlich schon was über die zweite Leiche?“ Die Frau Doktor seufzte. „Leider nicht. Das kann sich noch ziehen. Und die hat ja wohl mit dem Fall Eisel nichts zu tun, da gehen wir einstweilen nicht von Fremdverschulden aus. Was ich weiß, ist, dass sie zwischen fünfundzwanzig und vierzig Jahre alt war, kein Kind geboren hat und sich zweimal die Speiche am rechten Unterarm gebrochen hat. Viel ist das nicht!“

„Vielleicht holen wir uns einmal eine Jause?“, wagte Gasperlmaier einen Vorschlag. Die Frau Doktor lachte. „Ja, das ist eine gute Idee! Ich hab mir heute ohnehin nicht einmal Zeit für ein Frühstück genommen. Wie wär’s denn mit einem Kaffee und einem Croissant?“ Gasperlmaiers Laune verdunkelte sich. Kaffee und Croissant, das war nicht gerade das, was ihm als zünftige Jause vorschwebte, die einem wieder zu Kräften verhalf. Dennoch fügte er sich ins Unvermeidliche, seufzte kaum hörbar und startete den Motor.

Wenige Minuten später saßen Gasperlmaier und die Frau Doktor einigermaßen dampfend im Café Lewandofsky, denn die paar Schritte vom Parkplatz hierher hatten sie sich den blau-weißen Schirm der Frau Doktor teilen müssen. Es hatte wieder heftig zu regnen begonnen. Gasperlmaier war fast ein wenig warm ums Herz geworden, als sich die Frau Doktor bei ihm eingehängt hatte, um besser unter dem Schirm Platz zu finden. Die Frau Doktor hatte bereits ihr Croissant bestellt, Gasperlmaier jedoch hatte nicht widerstehen können und sich lieber ein Paar Würstel und ein Seidel Bier kommen lassen. Die ganze triste Sachlage und das grauenhafte Wetter verlangten, so fand Gasperlmaier, nach etwas Kräftigem, das er in einem Tässchen Kaffee und einem Kipferl, das ohne Lufteinschlüsse quasi gar nicht vorhanden gewesen wäre, einfach nicht zu erblicken vermochte.

„Ich glaube fast", sagte die Frau Doktor, nachdem sie einmal von ihrem Butterkipferl abgebissen hatte, „ich muss den Fall jetzt einmal vorläufig ad acta legen. Ich wüsste nicht, wen ich noch befragen, wo ich noch suchen sollte. Vielleicht warte ich einfach die Ergebnisse der Haus-zu-Haus-Suchen ab." Gasperlmaier war der frisch geriebene Kren in die Nase gestiegen, sodass er kräftig niesen musste. Das jagte ihm einen so unmenschlichen Schmerz die Wirbelsäule hinab, dass er an sich halten musste, um nicht laut aufzuheulen. Gerade konnte er es noch vermeiden, dass ein Sprühregen auf das runde Tischchen vor ihnen niederging, indem er sich zur Seite wandte. Den Kren konnte er für heute vergessen.

„Wenn ich mir die Bemerkung erlauben darf, Frau Doktor", wagte er sich ein wenig vor, „wir könnten wenigstens den heutigen Tag noch nützen, um dem Magister Eisel ein wenig auf den Zahn zu fühlen, und vielleicht auch das Umfeld des Magister Fritzenwallner ..." Gasperlmaier ließ seinen Satz ausklingen. Er wollte nicht den Eindruck erwecken, der Frau Doktor vorschreiben zu wollen, wie sie ihren Fall zu bearbeiten hatte. Andererseits hätte er es bedauert, wenn sie wieder nach Liezen zurückgekehrt wäre und er seinen üblichen Geschäften nachgehen hätte müssen. So eine Mordermittlung war doch eine recht erfreuliche Abwechslung im Vergleich zu der oftmals recht eintönigen Routinearbeit des Polizeialltags.

Die Frau Doktor rührte versonnen in ihrem Kaffee herum, ohne zu antworten. Gasperlmaier ließ sich gerade den letzten Schluck seines Seidels schmecken, als ihn eine Stimme zusammenzucken ließ, sodass ein wenig Bier an seinem linken Mundwinkel hinunterlief, anstatt den Weg in die Gurgel zu finden. Er drehte sich um, und vor ihm stand eine ziemlich durchnässte Maggie Schablinger. Gasperlmaier konnte die Abneigung, die er dieser Frau gegenüber empfand, förmlich körperlich spüren. Dass sie aber auch ein Talent dafür hatte, immer dann aufzutauchen, wenn er sich gerade das eine oder andere Bier schmecken ließ. „Schon wieder großen Durst?" Breit grinsend und ohne zu fragen ließ sich die Maggie auf dem einzigen freien Stuhl an ihrem Tisch nieder. Gasperlmaier stellte mit einiger Genugtuung fest, dass die Maggie offensichtlich keinen Schirm mit sich trug und ihr Augen-Make-up wegen des Regens ein feines, dennoch deutlich sichtbares schwarzes Rinnsal hinterlassen hatten, das vom inneren rechten Augenwinkel an der Nase entlang nach unten führte. Die Frau Doktor hatte sich zurückgelehnt und die Arme vor der Brust verschränkt. „Ich glaube, ich werd euch in der morgigen Ausgabe den Mörder servieren!" Gasperlmaier konnte sehen, wie die Augen der Frau Doktor, die sich immer noch zurückhielt, zu funkeln begannen. „Weil ihr, ihr bringt's ohnehin nichts weiter, und es kann ja gar niemand anders gewesen sein als entweder ihr Ehemann oder ihr Geliebter, oder?" Gasperlmaier war klar, dass die Maggie ihr Spielchen von gestern Abend fortsetzen wollte und versuchte, sie auszuhorchen. Wahrscheinlich wusste sie gar nichts und probierte nur so herum. „Krieg ich vielleicht einmal einen Kaffee?" Wenig damenhaft, so fand Gasperlmaier, und viel zu laut machte sich die Maggie beim Kellner bemerkbar, der dann auch sichtlich auf kühle Distanz ging, als er an den Tisch trat und die Dame nach ihren Wünschen fragte. „Einen Latte Macchiato." Das „bitte", so dachte Gasperlmaier bei sich, das sparte sich die Maggie, das war wohl nicht so ihre Art. Die Maggie hatte die Beine übereinandergeschlagen, sodass ihr schwarzer Rock ziemlich weit die Oberschenkel hinaufgerutscht war und Strümpfe mit auffälligem Stickmuster freigab, die am oberen Rand, der in Gasperlmaiers Sichtweite geraten war, in mehreren farbigen Streifen endeten. Gasperlmaier fand das, was er an einer anderen Frau durchaus wohlwollend zu betrachten geneigt gewesen wäre, an der Maggie einfach ordinär. Und einen Latte Macchiato, so fand Gasperlmaier, den tranken auch nur Schicki-Mickis, die von Kaffee überhaupt nichts verstanden. Seine Christine hatte ihm glaubhaft versichert, dass „Latte Macchiato" eigentlich bloß „gefleckte Milch" bedeutete und früher in Italien als Kindergetränk angeboten wurde, damit die armen Kleinen vom vielen Koffein nachts nicht aufrecht in ihren Betten standen. Heutzutage, dachte Gasperlmaier, wo sich die Jugend mit Energydrinks und gezuckertem Wodka zuschüttete, da war wohl ein wenig Koffein geradezu ein lächerliches Problem dagegen.

Die Frau Doktor hatte noch immer nichts gesagt, als die Maggie ihren Latte in Empfang nahm. „Wir zahlen, bitte!", meinte sie nur, als sich der Ober anschickte, ihren Tisch wieder zu verlassen. „Alles zusammen." Die Maggie grinste hämisch. „Geht wohl auf Spesen, was? Oder lässt sich der Herr Inspektor von der Frau Kommissar aushalten?" Gasperlmaier merkte an den Augenbrauen der Frau Doktor, dass ein Frontalangriff unmittelbar bevorstand. Der Ausbruch kam aber ganz dezent, in einer Lautstärke, die die Frau Doktor dem Kaffeehausgemurmel um sie herum perfekt anpasste. „Liebe Frau Schablinger. Wir machen hier unsere Arbeit, genau wie Sie auch. Vielleicht ist Ihnen ja aufgefallen, dass Sie uns nur deswegen bei einer Pause stören haben können, weil Sie sich selbst auch ein wenig ausrasten wollten und Ihnen nach einem", die Frau Doktor warf das Wort verächtlich hin, „Kaffee! war. Darüber hinaus verrichten wir unsere Arbeit zum Wohl der Gesellschaft, während mich Ihre Arbeit eher an die Tätigkeit von Schmeißfliegen erinnert. Hoffentlich wissen Sie, was die den ganzen Tag so treiben. Und damit Sie nicht übermütig werden, Frau Schablinger: Dieses Gespräch hier hat nie stattgefunden. Das wird der Herr Inspektor Gasperlmaier jederzeit bestätigen. Denn ein paar Tricks, das können Sie mir glauben, die haben auch wir auf Lager. Guten Tag." Damit erhob sich die Frau Doktor, und Gasperlmaier folgte ihr auf dem Fuß. Ein unbeteiligter Beobachter, so fand er, hätte die Abfuhr, die die Frau Doktor der Maggie gerade verpasst hatte, für freundlichen Smalltalk halten können, so sehr hatte sich die Frau Doktor dabei unter Kontrolle gehabt. Beim Hinausgehen begegneten sie dem Kellner, der gerade mit dem Kassenbon auf dem Weg zu ihrem Tisch war. „Die Dame zahlt!", grinste die Frau Doktor auf die Maggie zeigend.

Ehe er sich's versah, stand Gasperlmaier mit der Frau Doktor am Arm wieder unter dem Schirm im Regen. „Zum Auto!“ Als sie in Gasperlmaiers Streifenwagen saßen, waren die Scheiben innen so beschlagen, dass er nicht nur das Gebläse auf Höchststufe laufen ließ, sondern auch noch ein Papiertaschentuch zum Wischen zu Hilfe nahm, das er im Handschuhfach gefunden hatte. „Sie haben recht, Gasperlmaier. Wir treten den beiden Herren jetzt einfach noch einmal kräftig auf die Zehen. Je lästiger wir sind, desto eher haben wir eine Chance, dass sich einer verplappert oder überhaupt niederbricht und gesteht. Zuerst aber gehen wir noch einmal ins Umfeld: zur Schule, wo der Magister Fritzenwallner unterrichtet. Holen wir uns doch ein paar Meinungen über ihn.“

Der Schuldirektor, der sie in der Tourismusschule empfing, war dick, schnaufte und schwitzte stark. Gasperlmaier war noch nie hier herinnen gewesen, er hatte sich bisher erfolgreich vor den Elternsprechtagen gedrückt. Was hätte er die Lehrer auch fragen sollen? So kannte er das Gebäude nur von außen, vom Hinbringen oder Abholen seiner Tochter. Der Direktor war Gasperlmaier nicht sympathisch. Zuerst hatte er sie unnötig lang warten lassen, und jetzt hatte er so eine Art, einmal über einen hinweg, dann wieder geradezu durch einen durchzuschauen, dass man sich recht unerwünscht vorkam. Wortlos, nur durch eine Handbewegung, bot ihnen der Direktor Platz an einem Tisch an und ließ sich dann selber ächzend in einen der Stühle fallen. „Wenn's schnell gehen würde, wär's mir recht!“, eröffnete er das Gespräch. Seine Stimme klang gequetscht, fand Gasperlmaier. „Ich hab nämlich sehr viel zu tun! Und ich wüsste gar nicht, was die

Polizei von mir wollen könnte!" All das stieß er hervor, als machte ihm das Atmen große Mühe, was Gasperlmaier bei seiner Leibesfülle nicht wunderte.

„Wir kommen wegen einem Ihrer Lehrer, Herrn Magister Fritzenwallner", eröffnete die Frau Doktor ihrerseits das Gespräch. Der Direktor zog überrascht die Augenbrauen hoch. „Er wird in keiner Weise eines Verbrechens beschuldigt, er dient uns nur als Zeuge, um die Lebensumstände der zu Tode gekommenen Simone Eisel näher zu beleuchten." Der Direktor öffnete seine auf dem Tisch übereinander liegenden Handflächen fragend nach oben. „Wie Sie sicherlich wissen", fuhr die Frau Doktor fort, „ist Frau Simone Eisel vorgestern tot auf dem Loser aufgefunden worden, wir gehen von Fremdverschulden aus. Herr Magister Fritzenwallner war mit ihr bekannt, sogar sehr gut bekannt, er hat sich hierher versetzen lassen, weil er eine länger andauernde Beziehung mit ihr beenden wollte." Der Direktor lächelte. „Ja, der Fritzenwallner! Ein guter Lehrer, das schon, aber mit den Frauen gibt es bei ihm immer Probleme. Die fliegen auf ihn, ich weiß nicht, warum, und obwohl sie ja wissen müssten, dass er es mit keiner lang hält, finden sich immer wieder welche." Die ablehnende Haltung des Direktors, so schien es Gasperlmaier, schien ein wenig aufzuweichen, seit er zu sprechen begonnen hatte. „Sehen Sie", fuhr die Frau Doktor fort, „und da brauchen wir ein wenig Hintergrundinformation eines Außenstehenden, wir können uns nicht allein auf seine Sicht der Dinge beschränken, wir brauchen sozusagen ein Gesamtbild seiner Persönlichkeit. Und wer wäre da berufener als Sie, Herr Direktor. Sie haben ja bei seiner Einstellung sicher Einblick in seine Fähigkeiten, seine Stärken und Schwächen bekommen." Der Direktor entspannte sich. Die

Frau Doktor war gut darin, den Menschen ein wenig den Bauch zu pinseln, damit sie sich wichtig vorkamen und gesprächig wurden, fand Gasperlmaier. „Von Ihnen, dachte ich mir“, setzte die Frau Doktor noch nach, „bekommen wir sicher klare Fakten und keinen Tratsch, keine unbestätigten Gerüchte.“ Fast schien es Gasperlmaier, als wüchse der Direktor ein klein wenig aus seinem Sessel heraus.

„Der Herr Magister Fritzenwallner. Sie verdächtigen ihn doch nicht etwa?“, fragte der Direktor vorsichtshalber doch noch nach. Die Frau Doktor winkte lächelnd ab, ohne direkt zu antworten. „Sie können sich ja vorstellen, dass die Mädchen ihn anhimmeln, er ist ja wirklich ein gutaussehender Bursche. Ja, aber da kann ich die Hand für ihn ins Feuer legen, mit Schülerinnen, da ist nichts, da kann ich für jeden meiner Lehrer die Hand ins Feuer legen, da würde sich nie einer einer Schülerin auch nur nähern.“

Gasperlmaier musste daran denken, dass ihm seine Christine einmal erzählt hatte, eine ihrer Studienkolleginnen sei mit einem ihrer ehemaligen Lehrer verheiratet. Und sie war bereits seine dritte Ehefrau, und auch die beiden Ehefrauen davor seien ehemalige Schülerinnen gewesen. Dass es so etwas ausgerechnet in der Tourismusschule in Aussee nicht geben sollte, und dass der Direktor sozusagen für alle seine Lehrer und Lehrerinnen einen Persil- und Garantieschein ausstellte, was das sexuelle Interesse an ihren Schützlingen anging, das verwunderte Gasperlmaier ein wenig. Er versuchte, seinen Rücken auf dem Sessel in eine Haltung zu bringen, die seine Nackenschmerzen linderte, doch alles Herumwetzen half nichts. Gasperlmaier griff in seine Jackentasche und drückte eine weitere Schmerztablette aus der Packung. Es musste auch ohne ein Glas Wasser gehen, denn danach zu fragen, wagte er nicht.

„Natürlich ist er häufig mit Damen gesehen worden, warum auch nicht? Er ist ja ledig. Wir hatten eine junge Englischlehrerin, mit der hat er wohl was gehabt, denn sie ist einmal auf seinem Schoß gesessen, im Computerraum für die Lehrer. Die haben sich nicht einmal schrecken lassen, als ich gekommen bin!“ Langsam, so fand Gasperlmaier, kam der Direktor in Fahrt. „Und voriges Jahr, da allerdings, bitte, muss ich mich auf Informationen aus dritter Hand berufen, da war was mit einer Unterrichtspraktikantin, da hat es wohl auch unschöne Szenen gegeben, als er das wieder beenden wollte. Und gehört habe ich auch, dass er mit einer Dame, die im Tourismusbüro arbeitet, etwas gehabt haben soll.“ Der Direktor zuckte die Achseln. „Wissen Sie, früher hätte man da bei Beamten, da hätte man, sozusagen als Vorgesetzter ...“ Er ließ den unvollendeten Satz in der Luft hängen. Die Frau Doktor hatte mit auf die Hand gestütztem Kinn interessiert zugehört. „Sie meinen, da hätte man Einfluss auf den Lebenswandel genommen, damit kein Schatten auf die Beamtenehre fällt?“ Der Direktor nickte eifrig. „Genau! Genau so muss man das sehen. Aber heute ...“ Der sarkastische Unterton der Frau Doktor, so dachte Gasperlmaier bei sich, war dem Direktor anscheinend entgangen. „Könnten wir vielleicht auch noch erfahren, wann der Herr Magister Fritzenwallner am Montag die Schule verlassen hat?“ Der Direktor schreckte auf. „Also, wenn Sie ihn im Verdacht haben, dass er da, dass er da irgendwie ... involviert ...“ „Würden Sie ihn dann gleich suspendieren? Auf einen vagen Verdacht hinauf?“ Der Direktor winkte ab, murmelte Unverständliches vor sich hin und zog sich an seinen Computer zurück, auf dem er eine

Weile herumtippte. Nach einiger Zeit hatte er wohl gefunden, was er suchte. „Der Herr Magister Fritzenwallner hat am Vormittag vier Stunden unterrichtet, bis halb zwölf. Was er danach getan hat, kann ich Ihnen natürlich nicht sagen." „Halb zwölf?" Die Frau Doktor überlegte. „Dann kann er nichts mit der Sache zu tun haben, das würde sich nie ausgehen." Die Frau Doktor sprach mehr zu Gasperlmaier als zum Direktor hin.

„Gnädige Frau!" Die Frau Doktor zuckte kurz zurück, als sie sich verabschiedeten und der Direktor sich anschickte, ihre Hand zu heben. Gasperlmaier befürchtete einen erneuten Handkuss, er war sich nicht im Klaren darüber, warum die Frau Doktor ältere Herren geradezu dazu herauszufordern schien. Gerade noch, so schien es Gasperlmaier, gelang es der Frau Doktor, die Hand des Direktors wieder nach unten zu drücken und nach einem kurzen Schütteln loszuwerden. Es war ihr, das wusste Gasperlmaier aus Erfahrung, sehr wichtig, nicht wie Frauen in längst vergangenen Zeiten behandelt zu werden, was gewisse Galanterien und Hilfeleistungen betraf. Mehrmals hatte er sich den Unmut der Frau Doktor auf diese Weise zugezogen. „Das darf ja wohl nicht wahr sein!", zischte sie Gasperlmaier zu. „Was glaubt denn der! Warum wollen mir hier alle die Hände abschlecken? Machen Sie ja niemals so etwas, Gasperlmaier, ich schwöre, ich schmiere Ihnen dann eine!" Gasperlmaier hatte das unangenehme Gefühl, völlig ohne eigenes Zutun zum Opfer des Zorns der Frau Doktor geworden zu sein.

Als sie gerade dabei waren, die Schule durch den Haupteingang zu verlassen, trat eine junge, dunkelhaarige Frau unauffällig an die Frau Doktor heran, so, als wolle sie ebenso zur Tür hinaus wie sie. Gasperlmaier war ein wenig zurückgefallen und sah, wie sie der Frau Doktor etwas zuflüsterte, konnte aber nichts verstehen. Die Frau Doktor kramte kurz in ihrer Handtasche und reichte der jungen Frau eine Karte, die sich daraufhin sofort von ihr abwandte und in eine andere Richtung davonging.

Der Regen hatte mittlerweile aufgehört, sodass die Frau Doktor seiner Dienste mit dem Regenschirm nicht mehr bedurfte. „Was wollte die denn?“, fragte Gasperlmaier. „Seltsam“, sagte die Frau Doktor, „sie hat mich um meine Telefonnummer gebeten, und ich habe ihr meine Karte gegeben. Sonst hat sie kein Wort gesagt.“ „Ob das eine Schülerin war?“, fragte Gasperlmaier mehr sich selbst als die Frau Doktor, als er ins Auto einstieg. „Schwer zu sagen“, antwortete die Frau Doktor dennoch, „wenn sie eine Schülerin war, dann aus einer der letzten Klassen. Könnte aber auch eine sehr jung aussehende Lehrerin gewesen sein. Oder eine Putzfrau, oder eine Buffetkraft. Was weiß ich. Jedenfalls hoffe ich, dass sie mich anruft und mir was zu sagen hat. Wozu hätte sie sonst meine Telefonnummer wissen wollen?“ „Jedenfalls“, antwortete Gasperlmaier, „wollte sie nicht, dass irgendwer in der Schule mitbekommt, dass sie mit Ihnen reden will.“ „Brillante Schlussfolgerung. Übrigens, Gasperlmaier, wir haben den Schirm drinnen vergessen.“ Gasperlmaier stieg seufzend wieder aus und machte sich auf den Weg zurück zum Sekretariat, vor dem er den Schirm in einen Ständer gestellt hatte. In dem Moment, als er den Gang betrat, läutete es zur Pause. Gasperlmaier wunderte sich, dass die Gänge schon voller Schülerinnen waren, die geschäftig hin und her liefen. Anscheinend, so dachte Gasperlmaier bei sich, unterrichteten manche Lehrer so schnell, dass sie nicht einmal die ganze Stunde dazu brauchten. Gerade als er nach dem Schirm griff, kam die Katharina mit zwei anderen Mädchen um die Ecke. Gasperlmaier sah sie erstaunt an. Er war sich sicher, dass die Katharina heute Morgen einen ordentlichen Pullover angehabt hatte, so warm war es ja nicht gewesen. Jetzt allerdings kam sie ihm mit einem Leibchen mit Spaghettiträgern entgegen, aus dem sogar der BH herausschaute. Ihre zwei Begleiterinnen waren ähnlich spärlich adjustiert, stellte Gasperlmaier fest. „Hallo, Katharina!", war dennoch alles, was ihm einfiel. Die erschrak ganz gewaltig und wollte, Unverständliches murmelnd, an ihm vorbei. Offensichtlich, so stellte Gasperlmaier fest, war es eine Oberpeinlichkeit, seinem Vater, der noch dazu in einer Polizeiuniform steckte, in Begleitung seiner Freundinnen zu begegnen. „Wart halt einmal ein bisschen!" Eigentlich hatte Gasperlmaier vorgehabt, sie nach dem Grund ihrer doch recht fortgeschrittenen Entblößung zu fragen, doch als sich die Katharina umdrehte, war sie sichtlich errötet und zischte ihn an: „Das sind meine Freundinnen! Was willst du? Ich hab keine Zeit!" Gasperlmaier ging alles zu schnell, als dass er darüber nachgrübeln konnte, welchen Vorwurf ihm die Katharina eigentlich machte. Seiner Meinung nach war es nicht unehrenhaft, mit seinem Vater, der immerhin Polizeiinspektor war, zu sprechen. Auch, wenn es in der Schule war. Gasperlmaier kam blitzartig eine Idee. „Eine Frage. Wegen der Mordermittlung." Bewusst hatte er so laut gesprochen, dass die beiden Mädchen, die sich bisher im Hintergrund gehalten hatten, das Wort „Mord" deutlich hören konnten. „Könntest du die beiden kurz wegschicken?", fragte er. Die Katharina drehte sich, immer noch unwirsch, zu den beiden um. „Ich komm gleich!"

„Sag einmal, Katharina, gibt es bei euch eine Lehrerin, die sehr jung ausschaut? Dunkle, lange Haare?

Sie müsste sehr dünn sein. Und sie hat auch schwarze Stiefel an. Kennst du die?“ Ein Detail fiel Gasperlmaier noch ein, das er beobachten hatte können, als sich die Frau der Frau Doktor zugewandt hatte. „Ja, und eine Brille hat sie. Eine ziemlich große, die ist mir aufgefallen.“

Die Katharina zuckte die Schultern. „Keine Ahnung. Gibt's viele. Die Frau Professor Zettel könnte das sein, ja die hat eine so große Brille. Das ist eine Unterrichtspraktikantin. Ich hab sie in Französisch. Keine Ahnung.“

„Hast du sie denn heute schon gesehen? Hat sie Stiefel angehabt?“ Die Katharina, merkte Gasperlmaier, wollte jetzt unbedingt weg. Einige andere Schüler waren schon auf sie aufmerksam geworden und verfolgten das Gespräch aus sicherer Entfernung. „Keine Ahnung. Ja, gesehen schon. Ja, Stiefel, glaub ich, ja. Keine Ahnung.“ Schon war sie weg. Gasperlmaier fragte sich, woher die Unart kam, dass junge Leute heutzutage nahezu jeden Satz, den sie von sich gaben, mit „Keine Ahnung!“ garnierten. Eigentlich, so meinte er, müsste es doch peinlich, ja sogar erniedrigend sein, ständig zugeben zu müssen, von nichts eine Ahnung zu haben. Vielleicht aber war es auch nur eine Verteidigungsstrategie gegen die Neugier der Erwachsenen. Allerdings, so erinnerte sich Gasperlmaier, fiel dieser Einschub auch in Gesprächen der Jugendlichen untereinander sehr häufig. Gasperlmaier erinnerte sich, im Obus in Salzburg einmal Augenzeuge eines Gesprächs unter Jugendlichen geworden zu sein. Einer der Beteiligten hatte die Unterhaltung mit nur zwei Wörtern bestritten, deren eines den Geschlechtsverkehr recht derb umschrieb, während das andere eine völlig unpassende Anspielung auf das Alter seiner Gesprächspartner darstellte. Wegen der Spaghettiträger und dem hervorblitzenden BH, nahm sich Gasperlmaier vor, würde er mit seiner Christine sprechen. Und die dann, so stellte er sich das vor, mit der Katharina.

Gasperlmaier triumphierte. Er konnte der Frau Doktor zumindest einen Hinweis auf die Identität der jungen Frau geben, die um ihre Telefonnummer gebeten hatte. Gasperlmaier setzte sich ins Auto, startete und teilte der Frau Doktor seine Ermittlungsergebnisse freudestrahlend mit.

Dabei achtete er ein bisschen zu wenig auf den Verkehr, während er aus der Parklücke manövrierte, und schrak zusammen, als er gleichzeitig Bremsen quietschen und eine Hupe aufheulen hörte. Mehr als eine unwirsche Geste riskierte der Fahrer des braunen Kombi angesichts des Polizeiautos allerdings nicht, nachdem Gasperlmaier zurückgesetzt und ihn passieren hatte lassen.

Im gleichen Moment durchzuckte ihn die Erkenntnis wie ein Blitz. Es war nicht genau dieses Auto, das er schon einmal gesehen hatte, aber ein ähnliches, älteres Modell von gleicher Farbe. Jetzt wusste er genau, was er auf dem Parkplatz der Tourismusschule in Ischl gesehen hatte, ohne dem zunächst eine Bedeutung beizumessen. Später hatte er es ganz vergessen. Die Frage war allerdings, ob er das der Frau Doktor unbedingt jetzt mitteilen sollte. Was würde sie dazu sagen, wenn er ihr erklären musste, dass er den braunen Passat, der ihnen vorgestern, vom Loser herunterkommend, begegnet war, später vor der Ischler Tourismusschule wiedergesehen hatte?

Zuerst allerdings musste er von seinem Ermittlungserfolg berichten. „Die Frau, die von Ihnen die Telefonnummer wollte, das ist wahrscheinlich eine Unterrichtspraktikantin hier in der Schule. Die Katharina hat mich darauf gebracht, ich bin ihr drinnen begegnet." „Interessant!" Die Frau Doktor schaute ihn fragend an, wohl in der Annahme, er habe noch mehr Informationen aus seiner Tochter herausgeholt. „Ja, sie heißt Zettel, und sie ist die Französischlehrerin meiner Tochter. Meint sie." Gasperlmaier wurde sich plötzlich der Tatsache bewusst, dass er gar nichts davon mitbekommen hatte, dass seine Tochter Französisch lernte. Er musste sich unbedingt mehr um seine Kinder kümmern.

„Was meint sie? Dass sie ihre Französischlehrerin ist? Das sollte sie aber schon wissen!" Die Frau Doktor, so dachte Gasperlmaier bei sich, war manchmal auch ein wenig begriffsstutzig. „Nein, sie meint, dass die Frau, die ich ihr beschrieben habe, dass das die Frau Magister Zettel sein könnte." „Wie auch immer, Gasperlmaier, wir fahren jetzt wieder nach Ischl!", sagte die Frau Doktor. Gasperlmaier war enttäuscht, dass sein Erfolg nicht so honoriert wurde, wie er sich das vorgestellt hatte. Was er sich eigentlich vorgestellt hatte, wusste er selber nicht so genau. Vielleicht hatte er gemeint, die Frau Doktor müsse ihm um den Hals fallen vor Dankbarkeit. Gasperlmaier wurde ein wenig warm ums Herz bei dem Gedanken. Er selbst, der strahlende Held der Ermittlungen, und die Frau Doktor, die ihm vor Dankbarkeit um den Hals fiel. Gasperlmaier wischte seine Gedanken beiseite und bemühte sich, sich auf das Lenken des Autos zu konzentrieren.

„Wir werden noch einmal mit dem Herrn Magister Eisel reden. Vielleicht bequemt er sich ja zu einem Geständnis." Das war Gasperlmaier nur recht. Nach Ischl, dachte er, mussten sie sowieso, um dem braunen Passat auf die Spur zu kommen. Da hatte er zumindest ein wenig Zeit, sich zu überlegen, wie er der Frau Doktor gegenüber seine Beobachtungen darstellen würde.

Das Handy der Frau Doktor läutete. Gasperlmaier fiel auf, dass sie einen neuen Klingelton eingestellt hatte. Er kannte das Lied, nur fiel ihm, wie üblich, natürlich nicht ein, wie die Sängerin hieß. Schwarz, dessen war er sich sicher, war sie jedenfalls. „Ja, guten Tag", sagte die Frau Doktor. „Wollen Sie mir nicht sagen, wer Sie sind?" Gasperlmaier wurde hellhörig. „Ja, jetzt geht es leider nicht. Ich bin gerade auf dem Weg ... Ich bin jedenfalls nicht in Aussee." Die Frau Doktor hörte eine Weile zu, Gasperlmaier konnte zwar hören, dass eine Frau sprach, aber was sie sagte, blieb ihm verborgen, dazu war die Stimme zu leise. „Vielleicht gegen Abend?" Wieder sprach die Anruferin. „Ja, fällt Ihnen was ein, wo das möglich ist? Wo vielleicht bei diesem Wetter niemand hinkommt?" Wenig später beendete die Frau Doktor das Gespräch, und Gasperlmaier riskierte einen interessierten Seitenblick. „Das war die Frau, die mich vor der Schule um meine Telefonnummer gebeten hat." Gasperlmaier hatte sich schon so etwas gedacht. „Die Frau Magister Zettel." „Na, ihren Namen hat sie mir nicht genannt. Leider. Sie will mich treffen. Am Parkplatz Dachsteinblick, an der Pötschenstraße. Wissen Sie, wo das ist?" Natürlich kannte Gasperlmaier den Parkplatz. Wie der Name richtig verhieß, hatte man von dort einen wunderbaren Ausblick auf den Dachstein, der natürlich, fand Gasperlmaier, nicht mit dem zu vergleichen war, den man von der Seewiese hinten am Altausseer See genoss. Außerdem beherbergte der Parkplatz einen Würstelstand, bei dem der Kahlß Friedrich und er schon öfters eine Jause eingenommen hatten.

Als sie die Pötschenhöhe passiert hatten und Gasperlmaier den Opel den Berg hinunter, auf St. Agatha zu, lenkte, fand er, es wäre Zeit, sich der Frau Doktor anzuvertrauen.

„Wir fahren nicht zum Magister Eisel.“ Obwohl Gasperlmaier stur nach vorne blickte, in die Gischt, die ein Silotransporter vor ihm in die Luft schleuderte, konnte er förmlich spüren, wie die Augenbrauen der Frau Doktor nach oben wanderten. „Es ist nämlich so“, nahm Gasperlmaier Anlauf. „Der braune Kombi, der mir da vorher fast hineingefahren wäre, der hat mich auf eine Idee gebracht.“ Gasperlmaier holte tief Luft. „Eine Idee war es eigentlich nicht, denn das wäre ja was Spontanes. Da war die letzten Tage immer was, an was ich mich zu erinnern versucht habe.“ Die Frau Doktor wandte sich ihm zu, und Gasperlmaier wagte einen kurzen Seitenblick. Die Augenbrauen waren unten. „Machen Sie’s nicht so spannend, Gasperlmaier! Heraus damit!“ „Also, wie der Kahlß Friedrich und ich vorgestern auf den Loser hinaufgefahren sind, wegen dem Anruf, da ist uns ein brauner Passat entgegengekommen. Er ist mir nur aufgefallen, weil sonst überhaupt kein Verkehr war, weil ja das Wetter so schlecht war. Und außerdem hat er es ziemlich eilig gehabt, war mein Eindruck.“ Der Silotransporter vor ihm wurde immer langsamer, wohl weil er das Polizeifahrzeug hinter sich bemerkt hatte, mutmaßte Gasperlmaier. Er verzichtete jedoch auf ein Überholmanöver, denn er musste sich darauf konzentrieren, was er der Frau Doktor mitzuteilen hatte. „Und den braunen Passat, den habe ich gestern vor der Ischler Tourismusschule wiedergesehen. Also, ich meine, den gleichen Typ. Ob es wirklich dasselbe Auto war, das kann ich natürlich nicht wissen.“ Im Rückspiegel bemerkte Gasperlmaier, dass sich hinter ihnen bereits eine ansehnliche Kolonne gebildet hatte. Niemand überholte gern ein Polizeiauto, schon gar nicht bei Regen und schlechter Sicht. „Und das ist Ihnen nicht früher eingefallen?“ Gasperlmaier hatte sich gegen die Kritik gewappnet. „Gestern und heute, den ganzen Tag schon, habe ich so ein Gefühl gehabt, dass ich was Wichtiges übersehen habe, und einmal, gestern, als wir aus dem Krankenhaus gekommen sind, da ist es mir fast wieder eingefallen. Als Sie abgeholt worden sind." „Ah, ja?" Die Frau Doktor klang ein wenig sarkastisch, fand Gasperlmaier. Vielleicht war in seiner Stimme ja doch so etwas wie Eifersucht oder Vorwurf mitgeklungen. „Ja, und es ist mir halt erst jetzt wieder eingefallen. Als ich so ein ähnliches Auto gesehen habe." Gasperlmaier war entschlossen, dieses Gespräch jetzt zu einem für ihn positiven Ende zu bringen. „Und jetzt habe ich mir gedacht, fahren wir noch einmal zur Tourismusschule und schauen, ob das Auto dort steht. Und wenn es dort steht, finden wir sicher heraus, wem es gehört, und fragen den einmal, was er denn am Montagvormittag auf dem Loser gemacht hat." „Richtig gedacht, Gasperlmaier. Und, danke für die Beobachtung. Wenn Sie recht haben, müssen Sie sich jetzt innerlich auf die Verhaftung eines Mörders einstellen. Das kann gefährlich werden!" Die Frau Doktor langte unter ihre Jacke und klopfte auf das Holster, in dem sie ihre Glock 17 trug. Gasperlmaier war zufrieden, dass die Sache damit anscheinend in Ordnung war, hoffte aber, dass die Frau Doktor ein wenig übertrieben hatte. Auf eine Schießerei in einer Schule voller Kinder hatte er absolut keine Lust.

In St. Agatha bog der LKW, der sich noch immer vor ihnen befand, zu einer Tankstelle ab. Gasperlmaier stellte im Rückspiegel fest, dass der Laster hinter ihnen gleich wieder auf die Bundesstraße einbog, ohne zu tanken. Wahrscheinlich, dachte Gasperlmaier bei sich, hat er sich von mir verfolgt gefühlt und wollte mich abschütteln. In Gasperlmaier kam die Lust auf, den

LKW anzuhalten und seinen Fahrtenschreiber zu kontrollieren. Doch damit, das wusste er, durfte man sich jetzt nicht aufhalten.

Der Parkplatz der Tourismusschule war noch voll belegt, es war ja noch am Vormittag. „Fahren Sie einmal vorsichtig eine Runde und schauen wir, ob das Auto dasteht", sagte die Frau Doktor. Doch kaum war Gasperlmaier auf den Parkplatz eingebogen, manövrierte ihnen gegenüber ein brauner Kombi aus einer Parklücke heraus. „Schauen Sie, Gasperlmaier! Ist er das?" Gasperlmaier bemühte sich, zwischen den Autos hindurch einen guten Blick auf das Fahrzeug zu erhaschen, was schwierig war. Farbe und Form schienen mit seiner Erinnerung übereinzustimmen. „Schon, glaub ich!" „Verfolgen!", befahl die Frau Doktor. „Aber mit Abstand! Scheiße, dass wir jetzt kein Zivilfahrzeug zur Verfügung haben!" Gasperlmaier war erstaunt über die derbe Ausdrucksweise der Frau Doktor, tat aber, was er konnte. Im Leben nicht hätte er sich träumen lassen, dass er einmal eine Verfolgungsjagd im Auto erleben würde, noch dazu am Steuer. Es kamen ihm Zweifel, ob er und der Opel der Herausforderung gewachsen sein würden. Gerade als Gasperlmaier am hinteren Ende des Parkplatzes um die geparkten Autos herum wendete, verschwand der braune Passat auf der Straße in Richtung Innenstadt. Jetzt hatte ihn Gasperlmaier ganz genau erkennen können. „Gas! Gas!", befahl die Frau Doktor. Gasperlmaier trat ordentlich auf das Gaspedal und überquerte den Parkplatz in, aus seiner Sicht, halsbrecherischer Geschwindigkeit. Mit quietschenden Reifen folgte er dem Passat. „Solange wir ihn nicht sehen, drücken Sie drauf, wenn wir ihn in Sicht haben, Abstand!", ordnete die Frau Doktor an. Nach wenigen hundert Metern Fahrt und einer Kreuzung, bei der

Gasperlmaier kurz anhalten musste, kam der Kombi wieder in Sicht. Gasperlmaier nahm den Fuß vom Gaspedal, als der Passat aber um die nächste Linkskurve verschwand, trat er es wieder bis zum Boden durch, dass der Motor nur so aufheulte. Die Sache begann ihm Spaß zu machen. Nach der Linkskurve allerdings war der Wagen verschwunden. „Gas! Gas!“ Die Frau Doktor, so schien es Gasperlmaier, wurde ein wenig nervös. Nach der nächsten Rechtskurve kam er Gott sei Dank wieder in Sicht. Er musste an einer Kreuzung halten. Gasperlmaier blieb nun nichts anderes übrig, als dicht aufzuschließen und sich hinter dem Passat in die Schlange einzureihen. „Ruhig bleiben, Gasperlmaier. Jetzt können wir ohnehin nichts mehr machen. Wenn's grün wird, machen wir weiter wie zuvor.“

Gott sei Dank fuhr der Wagen vor ihnen nach wenigen Sekunden wieder an. Gasperlmaier hatte den Rückspiegel des Passat, so gut es ging, beobachtet und keine Augen darin wahrgenommen. Die Chancen standen gut, dass der Fahrer – oder die Fahrerin – nicht wusste, dass er verfolgt wurde. Die Frau Doktor zückte ihr Handy. „Schaust du mir kurz einen Fahrzeughalter nach?“ Sie gab die Nummer des Passat durch und legte wieder auf.

Plötzlich bog das Auto, ohne zu blinken, links ab. Ob er doch Lunte gerochen hatte? Gasperlmaier schaffte die Kurve gerade noch und folgte in gebührendem Abstand. Er fragte sich, wie lang das noch so weitergehen sollte. Als sie die Tänzlgasse entlangfuhren, bremste Gasperlmaier abrupt ab. „Was ist los? Haben Sie ihn verloren?“ „Ich nicht!“, antwortete Gasperlmaier, „er ist rechts auf den Parkplatz gefahren. Sollen wir ihm da auch nach?“ Die Frau Doktor riss die Tür auf. „Wissen Sie was, Gasperlmaier? Ich versuch's zu Fuß, und Sie folgen unauffällig mit dem Auto.“ Das sagte sich leicht, dachte Gasperlmaier bei sich, mit einem Polizeifahrzeug unauffällig einem Fußgänger zu folgen. Gasperlmaier setzte ein Stück zurück, damit sein Fahrzeug wenigstens teilweise von einem Gebäude verborgen wurde. Die Frau Doktor hatte hinter einem Lieferwagen Deckung gesucht und beobachtete den Fahrer des Wagens beim Aussteigen. Gasperlmaier konnte nicht erkennen, wer es war. Er war zu weit weg und kehrte ihm den Rücken zu. Gasperlmaier umrundete den Parkplatz und fuhr die Kurhausstraße langsam wieder hinunter. Jetzt konnte er beide sehen: Die Frau Doktor war hinter einem Mann in schwarzer Lederjacke her, der zielstrebig, dessen war sich Gasperlmaier sicher, dem Café Zauner zustrebte. Er hielt an und überlegte, was zu tun sei. Gerade als er wieder anfuhr, piepte sein Handy. Gasperlmaier hielt wieder an. „Er ist ins Café Zauner gegangen. Gleich daneben ist ein Eiskiosk. Dort warte ich auf Sie.“ Da der Verdächtige jetzt ohnehin im Café war, machte Gasperlmaier nicht viele Umstände und stellte sein Fahrzeug am Straßenrand ab. Die Polizei, so dachte er bei sich, konnte im Einsatz ja wohl parken, wo sie wollte. Dennoch hoffte er, dass die oberösterreichischen Kollegen sein Auto nicht zum Gegenstand einer Amtshandlung machen würden, schließlich war ja leicht zu erkennen, dass der Wagen aus der Steiermark kam und streng genommen hier nichts zu suchen hatte.

Als Gasperlmaier ausstieg, musste er schmerzlich zur Kenntnis nehmen, dass die Wirkung seiner Schmerztablette schon wieder nachließ. Missmutig starrte er auf seine Halskrause, die immer noch auf dem Rücksitz lag, konnte sich aber dennoch nicht dazu entschließen, sie wieder umzulegen.

Vor dem Kiosk traf er tatsächlich auf die Frau Doktor, die ein wenig nass geworden war, denn sie hatte in der Eile ihren Schirm im Auto vergessen. Die paar feuchten Strähnen, die ihr am Gesicht festklebten, standen ihr gut, fand Gasperlmaier. „Was machen wir jetzt?“, fragte er. „Jetzt gehen wir hinein, setzen uns an seinen Tisch und nutzen den Überraschungseffekt für uns.“ Irgendwie, fand Gasperlmaier, hätten sie das einfacher als mit einer Verfolgungsjagd haben können. „Ich habe ihn übrigens erkannt. Wir haben mit dem Herrn schon einmal gesprochen. Gasperlmaier dämmerte es. „Die Lederjacke! Das ist doch der, der uns am Parkplatz gestern angesprochen hat! Wie hieß der schnell noch einmal?“ Gasperlmaier konnte sich an den Namen nicht mehr erinnern. „Loisenhammer. Friedrich Loisenhammer.“ Die Frau Doktor drückte die Tür auf und blickte sich um. Gasperlmaier sah den Friedrich Loisenhammer gleich rechter Hand an einem Tisch sitzen, auf den die Frau Doktor rasch zusteuerte. Der Magister Loisenhammer staunte mit offenem Mund, als sie sich den Stuhl neben ihm schnappte. Gasperlmaier nahm den letzten freien am Tisch und setzte sich ebenfalls. „Laufen Sie mir weg, wenn ich Ihnen nicht gleich Handschellen anlege?“ Die Frau Doktor hatte fast geflüstert, dennoch dachte Gasperlmaier bei sich, dass ihr es wohl gelungen war, den Magister Loisenhammer zu überraschen. Der schnappte nämlich nur nach Luft und war, so fand Gasperlmaier, völlig verdattert. Bevor er sich noch zur Frage der Frau Doktor äußern konnte, trat der Kellner an ihren Tisch. „Ein Roastbeef- und ein Lachsbrötchen, der Herr. Und ein Seidel.“ Er stellte alles auf den Tisch. Gasperlmaier verspürte eine gewisse Leere in seinem Magen. Die Würstel vom Café Lewandofsky waren schließlich schon eine ganze

Weile her. Er fragte sich, wie es sein konnte, dass er mit der Frau Doktor immer wieder in Lokalen landete, die nicht ganz seinem eigenen Geschmack entsprachen. Eine Essigwurst, so dachte er bei sich, wäre ihm selbst allemal lieber gewesen als die lackierten Brötchen, die der Magister Loisenhammer da vor sich stehen hatte. Obwohl, so schlecht sahen sie auch wieder nicht aus.

„Die Herrschaften?“ Der Kellner wandte sich an die Frau Doktor. „Einen Cappuccino“, bestellte die. Gasperlmaier war verunsichert. Sollte er nachfragen, ob außer Lachs und Roastbeef auch noch einfachere Speisen zur Verfügung standen? Sollte er sich ebenfalls ein Bier bestellen? Die Zeit war zu kurz, um die Überlegungen zu einem Abschluss zu bringen. „Auch!“, nickte Gasperlmaier daher dem Kellner zu, obwohl er eigentlich keine rechte Lust auf einen aufgeschäumten Milchkaffee verspürte.

„So!“ Die Frau Doktor grinste dem Magister Loisenhammer ins Gesicht. Der starrte ängstlich irgendwo gegen das Kinn der Frau Doktor und wagte die Augen nicht zu heben. „Haben Sie keinen Hunger mehr? Essen Sie doch! Trinken Sie doch!“ Fast grausam fand es Gasperlmaier, wie die Frau Doktor den armen Magister Loisenhammer zappeln ließ. Möglicherweise, so dachte er bei sich, hat ihn die Simone Eisel auch so zappeln lassen, und da hat ihn die Wut gepackt, und er hat sie die Felswand hinuntergeschmissen. Gleichzeitig verbat sich Gasperlmaier solche Gedankengänge. Wut hin oder her, wozu gab es schließlich eine Zivilisation und ein Hirn. Man konnte nicht jeder Gefühlsregung freien Lauf lassen. Schon gar nicht, wenn sie jemand anderen das Leben kostete. Der Magister Loisenhammer nahm einen Schluck von seinem Bier, mehr aus Gehorsam, wie es Gasperlmaier schien, als aus Gusto oder innerem Drang. Wiederum wurden sie unterbrochen, als der Kellner die bestellten Cappuccini vor sie hinstellte. Gasperlmaier sah eine günstige Gelegenheit gekommen, fischte abermals eine Tablette aus seiner Jackentasche und nahm einen tiefen Schluck aus dem mitgelieferten Wasserglas. Danach versuchte er, die beiden Zuckerstücke in der Kaffeetasse unterzubringen. Was nicht einfach war, da der Milchschaum die Tasse bis über den Rand füllte. Als die Zuckerstücke langsam hinuntersanken, quoll der Schaum über den Rand der Tasse und floss langsam daran hinunter. Gasperlmaier sah ratlos zu.

„Wir waren also am Montag nicht auf einem Seminar, sondern am Loser." Die Frau Doktor grinste immer noch, hatte sich zurückgelehnt und die Arme vor der Brust verschränkt. Der Magister Loisenhammer lief langsam rot an. „Ich ... ich", er räusperte sich, „ich war auf einem Seminar. In Traunkirchen. Im Hotel Post." Selbst Gasperlmaier konnte allein an der belegten Stimme klar erkennen, dass das gelogen war. Der Blick des Magister Loisenhammer irrte unstet herum, die Finger beider Hände hatte er ineinander verhakt und knetete unruhig daran herum. Die Frau Doktor schwieg und ließ ihm Zeit. Wie bei einem Fisch am Angelhaken, fand Gasperlmaier, da musste man auch von Zeit zu Zeit nachlassen und dem Fisch wieder mehr Leine geben, um ihn müde zu machen. Damit er nicht, solange er noch bei Kraft war, die Leine abriss. „Wenn wir das überprüfen würden, würde sich jemand an Sie erinnern?" Der Magister Loisenhammer zuckte mit den Schultern. „Es gibt eine Anwesenheitsliste." „Auf der jemand anderer für Sie unterschrieben hat vielleicht?" Die Frau Doktor gab sich so zuckersüß, dass selbst der Magister Loisenhammer, war er auch noch so unsensibel, merken musste, dass die Freundlichkeit nur vorgeschoben war. Die Frau Doktor nahm einen Schluck von ihrem Kaffee. Gasperlmaier tat es ihr gleich. „Schmecken Ihnen die Brötchen vielleicht nicht? Weil Sie gar nicht essen?“ Jetzt, fand Gasperlmaier, übertrieb es die Frau Doktor. Man musste den Magister Loisenhammer ja nicht vorsätzlich quälen. Der war inzwischen nahezu völlig erstarrt. Nur sein Adamsapfel zuckte nervös. „So!“ Die Frau Doktor klopfte auf den Tisch, wie eine Lehrerin, der die Faxen des Schülers, den sie gerade prüfte, zu bunt wurden. „Ich werde Ihnen sagen, was am Montag geschehen ist: Sie waren mit der Frau Eisel auf dem Loser, Gott weiß, wieso die mit Ihnen da hinaufgestiegen ist, es kam aus irgendeinem Grund zu einer massiven Auseinandersetzung, und Sie haben sie gewürgt und hinuntergestoßen. Möglicherweise haben Sie das alles sogar von langer Hand geplant. Vielleicht, weil sie nicht mehr mit Ihnen schlafen wollte, vielleicht, weil sie überhaupt nicht mit Ihnen schlafen wollte. Vielleicht haben Sie sich aber auch bloß eine Ohrfeige eingefangen, weil Sie ihr an den Busen gegangen sind. Gekränkte Eitelkeit ist ja schwer zu verkraften, nicht? Da muss man dann natürlich gleich schweres Geschütz auffahren. Unter Totschlag oder Mord tut man's da natürlich nicht!“

Die Frau Doktor war nun doch ein wenig lauter geworden. Es waren zwar nur wenige Tische besetzt, doch nahezu alle Gäste in der näheren Umgebung, stellte Gasperlmaier fest, blickten nun zu ihrem Tisch herüber. Teils mit vor Schreck geöffneten Mündern. Die Wörter „Mord“ und „Totschlag“ hatten sie wohl mitbekommen. Wann konnte man beim Zauner, neben den fantastischen Mehlspeisen, schon die Verhaftung eines Mörders als Zuspeise genießen?

„Ich geb's ja zu, ich war auf dem Loser, aber es war nicht so, wie Sie denken!" Der Magister Loisenhammer bemühte sich, trotz seiner Aufgeregtheit zu flüstern. Dabei sonderte er ein wenig Speichel ab, der ihm das Kinn hinunterlief, von seinem Klobrillenbart aber aufgesogen wurde, wie es Gasperlmaier schien. Die Frau Doktor beugte sich zu ihm hinüber. „Wir gehen jetzt ganz langsam hinaus. Der Herr Inspektor vor, dann Sie, und ich hinter Ihnen. Wir wollen ja nicht noch mehr unnötiges Aufsehen, nicht wahr? Und wenn Sie auch nur eine einzige falsche Bewegung machen, dann schieß ich Ihnen von hinten ins Knie. Haben Sie alles verstanden?" Der Magister Loisenhammer schlotterte, nickte aber beflissen. Gasperlmaier hoffte, dass er sich nicht in die Hose machte und dass die Frau Doktor ihre Drohung nicht wahrmachen würde müssen. Die Frau Doktor gab ihm ein Zeichen, aufzustehen, und Gasperlmaier machte sich gemessenen Schrittes auf den Weg zum Ausgang. Hinter sich hörte er die Frau Doktor. „Sie kennen den Herrn? Dann schreiben Sie's auf, er wird sicher irgendwann einmal wiederkommen. Kann aber länger dauern." Gasperlmaier wandte sich um und sah die Serviererin hinter der Glasvitrine mit den Mehlspeisen mit offenem Mund staunen und gleichzeitig nicken. Zum zweiten Mal, fiel ihm ein, waren sie heute eine Zeche schuldig geblieben. Das war nicht ganz nach seinem Geschmack.

Dann waren sie draußen. „Ich lege Ihnen jetzt Handschellen an", sagte die Frau Doktor zum Magister Loisenhammer. „Wenn Sie Aufsehen vermeiden wollen, ziehen Sie Ihre Lederjacke aus, die kann ich dann über die Handschellen hängen."

Gasperlmaier fragte sich, ob die Frau Doktor nicht doch ein wenig voreilig handelte. Immerhin hatten sie keinen Beweis dafür in der Hand, dass der Magister Loisenhammer der Täter war, sie mussten auf ein Geständnis oder weitere Ermittlungsergebnisse hoffen. Gasperlmaier konnte sich einfach nicht vorstellen, dass die Frau Eisel freiwillig mit dem doch eher unattraktiven Magister Loisenhammer auf den Loser gestiegen sein sollte, noch dazu bei schlechtem Wetter.

Die Frau Doktor setzte sich mit dem wimmernden Magister Loisenhammer auf den Rücksitz. Der, so fand Gasperlmaier, hatte nun wirklich jede Würde verloren und heulte wie ein Kleinkind. „Sie tun mir unrecht! Ich hab ja nichts getan!“, jammerte er immer wieder schniefend. Gasperlmaier wollte es einfach nicht glauben, dass so eine Jammergestalt dazu fähig gewesen sein sollte, die Simone Eisel vom Loser hinunterzustoßen. „So!“, sagte die Frau Doktor, nachdem Gasperlmaier den Motor angelassen hatte. „Und jetzt erzählen Sie mir einmal, was Sie auf dem Loser vorgestern getrieben haben.“ „Was ist denn mit meinem Auto?“, jammerte der Magister Loisenhammer. „Ich hab es doch auf dem Gebührenparkplatz abgestellt! Was glauben Sie, was das kostet? Und wer holt es ab?“ Die Frau Doktor, so konnte Gasperlmaier im Rückspiegel beobachten, schüttelte den Kopf und zischte verächtlich. „An Ihrer Stelle würde ich mir jetzt ganz andere Sorgen machen. Und in ein paar Jahren, wenn Sie aus dem Gefängnis heraußen sind, glauben Sie mir, da ist der alte Kübel längst abgeschleppt und in der Schrottpresse entsorgt.“ Der Magister Loisenhammer schluchzte laut auf und Gasperlmaier fand wiederum, dass die Frau Doktor ihn weit über die Maßen quälte.

„Na? Was haben wir gemacht auf dem Loser? Frauen ermordet? Wir haben nämlich noch eine zweite Leiche! Waren Sie das auch?“ Der Magister Loisenhammer heulte auf. „Nein!“ Und unter lang anhaltendem Schluchzen und Schniefen erzählte er schließlich seine Version von dem, was auf dem Loser vorgestern passiert war. „Wissen Sie, ich hab die Simone Eisel verehrt. Ich hab natürlich gewusst, jeder hat das gewusst, dass sie es auch mit anderen Männern hält, und ich war halt auch scharf auf sie. Aber selbst wenn ich es auf die humorvolle Art probiert habe, hat sie mich abblitzen lassen.“ Gasperlmaier wunderte das nicht. Weder war der Magister Loisenhammer, wie er fand, besonders attraktiv, noch war er ihm bisher als besonders charmant oder gar humorvoll aufgefallen. Gasperlmaier erinnerte sich, in welchem Ton er die Frau Doktor gestern abgekanzelt hatte, als sie vor dem Schuleingang geparkt hatten. „Ich bin ihr am Montag gefolgt, anstatt zum Seminar zu fahren. Ich hab ja gewusst, dass sie ein Sabbatical macht, und hab mich im Auto gegenüber ihrer Wohnung hingestellt. Sie musste ja zu Hause sein.“ „Machen Sie das öfter, Frauen vor ihrer Haustür auflauern?“, fragte die Frau Doktor scharf dazwischen. Der Magister Loisenhammer schwieg eine Weile. „Ich ... ich hab ja keine Freundin. Und es ist so schwer, wen kennenzulernen. Man hat ja nicht so viele Gelegenheiten, dass man jemand Neuen treffen kann“, meinte er unsicher. „So so. Der Herr Magister ist also der klassische Stalker.“ Die Frau Doktor atmete hörbar tief ein. „Das heißt, Sie sind wiederholt in Ihrem Auto gesessen und haben darauf gewartet, dass die Simone Eisel aus ihrer Wohnung kommt, und sie dann verfolgt?“ „Was heißt verfolgt? Ich wollte doch nur, ich habe ja nur nach einer günstigen Gelegenheit gesucht, um ...“ Scharf unterbrach ihn die Frau Doktor. „Um sie sexuell zu belästigen? Um sie zu würgen? Um sie zu ermorden?“ „Nein! Nein!“, schrie der Magister Loisenhammer, dass Gasperlmaier fast das Auto verriss, so erschrocken war er. „Zum Beispiel zu einem Kaffee einladen! So tun, als ob wir uns zufällig treffen, und dann miteinander ins Café gehen! Mehr wollte ich ja gar nicht!“ „Na, da machen Sie sich einmal auf etwas gefasst!“, sagte die Frau Doktor. „Der Staatsanwalt wird Sie in der Luft zerreißen, wenn Sie ihm mit so was kommen!“

„Ich will einen Anwalt!“, wimmerte der Magister Loisenhammer. „Ja, ja. Später. Einstweilen vernehmen wir Sie ja nur als Zeugen.“ „Mit Handschellen?“, fragte der Magister Loisenhammer verdutzt. „Na ja, Sie haben uns ja tätlich angegriffen, oder nicht? Stimmt's, Gasperlmaier?“ Gasperlmaier war nicht ganz wohl dabei, als er zustimmend nickte. Er konnte sich des Gefühls nicht erwehren, dass die Frau Doktor gewisse Vorurteile dem Magister Loisenhammer gegenüber hegte und sie ihn deswegen gar so hart anfasste. Schließlich erzählte der weiter. „Ich hab mich schon gewundert, dass sie nach Altaussee fährt. Und dann, als sie in Richtung Loser abgebogen ist, hab ich mich weit zurückfallen lassen. Ich hab mir einfach nicht vorstellen können, was sie bei dem Sauwetter da oben will. Bei der Abzweigung hinten bin ich dann nicht den Loser hinauf, sondern zur Blaa-Alm weitergefahren, weil ich mir gedacht habe, dass es wahrscheinlicher ist, dass sie dort ist. Und als ich das Auto nicht gesehen habe, habe ich mir dort zwei Bier und eine Gulaschsuppe gekauft. Das können Sie gern überprüfen. Weil ich mich so geärgert habe, dass ich ganz umsonst das Seminar geschwänzt habe. Wie ich dann bei der alten Mautstelle vorbeigekommen bin, bin ich doch noch auf den Loser hinauf, ich kann gar nicht mehr sagen, warum. Natürlich habe ich niemanden oben gesehen, ich hab nicht einmal ihr Auto gefunden. Obwohl es doch da oben irgendwo sein hat müssen. Und dann bin ich wieder hinuntergefahren. Ich kann mich sogar daran erinnern, dass ich einem Polizeiauto begegnet bin. Sogar, dass der ziemlich in der Mitte gefahren und erst im letzten Moment ausgewichen ist. Ich hab schon gedacht, der wird umdrehen und mir nachfahren."

Die Frau Doktor hatte geschwiegen und zugehört, solange der Magister Loisenhammer geredet hatte. Womöglich, so dachte Gasperlmaier bei sich, überlegte sie jetzt, ob er nicht doch die Wahrheit sagte. Und dass man einer Frau heimlich hinterherstieg, wenn man von ihr was wollte, das fand der Gasperlmaier zwar nicht wirklich aufrichtig, aber doch immerhin verständlich und glaubwürdig. Wo der Herr Magister Loisenhammer doch so offensichtlich unter einem gewissen erotischen Notstand zu leiden schien.

„Wir bringen Sie jetzt erst einmal nach Liezen, Herr Magister", sagte die Frau Doktor. „Im Bezirkspolizeikommando werden wir einen Abstrich für eine DNA-Probe machen, Fingerabdrücke nehmen, und dann werden wir Ihre Aussage Punkt für Punkt noch einmal durchgehen und ein Protokoll anfertigen. Und wehe, wenn da auch nur der kleinste Widerspruch auftaucht! Dann sind Sie geliefert! Und glauben Sie mir, wenn Sie die Frau Eisel angefasst haben, dann werden wir auch Ihre DNA an ihrem Körper finden! So schnell können Sie gar nicht schauen, wie Sie dann das Klassenzimmer mit der Gefängniszelle vertauschen werden!" Die Frau Doktor, das konnte Gasperlmaier deutlich spüren, war wütend. Ob der Grund aber ihre Abneigung dem Verdächtigen gegenüber oder die dürftige Faktenlage war, die nur wenige Anhaltspunkte bot, um den Magister Loisenhammer festzunageln, darüber konnte Gasperlmaier nur spekulieren.

Gasperlmaier hatte einen unglaublichen Hunger, doch mit dem Verdächtigen im Auto, und mit der Frau Doktor noch dazu, war an ein vernünftiges Mittagessen wohl nicht zu denken. Obwohl, so stellte er mit einem sorgenvollen Blick auf die Uhr in seinem Dienstfahrzeug fest, es schon auf zwei Uhr zuging. Den Vorschlag, bei einem Supermarkt anzuhalten, verkniff er sich. Was sollte man denn mit dem gefesselten Magister Loisenhammer anfangen? Ihn vielleicht mitnehmen und mit einer Wurstsemmel füttern? Gasperlmaier erinnerte sich an die Brötchen mit Roastbeef und Lachs, die der Magister Loisenhammer nahezu unangetastet stehen lassen hatte müssen, weil ihm einerseits der Appetit vergangen und andererseits seine Festnahme dazwischengekommen war.

11

„Du, Kahlß!“ Gasperlmaiers Anrede fiel äußerst undeutlich aus, weil er gerade den Kampf mit einem saftigen Stück Leberkäse aufgenommen hatte. „Eines wissen wir jetzt wenigstens, wenn der Magister Loisenhammer die Wahrheit sagt.“ Der Kahlß Friedrich hatte gerade ein Stück Hartwurst auf die Spitze seines Messers aufgespießt und hielt ein Gurkerl in der freien Hand. Während er sich beides einverleibte und zu kauen begann, schaute er fragend zu Gasperlmaier hinüber, der nun wieder seine Halskrause trug. Auf dem Posten schien ihm das noch am ehesten erträglich. „Das Auto geht ab!“, informierte Gasperlmaier seinen Vorgesetzten etwas kryptisch, während der sorgfältig eine weitere Scheibe Hartwurst heruntersäbelte.

Die Frau Doktor war mit ihrem Verdächtigen nach Liezen gefahren, und so blieben Gasperlmaier und der Kahlß Friedrich für den Rest des Nachmittags ihren Routinetätigkeiten überlassen, die, so hoffte Gasperlmaier, weder allzu große Anstrengungen noch unliebsame Überraschungen mit sich bringen würden. Sein Hals bedurfte größtmöglicher Schonung.

„Welches Auto?“, bequemte sich der Kahlß Friedrich nun doch zu fragen. Gasperlmaier bemühte sich, seine anscheinend recht unzusammenhängend wahrgenommene Information zu präzisieren. „Wir haben uns bisher keine Gedanken über das Auto der Frau Eisel gemacht. Und der Magister Loisenhammer behauptet, dass er sie gesehen hat, wie sie Montagvormittag zum Loser hinein abgebogen ist. Und herausgefahren ist sie, das wissen wir ja mit Sicherheit, selber nicht. Also entweder ist ihr Auto noch da drinnen irgendwo, oder der Mörder ist selber damit davongefahren.“ Der Kahlß

Friedrich nickte kauend. „Fast egal“, sagte er, „ob dein Loisenhammer jetzt der Mörder ist oder nicht, das Auto muss irgendwo sein. Weil mit dem Postbus ist sie sicher nicht auf den Loser hinaufgefahren, und zu Fuß gegangen, von Ischl, ist sie eher auch nicht.“ Gasperlmaier fand, dass das eine messerscharfe Schlussfolgerung seines Vorgesetzten war. „Weil“, fügte Gasperlmaier hinzu, nachdem er einen kräftigen Schluck aus seiner Bierflasche genommen hatte, „wir haben ja bisher geglaubt, das Auto der Frau Eisel spielt keine Rolle. Weil sie ja mit jemand anderem unterwegs war. Wir haben eigentlich gar nichts geglaubt, wegen dem Auto. Nicht einmal die Frau Doktor hat daran gedacht.“ Gasperlmaier spürte ein Gefühl der Überlegenheit oder zumindest der Ebenbürtigkeit mit der Frau Doktor, was kriminalistischen Scharfsinn betraf. Der Friedrich schälte sorgfältig die Haut vom letzten Zipfel seiner Hartwurst und schob ihn samt einem ganzen Gurkerl in seinen, wie Gasperlmaier schien, unergründlichen Rachen. „Wir haben den Magister Eisel ja nicht einmal gefragt, ob er weiß, wo das Auto seiner Frau ist.“ Gasperlmaier knüllte das Jausenpapier zusammen, in das sein Leberkäse eingewickelt gewesen war. „Weißt du was, Friedrich? Wir suchen das Auto jetzt. Da hätten wir was für die Frau Doktor, wenn sie morgen wiederkommt! Wenn sie überhaupt noch einmal kommen muss.“ Gasperlmaier stand auf, der Friedrich aber schüttelte den Kopf und deutete auf den Stapel Formulare auf seinem Schreibtisch. „Schau her! So viel Arbeit! Wann sollen wir das denn machen?“ Dennoch erhob er sich und griff nach seiner Dienstmütze. „Dass das ausgerechnet so kurz vor der Pension hat passieren müssen!“

Das Wetter hatte sich gebessert, als Gasperlmaier die Abzweigung zum Loser hinein nahm. „Gasperlmaier", meinte der Friedrich, „sag einmal, was für ein Auto hat denn die Frau Eisel überhaupt gehabt?" Da hatte er Gasperlmaier auf dem falschen Fuß erwischt. Er hatte keine Ahnung, nach welchem Auto sie überhaupt suchten. Früher oder später, dachte er bei sich, wäre mir das auch aufgefallen. Wenn wir ein paar Autos auf dem Parkplatz beim Sessellift überprüft hätten, zum Beispiel. Gasperlmaier hielt an und war zunächst ratlos. „Ruf doch deine Frau Doktor an." Das aber wollte Gasperlmaier nicht – schließlich hatte er die Frau Doktor mit der Auffindung des Autos der Toten überraschen wollen. „Dann ruf doch den Eisel an. Oder ihren Liebhaber. Oder ihre Freundin. Irgendwen wirst du schon erwischen." Der Kahlß Friedrich, so fand Gasperlmaier, bewies Kombinationsfähigkeit und Entscheidungsfreude. Schließlich, so dachte er bei sich, war das als Vorgesetzter auch seine Pflicht und Schuldigkeit, dass er Gasperlmaier manchmal im Denken überlegen war. „Weil, wenn ich jetzt eine offizielle Abfrage nach einem Fahrzeughalter machen lasse", fügte der Friedrich hinzu, „dann wird sich die Frau Doktor schon fragen, warum wir sie nicht vorher ins Vertrauen gezogen haben."

Gasperlmaier überlegte, wer in Frage kam, musste aber einige Kandidaten gleich wieder verwerfen, weil er deren Telefonnummer nicht wusste. Da fiel ihm die Susi Schneider ein, die im Tourismusbüro in Aussee arbeitete. Gasperlmaier überlief ein wohliger Schauer, wenn er an den Schmetterling dachte, den die Frau Schneider in ihrem Ausschnitt trug. „Schau einmal nach, Friedrich", wies er seinen Kommandanten an. „Da im Handschuhfach, da könnte noch ein Fremdenverkehrsprospekt sein. Dann könnten wir die Susi Schneider anrufen, die angeblich mit der Simone Eisel in Bad

Schallerbach war.“ Der Kahlß Friedrich indessen ratschte die Nummer samt Vorwahl auswendig herunter. Gasperlmaier war verblüfft. „Woher weißt du denn die?“ Der Friedrich zuckte nur mit den Schultern. „Ich merk mir halt dann und wann was eher leicht“, gab er zurück. „Willst jetzt anrufen oder was?“ Gasperlmaier beeilte sich, die Nummer einzutippen, die ihm der Friedrich noch einmal Ziffer für Ziffer vorsagte. „Tourismusverband Ausseerland, Salzkammergut“, meldete sich eine Stimme, die Gasperlmaier zu kennen glaubte. „Schneider am Apparat, was kann ich für Sie tun?“ Sehr freundlich und professionell klang die Stimme der Susi Schneider, fand Gasperlmaier. Wenn die Touristen, die da anriefen, die Susi Schneider auch noch sehen könnten, dachte er bei sich, würden sie nach Aussee geradezu nur so strömen. Gasperlmaiers Gedankengänge hatten sich wieder einmal gründlich verknotet, sodass die Susi Schneider noch einmal nachfragen musste, weil er sich nicht meldete. „Ist da jemand dran?“ „Ja, ja“, beeilte sich Gasperlmaier nun. „Gasperlmaier, Polizei Altaussee. Wir waren ja gestern bei ihnen.“ „Ja, ich erinnere mich. Was ist denn?“ Die Stimme klang jetzt viel zurückhaltender, unsicher und ängstlich. Gasperlmaier beeilte sich, Entwarnung zu geben. „Nichts, nichts. Nichts Unangenehmes. Sagen Sie, Frau Schneider, kennen Sie das Auto der Simone Eisel?“ „Wieso wollen Sie denn das wissen?“ Die Frau Schneider klang misstrauisch. Gasperlmaier wusste einen Moment lang nicht weiter. „Ermittlungen!“, sagte er schließlich einfach. Die Frau Schneider, so schien es Gasperlmaier, zögerte mit der Antwort ungebührlich lang. „Ein weißes Auto hatte sie, soviel ich weiß.“ Gasperlmaier wurde ein wenig ungeduldig. „Marke? Typ? Wissen Sie nicht?“ „Ein BMW könnte es sein, vielleicht. Was ist denn mit dem Auto?" „Nichts, nichts! Genauer wissen Sie es nicht? Sind Sie nie mitgefahren? Die Farbe vielleicht?" Gasperlmaier wollte ihr natürlich nicht verraten, dass der Friedrich und er gerade auf der Suche nach dem Fahrzeug waren. „Schon", antwortete die Frau Schneider, „Weiß. Aber ich interessiere mich nicht so für Autos. Die Simone übrigens schon. Warum fragen Sie?" „Reine Routine." Das mit der Routine, das hatte sich Gasperlmaier auch von den Kriminalfilmen im Fernsehen abgeschaut. Wenn die Kriminaler da irgendwelche blöden Fragen stellten und nicht erklären konnten, warum sie sie eigentlich stellten, dann hieß es immer „Routine".

„Danke für die Auskunft, Frau Schneider. Und noch was, das Kennzeichen, wissen Sie das vielleicht?" „Keine Ahnung!", antwortete die Susi Schneider. „Ein Gmundner Kennzeichen halt." Gasperlmaier legte auf. „Schickes Fahrzeug, ein BMW!", meinte der Friedrich. „Vor allem, wenn man bedenkt, was ihr Mann für einen Kübel gefahren hat. Da hat man wohl in der Familie tatsächlich unterschiedliche Ansichten gehabt, was das Verhältnis zum fahrbaren Untersatz betrifft." Für den Friedrich, fand Gasperlmaier, war das ein ausgesprochen langer Satz. Allerdings musste man wissen, dass der Friedrich ein Verehrer nobler Kraftfahrzeuge war, was sich bei ihm allerdings nur im Studium entsprechender Zeitschriften und nicht in seinem persönlichen Kaufverhalten niederschlug. Dem Friedrich genügte das Anschauen, weshalb er sich auch immer gern zum Dienst einteilen ließ, wenn irgendwo in der Gegend ein Oldtimertreffen stattfand und Ordnungskräfte gebraucht wurden. Einmal, erinnerte sich Gasperlmaier, wäre der Friedrich bei einem solchen Anlass beinahe von einem außer Kontrolle geratenen historischen

Fahrzeug über den Haufen gefahren worden, dessen Fahrer eine Bergstraße mit Monte Carlo verwechselt hatte. Der Mann war mit seiner Wertanlage in die Strohballen gedonnert, und einer der Ballen hatte sich losgerissen, war einen Hang hinuntergekollert und hatte den Friedrich trotz dessen unbestreitbar größeren Masse umgerissen, ohne ihm größeren Schaden zuzufügen.

„Wo schauen wir denn nach?", fragte Gasperlmaier, mehr um die Stille zu füllen, als um Auskunft zu erhalten. „Na, schauen wir zunächst einmal auf allen Parkplätzen bei den Skiliften. Wenn wir nichts finden, fahren wir halt weiter. Zur Blaa-Alm, oder zum Salzberg, oder den Loser hinauf. So viele weiße BMW wird's ja nicht geben, die da herrenlos herumstehen.

Leider fanden sie aber keinen weißen BMW. Weder bei den Skiliften noch auf der Blaa-Alm und schon gar nicht auf dem Parkplatz beim Salzberg. Der Friedrich blickte auf die Uhr. „Ob wir noch hinauffahren? Bald ist Dienstschluss, und wenn wir was finden, dann gibt's Überstunden, Gasperlmaier, da mag ich gar nicht dran denken. Andererseits, wenn wir nichts finden, dann passt's genau, dann sind wir bei Dienstschluss wieder herunten."

Gasperlmaier nahm das als Auftrag und bog in die Loserstraße ein. Doch weder auf dem großen Parkplatz am Ende der Straße noch bei der Loserhütte oder bei dem Parkplatz weiter herunten, der früher, vor dem Weiterbau der Straße bis zum Augstsee, das Ende der Straße markiert hatte, fand sich eine Spur von einem weißen BMW mit Gmundner Kennzeichen. Einmal hatte Gasperlmaier bei einem weißen Auto kurz gebremst, aber der Kahlß Friedrich hatte ihn gescholten. „Bist du blind, Gasperlmaier, siehst denn nicht, dass das nur ein Mazda ist?"

„Es ist ohnehin gleich Dienstschluss", beendete der Friedrich die Suche. „Fahren wir hinunter." Gasperlmaier dachte nach. Wenn sich nun die Simone Eisel mit ihrem Mörder tatsächlich erst heroben getroffen hatte, weil der Magister Loisenhammer nicht gelogen hatte, dann musste eines der Autos noch hier in der Gegend stehen – denn der Mörder, so dachte Gasperlmaier, konnte doch nicht zwei Autos nach Hause gelenkt haben. Natürlich, gestand er sich ein, wäre es auch nicht allzu kompliziert gewesen, mit einem Fahrrad noch einmal herzukommen, das Rad im Kofferraum zu verstauen und das Auto irgendwo verschwinden zu lassen.

Als sie zur Kehre sieben kamen, hatte Gasperlmaier eine Idee. Es gab da eine kurze Forststraße, die hinüber zur Skiabfahrt führte. Früher, als man – mangels Skilift – noch mit dem Bus hatte hinauffahren müssen, um mit den Skiern wieder abzufahren, war der Bus bei Lawinengefahr bereits hier in der Kehre sieben stehen geblieben, und man hatte die Straße zu Fuß zur Abfahrt hinübergehen müssen. Gasperlmaier nahm die Kehre nicht, sondern fuhr geradeaus weiter. „Wo fahrst denn hin?", fragte der Friedrich ein wenig unwirsch. „Gleich ist Dienstschluss!" „Nur da schauen wir noch." Doch nach wenigen hundert Metern endete die Forststraße, und kein BMW war in Sicht. „Weißt du was, Gasperlmaier", sagte der Friedrich, „derweil du umdrehst, steig ich aus. Ich muss eh einmal." Der Friedrich wuchtete seinen massigen Leib zur Tür hinaus, und Gasperlmaier tat sein Möglichstes, um auf dem engen zur Verfügung stehenden Platz sein Fahrzeug zu wenden, ohne dass es mit ihm den Abhang hinunterging. Er konnte ja seinen Kopf kaum drehen und musste mit den Rückspiegeln das Auslangen finden. Als er wieder in Fahrtrichtung stand, kam der Friedrich aufgeregt gestikulierend auf ihn zu. „Steig aus, Gasperlmaier! Steig aus! Der BMW!“ Gasperlmaier hatte zwar nichts gesehen, folgte dem Friedrich aber dennoch. Dann sah er die Reste des BMW im Wald hängen. Von der Straße führten deutliche Spuren zu dem Fahrzeug hinunter, die zeigten, dass es sich mehrmals überschlagen haben musste. Der Wagen selbst hing verkeilt zwischen Bäumen im Steilhang. „Müssen wir hinunter?“, fragte Gasperlmaier zögernd. Der Friedrich kratzte sich am Kopf. „Ich weiß nicht, Gasperlmaier. Wenn wir annehmen, dass der Mörder da drinsitzen könnte, kann es sein, dass er noch lebt?“ Gasperlmaier erinnerte sich an verschiedene Geschichten, die er in der Zeitung gelesen hatte. Drei Tage, sogar fünf Tage hatten Unfallopfer manchmal überlebt, bevor sie gefunden worden waren.

„Gasperlmaier, du bist der Sportlichere von uns beiden. Du gehst hinunter, und ich halte hier die Stellung.“ Gasperlmaier sah den Kahlß Friedrich ein wenig verunsichert an und deutete auf seine Halskrause. „Ich bin ja praktisch im Krankenstand! Könntest nicht ausnahmsweise einmal du ...“ Der Friedrich machte eine wegwerfende Handbewegung. „Gasperlmaier, du bist doch so ein Sportler! Und schließlich hast du die Krause ja am Hals, nicht an den Füßen!“ Achselzuckend machte sich Gasperlmaier auf den Weg den Abhang hinunter. Durch die Nässe der vergangenen Tage war der Hang rutschig, und er hatte zu tun, sich an jungen Bäumen, teilweise auch Grasbüscheln und Baumstümpfen festzuhalten, um nicht abzurutschen. Er ließ sich Zeit, denn er hatte wenig Lust, unten bei dem Autowrack anzukommen und womöglich eine halb verweste Leiche darin zu entdecken. Davon, so dachte er bei sich, hatte er in den letzten Tagen wahrlich genug gesehen. Sein Bedarf an Leichen, verwest oder nicht, übel zugerichtet oder hübsch aufgebahrt, egal, der war gedeckt. Während er weiter nach unten stieg, nahm er wahr, dass der Friedrich die Feuerwehr und die Bergrettung alarmierte. So viel zum Thema Dienstschluss, dachte Gasperlmaier. Es war jetzt schon fünf vorbei, und ein Ende des Einsatzes war nicht abzusehen.

Langsam kam er den Resten des BMW näher. Wenn einer, so fand Gasperlmaier, was übrig hatte für schöne Autos, dann war das schon auch eine Tragödie, wenn ein einst funkelndes und glänzendes Fahrzeug sein Ende zerbeult und dreckig zwischen regennassen Fichten fand. Gasperlmaier blieb stehen, um zu sehen, ob sich ein Mensch im Fahrzeug befand. Es war niemand auszumachen. Wenn einer drinsaß, dachte er, dann musste er über dem Lenkrad zusammengesunken sein und war aus seiner Perspektive nicht zu sehen. Dann allerdings hatte er jetzt wenig zu lachen: Das Autodach war genau über dem Fahrersitz tief eingedrückt, sodass darunter kaum noch Platz für einen menschlichen Körper schien. Zumindest für einen, der noch halbwegs intakt war. Herausgekommen, dachte Gasperlmaier, ist aus dem Auto nach dem Absturz keiner mehr. Vorsichtig tastete er sich weiter, doch plötzlich glitt er auf dem morastigen Boden aus, schlug auf den Rücken und rutschte den Abhang hinunter. Erst das Autowrack bremste seinen Fall, doch mit den Beinen war er bereits unter die Überreste der Karosserie des BMW gerutscht. Panik überrollte ihn, und er begann zu keuchen. Von oben schrie der Friedrich: „Gasperlmaier, ist was?“ Gasperlmaier mühte sich, unter dem Auto hervorzukriechen. Die Angst verlieh ihm ungeahnte Kräfte, und wenig später stand er, mit Schlamm bis über den Hosenbund verschmiert, neben dem Auto und lehnte sich atemlos an die einigermaßen unversehrte C-Säule. Jetzt erst fühlte er den pochenden Schmerz in seinem Nacken. Von oben schrie der Friedrich: „Nichts angreifen!" Gasperlmaier war fassungslos. Er stand da, von den Naturgewalten gegen das Autowrack gepresst, konnte sich kaum rühren, und der Friedrich meinte, er solle sich doch darauf besinnen, nichts anzufassen. Zumindest, so stellte er jetzt fest, war das Auto leer, soweit er eben hineinsehen konnte. Keine Leiche und auch kein Verwesungsgestank. Nirgendwo konnte Gasperlmaier Blutflecken wahrnehmen.

So vorsichtig es ging, stemmte sich Gasperlmaier gegen das Autowrack, um einen festen Stand zu gewinnen. Mit einiger Mühe gelang ihm dies auch, er konnte sich umdrehen und auf allen vieren ein Stück hinaufklettern, um sich dann atemlos hinzusetzen. Durch die nasse Uniformhose spürte er die Kälte und Feuchtigkeit des Untergrunds an seinen Hintern herandringen, sein Nacken und seine Schulter schmerzten heftig, doch das war ihm jetzt egal. War es ihm doch wenigstens gelungen, sich aus den Resten des BMW zu befreien, ohne dass es der Feuerwehr und einer Bergeschere oder eines Krans bedurft hatte.

Nachdem er einige Minuten verschnauft hatte, plagte sich Gasperlmaier den Abhang wieder nach oben, nicht ohne mehrmals tief in den Schlamm zu treten und auf die Knie zu fallen. Als er wieder beim Kahlß Friedrich oben ankam, maß ihn der mit abschätzigen Blicken. „Du schaust aus!" Gasperlmaier packte die Wut. Da hatte er sich unter Aufbietung seiner letzten Kräfte zu dem Autowrack hinuntergekämpft, um einem etwaigen Überlebenden beizustehen, hatte unter Mühen den Rückweg wieder geschafft, war von unten bis oben durchnässt, und alles, was dem Friedrich einfiel, war ein Kommentar zu seinem Aussehen. Er hatte jetzt wirklich genug. „Weißt du was?“, sagte er zum Friedrich. „Ich bin jetzt fix und fertig. Und wenn ich nicht Dienstschluss machen kann, dann geh ich jetzt in Krankenstand. Du kannst ja mit der Feuerwehr wieder hinunterfahren.“ Bevor der Friedrich noch reagieren konnte, hatte sich Gasperlmaier, schlammverkrustet, wie er war, in den Streifenwagen gesetzt, gestartet und Gas gegeben. Gasperlmaier war es jetzt völlig egal, ob und wie die Ermittlung weiterging. Gleich nach den ersten zwei Kehren begegneten ihm zwei Fahrzeuge der Feuerwehr. Was sich die Besatzungen dabei denken mochten, dass die Polizei schon wieder talwärts unterwegs war, das war Gasperlmaier jetzt ebenso egal wie der Friedrich, der den Feuerwehrleuten jetzt wohl erklären musste, warum er mutterseelenallein auf der Forststraße hinter der Kehre sieben stand.

„Du schaust aus!“ Seine Christine maß ihn mit erstaunten Blicken von oben bis unten und wieder nach oben. Gasperlmaier fand, dass die gleichen Worte bei seiner Christine ganz anders klangen als beim Kahlß Friedrich. Voller Fürsorge und Anteilnahme hallten sie in seinen Gehörgängen wider. „Zieh das gleich am besten hier aus.“ Die Christine öffnete zunächst die durchnässte Halskrause und warf sie auf den Boden, danach riss sie ihm die Jacke von den Schultern. „Die Hose auch gleich!“ „Kann ich nicht wenigstens ...“, versuchte Gasperlmaier sich dagegen zu wehren, vor der Haustür die Hose hinunterlassen zu müssen. „Papperlapapp!“, antwortete die Christine, „hier sieht dich doch sowieso keiner! Schau dich um! Kein Fenster weit und breit, das Aussicht auf unsere Haustür hat! Ich hab schließlich auch schon ohne Gewand die Zeitung hereingeholt.“ Gasperlmaier ließ zwar seine schlammverkrustete Hose hinunter, dennoch war ihm nicht recht wohl bei dem Gedanken, dass seine Christine, wie sie ihm soeben gestanden hatte, schon nackt vor der Haustür herumgehüpft war. Man konnte ja nie ausschließen, dass sich gerade in dem Moment irgendein Interessierter von der Straße her näherte oder sonst eine Möglichkeit bestand, ihren Hauseingang zu beobachten. Bevor Gasperlmaier seine Gedankengänge zu Ende bringen konnte, hatte ihn die Christine schon seiner Kleider entledigt und ins Haus hineingezogen, wo ihm auch noch die Unterhose abgenommen wurde. Zu Recht, wie er feststellte, die Nässe hatte sich durch die Uniformhose hindurch auch auf seiner Unterwäsche ausgebreitet. „So, und jetzt in die Dusche! Und dann gibt's eine Überraschung!“ Gasperlmaier schien die Christine so fröhlich, so aufgeräumt, dass er der Überraschung mit einiger Hoffnung entgegenblickte. Sofern sie ihn nicht daran hindern würde, seinen Abend in Gesellschaft von ein oder zwei Flaschen Bier vor dem Fernseher zu verbringen.

Als Gasperlmaier jedoch aus der Dusche trat und auf dem Wäscheständer nebst frischer Unterwäsche auch noch ein gebügeltes Hemd sowie seine grünen Stutzen vorfand, wusste er, dass aus dem gemütlichen Fernsehabend nichts werden würde. Grüne Stutzen bedeuteten, es wurde heute Abend die Lederhose getragen, und Lederhose bedeutete Ausgehen. Gasperlmaier machte sich wenig aus modischer Kleidung, Hosen und Oberbekleidung einzukaufen, war ihm verhasst, und so wechselte er in schöner Regelmäßigkeit, je nach Anlass, von einer Uniform in die andere. Von der Polizeiuniform in die Feuerwehruniform, und von der Feuerwehruniform in die Tracht, und so weiter. Gasperlmaier konnte sich kaum erinnern, in den letzten Monaten etwas anderes getragen zu haben, außer zum Baden und zum Skifahren natürlich. Es gab zwar Badehosen, die mit Lederhosenmustern bedruckt waren, so etwas hatte Gasperlmaier sogar schon drüben beim Kahlseneck am Altausseer See gesehen, aber das war nichts für einen, der mit Tracht noch Bodenständigkeit und Tradition verband. Vereinzelt sah man Einheimische sogar beim Skifahren in der Lederhose, das allerdings schien selbst Gasperlmaier ein wenig übertrieben.

Während er sich anzog, kam die Christine ins Bad. „Gasperlmaier“, sagte sie, „es tut mir leid, die Geschichte mit dem Beda. Ich hab erst heute richtig begriffen, wie weh ich dir damit getan habe. Und du hast es nicht verdient, dass man dir wehtut.“ Das, so dachte Gasperlmaier bei sich, hörte sich durchaus vernünftig an.

„Und deswegen führe ich dich heute aus. Nach Ischl. In ein Haubenlokal. Du bist mein Gast. Das wird etwas ganz Besonderes.“ Gasperlmaiers Stimmung sank. Erstens war er in den letzten Tagen so oft über den Pötschenpass nach Ischl hinübergefahren, dass ihm die Strecke schon zum Hals heraushing, und zweitens war er noch nie in einem Haubenlokal gewesen, weil ihm der Schneiderwirt in Altaussee wirklich gut genug war. Konnte es etwas Besseres geben als ein saftiges Bratl mit rescher Kruste, konnte irgendein noch so köstliches Haubengericht es mit einem mit der Semmel aufgetunkten Gulaschsaft aufnehmen? Wohl kaum, fand Gasperlmaier. Zudem, so wusste er verlässlich, waren die Speisen in so einem Haubenlokal meist unverschämt teuer und die Portionen winzig. Aber wenn die Christine einmal einen Entschluss gefasst hatte, dann war darüber meist nicht mehr zu diskutieren, wusste Gasperlmaier und fügte sich widerspruchslos ins Unvermeidliche. Leider aber reichte der Christine das stille Sich-Fügen nicht ganz. „Mir scheint, du freust dich gar nicht?“ Anscheinend, so dachte Gasperlmaier bei sich, hatte er beim Anziehen und Zuknöpfen der Lederhose einen etwas lustlosen Eindruck gemacht, was der Christine natürlich sofort aufgefallen war. „Doch, doch!“, beeilte sich Gasperlmaier zu versichern, obwohl er nicht recht einzusehen vermochte, warum er, wenn sich die Christine sozusagen bei ihm entschuldigen wollte, etwas mitmachen musste, worauf er überhaupt keine Lust hatte.

Dennoch saßen sie bereits eine halbe Stunde später im Auto. Die Christine, fand Gasperlmaier, hatte sich wirklich ganz wunderbar zurechtgemacht, und Gasperlmaier hatte sie mit einigem Stolz betrachtet, wie sie ins Auto eingestiegen war. Sie sah noch genau so jung aus, fand er, wie damals, als sie sich kennengelernt hatten. Ihre Rundungen waren, wie Gasperlmaier mit Zufriedenheit feststellte, ein wenig üppiger geworden, befanden sich aber genau dort, wo sie hingehörten. „Wo hast du denn deine Halskrause gelassen? Ich hab sie dir doch extra geputzt und trocken geföhnt!“ Allein die Frage danach verursachte Gasperlmaier wieder Schmerzen im Nacken, die aber Gott sei Dank nicht mehr so schlimm waren wie heute in der Früh. Die Christine warf ihm einen sorgenvollen Blick zu. „Du solltest das schon tragen, weißt du? Wenn du doch ein Schleudertrauma hast!“ Gasperlmaier hingegen war froh, das lästige Ding los zu sein. „Morgen holst du dir im Krankenhaus eine neue!“ Gasperlmaier nickte und hoffte, dass die Christine bis morgen darauf vergessen würde. Freiwillig jedenfalls würde er morgen so ein Ding nicht noch einmal spazieren tragen.

Wieder lenkte Gasperlmaier ein Auto aus Altaussee hinaus, über Lichtersberg hinaus in Richtung Lupitsch. „Dass du immer wieder da fahren musst!“, kritisierte die Christine. Gasperlmaier hatte aus alter Gewohnheit die einspurige Straße nach Lupitsch genommen, die zwar asphaltiert, aber wenig mehr als ein Güterweg war. Bevor die neue Straße über Puchen hinauf zur Pötschenstraße gebaut worden war, war das eine schöne, nur Einheimischen bekannte Abkürzung in Richtung Ischl gewesen, aber jetzt zahlte sich der Abschneider nicht mehr wirklich aus. Gasperlmaier hatte sich an die neue Straße noch immer nicht wirklich gewöhnen können und nahm die alte oft aus reiner Gewohnheit.

Als er an die neue Straße dachte, die nahe dem Parkplatz Dachsteinblick auf die Pötschenstraße einmündete, durchzuckte Gasperlmaier ein Gedanke, der ihm den Schweiß auf die Stirn trieb. Hatte die Frau Doktor nicht für halb acht ein Treffen mit der Praktikantin aus der Schule des Magister Fritzenwallner vereinbart? Genau dort, beim Dachsteinblick? Gasperlmaier war sich nahezu sicher, dass sie auf das Treffen über der Verhaftung des Magister Loisenhammer vergessen hatte. Schließlich war sie mit ihm nach Liezen gefahren und hatte das Treffen mit der Frau – wie hieß sie noch einmal? Gasperlmaier wollte der Name nicht und nicht einfallen. Lediglich die schwarzen Stiefel waren ihm im Gedächtnis geblieben. Gasperlmaier überlegte, ob er zu dem Treffen gehen musste – noch wäre Zeit gewesen. Aber, andererseits, die Christine hatte in dem Haubenlokal gewiss einen Tisch reserviert – und in einem so feinen Restaurant durfte man sicher nicht zu spät kommen. Noch dazu hätte es einer ganzen Menge Erklärungen und zumindest eines umständlichen Telefongesprächs bedurft, um zu klären, ob die Frau Doktor überhaupt wollte, dass er sich einmischte. Gasperlmaier bemühte sich, derlei Gedanken weit von sich zu schieben. War er der verantwortliche Ermittlungsbeamte? Hatte er das Treffen vereinbart? War er im Dienst? Alle Fragen, so sagte er sich, konnte er getrost mit „Nein!" beantworten. Morgen war immer noch Zeit genug, die Frau Doktor an die junge Praktikantin zu erinnern, die mit ihr hatte sprechen wollen. Irgendetwas mit Papier hatte ihr Name zu tun gehabt. Jetzt fiel es Gasperlmaier ein: Zettel hatte die junge Frau geheißen. Frau Magister Zettel. Ein wenig unwohl war es Gasperlmaier bei dem Gedanken schon, dass die arme Frau Magister jetzt in der immer finsterer werdenden Abenddämmerung womöglich in ihrem Auto saß und vergeblich auf die Polizei wartete. Gasperlmaiers Magen meldete sich, wie so oft, wenn er in eine Situation geriet, die eine Entscheidung herausforderte, die sein Hirn nicht gewillt war zu treffen. „Worüber denkst du denn nach?“ Die Christine hatte natürlich sofort und messerscharf erkannt, dass er ins Grübeln geraten war. Ein Ablenkungsmanöver musste her.

„Kann man in so ein Lokal überhaupt mit der Lederhose gehen?“ Gerade noch war ihm ein rettendes Gesprächsthema eingefallen. „In Ischl“, sagte die Christine, „kannst du mit der Lederhose überall hingehen. Und schon gar mit so einer feschen, und mit so festen Wadeln!“ Gasperlmaier fühlte sich gebauchpinselt, verspürte aber im Magen ein Gefühl wie vor einem Zahnarztbesuch. Die Christine hatte leicht reden, die war schon mehrmals in dem Lokal gewesen, aber immer mit Freundinnen, weil er, Gasperlmaier, sich bisher erfolgreich davor gedrückt hatte. Zwar hatte ihm die Christine immer wieder vorgeschwärmt, wie wunderbar das Essen dort sei, aber er hatte meist nur mit halbem Ohr zugehört, wenn sie ihm die Speisenfolge im Detail erläutert hatte. „Und die Kellner“, erkundigte sich Gasperlmaier, „die sind sicher recht nobel und reden so daher, dass man sie überhaupt nicht versteht?“ „Ach was!“, die Christine hatte auf alles eine Antwort. „Die sind ganz normal, und wenn du dich normal benimmst, dann gibt’s überhaupt keinen Grund zur Sorge.“

Als sie dann endlich an ihrem Tisch saßen und Gasperlmaier die Karte studierte, fragte er sich, warum sie überhaupt hergekommen waren. Um das Geld, was hier ein Hauptgericht kostete, hätte beim Schneiderwirt die ganze Familie einen Schweinsbraten essen können. Fast, jedenfalls. „Was sagst du zum Menü?“, fragte die Christine. „Das schaut doch interessant aus, oder?“ Gasperlmaier wartete darauf, dass ihm die Christine erklärte, was das eigentlich hieß, was da stand. Kaninchenfilet, das war ja einigermaßen klar, aber was waren Wasabischaum und Carpaccio? Er musste seine Frage nicht extra stellen. „Wasabischaum, das ist so was wie asiatischer Kren, ein bisserl grün, in einer schaumigen Soße. Und Carpaccio, das ist rohes Rindfleisch, hauchdünn geschnitten. Da kommt ein bisschen Balsamico drüber, und Parmesanspäne." Das, so fand Gasperlmaier, hörte sich ja erträglich, sogar durchaus vernünftig an. Als Hauptspeise gab es einen Bachsaibling, der ihm vertraut war, allerdings, was jetzt „saltimbocca" bedeutete, und was eine Paprikacreme, was immer das sein mochte, beim Saibling auf dem Teller verloren haben sollte, das war ihm einigermaßen schleierhaft. Er beschloss, nicht weiter zu fragen und sich der Christine einfach anzuvertrauen. Damit fuhr man am besten. „Was darf's denn zum Aperitif sein?" Zu Gasperlmaiers Beruhigung trug bei, dass der Kellner kein hochnäsiger, schwarz gekleideter Schnösel war, sondern eine junge, dunkelhaarige Frau, die sogar lokalen Dialekt sprach. Ein fesches Dirndl, dachte Gasperlmaier, trug sie auch. Wenn es vielleicht auch ein wenig kurz geraten war. „Einen Sekt mit Heidelbeermark", bestellte die Christine. „Habt's auch ein Bier?" Gasperlmaier war sich nicht sicher, ob man so einfache Getränke in Haubenlokalen überhaupt servierte. „Ja, freilich!" Sogar lächeln konnte die Kellnerin. „Sicher ein großes, oder?" Gasperlmaier nickte, fühlte sich verstanden und somit schon weit wohler als noch vor wenigen Minuten.

„Jetzt erzähl!" Gasperlmaier wusste, dass die Christine nun einen genauen Bericht über seine heutigen Tätigkeiten erwartete. Vor allem hatte er ihr ja noch gar nicht erzählt, warum er heute dreckverkrustet nach Hause gekommen war. Und er begann zu erzählen, ohne lang zu überlegen, ob er ihr etwas verheimlichen sollte. Die Christine verstand es ohnehin, aus ihm alles herauszupressen, was er wusste, und außerdem konnte er sich darauf verlassen, dass sie nicht so dumm war und Polizeiinterna weitertratschte. Gelegentlich warf Gasperlmaier vorsichtige Blicke zu den Nebentischen, doch da, stellte er fest, waren die Gäste in ihre eigenen Gespräche vertieft und hörten ihnen überhaupt nicht zu.

„Ein kleiner Gruß aus der Küche." Die Kellnerin stellte zuerst der Christine und dann ihm einen großen, weißen Teller hin, in dessen Mitte einsam und allein ein kleines Etwas thronte. „Rindersülzchen in Weißweinaspik mit kleinem Salat." Das hätte sie nicht extra zu erwähnen brauchen, dachte Gasperlmaier bei sich, als er den kleinen Salat betrachtete. Eine einzelne Pflanze vom Vogerlsalat teilte sich den reichlich zur Verfügung stehenden Platz auf dem Teller mit zwei Vierteln einer sehr kleinen Tomate und zwei sehr schmalen Streifen eines gelben Paprika. „Davon ist gar nichts auf der Karte gestanden?", verlangte Gasperlmaier im Flüsterton eine Erklärung von der Christine. „Das kriegst du bei einem Menü gratis noch dazu. Probier's einfach!" Ein bisschen naiv, fand Gasperlmaier, war die Christine schon, wenn sie bei den Preisen glaubte, dass da irgendwas gratis daherkam. Als er das Sülzchen, denn als Sulz konnte man das fingerhutgroße Stückchen wirklich nicht bezeichnen, kostete, stellte er überrascht fest, dass es einerseits bekannt, also nach Sulz, andererseits aber viel reichhaltiger und intensiver schmeckte, als er sich das vorstellen hatte können. „Mhm!", brachte er sein Wohlgefallen der Christine gegenüber zum Ausdruck. „Darf's noch ein Bier sein?" Gasperlmaier sah fragend zur Christine hinüber, und die nickte mit dem Kopf. „Ich fahr schon heim. Trink nur dein Bier, hast dir's ja verdient." Plötzlich schien Gasperlmaier alles so harmonisch und friedlich, als hätte es den Beda und die Eskapaden seiner Christine nie gegeben. Da konnte nicht einmal das rohe Rindfleisch, das er der Christine zuliebe essen musste und das ihm nicht besonders zusagte, etwas daran ändern.

So erzählte er also der Christine im Laufe des Abends, wie sie auf eigene Faust nach dem Auto der verstorbenen Simone Eisel gesucht hatten und es schließlich nahe dem Güterweg bei der Kehre sieben abgestürzt aufgefunden hatten. „Und du bist dir sicher, dass da keiner drin war?" Gasperlmaier nickte. „Wenn da einer dringesessen wäre, dann wär er nicht mehr herausgekommen. Oder sie." Gasperlmaier erinnerte sich mit Schaudern an den zusammengequetschten vorderen Teil des Autos. „Dann", so schlussfolgerte die Christine, „kann nur der Täter es dort hingefahren und hinuntergeschoben haben, weil er ein eigenes Auto dabeihatte und das der Simone Eisel verschwinden lassen wollte." Gasperlmaier nickte. „Und wenn ihr noch einen Beweis gebraucht hättet, dass es sich um ein Verbrechen handelt, dann wäre das einer." „Hoffentlich", so fügte Gasperlmaier hinzu, „finden sie in dem Auto Spuren, sodass wir wenigstens einmal wissen, wer das Auto da hinunterbefördert hat."

Die Kellnerin brachte die Suppe. Gasperlmaier beäugte sie skeptisch, denn sie war in einem Glas serviert worden und trug ein keckes Häubchen aus Schlagobers. Daneben lag ein Käsestangerl auf dem Teller. „Tomaten-Basilikum-Schaumsuppe mit Käsecrouton", kündigte die Kellnerin an. „Schau nicht so entsetzt, iss einfach!" Die Christine, so dachte Gasperlmaier nach dem ersten Löffel, hatte natürlich recht. So ungewohnt das Gericht aussah, so gut schmeckte es.

„Das müssen wir der Katharina und dem Christoph erzählen. Die wird der Neid fressen.“ Gasperlmaier holte sein Handy hervor. „Gasperlmaier!“ Der vorwurfsvolle Ton war ihm nicht entgangen. „Du solltest hier nicht telefonieren! Das kannst du ja später auch noch.“ Als Gasperlmaier auf das Display seines Mobiltelefons blickte, sah er, dass er drei Anrufe gehabt hatte. Die Frau Doktor Kohlross hatte in der letzten Stunde dreimal probiert, ihn zu erreichen. „Die Frau Doktor!“ Gasperlmaier zeigte der Christine das Display. „Meinst du, dass ich zurückrufen soll? Vielleicht was Wichtiges?“ Die Christine zögerte ein wenig, entschied sich dann aber für das Menü. „Steck's ein! So wichtig kann das gar nicht sein. Was soll denn um neun Uhr abends noch geschehen, was man gleich erledigen muss? Und wenn's ein neuer Mord ist – sie kann ja einmal mit jemand anderem die Nacht durchmachen.“ Gasperlmaier fand das vernünftig. Freizeit war schließlich Freizeit, und Überstunden hatte er sowieso schon mehr angesammelt, als er jemals als Zeitausgleich würde nehmen können. Dennoch waren seine Gedanken beim Bachsaibling und beim Dessert nicht ganz bei der Sache, sodass er sich, als es dann ans Zahlen ging, gar nicht mehr recht daran erinnern konnte, wie das alles jetzt geschmeckt hatte und ob es den Hunderter wert gewesen war, zu dem die Christine noch ein paar kleine Scheine und Münzen dazulegen musste, um ihre Rechnung zu begleichen.

Ein wenig müde war seine Zunge schon geworden, als er im Auto endlich die Nummer der Frau Doktor wählte. „Entschuldigung“, log er, als sie sich nach wenigen Sekunden meldete, „wir waren essen, und ich hab auf lautlos geschaltet gehabt.“ „Nicht so schlimm!“, antwortete die Frau Doktor. „Aber ich habe eine gute und eine schlechte Nachricht für Sie. Welche wollen Sie zuerst hören?“ Die Frau Doktor klang vergnügt. Gasperlmaier überlegte. Zu lange, denn die Frau Doktor sprach weiter, noch bevor er sich entschieden hatte. „Dann zuerst die schlechte. Wir haben den Magister Loisenhammer wieder laufen lassen müssen. Es hat sich einfach keine brauchbare Faktenlage ergeben. Und ich war mir so sicher, dass er gleich gesteht, wenn wir ihn in den Verhörraum schaffen! Erinnern Sie sich noch, wie er gewimmert hat, als ich ihm die Handschellen angelegt habe? So etwas von eindeutigem Schuldbewusstsein habe ich selten gesehen. Sind Sie noch dran, Gasperlmaier?“ Gasperlmaier nickte und bekam dafür von seiner Frau einen Ellbogenstoß in die Rippen. „Ja, ja!“, beeilte er sich, seine Aufmerksamkeit zu bekunden. „Der Herr Magister Loisenhammer wird sich sein Parkticket leisten können, er ist nämlich schon wieder zu Hause. Ja, und jetzt die gute Nachricht. Eine sensationelle Neuigkeit: Wir haben das zweite Opfer identifiziert!“ „Ja, wie ...?“ Gasperlmaier brauchte seine Frage nicht zu beenden, die Frau Doktor redete gleich weiter: „Wir haben Glück gehabt, es hat sich eine Übereinstimmung mit einem Zahnbild ergeben, als wir die Aufzeichnungen der Zahnärzte in der Umgebung durchgegangen sind und mit den Vermisstenfällen abgeglichen haben. Es ist eine gewisse Sandra Märzendorfer, aus Gmunden, sie hat in einem Weingeschäft als Verkäuferin gearbeitet. Vor etwa einem Jahr, im Sommer, ist sie spurlos verschwunden. In Altmünster bei Gmunden leben ihre Eltern, sonst hat sie keine nahen Verwandten gehabt.“ Gasperlmaier sah sich vor seinem geistigen Auge morgen wieder über den Pötschen fahren, diesmal würde es wohl nach Altmünster gehen. „Wir haben mit ihnen telefoniert, natürlich war es ein Schock, aber wir müssen sie morgen persönlich befragen." Gasperlmaier fragte sich, warum denn die Frau Doktor eine Ermittlung in einem Fall aufnehmen wollte, der höchstwahrscheinlich ein Unfall gewesen war und nichts mit ihrem Mord zu tun hatte. Doch im gleichen Moment erhielt er die Antwort. „Und jetzt, Gasperlmaier, halten Sie sich fest: Wir haben deutliche Hinweise darauf, dass sie ermordet wurde. Genau wie die Simone Eisel." Gasperlmaier wurde unwohl. Er hatte wirklich nicht damit gerechnet, dass die beiden Fälle zusammenhängen könnten. Wer konnte auch annehmen, dass zwei Frauen, die halt zufällig vom gleichen Berg abgestürzt waren, gleichermaßen einem Verbrechen zum Opfer gefallen waren? Der Gedanke an einen möglichen Serienmörder verursachte Gasperlmaier, trotz des vorzüglichen Essens, das gewiss nicht verdorben gewesen war, Magenschmerzen. Die Frau Doktor hingegen, so fand Gasperlmaier, erschien ihm, der Stimme nach zu urteilen, nahezu begeistert darüber, dass sie nun ein zweites Mordopfer am Hals hatte. „Bei beiden Leichen", fuhr sie fort, „haben wir ein gebrochenes Hyoid, oder Zungenbein, gefunden. Bei dem Schädel war es natürlich nicht dabei, das haben die Spurensicherer später Gott sei Dank gefunden, so unglaublich das auch klingen mag. Und auch bei der Simone Eisel war das Zungenbein gebrochen. Das deutet stark auf Würgen oder Erwürgen hin. In der Regel kann das nur ein Mensch machen, der um einiges stärker als das Opfer ist, also ein Mann." Gasperlmaier wurde schlecht. „Kannst du bitte stehen bleiben?", fragte er die Christine. Die hatte schon mitbekommen, worum es ging, und lenkte das Auto auf den Parkplatz unterhalb der ersten Kehre des Pötschenpasses. „Ich brauch ein bisschen frische Luft." Gasperlmaier stieg aus und sog begierig die kühle Nachtluft aus der pechschwarzen, nicht einmal durch einen Lichtschein erhellten Umgebung. „Was ist los, Gasperlmaier? Was brauchen Sie?“ Die Frau Doktor hatte einfach weitergesprochen, während Gasperlmaier mit der Christine geredet hatte, und so seinen Bedarf an Frischluft nicht in Zusammenhang mit ihren Erklärungen bringen können. „Entschuldigung, Frau Doktor, ich bin gerade aus dem Auto ausgestiegen.“ „Ach so. Also, noch weitere Einzelheiten: Was wir noch wissen, das erste Opfer, also die Sandra Märzendorfer, die war noch am Leben und wahrscheinlich bei Bewusstsein, als sie abgestürzt ist, meinen unsere Pathologen.“ Gasperlmaier fragte sich, wie man denn anhand von ein paar Knochen feststellen konnte, ob ein Mensch lebend, bewusstlos oder tot über eine Felswand gestürzt war. Gleichzeitig graute ihm vor dem Bild, das sich vor seinem inneren Auge entfaltete: ein düsterer Gewalttäter, der die schreiende Sandra Märzendorfer zuerst würgt und dann, womöglich noch bei Bewusstsein, die Wand hinunterstößt. „Die Simone Eisel dagegen scheint bewusstlos gewesen zu sein, bei ihrem Sturz. Das können die Gerichtsmediziner aus sogenannten Colles-Frakturen ermitteln. Das sind Brüche am Handgelenk, die vor allem bei Opfern von Stürzen auftreten, weil sie instinktiv die Arme nach unten ausstrecken. Obwohl das natürlich nicht einmal bei einem Leitersturz hilfreich ist. Bei der Sandra Märzendorfer hat man einen Knochen mit einem solchen Bruch gefunden, bei der Simone Eisel nicht.“ Die Frau Doktor holte Atem. „Also, Gasperlmaier: Morgen früh hole ich sie ab. Wir müssen nach Altmünster, zu den Eltern der Sandra Märzendorfer. Wenn wir irgendeinen Bezug zwischen den beiden Opfern herstellen können, wenn es irgendwen gibt, zu dem sie beide eine Bezie-

hung gehabt haben, dann haben wir die Spur zu unserem Mörder." Gasperlmaier zögerte einen Moment, ob er das Thema Magister Zettel noch einmal ansprechen sollte. Er räusperte sich ein paarmal, um Zeit zu gewinnen. „Ist noch was?" Die Frau Doktor war aufmerksam geworden. Ganz unschuldig tun, dachte Gasperlmaier bei sich, auf keinen Fall eigene Verantwortung ins Spiel bringen. „Wie ist denn das Treffen mit der Frau Magister Zettel heute Abend gelaufen?" Das, fand Gasperlmaier, hatte er jetzt äußerst elegant gelöst und er war ein wenig stolz auf sich, weil ihm so etwas nur selten gelingen wollte. Die Frau Doktor, Gasperlmaier meinte es fast zu spüren, verschluckte sich. Dann erschrak er, weil er im Hörer einen lauten Schlag vernahm. Die Frau Doktor fluchte, was sie, wie Gasperlmaier wusste, nur in Situationen höchster Anspannung tat. Dann aber flüsterte sie nur noch. „Das hab ich vergessen, Gasperlmaier! Weil wir ja mit der Vernehmung des Magister Loisenhammer beschäftigt waren! Hoffentlich lässt sich das noch hinbiegen. Ich ruf sie gleich an. Tschüss, Gasperlmaier." Gasperlmaier seufzte. Ihm tat die Frau Doktor jetzt leid. Er hätte ruhig seine Mitschuld an dem versäumten Treffen eingestehen können, fand er nun.
„Ich hab das meiste eh verstanden. Was ist eigentlich passiert?", fragte die Christine und startete das Auto wieder. „Die zweite Leiche ist auch ermordet worden. Kein gutes Gefühl, was?" Gasperlmaier schnallte sich an und hoffte, dass ihm Abstürze und Abgründe nicht im Traum unterkommen würden. Manchmal hatte er so Albträume, wo er glaubte, ins Bodenlose zu stürzen, und dann wachte er oft schweißgebadet auf. Das waren grauenhafte Erinnerungen. Gasperlmaier hoffte inständig, dass sie den Täter erwischten, bevor er erneut eine ahnungslose Frau dazu brachte, mit ihm auf den Loser

zu steigen. Da die Christine nichts mehr sagte, ersparte sich Gasperlmaier eine umständliche Erklärung des Problems, das sie wegen der Frau Magister Zettel hatten. Es war auch schon kompliziert genug, ohne dass er es für die Christine noch einmal in zusammenhängenden Sätzen wiederholen musste.

13

„Warum haben Sie mir denn gestern nichts davon erzählt, dass Sie das Auto der Simone Eisel gesucht haben? Und warum muss ich erst über Umwege erfahren, dass Sie es auch gefunden haben?“ Diese Frage hatte ja kommen müssen, und Gasperlmaier verfluchte sich innerlich dafür, dass er sich nicht schon beim Frühstück eine vernünftige Antwort überlegt hatte. Dass der Friedrich und er die Frau Doktor mit einem eigenständigen Ermittlungserfolg überraschen hatten wollen, das konnte er nicht eingestehen. „Krieg ich keine Antwort?“ Die Frau Doktor schlug die Autotür zu und schloss ab. Gasperlmaier hatte schon wieder zu lange überlegt. „Ja, Sie waren ja in Liezen, wegen dem Magister Loisenhammer, und da haben wir gedacht, da wollten wir ...“ Die Frau Doktor hatte offenbar nicht genug Geduld, seinem Gestammel bis zum Ende zuzuhören. „Ist ja auch egal – aber, bitte keine Alleingänge mehr! Teamarbeit heißt auch und vor allem, dass der Informationsfluss stimmt. Jeder muss zeitgerecht über alle Schritte informiert werden!“ Gasperlmaier nickte beflissen. „Ist schon was herausgekommen, bei der Untersuchung des Autos?“ „So schnell geht's nicht! Sie müssen den Kriminaltechnikern schon mehr Zeit lassen.“ Gasperlmaier war froh, dass die Frau Doktor auf seinen Themenwechsel so rasch eingegangen war. Gasperlmaier drückte die Klingel neben dem Namen Märzendorfer.

Wenig später saßen sie im Wohnzimmer auf einer Eckbank, auf deren Sitzflächen, wohl zur Schonung, karierte Decken lagen. Gasperlmaier schaute durch das Fenster auf den Traunsee hinunter. „Eine schöne Aussicht, Herr Inspektor, finden Sie nicht?“ Gasperlmaier nickte. Die Frau Märzendorfer war, so schätzte er, um die sechzig, klein, ein wenig gebeugt, und hatte, Gasperlmaier konnte es ihr nicht verdenken, einen bitteren Zug um den Mund. Der Kummer über die verschwundene Tochter hatte ihr tiefe Falten ins Gesicht gegraben. „Mein Mann kommt gleich."

„Frau Märzendorfer, es tut uns sehr leid, Ihnen eine so traurige Nachricht überbringen zu müssen." Die Frau Doktor hatte heute wieder das nicht ganz weiße Kostüm an, das Gasperlmaier so sehr schätzte. Die Frau Märzendorfer winkte ab und setzte sich zu ihnen. Über Rock und Bluse trug sie eine Kleiderschürze, wie Gasperlmaier sie nur noch von seiner eigenen Mutter kannte. Zu kaufen gab es so etwas, soweit Gasperlmaier wusste, nur mehr auf Kirtagen und Jahrmärkten. Meistens wurde diese Art von Kleidung heute von dunkelhäutigen Turbanträgern angeboten. „Wissen Sie, ich bin eigentlich erleichtert. Natürlich haben wir uns dann und wann noch Hoffnungen gemacht, dass sie vielleicht wieder einmal zurückkommt, aber im Grunde meines Herzens war ich mir sicher, dass ..." Die Frau Märzendorfer legte sich die linke Hand über die Augen und schluchzte auf. „Es wird nicht mehr lange dauern", versuchte die Frau Doktor sie zu trösten, „dann können Sie sich hier in Ihrer Heimat von ihr verabschieden." Hoffentlich, so dachte Gasperlmaier bei sich, würde die Frau Märzendorfer ihre Sandra nie so zu Gesicht bekommen, wie die Bergrettung sie aufgefunden hatte. Gasperlmaier erinnerte sich mit Schrecken daran, wie es ihm selbst ergangen war, als die Bergretter die Plane zur Seite geschlagen hatten, die das bedeckt hatten, was von der Sandra übrig geblieben war. Seltsam, dachte Gasperlmaier, jetzt hatte der Schädel plötzlich einen Namen. Sandra. Das Bild, das er im Kopf hatte, passte nicht dazu.

„Frau Märzendorfer, haben Sie vielleicht Fotos von der Sandra?“ Die Frau nickte, stand auf und verschwand durch eine Tür. Als sie wiederkam, hielt sie ein schweres, großformatiges Album in den Händen. Nachdem sie es aufgeschlagen hatte, sah Gasperlmaier schon ein wenig vergilbte Fotos eines Volksschulkindes. Die Frau Märzendorfer begann zu lächeln. „Das ist sie bei einem Ausflug an den Offensee. Sie war so ein liebes Kind!“ Gasperlmaier folgte dem Finger der Frau Märzendorfer, der auf ein Mädchen in einem rosa gestreiften Leibchen und einem hellblauen Rock zeigte, das etwas unsicher in die Kamera lächelte. Die rechte Hand des Mädchens umklammerte eine Barbie-Puppe an der Taille. Die Farben der Puppenkleider, so stellte Gasperlmaier fest, waren denen von Sandras Kleidung nicht unähnlich. Gasperlmaier warf der Frau Doktor einen Blick zu, die fast unmerklich die Augen rollte und unauffällig mit den Schultern zuckte, als die Frau Märzendorfer umblätterte. Das, fand Gasperlmaier auch, war natürlich nicht das, was sie sich von der Frau Märzendorfer erhofft hatten, es war mehr um Fotos gegangen, die die Sandra Märzendorfer kurz vor ihrem Verschwinden zeigten, denn die hätten ihnen eher weiterhelfen können. „Und da waren wir auf der Bräuwiese baden!“ Auf dem Foto sah man die kleine Sandra in einem hellgrünen Bikini mit dunkelblauem Blumenmuster. In der einen Hand hielt sie einen kleinen Kübel, in der anderen eine Schaufel. Neben ihr stand ein etwa gleichaltriger Bub in einer blauen Badehose. Einer richtigen Badehose, wie Gasperlmaier feststellte, nicht so einer Flatterhose, wie sie heute Mode waren, die über die Knie reichten und den Inhalt ganzer Schwimmbäder aufsaugen konnten. Auch der Bub war mit Sandspielzeug ausgerüstet. Die Sandra trug zudem einen gelben Strohhut. „Ist das ihr Bruder?“ „Nein“, schüttelte die Frau Märzendorfer traurig den Kopf. „Das ist nur ein Nachbarskind. Wir haben öfter andere Kinder mitgenommen, damit der Sandra nicht so fad war. Sie hat ja keine Geschwister. Wir hätten schon gern mehr Kinder gehabt, aber …“ Wieder hielt sich die Frau Märzendorfer die Hand vors Gesicht und begann zu schluchzen. Gasperlmaier hörte, wie jemand die Tür öffnete. „Minerl!“, rief jemand von der Tür her. „Hast schon wieder nicht zugesperrt? Wie oft soll ich dir noch …“ Der Mann, der das Wohnzimmer betrat, hielt inne, als er Gasperlmaier und die Frau Doktor erblickte. Die stand gleich auf. „Kohlross, vom Bezirkspolizeikommando in Liezen. Wir haben gestern schon telefoniert.“ Der Herr Märzendorfer war etwa so groß wie er selbst, stellte Gasperlmaier fest, etwas breiter gebaut, durchtrainiert und glatzköpfig, bis auf einen schmalen Ring kurz geschnittener Haare rund um den Schädel. Er sah deutlich jünger und auch fitter aus als seine Frau, fand Gasperlmaier. Wahrscheinlich war es ihm leichter gefallen, das Verschwinden der Tochter zu verkraften. Obwohl ja, wie Gasperlmaier aus eigener Erfahrung wusste, Töchter oft mehr an den Vätern hingen als an der Mutter. Gasperlmaier erhob sich ebenfalls und schüttelte dem Herrn Märzendorfer die Hand, der die seine kräftig drückte.

„Meine Frau hat sich ja von dem Schock nie mehr ganz erholt. Sie sehen ja, wie sie beieinander ist.“ Fast hatte Gasperlmaier den Eindruck, als wolle der Herr Märzendorfer Geringschätzung seiner Frau gegenüber ausdrücken. Jedenfalls fand er es nicht besonders sensibel, vor der Polizei und in ihrer Gegenwart so über seine Frau zu sprechen. „Die Sandra hat sich ja sehr von uns entfernt gehabt.“ Die Frau Märzendorfer hob den Kopf und sah ihren Mann giftig an. „Von dir vielleicht! Von mir nicht!“, schimpfte sie, den ausgestreckten Zeigefinger auf ihren Mann gerichtet. „Geh, Minerl!“ Der Herr Märzendorfer vollführte eine wegwerfende Handbewegung. „Sie hat uns doch schon mehr als ein Jahr, bevor sie verschwunden ist, nicht mehr besucht! Und telefoniert hat sie auch vielleicht zu Weihnachten einmal!“ „Und daran bist nur du schuld!“ Die Frau Märzendorfer war aufgestanden, nahm ihr Schluchzen wieder auf und verließ das Wohnzimmer. Gasperlmaier und auch die Frau Doktor schwiegen betreten, während der Herr Märzendorfer mit den Schultern zuckte. „Es geht ihr nicht gut, seit damals“, sagte er. „Sie hat sich halt nie mehr richtig erfangen. Sie sitzt ja nur zu Hause herum, und ich hab meine Arbeit, meinen Sport, meine Hobbys, ich hab halt Ablenkung.“ Gasperlmaier gefiel es ganz und gar nicht bei der Familie Märzendorfer, und er hoffte, dass der Besuch bald ein Ende finden würde. Es roch auch irgendwie säuerlich.

„Herr Märzendorfer, haben Sie für uns ein aktuelles Foto der Sandra? Eines, das wir vielleicht für unsere Ermittlungen verwenden können, auf dem sie so aussieht wie damals, als sie verschwunden ist?“ „Hat sie Ihnen Kinderfotos gezeigt?“ Der Mann sprach in einem so abwertenden Ton von seiner Frau, dass es Gasperlmaier Schauer über den Rücken trieb. Der Herr Märzendorfer kramte eine Zeitlang in einem, wie Gasperlmaier fand, ziemlich hässlichen Wohnzimmerschrank, und förderte dann ein Foto zutage. Er warf es achtlos vor die Frau Doktor auf den Tisch. „Mit mehr kann ich Ihnen nicht dienen. Da ist sie dreiundzwanzig oder vierundzwanzig, da war sie das letzte Mal beim Geburtstag meiner Frau hier. „Sie haben sie also in Wirklichkeit fast vier Jahre nicht gesehen?“, fragte die

Frau Doktor erstaunt. Der Herr Märzendorfer zuckte wieder mit den Schultern. „Sie hat uns halt vergessen. Sich nicht mehr interessiert für uns. Weil wir ihr kein Geld mehr gegeben haben, vermute ich. So sind die Kinder halt."

Die Frau Doktor reichte das Foto an Gasperlmaier weiter, nachdem sie es selbst kurz studiert hatte. Gasperlmaier konnte auf dem Foto rein gar nichts erkennen und musste erst seine Lesebrille aus der Innentasche der Jacke holen. „Sie brauchen schon eine Lesebrille?", fragte der Herr Märzendorfer, mit einem höhnischen Unterton in der Stimme, wie Gasperlmaier fand. „Schauen Sie mich an! Einundsechzig! Und einen Blick wie ein Adler!" Gasperlmaier wunderte sich nicht mehr darüber, dass die Tochter das Weite gesucht hatte, er selbst hätte ebenfalls diese Wohnung lieber früher als später verlassen. Auf dem Foto war die Sandra leider nicht sehr groß abgebildet, sie saß zusammen mit ihrer Mutter auf der gleichen Eckbank, auf der Gasperlmaier jetzt Platz genommen hatte. Mehr, als dass sie eine hübsche, dunkelhaarige Frau mit etwa schulterlangem Haar und sehr schlank war, konnte Gasperlmaier auch mit Brille nicht feststellen. „Dürfen wir das Foto mitnehmen?", fragte die Frau Doktor und erhob sich. Der Herr Märzendorfer nickte. „Eins noch: Kennen Sie irgendjemanden, mit dem Ihre Tochter Kontakt hatte, Freunde, vielleicht einen Freund, Kollegen ...?" Der Herr Märzendorfer schüttelte den Kopf. „Sie hat nie jemanden heimgebracht. Nie von irgendjemandem erzählt. Fragen Sie halt in der Vinothek, wo sie gearbeitet hat. Da war sie ja mehr als zu Hause." „Wo hat Ihre Tochter denn gewohnt?" „Mit achtzehn ist sie ausgezogen. In Gmunden drüben hat sie gewohnt, ich weiß nicht einmal die Adresse. Wir waren nie dort." Gasperlmaier war froh, als er im Stiegenhaus stand und die Wohnungstür hinter ihnen zufiel.

„Wenn ich mir die Bemerkung erlauben darf", meinte Gasperlmaier, als sie zusammen die Stiege hinuntergingen, „bei dem Vater wäre ich wahrscheinlich auch nicht mehr nach Hause gekommen." „Wenn Sie mich fragen, Gasperlmaier", seufzte die Frau Doktor, „dann riecht es in dieser Familie ganz eindeutig nach Gewalt, vielleicht sogar nach Missbrauch. Der Herr Märzendorfer, der hat mich ganz schön verunsichert. Ich hatte mir das so schön zurechtgelegt: Wir finden einen Liebhaber der Sandra Märzendorfer, der auch mit der Simone Eisel zusammen war, und dann haben wir unseren Mörder – ob er nun Fritzenwallner oder Loisenhammer heißt. Oder vielleicht doch Eisel. Jetzt denke ich eher an den Vater." „Aber", so wandte Gasperlmaier ein, „es kann doch nicht sein, dass zwei Männer auf die genau gleiche Idee kommen, dass der eine seine Geliebte, der andere seine Tochter vom Loser hinunterstößt." Die Frau Doktor zuckte mit den Schultern und drückte auf die Fernbedienung des schwarzen BMW, mit dem sie statt ihres Audi gekommen war. Es war das gleiche Modell, erinnerte sich Gasperlmaier, wie das von der Simone Eisel. Die Frau Doktor hatte das Auto derart den Pötschenpass hinaufgetreten, dass sich Gasperlmaier fragte, wie viel PS der wohl haben mochte. Zu fragen aber wagte er nicht. Es war übrigens genau das Auto, mit dem die Frau Doktor vorgestern vom Krankenhaus abgeholt worden war, Gasperlmaier erinnerte sich noch gut. „Hallo Renate!", hatte der junge Mann zur Frau Doktor gesagt. Gasperlmaier spürte einen kleinen Stich von Eifersucht.

„Übrigens hat uns der Herr Märzendorfer angelogen." Gasperlmaier sah sich verwundert zur Frau Doktor um. „Er muss in der Wohnung seiner Tochter gewesen sein. Er wird ja nicht mehr als ein Jahr lang die Miete bezahlt haben, und wer sonst als ihre Eltern sollte ihre Sachen aus der Wohnung geholt und die Wohnung dann übergeben haben?“ „Warum haben Sie ihn denn dann nicht nach einem Alibi gefragt?“ Gasperlmaier war erstaunt über die Nachlässigkeit der Frau Doktor. „Aber Gasperlmaier!“ Die Frau Doktor kicherte. „Wissen Sie denn genau, wann die Sandra ermordet worden ist?“ Gasperlmaier fühlte Hitze zu seinen Ohren aufsteigen. So dumm, dass man ihn auslachen musste, war die Frage aber auch nicht gewesen, wenn auch vielleicht ein wenig unüberlegt. Gasperlmaier versank in beleidigtes Schweigen. „Die Eltern wissen ja nicht einmal genau, wann sie überhaupt verschwunden ist, wo sie so wenig Kontakt mit ihnen hatte.“ Gasperlmaier bezweifelte das. Wenn er an die Mutter dachte, sagte ihm ein Gefühl, dass sie vielleicht heimlich mit der Tochter telefoniert hatte, hinter dem Rücken des Herrn Märzendorfer. Allerdings hatte er zum jetzigen Zeitpunkt nicht vor, seine Gefühle der Frau Doktor mitzuteilen.

Mittlerweile waren sie bei der Vinothek angelangt. „Ach du Schande!“ Gasperlmaier schrak von seinen düsteren Gedanken auf, als die Frau Doktor verärgert aufs Lenkrad schlug. Direkt neben ihnen auf dem kleinen Parkplatz vor der Weinhandlung stand ein weißer Golf der Schilling-Zeitung. Gasperlmaier war sofort hellwach. „Das kann nur die Maggie Schablinger sein!“ „Verdammt noch einmal, dass uns die schon wieder in die Quere kommen muss! Und noch dazu vor uns! Wahrscheinlich hat die Bestie den Polizeifunk abgehört!“ Die Frau Doktor schlug die Autotür mit solcher Wucht zu, dass es laut knallte und Gasperlmaier erschrak. Kaum konnte er mit der Frau Doktor Schritt halten, die bereits auf die Eingangstür zusteuerte. Drinnen im Weingeschäft sah es sehr vornehm aus, fand Gasperlmaier. Tatsächlich stand die Maggie Schablinger mit ihrem schwarzen Fransenzeug, an dem er sie sofort erkannte, an der Bar, dahinter zwei junge Leute, offenbar das Personal. Die Maggie hatte, so stellte Gasperlmaier fest, heute nicht nur allerlei Fransen und Rüschchen an ihrer Kleidung, sie hatte auch noch wild gemusterte Strümpfe und Schuhe mit äußerst gewagten Absätzen an. Gasperlmaier fragte sich, wie man damit Auto fahren konnte. Noch bevor die Frau Doktor die Bar erreicht hatte, drehte sich die Maggie um. Gasperlmaier sah, dass sie ein langstieliges Glas Weißwein vor sich stehen hatte, in dem nur noch ein kleiner Schluck schwappte. „Wenn Sie selbst während der Arbeit trinken, dann sollten Sie andere deswegen nicht in die Schlagzeilen bringen!" Die Frau Doktor, so dachte Gasperlmaier bei sich, ging gleich frontal zum Angriff über. Und erinnerte ihn so daran, wie die Maggie den Kahlß Friedrich und ihn selber in eine recht unangenehme Lage gebracht hatte, indem sie Fotos veröffentlicht hatte, auf denen der Friedrich und er in Uniform beim Bier trinken zu sehen gewesen waren. „Schau, der Gasperlmaier ist auch da. Ist das überhaupt was für Sie, so eine Vinothek, sollten Sie nicht viel eher in einer Brauerei ermitteln?" Gasperlmaier verkniff sich jede Bemerkung und wartete gespannt darauf, wie die Frau Doktor das Wortgefecht weiterführen würde. „Arbeiten Sie beide hier?", fragte sie stattdessen freundlich das Pärchen hinter der Bar. Der junge Mann war damit beschäftigt, Gläser zu polieren, während die blonde Frau verlegen auf dem Computer herumtippte. Die Frau fand als Erste die Sprache wieder. „Ja, wir sind das Team der Vinothek. Was können wir denn für Sie tun?“ Sie warf einen verstohlenen Blick auf die Maggie, um sich gleich wieder der Frau Doktor zuzuwenden. „Hat die Dame Sie über Sandra Märzendorfer ausgefragt?“ Die Frau nickte schuldbewusst, während der Mann sich weiterhin seinen Gläsern widmete, sowohl die Frau Doktor als auch die Maggie und seine Kollegin ignorierend.

„Dann möchte ich Sie bitten, der Dame keine weiteren Informationen über Sandra Märzendorfer zu geben. Es läuft eine Ermittlung wegen eines Verbrechens, dem Sandra zum Opfer gefallen sein könnte, und ich möchte nicht, dass diese Ermittlungen von der Boulevardpresse hintertrieben werden.“ „Zu spät!“ Die Maggie, fand Gasperlmaier, sprach ein klein wenig langsamer und undeutlicher als sonst, außerdem irrten ihre Augen unstet umher, anstatt Blickkontakt mit der Frau Doktor zu halten. „Wie viel hat denn die Dame schon getrunken?“, fragte die Frau Doktor. Die junge Frau zuckte mit den Schultern, doch nun stellte ihr Kollege sein Weinglas ab und wandte sich der Frau Doktor zu. „Sie hat ein, zwei Weinproben von uns bekommen. Nicht mehr. Möchten Sie auch? Wir haben einen hervorragenden Sauvignon ...“ „Nein, danke! Außer Sie haben auch Mineralwasser zum Probieren da.“ Äußerlich, so fand Gasperlmaier, war die Frau Doktor höflich und bestimmt, innerlich aber, so gut kannte er sie nun schon, war sie nahe am Kochen. „Gasperlmaier, Sie begleiten die Frau Schablinger jetzt zu ihrem Auto. Bevor Sie sie einsteigen lassen, lassen Sie sie blasen. Marsch!“ Gasperlmaier wartete, ob sich die Maggie von selber mit ihm auf den Weg hinaus machen würde. Die aber machte keine Anstalten dazu. „Sie behindern die freie Presse! Die Menschen in diesem Land haben ein Recht auf Information! Wir haben ein Recht auf freie Meinungsäußerung!" Diese Tiraden kannte Gasperlmaier schon, aber heute brachte die Maggie sie in einem Ton und einer Lautstärke vor, dass sich Gasperlmaier sicher war, dass da mehr als ein oder zwei Weinproben dahintersteckten. „Gut, Frau Schablinger." Die Frau Doktor antwortete ganz ruhig. „Dann machen wir es anders. Wie, haben Sie sich gedacht, werden Sie denn von hier wegkommen? Ich nehme nicht an, dass Sie Auto fahren wollen, oder? Bushaltestelle sehe ich keine. Na? Sollen wir Sie mitnehmen?" Jetzt erst wirkte die Maggie ein wenig verunsichert. „Die einzige Möglichkeit, die ich jetzt sehe, wenn Sie nicht freiwillig gehen, ist, dass ich diese beiden Herrschaften", sie zeigte auf die beiden Angestellten, „in ein Büro zur Vernehmung bitte, währenddessen das Geschäft selbstverständlich kurzfristig zugesperrt werden muss." Sie wandte sich an die Angestellten. „Haben wir hier irgendwo einen Raum, wo wir ungestört reden können?" Die beiden nickten. „Dann darf ich Sie jetzt bitten, das Geschäft kurz zu schließen, damit wir ungestört reden können." Dem jungen Mann war die Situation sichtlich unangenehm. Er kam um die Bar herum und wandte sich an die Maggie. „Gnädige Frau, es tut mir sehr leid, aber ..." „Schon gut!", meinte die, „Ich geh ja schon. Aber ich hab alles, was ich brauche, Frau Doktor Kohlross! Und früher als Sie! Sie werden sich anschauen, was Sie morgen in der Schilling-Zeitung lesen können!" „Da bin ich mir ganz sicher." Die Frau Doktor blieb immer noch ruhig, nicht ohne einen sarkastischen Unterton, wie Gasperlmaier fand. Der junge Mann öffnete die Tür für die Maggie. Sie ging schnurgerade und sicheren Schritts hinaus, fand Gasperlmaier. Am Ende hatte das mit den zwei Weinproben doch gestimmt.

Die Frau Doktor sah ihr nach. Als die Maggie ihr Auto gestartet hatte, zückte die Frau Doktor ihr Handy. „Ja, Kohlross, Bezirkspolizeikommando Liezen. Entschuldigt bitte, Kollegen, ich bin gerade hier in Gmunden in der Salzburger Straße. Hier ist eben eine junge Frau weggefahren, in Richtung Innenstadt, weißer Golf mit Aufschrift der Schilling-Zeitung. Sie hat getrunken. Ihr kümmert euch?" Grinsend legte sie auf und steckte ihr Handy wieder ein. „Eins zu null für uns, Gasperlmaier!"

„So!", sagte die Frau Doktor. „Und nun zu Ihnen." Die beiden Angestellten hatten einen fast ehrfürchtigen und ein wenig verschreckten Ausdruck in ihren Gesichtern, fand Gasperlmaier, während die Frau Doktor recht aufgeräumt, fast heiter wirkte. „Wie schaut's jetzt aus mit einem Mineralwasser? Für mich und den Kollegen?" „Wir hätten da ganz was Hervorragendes aus Irland ...", setzte der junge Mann an. „Für uns tut's auch was aus Österreich." Der junge Mann zuckte die Schultern und suchte im Kühlschrank nach einer Flasche.

„Ich darf Sie um Ihren Namen fragen?" Die junge Frau blickte ein wenig irritiert zwischen Gasperlmaier und der Frau Doktor hin und her. „Valerie Schindlbauer. Ich leite die Vinothek. Und Sie?" „Entschuldigung, ich habe uns nicht vorgestellt. Kohlross, Bezirkspolizeikommando Liezen, Steiermark. Inspektor Gasperlmaier, Polizei Altaussee." Sie wies auf Gasperlmaier, der unwillkürlich Haltung annahm. „Wir ermitteln sozusagen grenzüberschreitend, wegen eines Tötungsdelikts. Sie haben Frau Sandra Märzendorfer gekannt?" Die Valerie Schindlbauer, so schien es Gasperlmaier, atmete auf. „Jetzt kann ich mir wenigstens vorstellen, weswegen Sie hier sind." Der junge Mann reichte der Valerie eine Flasche Mineralwasser. Die stellte zwei Gläser auf die Bar und schenkte sie voll. „Bitte. Natürlich habe ich die Sandra gekannt. Sie hat vor mir die Vinothek geleitet, und ich war ihre Mitarbeiterin. Als sie verschwunden ist, bin ich ihr nachgefolgt. Der Alexander“, sie wies auf den jungen Mann, der sich wieder dem Polieren der Gläser zugewandt hatte, „ist unser Praktikant.“

„Können Sie mir etwas über die Sandra Märzendorfer erzählen? Von ihren Eltern habe ich nicht viel erfahren.“ Die Frau Doktor nahm einen Schluck Mineralwasser, Gasperlmaier tat es ihr gleich. Jetzt erst merkte er, wie großen Durst er schon gehabt hatte. Die Valerie nahm einen Schluck aus einer kleinen Flasche Cola light, die sie neben ihrer Tastatur stehen hatte. „Das wundert mich nicht, ich glaube, vor allem ihr Vater war ein ziemliches Ekel. Sie hat aber kaum etwas über ihre Familie erzählt, obwohl wir hier herinnen oft sechs, sieben Stunden am Tag gemeinsam gearbeitet haben.“ Gasperlmaiers Blicke fingen an zu wandern. Neben ihm befand sich ein Regal, in dem neben Nudeln auch Tomatensoße in Gläsern stand. Wenn ihn nicht alles täuschte, kostete ein Glas davon sieben Euro neunzig. Gasperlmaier fragte sich, ob man die Tomaten vielleicht täglich händisch massiert hatte, um auf diesen Preis zu kommen. An der Bar hing ein Plakat: „Die neuen Niederösterreicher. Weinviertel DAC. Kommentierte Verkostung.“ Die Veranstaltung, so fand Gasperlmaier heraus, sollte am kommenden Freitag stattfinden. „Wir haben uns zwar prima verstanden, sie war auch total freundlich zu den Kunden und sehr professionell, aber privat haben wir uns in den zwei Jahren, die wir gemeinsam hier gearbeitet haben, kaum kennengelernt.“ Die Frau Doktor zog die Augenbrauen hoch. „Das gibt’s doch gar nicht. Ich bitte Sie! Zwei junge Frauen, fast im gleichen Alter, und dann gibt’s hier sicher Veranstaltungen, wo getrunken wird, einsame Stunden, wo keine Kunden kommen – und Sie haben nichts von ihr gewusst? Haben Sie nie gefragt? Oder über sich etwas erzählt?“ Die Valerie zuckte mit den Schultern. „Mir ist die Sandra ja auch komisch vorgekommen. Äußerlich hat sie nicht so gewirkt, ich meine, so verschroben und zurückgezogen. Aber sie hat, echt, zwei Gesichter gehabt. Smalltalk – hat funktioniert. Wie es etwas persönlicher geworden ist, hat sie abgeschaltet. Ich hab mich mit der Zeit halt daran gewöhnt.“

„Versuchen Sie sich zu erinnern!“ Die Frau Doktor lehnte sich mit verschränkten Armen auf die Bar. „In der Zeit, bevor sie verschwunden ist, hat sich ihr Verhalten irgendwie verändert?“ Wieder zuckte die Valerie mit den Schultern. „Vielleicht. Ich weiß nicht. Ich glaub, sie hat einige Zeit davor angefangen, mehr Urlaub zu nehmen. Immer stundenweise, manchmal am Nachmittag, glaub ich. Und sie hat sich Sportsachen gekauft, fällt mir gerade ein. Das war auffällig, denn sonst, glaube ich, hat sie mit Sport nichts am Hut gehabt. Sie ist immer mit so einem alten Radl dahergekommen, ganz unmöglich. Und beim Firmenskitag war sie nie dabei.“ Gasperlmaier trat ein paar Schritte zurück und inspizierte die Weinregale, die in edlem, dunklem Holz gehalten waren. Die Flaschen standen aufrecht darin. Kaum eine Flasche, so fiel ihm auf, war unter zehn Euro zu haben. Manche kosteten dreißig Euro und mehr. Gasperlmaier fragte sich, wer bereit war, für Wein so viel Geld auszugeben. Er erinnerte sich an den gestrigen Abend, als er auf der Karte im Restaurant in Ischl ein Achtel Wein um sechs Euro gefunden hatte. Der Preis hatte ihm einen ordentlichen Schrecken eingejagt. Wahrscheinlich kauften die auch hier ein, dachte er bei sich.

„Können Sie sich noch daran erinnern, wie sie verschwunden ist?“ Das Zucken mit den Schultern, fand Gasperlmaier, war ein bisschen eine Manie von der Valerie. Ihm ging das Gezucke schön langsam auf die Nerven. „Keine Ahnung!“, sagte die Valerie, „Sie ist einfach an einem Montag einmal nicht mehr gekommen. Der Chef hat dann angerufen, auf ihrem Handy hat sich niemand gemeldet. Er hat auch die Eltern angerufen, und die haben nur erzählt, dass sie keinen Kontakt mit ihr haben. Ich glaube, die Eltern haben dann Vermisstenanzeige erstattet. Natürlich ist unter den Kollegen viel spekuliert und geredet worden, aber Genaues hat niemand gewusst.“ „Auch keine Gerüchte?“ Die Frau Doktor leerte ihr Mineralwasser. „Keine Ahnung. Schon.“ Eigentlich, so dachte Gasperlmaier bei sich, musste man Krämpfe bekommen davon, wenn man ständig mit den Schultern zuckte. Dass die Valerie, wie seine eigenen Kinder, nahezu jeden Satz mit einem „keine Ahnung“ garnierte, fiel ihm schon fast nicht mehr auf, obwohl er es immer noch albern fand. „Natürlich hat es ein paar gegeben, die sie einmal mit dem, einmal mit einem anderen Mann gesehen haben wollen. Und der eine hat sie auf Mallorca getroffen, und der andere beim Skifahren. Ich glaub das alles nicht!“ „Na ja, Gasperlmaier!“ Die Frau Doktor wandte sich ihm zu. „Viel schlauer sind wir nicht geworden. Ein stilles Wasser, die Sandra Märzendorfer.“ Gasperlmaier erschien zum wiederholten Male der hohle Schädel der Sandra Märzendorfer vor seinem inneren Auge. Ein stilles Wasser, fand auch Gasperlmaier, das konnte man von der Sandra jetzt auf jeden Fall sagen.

„Wir machen uns jetzt, glaube ich, auf den Weg zurück nach Aussee“, sagte die Frau Doktor, als sie wieder im Auto saßen. Gasperlmaier bemerkte, dass er einerseits ziemlichen Hunger hatte. Das Mineralwasser war ja nicht gerade sättigend gewesen. Andererseits musste er aufs Klo. In der Vinothek hatte er darauf völlig vergessen. Er musste nun einen eleganten Weg finden, die Frau Doktor irgendwohin zu lotsen, wo man sowohl etwas zu essen kaufen als auch eine Toilette aufsuchen konnte. „Dass es das gibt!“, meinte die Frau Doktor, während sie den Wagen so beschleunigte, dass Gasperlmaiers Kopf jäh gegen die Kopfstütze gedrückt wurde. „Dass jemand gar so ein Geheimnis aus seinem Privatleben macht? Dass die Kollegin so gar nichts von ihr erfahren hat? Ob die lügt?“ Gasperlmaier dachte daran, dass er ja auch schon ganze Tage in Gegenwart der Frau Doktor verbracht hatte und praktisch nichts über ihr Privatleben wusste. Gerade halt, dass er ihren Vornamen zufällig aufgeschnappt hatte. Renate. Ein hübscher Name, fand Gasperlmaier im Gegensatz zur Frau Doktor. Heute zwar unüblich, aber zu ihr passte er. Ohne, dass er es wirklich wollte, platzte es aus ihm heraus. „Wir sind ja auch schon tagelang miteinander unterwegs, Frau Doktor. Und ich weiß ja auch nichts über Ihr Privatleben.“ Die Frau Doktor lachte auf. „Sie sind mir aber einer, Gasperlmaier! Das ist ja ganz was anderes!“ Gasperlmaier schien, er habe wieder einmal etwas falsch gemacht, und Hitze überzog seine Ohren. Hoffentlich, so dachte er bei sich, kann das die Frau Doktor nicht sehen. Warum das in ihrem Fall etwas ganz anderes sein sollte, das musste er sich noch gründlich überlegen. Vielleicht konnte er seine Christine noch danach fragen. Obwohl die manchmal ein wenig spitz reagierte, wenn er zu Hause über andere Frauen sprach, vor allem dann, wenn die Christine in seiner Darstellung eine gewisse Bewunderung für die jeweilige Dame erkannte.

Als er so über den Besuch in dem teuren Weingeschäft sinnierte, kam Gasperlmaier eine Idee. Er hatte doch in der Vinothek ein Plakat gesehen, das für eine Weinverkostung warb. Und die Frau Doktor hatte auch von Veranstaltungen gesprochen, bei denen getrunken wurde. Und, ja, jetzt erinnerte er sich genau: An der Wand über der Bar, fast unter der Decke, war eine Reihe Fotos gehangen, die fröhliche Runden mit Weingläsern in den Händen zeigten. Und was hatte die Valerie Schindlbauer gesagt? Dass die Sandra Märzendorfer beim Smalltalk mit den Kunden eher locker gewesen sei. Da musste sie doch auch auf Fotos drauf sein. Vielleicht sogar mit ihrem Mörder? Gasperlmaier rang mit sich, ob er seine Überlegungen mit der Frau Doktor teilen sollte. Womöglich war es wieder völliger Unsinn, was er sich da ausgedacht hatte. Viel dringender war jetzt sein Wunsch, irgendeine Einrichtung anzusteuern, die über eine Toilette verfügte. Er musste es vorsichtig einfädeln.

„Könnten wir irgendwo was zu trinken kaufen?", fragte er die Frau Doktor, als sie gerade durch Altmünster fuhren. „Wir haben doch eh gerade ein Mineralwasser gehabt. Haben Sie schon wieder Durst, Gasperlmaier?" Der Versuch, so dachte Gasperlmaier bei sich, war schiefgelaufen. „Es wäre auch eine Möglichkeit, dass wir uns was zu essen kaufen. Es ist schon Mittag." „Wenn Sie meinen." Ohne wirkliche Begeisterung, so schien es Gasperlmaier, lenkte sie den BMW auf den Parkplatz eines Supermarkts, wo Gasperlmaier feststellte, dass das Kunden-WC abgesperrt war und man den Schlüssel erst bei der Kasse holen musste, was ihm peinlich war. Vor allem, als er dann mit dem Schlüssel mit einem tennisballgroßen Anhänger wieder draußen vor der Eingangstür des Supermarkts stand.

Mit der Frau Doktor, fand Gasperlmaier, war es immer ein wenig mühsam, vernünftige Regelungen der unbedingt notwendigen Mahlzeiten wegen zu treffen. Wie es ihm schien, vergaß sie oft einfach aufs Essen. Jetzt zum Beispiel hatte sie sich eine einzelne Banane gekauft, während Gasperlmaier, aus Sorge, es könne sehr lang bis zur nächsten Nahrungsaufnahme dauern, die bereits gewohnten zwei Leberkäsesemmeln erworben hatte. Und die Frau Doktor schielte immer so komisch zu ihm herüber, so, als hätte sie Angst, er würde Fettflecken auf den Lederpolstern des edlen BMW hinterlassen.

Als er seine Semmeln aufgegessen hatte, rang Gasperlmaier immer noch mit sich, ob er seine Gedanken bezüglich der Fotos aus der Vinothek der Frau Doktor mitteilen sollte. Schließlich entfernte man sich immer weiter von Gmunden, und der Zeitverlust beziehungsweise der Umweg würden immer größer werden. Gasperlmaier entschloss sich zu einem Kompromiss. „Erinnern Sie sich an die Fotos über der Bar, Frau Doktor?“, begann er vorsichtig. „Ich glaube, zumindest auf einem war auch die Sandra Märzendorfer drauf.“

„Ich bin ein solches Rindvieh!“ Die Frau Doktor riss den BMW abrupt nach links, sodass Gasperlmaier unsanft gegen die Tür geschleudert wurde. Mit quietschenden Reifen wendete sie und raste nach Gmunden zurück, dass Gasperlmaier sicher war, die eine oder andere Geschwindigkeitsbeschränkung würde jetzt missachtet werden. „Natürlich!“ Die Frau Doktor schlug sich an die Stirn. „Wenn die Sandra Märzendorfer, wie die Valerie Schindlbauer ausgesagt hat, kaum über Privates gesprochen hat, wenn sie also so zugeknöpft war, wo kann sie dann überhaupt Kontakte geknüpft haben? – Bei ihrer Arbeit, bei Veranstaltungen in der Vinothek! Dass ich da nicht selber draufgekommen bin!“ Gasperlmaier war sehr zufrieden. Er hatte der Frau Doktor sozusagen nur einen kleinen Stupser in die richtige Richtung geben müssen, und schon war sie selber auf die Idee gekommen, die Gasperlmaier im Hirn herumgegeistert war. Und er musste sich nicht einmal dafür rechtfertigen, dass er nicht früher damit herausgerückt war. „Wie Sie schon gesagt haben, Gasperlmaier: Von den Veranstaltungen muss es Fotos geben – einige sind ja auch an den Wänden aufgehängt. Und da müssen wir suchen. Wer weiß, vielleicht finden wir ja sogar wen, der uns eine Verbindung zwischen der Sandra Märzendorfer und der Simone Eisel herstellt. Könnte eine ganz schön aufwendige Arbeit werden!“ Die Frau Doktor überholte im selben Atemzug waghalsig einen vor ihr her fahrenden Lieferwagen, sodass Gasperlmaier Zweifel hegte, ob sie in der Vinothek überhaupt jemals ankommen würden. „Dabei sollten wir jetzt wirklich auf dem Weg nach Aussee sein!“ Gasperlmaier wagte nicht einmal, sich fragend der Frau Doktor zuzuwenden, obwohl ihm klar war, dass es auch nichts half, dass er zur Windschutzscheibe hinausstarrte. „Ich hab ja gestern noch mit der Frau Zettel telefoniert, der Praktikantin. Gott sei Dank hab ich sie erreicht. Aber sie wollte am Telefon überhaupt nichts sagen. Ich hab mich mit ihr heute Nachmittag verabredet, an der gleichen Stelle wie gestern. Hoffentlich schaffen wir das noch!“ Gasperlmaier fand es nicht günstig, die Frau Doktor daran zu erinnern, dass sie ohne Blaulicht nicht bei Rot über die Kreuzung fahren durfte. Außerdem war es ohnehin zu spät.

„Wieder nichts!“ Die Frau Doktor und Gasperlmaier standen nun schon mehr als eine halbe Stunde vor dem Bildschirm in der Vinothek und sahen ein Fotoalbum ums andere durch. Zwar hatten sie zahlreiche Fotos gefunden, auf denen die Sandra Märzendorfer – meist im Hintergrund – zu sehen war. Auch einige, die sie in Großaufnahme zeigten, waren dabei gewesen. Sogar etliche, auf denen sie mit Gästen posierte. Einen Bekannten hatten sie dabei allerdings nicht entdeckt. Heutzutage, dachte Gasperlmaier bei sich, mit diesen digitalen Kameras, wurden viel zu viele Fotos gemacht. Und wozu? Wer schaute sie sich an? Die meisten verschimmelten auf irgendwelchen Festplatten, die garantiert einmal hin werden würden, und nichts würde von den Fotos übrig bleiben. Da lobte sich Gasperlmaier die Fotoalben seiner Mutter. Kompakt, in zwei Bänden, waren sämtliche wichtigen Ereignisse, von Gasperlmaiers ersten Schritten über Erstkommunion und Familienurlaube bis hin zu seinen ersten Auftritten in Feuerwehr- und Polizeiuniform, sorgsam dokumentiert und würden auch Jahrhunderte überdauern. Nicht, dass Gasperlmaier das wichtig gewesen wäre. Er fand sich selbst auf den Kinder- und Jugendfotos grauenhaft. Aber immerhin – betrachtet wurden sie, von der Mama wahrscheinlich wenigstens einmal in der Woche, und erhalten bleiben würden sie auch, wenn nicht gerade das Haus abbrannte.

Die Frau Doktor blätterte gerade in einem weiteren Album, das Fotos einer Weinverkostung enthielt. Wenn man das ständige Klicken überhaupt als „blättern“ bezeichnen wollte. Die Valerie Schindlbauer schaute ihr kurz über die Schulter. „Das ist ein ganz berühmter Deutscher“, meinte sie, „Der hat bei uns eine ganz hochwertige Altweinverkostung gemacht. Eigentlich ist er Zahnarzt, aber er hat einmal begonnen, leidenschaftlich Altweine zu sammeln, und jetzt ist er Profi geworden und handelt damit.“ Gasperlmaier wunderte sich einerseits nicht, dass gerade ein Zahnarzt Weine sammelte, denn jeder wusste, dass die Geld wie Heu hatten. Andererseits fand er den Gedanken, uralte Weine zu sammeln, ein wenig abwegig. Wer konnte schon wissen, ob der Inhalt einer Flasche, die man womöglich um teures Geld erstanden hatte, überhaupt noch zu trinken war? „Der älteste Wein“, fuhr die Valerie fort, „das war ein Château, ich weiß nicht mehr genau, aus dem Jahr 1929. Stellen Sie sich vor! 1929! Da ist meine Großmutter geboren! Wann sind Sie denn geboren, Herr Inspektor?“, wandte sie sich an Gasperlmaier. „Ich bin mir sicher, auch aus Ihrem Jahrgang lässt sich noch ein Wein finden. Wird gerne zu runden Geburtstagen geschenkt!“ Gasperlmaier war gar nicht wohl bei dem Gedanken, dass ein Wein aus seinem Geburtsjahrgang womöglich schon als antiquarische Rarität galt. Einmal mehr dachte er daran, dass das beim Bier viel einfacher war. Es wurde, wenn es fertig war, in Fässer gefüllt, geliefert und getrunken. Und wenn man eine Flasche einmal ein halbes Jahr lang liegen ließ, dann war sie abgelaufen und schmeckte nach einem weiteren halben Jahr schal und fade. Das war's. Gasperlmaier kratzte sich am Kopf und nannte der Valerie etwas verschämt sein Geburtsjahr. Zur Abwechslung zuckte sie einmal nicht mit den Schultern, sondern wackelte ein wenig mit dem Kopf. „Ich weiß nicht. Das war im Bordeaux ein verregneter Jahrgang. Den würde ich Ihnen nicht empfehlen.“ Gasperlmaier war froh, dieser möglichen Falle entgangen zu sein. Die Valerie hätte es sonst am Ende noch geschafft, ihm eine sündteure Flasche Wein anzudrehen, mit der er dann ohnehin nichts anfangen konnte.

„Gasperlmaier!“ Ein regelrechter Aufschrei der Frau Doktor ließ Gasperlmaier gleichzeitig zusammenzucken und hochfahren. „Wir haben's! Schauen Sie sich das einmal an!" Und Gasperlmaier schaute und staunte nicht schlecht. Gleich drei Herren waren auf dem Bild zu sehen, die Gasperlmaier im Zuge der Ermittlungen schon kennengelernt hatte, auch wenn er sich sagen musste, dass er auf ihre Bekanntschaft gerne hätte verzichten können. Und mitten zwischen ihnen stand die Sandra Märzendorfer, lächelte und prostete mit einem halb gefüllten Sektglas dem Fotografen zu. Der Herr ihr gegenüber hielt ein ebensolches in der Hand, das aber bereits leer war. Er schien sich, wie Gasperlmaier fand, mehr für den Ausschnitt der Sandra Märzendorfer zu interessieren als für den Fotografen. Gasperlmaier wollte dem Herrn Direktor nichts unterstellen, aber aus der Perspektive, aus der das Foto aufgenommen worden war, sah es jedenfalls so aus. Der Herr Direktor des Ischler Gymnasiums, Gasperlmaier erinnerte sich nicht mehr an seinen Namen, wurde flankiert vom Herrn Magister Fritzenwallner, der sogar einen Arm um die Schultern der Sandra Märzendorfer gelegt hatte, und vom Herrn Magister Loisenhammer, dessen feistes Gesicht grinsend in die Kamera glänzte. „Das ist ja jetzt einmal eine gehörige Überraschung." Die Frau Doktor vergrößerte das Foto und schob den Ausschnitt auf dem Bildschirm hin und her, um sich zu vergewissern, dass die Herren auf dem Foto tatsächlich die waren, für die sie sie hielt. „Können Sie mir das Foto ausdrucken? In Farbe?" Die Valerie Schindlbauer ging an den Computer, klickte ein paarmal, und schon begann der Drucker gleich daneben zu brummen und spuckte recht flott ein seitengroßes Foto aus, auf dem die drei Herren ebenso deutlich wie auf dem Bildschirm zu erkennen waren. Die Frau Doktor nahm es selbst aus dem Drucker und zeigte es der Valerie. „Kennen Sie die Herren auf dem Foto?“ Fast hatte Gasperlmaier es kommen sehen. Die Valerie zuckte wieder mit den Schultern. „Keine Ahnung. Ich glaub, die sind schon öfter da gewesen. Vor allem der eine da.“ Sie zeigte auf den Magister Fritzenwallner. „Was war denn das für eine Veranstaltung? Und wann? Und waren die drei gemeinsam da?“ Die Valerie seufzte. „Mein Gott! Das ist ja fast zwei Jahre her! Und wir haben zehn, zwölf solche Veranstaltungen im Jahr! Jedes Mal sechzig, siebzig Leute! Glauben Sie, das kann man sich alles merken?“

„Setzen wir uns da hin!“ Die Frau Doktor deutete auf eine Sitzgruppe in einer Ecke. „Und denken Sie bitte genau nach. Es ist ja schließlich keine Kleinigkeit, weswegen wir hier ermitteln. Zwei Frauen sind gestorben, eine davon haben Sie gut gekannt. Ich glaube, die verdienen es schon, dass Sie sich ein bisschen bemühen, meinen Sie nicht?“ Sie reichte der Valerie das Foto, die jetzt, wie Gasperlmaier fand, wieder ein wenig eingeschüchtert wirkte. Tatsächlich setzte sie sich hin und studierte das Foto genauer. „Ich glaub, dass die mehrmals da waren. Ja, sicher.“ Sie nickte. „An den Dicken kann ich mich auch genauer erinnern.“ Sie deutete auf den Magister Loisenhammer. „Der war ziemlich pampig, hat sich als großer Weinkenner aufgeführt. War er aber nicht. Das habe ich ja schließlich bemerkt. Und er war ein bisschen auffällig Frauen gegenüber.“ „Auffällig?“, fragte die Frau Doktor. „Ja, Sie wissen schon, er hat halt den Angeber herausgekehrt, und er hat ein bisschen hingebraten, wie wir das nennen. Er war den Frauen lästig, hat es selber aber nicht einmal gemerkt. Vor allem, wenn er einen zu viel hatte.“ „Und die anderen beiden?“ „Der Dunkelhaarige da neben der Sandra, der war voll nett, an den kann ich mich jetzt auch erinnern. Er war auch manchmal allein da, was kaufen. Und er war mit der Sandra per Du. Das fällt mir jetzt ein. Das war nämlich nicht selbstverständlich. Wir schauen schon auf ein bisschen Distanz zu unseren Kunden." „Und der Dritte?" Die Valerie runzelte die Stirn und legte das Foto auf den Tisch. „Also echt!", sagte sie, „an den kann ich mich einfach nicht erinnern. Ich hab mit dem sicher nicht geredet. Und er war sicher nicht öfter da, jedenfalls kein Stammkunde." „Können Sie sich vorstellen, dass die Sandra mit einem der drei ein Verhältnis gehabt hat?" Die Valerie kicherte. „Ja, wenn Sie meinen, dann höchstens mit dem Dunkelhaarigen. Der eine ist viel zu fett und schiach, und der andere uralt! Ich kann mir nicht vorstellen, dass die Sandra auf einen von den beiden gestanden ist!"

Gasperlmaier wurde langweilig, und er begab sich wieder zu dem Computer, auf dessen Bildschirm immer noch das Foto zu sehen war, das jetzt ausgedruckt auf dem Tisch hinter ihm lag. Er nahm die Maus zur Hand, um zu sehen, ob es nicht weitere Fotos mit den drei Herren gab. Wohl gab es einige, auf denen der eine oder andere im Hintergrund oder auch in Gesellschaft anderer, ihm nicht bekannter Menschen abgebildet war. Ein Foto zeigte die Valerie Schindlbauer in Großaufnahme, dahinter den Herrn Magister Loisenhammer, der ihr mit leicht glasigen Augen und einem angetrunkenen Grinsen im Gesicht über die Schulter in die Kamera schaute. Die Frau Doktor unterhielt sich immer noch mit der Valerie, als Gasperlmaier auf einem Foto etwas sah, was ihm bekannt vorkam. Allerdings wollte sich das Bekannte nicht so recht in sein Bewusstsein befördern lassen, es war mehr unterschwellig da. Gasperlmaiers Gehirn gab ihm nicht preis, was er auf dem Foto erkannte, es verschaffte ihm lediglich ein nagendes Gefühl von Déjà-vu. Er versuchte, das Bild zu vergrößern, so, wie es die Frau Doktor vorhin getan hatte, um Einzelheiten wahrnehmen zu können, es gelang ihm jedoch nicht.

„Gasperlmaier, wir fahren! Wir haben jetzt drei ganz dringende Termine mit den Herren auf dem Foto." Die Frau Doktor hatte sich erhoben, ihre Handtasche in der einen, das ausgedruckte Foto in der anderen Hand. Gasperlmaiers Blick streifte den Ausschnitt ihres nicht ganz weißen Kostüms und plötzlich fiel es ihm wie die sprichwörtlichen Schuppen von den Augen. „Ich hab da noch was ganz Wichtiges entdeckt!", platzte er heraus und drehte sich zum Computer zurück, auf dem die Valerie inzwischen das Bild verschwinden hatte lassen und durch endlose Zahlenreihen in nebeneinander angeordneten Kolonnen ersetzt hatte. „Das letzte Bild noch einmal! Schnell!" Die Valerie seufzte, zuckte mit den Schultern und rollte die Augen. „Was ist denn, Gasperlmaier? So reden Sie doch!" Aber Gasperlmaier brauchte zuerst den Beweis, dass er recht gehabt hatte. Auf dem letzten Foto hatte er etwas erkannt, und er brauchte die Bestätigung der Frau Doktor, dass er sich nicht geirrt hatte.

„Ich weiß ja nicht, welches Sie als Letztes angeschaut haben!", maulte die Valerie, als sie sich durch die Bilder klickte. Fast rüde drängte Gasperlmaier sie zur Seite. „Ich schau selber!" Die Valerie war schon bei dem Foto angelangt gewesen, das die drei Herren mit der Sandra Märzendorfer zeigte, und so dauerte es nur wenige Sekunden, bis Gasperlmaier das Bild auf dem Monitor sah, das in ihm eine Erinnerung angesprochen hatte. „Wie kann man denn das vergrößern?" Die Valerie zeigte ihm, dass er nur am Rad der Maus drehen musste und dann den Bildausschnitt verschieben konnte, indem er die Maustaste festhielt. Gasperlmaier bemühte sich, und schließlich gelang es ihm auch. Ein wenig dunkel war der Bildausschnitt, denn die Frau, auf die er es abgesehen hatte, war im Hintergrund gestanden und vom Blitz nur mehr dürftig ausgeleuchtet worden. Es war nicht einmal ihr Kopf drauf, den hatte der Fotograf abgeschnitten, weil er es natürlich auf die Gruppe im Vordergrund abgesehen hatte. Aber dennoch meinte Gasperlmaier, sie eindeutig erkennen zu können. Ihr Kleid war tief ausgeschnitten, und auf der linken Brust prangte deutlich sichtbar, wenn auch ein wenig unscharf, ein tätowierter Schmetterling. „Erkennen Sie sie?", fragte Gasperlmaier stolz. „Wen?" Die Frau Doktor, fand Gasperlmaier, stellte sich dumm. „Das ist doch die Susi Schneider, wir haben doch mit ihr gesprochen, sehen Sie das denn nicht?" „Ich weiß nicht, Gasperlmaier. Seien Sie nicht so fixiert auf Ausschnitte. Kann schon sein, dass die Susi Schneider auch eine Tätowierung gehabt hat. Wie können Sie sich sicher sein, dass das die gleiche ist? So was gibt's doch wie Sand am Meer." Gasperlmaier war entsetzt, wütend und enttäuscht. Nicht nur, dass seine Beobachtungsgabe in Zweifel gezogen wurde, unterstellte ihm die Frau Doktor auch noch, dass er nichts Besseres zu tun hatte, als allen Frauen, die ihm begegneten, in den Ausschnitt zu starren. Er war sich hundert-, nein, tausendprozentig sicher, dass da die Susi Schneider im Hintergrund stand, und das musste doch auch eine Bedeutung für ihre Ermittlungen haben! „Ich hab auch eine!" Die Valerie Schindlbauer zog ihr T-Shirt hoch und ließ sie ein Ornament sehen, das sie knapp über dem rechten Beckenknochen tätowiert hatte. „Ich würd mir allerdings keins auf den Busen machen lassen. Erstens, glaub ich, tut es furchtbar weh, und zweitens ist es ein bisschen zu auffällig. Fast geschmacklos."

Gasperlmaier konnte sich jetzt nicht in eine Debatte über passende und unpassende Tätowierungen einlassen. Obwohl sich die Frau Doktor schon zum Gehen wandte, beharrte er darauf: „Ich will von dem auch einen Ausdruck! Möglichst von dem Ausschnitt! Wo man die Tätowierung genau sehen kann!“ Die Valerie zuckte mit den Schultern, tat aber, was er von ihr verlangte, und Gasperlmaier fiel ein, dass man das Wort „Ausschnitt“ jetzt durchaus zweideutig verstehen hatte können.

Die Frau Doktor, so schien es Gasperlmaier, wurde ein wenig ungeduldig. Sie war beim Ausgang stehen geblieben und klopfte mit dem zusammengerollten Foto irritierend auf ihre Handtasche. Gasperlmaier nahm den Ausdruck entgegen. Zufrieden betrachtete er das Ergebnis. Das gesamte Foto war zwar nun sehr körnig und dunkel geraten, dennoch war die Tätowierung eindeutig zu erkennen. Man konnte sie durchaus mit dem Original vergleichen, um sicherzugehen, ob das wirklich die Susi Schneider war.

„Vielleicht war es doch gut, dass Sie noch einen Ausdruck von dem Foto mitgenommen haben.“ Gasperlmaier war überrascht, dass die Frau Doktor nun plötzlich einlenkte. „Vielleicht haben wir ja noch einmal einen Grund, mit der Susi Schneider zu reden. Da wäre es immerhin interessant, Ihr Foto mit dem Original zu vergleichen.“ Die Frau Doktor nahm Gasperlmaier das Foto ab und betrachtete es kritisch. „Wenn wir's nicht brauchen, können Sie sich's ja übers Bett hängen!“ Die Frau Doktor lächelte, dennoch schmerzte es Gasperlmaier, dass sie ihm, wie es schien, abermals unlautere Motive unterstellte. Tatsächlich, so fand auch Gasperlmaier, hatte das Foto ja erotische Qualitäten, für ihn aber war es lediglich ein Beweisstück. Eines, das die Frau Doktor nur ihm zu verdanken hatte. Er hoffte inständig, dass er im Recht war und ihnen das Foto irgendwie weiterhelfen würde, wenn er auch noch nicht wusste, in welcher Form das zutreffen könnte.

14

„Ich überlege gerade, welchen der drei Herren wir zuerst interviewen werden. Ich meine, wir müssen da strategisch und vorsichtig vorgehen. Damit nicht einer den anderen warnt. Womöglich stecken sie alle drei unter einer Decke!“ Gasperlmaier und die Frau Doktor Kohlross befanden sich auf dem Rückweg von Gmunden und durchfuhren gerade einen der Tunnels, die in den letzten Jahren den Traunsee entlang gebaut worden waren. Damit die LKWs schneller durch das Salzkammergut rasen und die Touristen leichter die Flucht ergreifen konnten, wenn es wieder einmal Dauerregen gab, hatte Gasperlmaier Einheimische schon witzeln gehört.

Gerade kamen die Nachrichten im Radio. „Einen grauenhaften Mord hat es heute Mittag im Salzkammergut gegeben. Der Direktor des Bundesgymnasiums Bad Ischl, Hofrat Alois Maiselseder, ist von einer Reinigungskraft erschossen in seinem Büro gefunden worden.“ Die Frau Doktor bremste und ließ den BMW schleudernd an einer Bushaltestelle zum Stehen kommen. Sie hielt den Finger vor den Mund, um Gasperlmaier davon abzuhalten, dreinzureden, und beugte sich zum Lautsprecher vor, der in ihrer Seitentür eingebaut war. „Trotz intensiver Ermittlungen fehlt vom Täter jede Spur. Die ermittelnden Polizeibeamten halten einen Racheakt eines gescheiterten Schülers für möglich.“

„So!“ Die Frau Doktor griff in eine Ablage unter dem Lenkrad, holte ein Blaulicht hervor, ließ das Fenster hinunter und pappte das Gerät aufs Dach des BMW. Mit quietschenden Reifen und eingeschaltetem Folgetonhorn schoss der Wagen aus der Haltestellenbucht.

„Das darf ja wohl nicht wahr sein, dass die oberösterreichischen Arschlöcher einfach darauf vergessen, dass wir im Umfeld dieser Schule in einem Mordfall ermitteln! Da muss man erst das Radio einschalten! Was ist denn das für ein Informationsfluss!" Nicht nur die Frau Doktor bewegte sich in höchster Drehzahl, der BMW tat es auch. Die folgende Viertelstunde war eine der schlimmsten, die Gasperlmaier je erlebt hatte. Die Frau Doktor prügelte das Auto mit ständig jaulendem Folgetonhorn zunächst den Traunsee entlang, dann über Ebensee gegen Ischl. Obwohl viele Autofahrer brav Platz machten, gab es auch welche, die falsch reagierten und angesichts des heranrasenden BMW bremsten, auch wenn Gegenverkehr ein Überholen unmöglich machte. Die Frau Doktor fluchte, so fand Gasperlmaier, wie ein Bierkutscher. In der Nähe der Saline in Ebensee quetschte sie den BMW zwischen einem Langsamfahrer auf der rechten Spur und einem entgegenkommenden LKW gerade so durch. Gasperlmaier schloss die Augen und schwor sich, schleunigst wieder gläubig zu werden, wenn er diese Fahrt jemals überstehen würde. Einfach jetzt auf der Stelle den Glauben wiederzufinden, in höchster Not, das, so dachte Gasperlmaier, würde der Herrgott wohl nicht akzeptieren. Da musste er selbst sich schon ein wenig Zeit lassen. Gasperlmaier dachte darüber nach, welche Kirche oder Kapelle er in Ischl aufsuchen würde, um im Falle des Überlebens seinen Dank abzustatten.

„Sie funken mir jetzt diese Idioten an! Ich möchte die Leiche noch an Ort und Stelle sehen! Und dass mir niemand den Tatort ruiniert!" Je wütender die Frau Doktor war, so kam es Gasperlmaier vor, desto rasender wurde ihre Fahrt. Gasperlmaier zog den Gurt an, so fest es ging, und stemmte sich mit den Füßen gegen den Fußraum des Fahrzeugs. Jemanden ans Funkgerät zu bekommen, der sich am Tatort aufhielt, gelang ihm allerdings nicht. „Wir werden die zuständige Tatortgruppe informieren“, hieß es, oder: „Wir werden Ihr Anliegen weiterleiten.“

Gut zwanzig Minuten, nachdem sie in Gmunden losgefahren waren, bremste die Frau Doktor ihren BMW direkt vor dem Eingang des Gymnasiums in Bad Ischl ab, ohne sich die Mühe zu machen, eine Parklücke zu suchen. Links und rechts von ihnen standen Einsatzfahrzeuge der Polizei, sodass Gasperlmaier annahm, dass die Untersuchung des Tatorts noch im Gange war. Auch ein Leichenwagen, fiel ihm auf, war etwas abseits geparkt. Mit offener Heckklappe. Ohne auf ihn Rücksicht zu nehmen, stürzte die Frau Doktor ins Gymnasium. Gasperlmaier folgte bedächtigen Schritts und nahm sich vor, den Termin mit der Frau Magister Zettel im Gedächtnis zu behalten, den sie jetzt sicherlich wieder versäumen würden. Außerdem musste er nicht unbedingt Zeuge des Streits zwischen der Frau Doktor und dem verantwortlichen oberösterreichischen Ermittler werden, ganz zu schweigen davon, dass er wenig Lust verspürte, am Ende noch in diesen Streit hineingezogen zu werden. Als er die Eingangstür hinter sich zufallen ließ, hörte der schon die Frau Doktor schreien. „Liegen lassen! Loslassen! Sofort!“, dem ein noch lauteres, aber tieferes „Öha!“ folgte. Als Gasperlmaier sich der offen stehenden Tür zum Direktionszimmer näherte, nahm er den auf dem Boden liegenden Leichnam des Schuldirektors wahr. Grau in grau, hatte Gasperlmaier gefunden, war er ihnen vorgestern gegenübergetreten. Jetzt war bedeutend mehr Farbe im Spiel. Um den grauen Anzug herum hatte sich eine Blutlache ausgebreitet, die wohl am Oberkörper ihren Anfang genommen hatte, wie Gasperlmaier nach einem zögerlichen Blick auf das blutverschmierte Sakko des Herrn Direktor feststellen konnte. Entsetzt wandte sich Gasperlmaier ab, denn er spürte, wie ihm die Leberkäsesemmeln aus Altmünster wieder hochzukommen drohten. Außer der Leiche befanden sich die Frau Doktor, zwei Herren in Zivil und ein sehr beleibter, großgewachsener Mann mit einem üppigen, ergrauten Haarschopf im Raum. Hinter ihm stand außerdem der Doktor Kapaun, ein Gerichtsmediziner, dem Gasperlmaier schon begegnet war. Die Frau Doktor und der Gerichtsmediziner, so erinnerte sich Gasperlmaier, waren nicht gut aufeinander zu sprechen. Der Doktor Kapaun hatte eine Vorliebe für schmutzige Pathologenwitze, die eigentlich niemand teilte, soweit Gasperlmaier wusste. Die Frau Doktor hatte ihren Ausweis gezückt. „Kohlross, Bezirkspolizeikommando Liezen!“, hechelte sie, noch nach Atem ringend. Der beleibte Mann entgegnete ruhig: „Hinterholzer, Sicherheitsdirektion Linz.“ Einen Ausweis förderte er nicht zutage, rührte sich auch nicht und ließ die Hände in den Hosentaschen. Mit, so fand Gasperlmaier, doch etwas erregter Stimme erklärte die Frau Doktor ihr Eindringen am Tatort und den Zusammenhang ihrer Ermittlungen mit dem vorliegenden Mordfall. Heute, so dachte Gasperlmaier bei sich, klang sie erstmals, seit er sie kannte, ein wenig nervös. Gasperlmaier vermutete, dass sie sich dem Herrn Hinterholzer ein wenig unterlegen fühlte, da der einerseits körperlich überaus dominant erschien – die Frau Doktor hätte in den glatt zweimal hineingepasst – und andererseits im Gegensatz zur Frau Doktor völlig gelassen blieb. Der Gelassene, so dachte Gasperlmaier bei sich, war doch dem Aufgeregten gegenüber immer im Vorteil. „Regen Sie sich nicht so auf, Frau Kollegin, das wird alles!" Selbst als er den Mund aufmachte, blieb der Kollege Hinterholzer stoisch, nahezu unbeweglich. „Wenn Sie mir erklären können, warum ich über den Vorfall hier nicht rechtzeitig informiert worden bin, wo doch klar hätte sein müssen, dass ein Zusammenhang mit meinen Ermittlungen nahezu zwingend wahrscheinlich ist, dann werde ich mich augenblicklich beruhigen." Die Frau Doktor atmete immer noch heftig und redete deutlich lauter als sonst. Gasperlmaier betrachtete sie versonnen und stellte fest, dass sie ihm noch attraktiver erschien, wenn sie wütend war. Allerdings hätte sich der Kollege Hinterholzer, dachte er, wenigstens schon einmal entschuldigen und erklären können, warum man den Mordfall hier für sich behalten hatte.

„Sollen wir ihn jetzt einladen oder nicht?" Einer der beiden Herren in Schwarz mischte sich, leichtfertigerweise, wie Gasperlmaier fand, ein. Wohl einer der Leichenbestatter, schlussfolgerte er. Der Kollege Hinterholzer vollführte eine müde Handbewegung, nachdem er eine seiner Pranken, die denen des Kahlß Friedrich durchaus ähnelten, erfolgreich aus seinem Hosensack hatte befreien können. „Wartet's draußen, lasst's ihn noch liegen." Hinterholzer tänzelte mit einer Leichtigkeit, die Gasperlmaier ihm nie zugetraut hätte, um die Leiche herum und schüttelte der Frau Doktor sowie ihm die Hand. „Schaun S', es tut mir ja eh leid." Er hob zur Entschuldigung nun beide Arme. „Natürlich hab ich von Ihrer Ermittlung gewusst. Aber zunächst hab ich mir gedacht, Hinterholzer, machst nicht die Pferde scheu, schaust dir die Leich erst einmal selber an. Könnt ja auch sein, dass ihm bloß schwindlig geworden ist und er sich an der Tischkante die Birne eingeschlagen hat. Soll ja schon vorgekommen sein.

Weil, wissen S', wenn ich gleich bei jedem hysterischen Anfall von einer Putzfrau die Kobra in Marsch setz, dann wird's der Sicherheitsdirektion bald einmal zu teuer." Gasperlmaier schien das Vorgehen des Kollegen Hinterholzer nunmehr durchaus logisch. Allerdings, so dachte er bei sich, bei dem Tempo, in dem der Hinterholzer seine Erklärungen vortrug, hätten sie sich die Raserei hierher sparen können. Die vielleicht zehn eingesparten Minuten würden bei der Langsamkeit des Kollegen Hinterholzer bald wieder aufgebraucht sein.

Hinterholzer begab sich nun hinter den Schreibtisch des Opfers und nahm in dessen ausladendem Ledersessel Platz. Für den Herrn Direktor, so fand Gasperlmaier, musste der Sessel viel zu breit gewesen sein, dem Kollegen Hinterholzer passte er hingegen wie angegossen. Der Frau Doktor ging die Geduld aus. „Aber dass ihr den Radiosender informiert, daran habt ihr schon gedacht?" Der Hinterholzer dachte gar nicht daran, selber zu reagieren oder gar seinen Vortrag fortzusetzen. Stattdessen deutete er auf den Doktor Kapaun, der grinsend neben dem Schreibtisch stand. „Sehr geehrte Frau Doktor!", trat er strahlend auf sie zu. „Welch ein Vergnügen!" Die Frau Doktor verschränkte die Arme hinter dem Rücken, damit der Doktor nicht etwa auf die Idee kam, nach ihrer Hand zu greifen, ihr dabei wie zufällig die andere auf die Schulter zu legen oder ihr gar die Hand zu küssen. Die Abneigung, so schien es Gasperlmaier, war durchaus einseitig, denn der Doktor Kapaun fuhr fort zu strahlen, als er seine Erläuterungen begann: „Das Opfer ist von vorne im Stehen erschossen worden. Beide, das Opfer und der Täter, meine ich, sind gestanden. Das schließe ich – trotz einstweilen natürlich nur oberflächlicher Untersuchung – aus der Richtung, in der

der Einschuss erfolgt ist." Der Doktor Kapaun beugte sich zum Opfer hinunter und machte Anstalten, mit seinen behandschuhten Händen das Sakko des Toten zu öffnen, sodass die Umstehenden die Eintrittswunde zu sehen bekamen. Gasperlmaier wandte sich rasch ab und lenkte seine Aufmerksamkeit auf den Berg, den er durchs Fenster sehen konnte. „Sehen Sie? Die Kugel ist hier, direkt in der Gegend des Herzens, eingedrungen." Gasperlmaier versuchte sich zu erinnern, wie der Berg draußen hieß. „Austrittswunde haben wir keine, wir haben es also mit einem kleineren Kaliber von geringer Durchschlagskraft zu tun. Dennoch hat es offenbar eine Herzkammer durchschlagen und zum nahezu sofortigen Tod geführt. Das Projektil werde ich aus dem Herrn Direktor schon noch herausholen, denke ich." Der Doktor Kapaun kicherte, während Gasperlmaier verstohlen einen Blick zur Tür warf. Ob er den Raum kurz verlassen konnte? Der Vortrag des Doktor Kapaun galt ja schließlich nicht ihm. Dazu, so stellte er fest, hätte er aber mehr oder weniger über die Leiche hinwegsteigen müssen, deren Kopf der Mediziner, wie es ihm schien, nun sogar an den Haaren in die Höhe hielt. Gasperlmaier fand das pietätlos und versenkte sich wieder in die Betrachtung des Lawinengrabens, der sich vor seinen Augen den Berg herunterzog. „Gestorben ist er vor, schätzungsweise, zwei Stunden. Genauer geht's derzeit leider nicht." Der Doktor richtete sich ächzend auf und Gasperlmaier vermutete, dass er sich die Gummihandschuhe von den Fingern gezogen hatte, als er ein klatschendes Geräusch vernahm. Gasperlmaier drehte sich um. Die Leiche lag wieder auf dem Boden wie zuvor. Der Mediziner kicherte, während der Kollege Hinterholzer versonnen auf einem Zahnstocher herumbiss und den Bürostuhl des Herrn Direktor langsam von links nach rechts und wieder zurück schwenkte. „Sie wissen übrigens, was ein Kapaun ist? Ein kastrierter Hahn …" Die Frau Doktor fuhr dem Pathologen ins Wort. „Sparen Sie sich Ihre schlechten Witze. Die kennen wir schon!" Ihre Augenbrauen waren, so fand Gasperlmaier, in Höhen gewandert, die nur der Doktor Kapaun hervorzubringen imstande war. Der aber zuckte nur die Schultern. „Nicht jeder hat Humor, nicht wahr, Herr Hinterholzer? Vor allem nicht jede!" Er wandte sich dem Angesprochenen zu, der immer noch schaukelte und kaute. „Ich bin mir sicher, Sie wissen einen guten Witz zu schätzen, Herr Major. Kennen Sie den? Treffen sich zwei Pathologen, sagt der eine zum anderen: Gestern habe ich eine Frau seziert, die hatte solche Brüste!" Der Doktor Kapaun vollführt eine entsprechende Geste vor seinem eigenen Brustkasten und war gerade im Begriff weiterzusprechen, als ihm der Major Hinterholzer seinen Zahnstocher vor die Füße spuckte. „Halten S' lieber Ihren Mund, Doktor, uns ist nicht nach Ihren, ich muss es leider sagen, immer schlechteren Witzen. Wir müssen nachdenken. Und wenn Sie fertig sind, dann gehen S' in ihre Pathologie, tun S' den Stahltisch putzen, dort sehen Sie den Herrn Direktor wieder." Das alles, fand Gasperlmaier, hatte der Major Hinterholzer in völlig gelassenem, ja gelangweiltem Tonfall von sich gegeben. Der Doktor Kapaun tat einen entrüsteten Schnaufer, murmelte irgendwas von „humorlos und deppert", packte seinen Koffer und verließ das Büro.

Der Major Hinterholzer winkte den Leichenbestattern zu. „Ihr wisst's eh …" Die beiden nickten nur, zogen Handschuhe über und machten Anstalten, sich an der Leiche zu schaffen zu machen, was Gasperlmaier dazu bewog, sich wieder dem Panorama vor dem Fenster zuzuwenden. „Ich gehe davon aus, dass Sie Doktor Kapaun auch nicht besonders sympathisch finden.“ Erst jetzt fand die Frau Doktor wieder Worte. Der Major seufzte. „Ich kenn ihn schon lang. Sie werden es nicht glauben, aber er versucht immer wieder, mir denselben Witz zu erzählen. Ich hab ihn noch nie fertig erzählen lassen, also weiß ich auch nicht, wie der Witz mit der Frau weitergeht. Ich will's auch gar nicht wissen.“ Gasperlmaier hörte hinter sich metallisches Klappern und stellte mit Erleichterung fest, dass der Tote nunmehr in einem Metallsarg verschwunden war. Ein weitläufiger Blutfleck war auf Boden und Teppich zurückgeblieben, damit aber konnte Gasperlmaier leben. Die beiden Leichenbestatter hoben den Sarg an, nachdem der hintere ein lautes „Hopp!“ als Kommando ausgegeben hatte. Langsam und umständlich manövrierten sie zur Tür hinaus.

Die Frau Doktor hatte sich nun wieder völlig unter Kontrolle. „Geben Sie mir kurz die Details?“ Der Sessel begann unter dem Gewicht des Major Hinterholzer zu knarren. „Vor nicht ganz eineinhalb Stunden ruft die Putzfrau den Notruf an. Sie kann nicht gut Deutsch, sie ist Serbin, und höchst erregt. Dennoch erfährt der diensthabende Beamte, dass hier in der Schule etwas Schreckliches passiert sein muss. Zwei Beamte fahren hierher und finden das Opfer etwa zehn Minuten nach dem Notruf so vor, wie Sie es selbst gesehen haben. Die Reinigungskraft hat weder etwas beobachtet noch gehört.“ „Gibt es denn keine Zeugen? Hat niemand den Schuss gehört?“ Gasperlmaier sah sich um, ob auch für ihn irgendwo eine Sitzgelegenheit zur Verfügung stand, bemerkte einen Besprechungstisch mit vier Stühlen und setzte sich, nachdem er einen weiten Bogen um die Blutlache geschlagen hatte. Die Frau

Doktor streifte ihn mit einem missbilligenden Blick. Gasperlmaier war das zwar unangenehm, dennoch sah er nicht ein, warum er dem äußerst gemächlichen Vortrag des Herrn Major im Stehen zuhören sollte. Wer konnte wissen, wie lang das hier noch dauern würde? „Gemach, Frau Doktor. Alles schön der Reihe nach." Ein bisschen provokant war die Langsamkeit des Major Hinterholzer schon, das musste selbst Gasperlmaier eingestehen, der selbst ja nicht zu den Allerschnellsten gehörte, wenn es galt, Gedankengänge in Worte zu setzen und vorzutragen. „Sekretärin war keine mehr da. Im Haus waren nur sieben Lehrerinnen: Musik, Bildnerische Erziehung, Werkerziehung und so weiter. Was halt so an einem Nachmittag unterrichtet wird. Ganz kurz habe ich sie schon gefragt, keine hat etwas gehört. Das Putzpersonal war, soweit ich das verstanden habe, wohl noch nicht im Haus, als der Schuss fiel." Die Frau Doktor schüttelte ungläubig den Kopf. „Sie werden gleich verstehen!" Der Major Hinterholzer war nahe an den Schreibtisch herangerollt und betrachtete interessiert einen Kalender, der dort aufgestellt war. „Im Werkraum ist gesägt und gebohrt worden – da hören Sie keinen Schuss. Die Zeichenlehrerin hat nur gelacht, als ich sie gefragt habe. Wenn sie die 2a hat, hat sie gesagt, dann würde sie nicht einmal den Weltuntergang hören, weil da ein ganzes Rudel verhaltensorigineller Schüler drinsitzt – oder herumrennt, je nachdem. Ein paar von den Räumen sind einfach zu weit weg, in Geschichte haben die sich ein Video über den Vietnamkrieg angeschaut – da ist sowieso dauernd geballert worden." Gasperlmaier hatte ja über seine Frau ein wenig Insiderwissen darüber, wie es heute in einer Schule zuging, aber er wollte sich lieber gar nicht vorstellen, was es hieß, ständig in einer Umgebung zu arbeiten, wo es so laut war, dass man nicht einmal einen Schuss hören konnte.

Gasperlmaier schaute sich im Zimmer um, während der Major Hinterholzer weiter erklärte und die Frau Doktor gelegentlich dazwischenfragte. Viel schien ihm der Tatort nicht herzugeben. Da war einer hereingestürmt, hatte auf den Herrn Direktor angelegt, der war aufgesprungen, um gleich darauf tot umzufallen. Wahrscheinlich hatte der Angreifer noch irgendeine Erklärung abgegeben, zumindest stellte Gasperlmaier sich das so vor. Schließlich musste ein Mordopfer ja wenigstens wissen, warum es zu sterben hatte, und für den Täter war es, so mutmaßte Gasperlmaier weiter, ja auch nur dann eine Befreiung, wenn er noch vorbringen konnte, warum er das Opfer ins Jenseits zu befördern beabsichtigte. Wenn der Tod des Herrn Direktor etwas mit der Frau Magister Eisel oder der Sandra Märzendorfer zu tun hatte, so fragte sich Gasperlmaier, was hatte dann der Herr Direktor mit den beiden Opfern zu tun gehabt? Wie ein Casanova hatte ihm der nicht ausgesehen, schon gar nicht wie einer, an dem eine viel jüngere Frau wie die Sandra Märzendorfer interessiert hätte sein können. Gasperlmaier blickte zur Blutlache hinüber. Wie schnell so etwas gehen konnte. Da freust du dich heute noch auf die Pension, denkst dir aus, wofür du dann Zeit haben wirst, und plötzlich bist du zu einem Idealfall für die Pensionsversicherung geworden, weil du nur einbezahlt hast und niemals etwas herausbekommen wirst. Die Krankenversicherung freut sich, weil sie dir keinen Bypass und keine Reha nach dem Schlaganfall zahlen muss, und niemand muss sich mehr Gedanken darüber machen, wer dich wohl pflegen wird, wenn du dir den Hintern selber nicht mehr auswischen kannst. Wer, so fragte sich Gasperlmaier, konnte eine solche Wut auf den Herrn Direktor haben, dass er ihm heute das Licht ausgeblasen hatte? Am ehesten war es wohl der Mörder der beiden anderen Opfer gewesen, überlegte Gasperlmaier. Der Herr Direktor war ihm irgendwie auf die Schliche gekommen, und der Mörder hatte einen unliebsamen Zeugen aus dem Weg geschafft. Oder aber, so überlegte er, jemand hat ihn, den Herrn Direktor, für den Mörder gehalten und an ihm blutige Rache geübt. In beiden Fällen, so dachte Gasperlmaier bei sich, hatte man es mit den gleichen Verdächtigen zu tun, denn schließlich kamen auch für einen Racheakt all jene in Frage, die in die Simone Eisel verliebt gewesen waren.

„Gasperlmaier!“ Unsanft wurde er von der Frau Doktor aus seinen Gedanken gerissen. Er merkte, dass er von dem, was die Frau Doktor und der Herr Major Hinterholzer in den letzten Minuten besprochen hatten, rein gar nichts mitbekommen hatte. Die Frau Doktor deutete bloß mit dem Kopf zur Tür, um Gasperlmaier zu verstehen zu geben, mitzukommen. Der Herr Major erhob sich ächzend, schnappte sich eine große weiße Büroklammer vom Schreibtisch des Herrn Direktor und ging voran. Gleich die erste Tür auf dem Gang war die zum Konferenzzimmer, in dem sich die Lehrer, wie Gasperlmaier vermutete, in den Pausen aufhielten. Der Major Hinterholzer klopfte mit so viel Feingefühl, wie ihm Gasperlmaier gar nicht zugetraut hätte, an die grau gestrichene Tür. Nach geraumer Zeit öffnete eine sehr dünne, nicht mehr ganz junge und äußerst farbenfroh gekleidete Frau die Tür und musterte die drei Polizisten argwöhnisch. „Was wollen Sie denn noch? Ich hab Ihnen doch schon alles gesagt!“ Gasperlmaier seufzte innerlich. Wie sollte man den Leuten, die zu vernehmen waren, auch klarmachen, dass mehrmalige Befragungen, mitunter sogar durch große Zeitabstände voneinander getrennt, dazu dienten, Widersprüche zu provozieren, wo man dann einhaken konnte. Der Major Hinterholzer hatte bereits einen einigermaßen bequemen Stuhl erspäht und sich hineinfallen lassen. Der Bürostuhl ächzte bedrohlich. „Das ist die Frau Doktor Kohlross vom Bezirkspolizeikommando Liezen“, stellte der Major Hinterholzer vor. „Kollege Gasperlmaier. Und das ist die Frau Magister Langbauer.“ Gasperlmaier nickte kurz und ließ seine Blicke durch das geräumige Konferenzzimmer schweifen. Auf den Tischen türmten sich Bücher- und Heftstapel, die Fensterbretter waren geradezu mit Material verrammelt, sodass mehrere der Fenster sicherlich nicht mehr geöffnet werden konnten. Als Feuerwehrmann hätte er dazu eine ganze Menge zu sagen gehabt. Ganze drei Computer mit mächtigen Röhrenbildschirmen, offenbar älteren Baujahrs, standen hinter dem Major Hinterholzer an der Wand. Gasperlmaier musterte die quadratischen Kästchen an der Wand, von denen jedes mit einem Namensschildchen versehen war. Sie erinnerten Gasperlmaier an die Schließfächer, in denen man im Schwimmbad seine Sachen verstaute, bevor man ins Wasser ging. Nur, dass halt die Lehrer anscheinend mehr zum Arbeiten brauchten als eine Badehose. Die Turnlehrer vielleicht ausgenommen. Kein Wunder, dachte er bei sich, dass sich alles auf den Tischen stapelte.

„Frau Magister“, eröffnete der Major Hinterholzer nun die Befragung. „Magistra, wenn’s leicht geht!“, entgegnete die ein wenig spitz. Der Major Hinterholzer blieb völlig gelassen. „Selbstverständlich. Das also, Frau Magistra“, er deutete nochmals auf die Frau Doktor, „ist dann also die Frau Doktorin Kohlross vom Bezirkspolizeikommando in Liezen. Und was wir wissen möchten, ist Folgendes: Ihr Zeichensaal ist ja der einzige Raum, wo noch Unterricht war und von dem aus man einen Blick auf den Parkplatz hinaus hat. Und wir haben Sie noch nicht gefragt, ob Sie vielleicht da draußen irgendetwas Auffälliges bemerkt haben, etwa zu dem Zeitpunkt, als der Mord geschah. Also so um dreiviertel zwei." Die Frau Magistra lachte schrill auf. „Glauben Sie vielleicht, dass ich mich zum Fenster stelle und hinausschaue, während ich die 2a habe?", gab sie zurück. „Soll ich Ihnen erzählen, was ich mache, wenn die 2a Zeichnen hat?" Der Major Hinterholzer nickte. „Tun Sie das, bitte!" Die Frau Magistra holte tief Luft. „Normalerweise muss ich zuerst den Kevin, den Marcel und noch drei, vier andere daran erinnern, dass sie zum Malen Farben brauchen und die auch aus ihren Zeichenschachteln herausholen müssen. Sobald der Kevin seine Farben heraußen hat, muss ich ihn daran hindern, seine Nachbarn damit anzumalen. Heute hat er sich die Katharina vorgenommen. Dann beschwert sich der Nächste, dass ihm der Patrick Farbe auf die Zeichnung gekleckst hat, und kaum gehe ich zu ihm hin, bricht hinter mir das Chaos aus, weil einer einem Mädchen Wasser in den Nacken geschüttet hat!" Die Frau Magistra, so fand Gasperlmaier, klang einigermaßen erregt. „Glauben Sie wirklich, dass ich da Zeit habe, beim Fenster hinauszuschauen?" Gasperlmaier beneidete die Frau Magistra nicht. Bei ihm war es zwar auch so, dass nur wenige Menschen den Polizisten den ihnen gebührenden Respekt entgegenbrachten, nur musste er sich normalerweise eben nur mit einem Übeltäter auseinandersetzen und wurde nicht mit einem ganzen Rudel davon allein gelassen, dem noch dazu gefährliche Gegenstände zur Verfügung standen. Dabei hatte sich

Gasperlmaier gerade das Leben einer Zeichenlehrerin so beschaulich vorgestellt: Man sagte beispielsweise den Kindern, sie sollten einen Bauernhof malen, mit allem Drum und Dran, und dann setzte man sich hin, las ein wenig Zeitung oder ging durch die Reihen und erklärte dem einen, dass ein Schwein nur vier Beine hatte, die alle nach unten zeigten, wenn es stand, oder dem anderen, dass die Haustür bis zum Boden reichen musste, damit die Bauersleute durch dieselbe auch heraus- und wieder hineingelangten.

„Wir glauben grundsätzlich gar nichts", erwiderte der Major Hinterholzer bedächtig, während die Frau Doktor, wie Gasperlmaier feststellte, unruhig ihr Gewicht vom einen auf den anderen Fuß verlagerte. „Das Glauben, das überlassen wir den Pfarrern, den Rabbis und den Mullahs, oder wem auch immer. Wir ermitteln Tatsachen. Und uns genügt es völlig, wenn Sie uns erklären, dass Sie auf dem Parkplatz nichts Bemerkenswertes gesehen haben." Es entstand eine Pause.

„Wie war denn der Herr Direktor so?", mischte sich die Frau Doktor ein. Die Frau Magistra zuckte die Schultern. „Wie soll er schon gewesen sein? Wenig Verständnis für Kunst, zum Beispiel. Jedes Jahr das Gleiche: Wenn es darum ging, das Schulprofil zu schärfen, ist er immer dafür eingetreten, den Kunstunterricht zu kürzen. Weil ja alles andere viel wichtiger ist." Die Frau Magistra klang jetzt ein wenig gehässig, fand Gasperlmaier. Er fragte sich, ob das wohl als Mordmotiv ausreichte, dass einem eine Zeichenstunde gestrichen wurde. Und diese Chaoten von der zweiten Klasse, da war er sich sicher, die hätten es wohl gar nicht gemerkt, wenn die Frau Professor für zwei Minuten verschwunden wäre. Unter einem geschärften Schulprofil allerdings konnte er sich rein gar nichts vorstellen. Er nahm sich vor, die Christine danach zu fragen, wenn er heimkam. „Und wenn Sie mich fragen, ich hab ihn ein wenig schmierig gefunden, auch wenn ich mich dadurch vielleicht verdächtig mache", fügte die Frau Magistra hinzu. Der Major Hinterholzer beugte sich vor. „Verdächtig, Frau Magistra, machen Sie sich nur, wenn Sie mir glaubhaft machen können, dass die 2a es nicht gemerkt hätte, wenn Sie für zwei Minuten verschwunden wären und anschließend mit rauchendem Colt wieder in der Klasse aufgetaucht wären." Der Major Hinterholzer grinste, und Gasperlmaier bemerkte erstaunt, dass es ihm gelungen war, auch der Frau Magistra ein Lächeln zu entlocken. Die Frau Doktor hatte, wie Gasperlmaier bemerkte, die Augenbrauen hochgezogen. „Was meinen Sie denn genau mit schmierig?" Gasperlmaier erinnerte sich an die etwas peinliche Szene, als der Herr Direktor der Frau Doktor die Hand geküsst hatte. Die Frau Magistra seufzte. „Das ist etwas, das man mehr spürt, als dass es in konkrete Handlungen mündet", meinte sie schließlich. „Sie als Frau müssten das doch verstehen. Oberflächliche Komplimente, begütigendes Verhalten, man kam sich bei ihm als Frau nicht ganz ernst genommen vor. Wenn eine Frau ihren Standpunkt verteidigte, war sie für ihn nur hysterisch. Ein Macho halt, aber im grauen Anzug. Zum echten Macho hat ihm wohl einiges gefehlt – Muskeln, Sportwagen, Sonnenbrille, zum Beispiel. Ein Funktionärstyp." „Hat der Herr Direktor eigentlich Familie gehabt?", fragte die Frau Doktor. Die Frau Magistra schüttelte den Kopf. „Derzeit nicht. Er ist schon länger geschieden, glaube ich, und es gibt da eine erwachsene Tochter, die im Ausland lebt. Da müssen Sie Kollegen fragen, die schon länger da sind, wenn Sie Genaueres wissen wollen." „Hat er versucht, im Kollegium Beziehungen anzuknüpfen, ich meine, war er hinter Frauen her?“ Die Frau Doktor beugte sich vor und stützte ihre Hände auf der Tischplatte ab. Die Frau Magistra zuckte mit den Schultern. „Bei mir hat er's nie probiert. Aber Gerüchte gibt's immer, wenn einer keine Frau hat. Übrigens auch, wenn er eine hat.“ Bei der Frau Magistra, so dachte Gasperlmaier bei sich, hätte er es auch nicht probiert, die war ihm einfach zu mager. Und auch ein bisschen zu scharf in der Ausdrucksweise. Aber da waren die Geschmäcker, wie er selbst wusste, durchaus verschieden. So hatte er den Kahlß Friedrich schon mehrmals dabei ertappt, wie er gerade so mageren Frauen, wie die Frau Magistra Langbauer eine war, sehnsüchtig nachgeschaut hatte. Vielleicht war das mehr psychologisch. Dass sich nämlich der Friedrich, eingesperrt in einem riesenhaften, mächtigen Leib, nach etwas Zartem, nahezu Durchscheinendem sehnte.

Die Frau Doktor sah auf die Uhr. „Gasperlmaier, wir müssen jetzt. Wir können die Frau Magister Zettel nicht noch einmal versetzen, und wir müssen schließlich den drei Herren von dem Foto ...“ Gasperlmaier streckte ihr Daumen und Zeigefinger entgegen. „Zwei!“, sagte er, mit der anderen Hand auf die Blutlache deutend. Die Frau Doktor grinste. „Scharfsinnig, Gasperlmaier! Zwei also!“ Sie kramte das schon leicht zerknitterte Foto aus der Vinothek aus ihrer Handtasche und zeigte es dem Major Hinterholzer. „Sehen Sie, Herr Kollege. Dieses Foto. Wir haben es uns eben in einer Weinhandlung in Gmunden ausdrucken lassen.“ Sie hielt dem Major Hinterholzer das Foto hin. Der nestelte eine Brille aus seiner Brusttasche, platzierte sie weit unten auf seiner durchaus ausladenden Nase und hielt das Foto knapp davor. Bevor die Frau Doktor noch weitersprechen konnte, pfiff er durch die Zähne und klopfte mit ausgestrecktem Finger gegen das Foto. „Da haben wir ja unser Mordopfer! Und wer sind die anderen?“ „Sehen Sie“, setzte die Frau Doktor fort, „das Mädchen auf dem Foto, das ist unser zweites Mordopfer, wir haben sie erst kürzlich identifizieren können und überhaupt herausgefunden, dass sie ermordet wurde. Wir haben es also mit zwei Morden zu tun, beide auf die gleiche Art ausgeführt, und beide im Dunstkreis der Herren, die Sie hier auf dem Foto sehen.“ Der Herr Major ächzte und Gasperlmaiers Gedanken schweiften ab. Er kannte die Geschichte ja bereits, über die die Frau Doktor den Herrn Major erst ins Bild setzen musste. Er beobachtete die Frau Magistra Langbauer, wie sie mit energischen, fast ein wenig aggressiv anmutenden Bewegungen ihre Sachen zusammenpackte. Ihre Strümpfe, so stellte er abermals fest, waren wirklich sehr bunt. Aber vielleicht musste das bei Kunsterzieherinnen so sein, damit man sie gleich erkannte und richtig einordnen konnte. Gasperlmaier erinnerte sich, dass man zu seiner Zeit die Physiklehrer immer gleich an ihren weißen Mänteln erkannt hatte, die Turnlehrer am Trainingsanzug, und Mathematiklehrer konnte er sich nur mit Riesenzirkeln und Geodreiecken unterm Arm vorstellen.

„Und deswegen würde ich mich freuen, wenn Sie die Befragung des Herrn Magister Loisenhammer übernehmen würden, denn wir müssen dringend zu einem Termin nach Aussee.“ Die Frau Doktor hatte offenbar gerade ihre Erläuterungen beendet. „Brauchen Sie mich noch?“ Die Frau Magistra Langbauer stand mit gepackter Tasche und einer riesigen Kartonrolle in der anderen Hand bereits vor der Tür.

Der Major schüttelte den Kopf, ohne den Blick zur Frau Doktor anzuheben. Er war gerade dabei, die weiße Büroklammer in eine völlig neue, ungewohnte Form zu biegen. Jemand klopfte an der Tür. Mit einem Kopfnicken bedeutete die Frau Doktor Gasperlmaier, zu öffnen. Als die Tür nach außen aufschwang, stand ihm die Maggie Schablinger gegenüber, an der sich die Frau Magistra grußlos vorbei nach draußen drängte. Diesmal war die Maggie nicht allein. Hinter ihr stand eine blonde Frau, die ihre Kamera schon auf Gasperlmaier gerichtet hatte und abdrückte.

15

„Die Maggie“, meinte Gasperlmaier, als sie wieder im Auto saßen, „die geht mir schön langsam gewaltig auf die Nerven.“ Die Frau Doktor nickte. „Regen Sie sich am besten gar nicht auf, Gasperlmaier. Es hilft sowieso nichts. Und dass sie Sie heute fotografieren hat lassen, das ist reine Provokation. Mit den Fotos kann sie nichts anfangen, die wollte Sie wieder bloß reizen. Gut, dass Sie ruhig geblieben sind.“ Ruhig war gut, dachte Gasperlmaier bei sich. Er hatte ohne lange nachzudenken die Tür wieder zuschlagen wollen, als ihn das Blitzlicht geblendet hatte. Leider hatte die Maggie den Fuß schon in den Türspalt gestellt gehabt, und es hatte eine unschöne Szene mit Schmerzensschreien und Klagsdrohungen gegeben, bevor es Gasperlmaier und der Frau Doktor gelungen war, aus der Schule zu entkommen. Den Major Hinterholzer hatten sie mit der Maggie und ihrer Fotografin seinem Schicksal überlassen. Wobei Gasperlmaier sicher war, dass der in seiner gelassenen, fast schläfrigen Art mit ihr leicht fertigwerden würde. „Haben Sie heute eigentlich schon eine Schilling-Zeitung gesehen?“, frage Gasperlmaier. Die Frau Doktor schüttelte den Kopf. „Das erspar ich mir, wenn möglich. Es wäre ohnehin nicht gut, sich in seinen Ermittlungen vom geifernden Sensationsjournalismus der Boulevardpresse manipulieren zu lassen.“ Gasperlmaier waren das zu viele Fremdwörter auf einmal gewesen, er hatte der Frau Doktor nicht ganz folgen können, verzichtete aber darauf, nachzufragen. Er selbst hatte die Zeitung zwar aus seinem Haushalt verbannt, konnte aber selten widerstehen, einen Blick hineinzuwerfen, wenn eine im Wirtshaus oder sonst wo herumlag. Fühlte er sich unbeobachtet, blieb sein Blick gelegentlich länger auf dem leicht bekleideten Mädchen auf Seite fünf hängen, länger, als das der Christine lieb gewesen wäre. „Ja, Gasperlmaier. So, wie ich das sehe, haben wir jetzt die Auswahl zwischen vier Verdächtigen, die alle beide Opfer gekannt haben. Auch, wenn einer von ihnen schon tot ist. Halt, stimmt nicht: Der Herr Magister Eisel, von dem wissen wir bis jetzt nichts von einer näheren Bekanntschaft mit der Sandra Märzendorfer. Aber es ist ja nicht auszuschließen, dass auch er an den fröhlichen Runden in der Vinothek gelegentlich teilgenommen hat, ohne dass er auf einem Foto auftaucht."

„Fünf!", sagte Gasperlmaier, und hielt alle Finger seiner linken Hand vor die Windschutzscheibe. Bereits zum zweiten Mal hatte sich die Frau Doktor heute bezüglich einer Zahl geirrt. „Vergessen Sie nicht den Schmetterling! Was ist mit der Frau Schneider?" Die Frau Doktor warf Gasperlmaier einen skeptischen Blick zu, der immerhin so lang andauerte, dass sie beinahe ein vor einem Kreisverkehr bremsendes Auto übersehen hätte. Gasperlmaier wurde beim folgenden Notbremsmanöver abrupt nach vorne geschleudert. „Sehen Sie, Gasperlmaier, das kommt davon, wenn Sie mich mit so einem Blödsinn ablenken." Gasperlmaier fühlte sich in seiner Ehre gekränkt. Die Frau Doktor wollte einfach nicht wahrhaben, dass der Schmetterling auf dem linken Busen einer Frau auf dem Foto in der Vinothek der Susi Schneider gehörte. Dabei gab es ja weiß Gott nicht so viele Damen, die sich eine solche Tätowierung machen ließen. Gasperlmaier kannte jedenfalls keine zweite mit einem solch auffälligen Erkennungsmerkmal. Die Frau Doktor würde schon noch sehen, dass er recht hatte.

„So!", sagte die Frau Doktor, als sie auf den Parkplatz Dachsteinblick einbog. „Den Dachstein werden wir heute wohl nicht sehen." Gasperlmaier warf einen Blick aus dem Autofenster, doch dort, wo sich der Dachstein befinden hätte sollen, trieben nur dunkelgraue Wolken dahin. Die Frau Doktor parkte hinter einem orangefarbenen Kleinwagen, aus dem, kaum, dass sie angehalten hatte, die Frau Magister Zettel ausstieg. Oder Magistra, wie Gasperlmaier heute dazugelernt hatte. Die Frau Magistra winkte kurz, öffnete die hintere Tür und setzte sich zu ihnen ins Auto. Sie schlug die Tür zu und streckte ihre rechte Hand zwischen den beiden Vordersitzen durch. „Guten Tag! Ich bin gerade gekommen. Schön, dass es heute hingehauen hat." Die Frau Magistra Zettel trug einen schwarzen Rock, schwarze Stiefel und Strümpfe und eine schwarze Lederjacke. Zu ihren schwarzen Haaren und ihrem hellen Gesicht sah das zwar sehr dunkel, aber überaus attraktiv aus, dachte Gasperlmaier bei sich. Er reichte ihr die Hand, die sie kräftig drückte. Kühl und trocken waren ihre Hände, ein angenehmer Händedruck, fand Gasperlmaier, der dem Händedruck einer Person große Bedeutung beimaß. War er schlaff und lose, konnte man darauf schließen, dass auch der Besitzer der Hand nicht gerade vor Energie strotzte. Gasperlmaiers Schwiegermutter hingegen hatte so eine Art, nach einer gereichten Hand förmlich zu schnappen und daran zu reißen, dass auch in diesem Fall, so fand zumindest Gasperlmaier, Rückschlüsse auf den Charakter nahelagen. Der Händedruck der Frau Magistra war angenehm und sympathisch. Überhaupt war sie eine von Kopf bis Fuß angenehme Erscheinung. Obwohl dünn, hatte sie volle Gesichtszüge und leuchtende, dunkle Augen. Sogar ihr Halstuch war schwarz, ebenso wie die Schminke um die Augen, dennoch fand Gasperlmaier, dass sie keineswegs so düster wirkte wie beispielsweise die Maggie Schablinger, die diese Farbe ja auch vorzog.

Die Frau Doktor löste ihren Sicherheitsgurt und drehte sich zur Frau Magistra um. „Tut mir leid, dass ich mich gestern nicht gemeldet habe. Es ist etwas dazwischengekommen, das mich sogar aufs Telefonieren vergessen hat lassen." Die Frau Magistra winkte ab. „Ist ja nicht so schlimm. Ich hab ja auch nicht lange gewartet – da ist ein Auto mit ein paar komischen Männern stehen geblieben, da bin ich lieber verschwunden."

„Was wollten Sie mir denn eigentlich in der Schule nicht erzählen?", fragte die Frau Doktor. „Jaaa ..." Die Frau Zettel zog das Ja ein wenig lang hin und schien dann unentschlossen, weiterzusprechen. „Ich möchte ja auf keinen Fall Gerüchte verbreiten oder jemandem schaden, und vielleicht ist es ja auch ganz unwichtig, was ich Ihnen erzählen wollte." Die Frau Doktor lächelte. Gasperlmaier wusste natürlich, dass sie innerlich vor Ungeduld am Platzen war, so gut kannte er sie schon, aber das war wohl fortgeschrittene Taktik in Gesprächsführung: Man musste darauf achten, dass sich der Gesprächspartner wohlfühlte, sonst bekam man am Ende gar nichts zu hören, wenn man drängte und bohrte.

„Aber ..." Wieder hielt die Frau Zettel inne. Sie rieb sich mit dem rechten Zeigefinger über den, wie Gasperlmaier auffiel, ausgesprochen zarten und wohlgeformten Nasenrücken. „Sie behandeln das vertraulich? Und wenn ich nicht recht habe, gibt es keine Probleme?" Die Frau Doktor seufzte. „Wenn Ihre Aussage bei einem Gerichtsverfahren wesentlich sein könnte, kann ich Ihnen nicht versprechen, dass Sie es nicht noch einmal erzählen müssen. Von mir allerdings wird außer dem Staatsanwalt niemand erfahren, was Sie ausgesagt haben. Und von Inspektor Gasperlmaier auch nicht!" Die Frau Doktor sah Gasperlmaier ernst in die Augen, der sich beeilte, zustimmend zu nicken. „Gasperlmaier? Haben Sie eine Tochter in der zweiten?" Gasperlmaier nickte. „Dann habe ich Ihre Tochter in Französisch. Witziger Zufall. Ein ganz nettes Mädchen, übrigens. Sie sollte sich nur nicht so freizügig anziehen. Ich finde das bei so jungen Mädchen keine so gute Idee. Bei älteren übrigens auch nicht." Gasperlmaier fand, dass das Gespräch in Bereiche abglitt, die mit dem Grund ihres Treffens überhaupt nichts zu tun hatten. Außerdem war es ihm peinlich, dass nicht nur ihm aufgefallen war, dass die Katharina für die Schule unpassend angezogen war, sondern sogar schon ihrer Lehrerin. Und man konnte schließlich nicht behaupten, dass die Frau Magistra Zettel eine verzopfte alte Tante war, die nichts davon wusste, wie die Jugend heute lebte und sich kleidete.

„Was war es eigentlich, weswegen Sie mit mir sprechen wollten?" Die Frau Doktor führte die Unterhaltung geschickt zu ihrem eigentlichen Thema zurück, doch wieder zögerte die Frau Magistra Zettel, bevor sie sich dann doch entschloss, zu reden. Die ersten Sätze kamen stockend. „Es ist wegen dem Kollegen Fritzenwallner. Sie können sich ja vorstellen, dass da geredet wird, wenn man weiß, dass der eine Beziehung mit einem Mordopfer gehabt hat. Sie glauben ja gar nicht, was für wilde Theorien da im Konferenzzimmer herumschwirren, wenn er gerade nicht da ist. Ihm gegenüber sagt natürlich keiner was, das können Sie sich ja denken." Die Frau Doktor nickte, gab aber keinen Kommentar ab. Draußen hatte es wieder zu regnen begonnen, und dicke Tropfen pochten gegen die Scheibe des BMW. Gasperlmaier schaute ihnen dabei zu, wie sie die Windschutzscheibe hinunterrannen. „Eigentlich wollte ich Ihnen erzählen, dass er es auch bei mir probiert hat. Und ich weiß ja nicht, ob Sie das überhaupt interessiert. Aber er ist ziemlich, ich weiß nicht, wie ich sagen soll, ziemlich hartnäckig gewesen.“ Die Frau Doktor ließ ihr Zeit, fragte aber dann doch nach. „Was meinen Sie denn mit hartnäckig?“ „Ja, zuerst hat es natürlich das Übliche gegeben – Komplimente, dass ich so elegant angezogen bin, und dass mir das Dirndl so gut steht. Beim Schulfest zum Schulbeginn habe ich nämlich eins getragen. Das ist bei mir selten, ich bin nicht so eine Trachtenfee. Aber ich hab mir halt gedacht, wenn du schon in Aussee bist, dann gehört das irgendwie dazu.“ Gasperlmaier hoffte, die Frau Magistra würde bald zum Punkt kommen. Dafür, dass sie ihnen hier jetzt ihr Herz in aller Ausführlichkeit ausschüttete, war wirklich keine Zeit. Außerdem begann Gasperlmaier zu frieren. „Und dann, ein paar Tage später, da waren meine Augen so schön, und dann wollte er auf einen Kaffee und eine Torte zum Lewandofsky, weil ich mir das eh leisten kann mit meiner Figur.“ „Wie haben Sie denn auf seine Komplimente reagiert?“, fragte die Frau Doktor. „Ich hab ihm keine Hoffnungen gemacht, meistens habe ich nicht einmal geantwortet. Und bei den Einladungen, da hab ich einfach behauptet, ich hätte schon was anderes vor.“ Die Frau Doktor, so schien es Gasperlmaier, wurde nun doch ein wenig ungeduldig. „Bis jetzt sehe ich noch nicht, dass uns Ihre Erfahrungen mit dem Herrn Magister Fritzenwallner irgendwie weiterhelfen könnte. Das war ja an sich noch nichts Anrüchiges, was Sie uns da erzählt haben.“ Die Frau Magistra Zettel streckte den Arm zu ihnen nach vorne aus und wedelte damit herum. „Sie haben mich ja auch noch nicht alles erzählen lassen! Zweimal ist er mir nämlich, finde ich, ein bisschen zu nahe gerückt. Wir haben da so einen Plan für die Reservierung der Fernseher in einem Türdurchgang hängen, und wie ich da so schau und meine Klasse gerade eintragen will, drückt sich jemand hinter mir vorbei und presst sich an meinen ...“ Die Frau Magistra zögerte. „... an mein Hinterteil. So, als ob es zufällig wäre. Aber das war es nicht, das merkt man einfach. Ja, und am nächsten Tag, da habe ich wirklich Pech gehabt. Und falsch reagiert. Ich hab mir einen Kaffee heruntergelassen, und ich war allein im Aufenthaltsraum, da ist er hereingekommen, hat sich hinter mich gestellt und mich mit beiden Armen von hinten umarmt, und dazu hat er so dahingemurmelt, dass ich ihn so aufrege, und dass ich ihn nicht so zappeln lassen soll, und ob er mir vielleicht nicht gefällt. Dann sind seine Hände immer weiter hinaufgerutscht.“ „Ja, und?“, fragte die Frau Doktor nun deutlich interessierter. „Und dann, und dann hab ich einen Fehler gemacht.“ Die Frau Zettel machte eine Pause, stellte ihre Füße eng nebeneinander auf den Wagenboden und legte die Handflächen auf ihre Knie. „Ich war so wütend, dass ich ihm gesagt habe, dass er seine schmutzigen Pfoten für alle Zeiten von mir lassen soll, weil ich mit Männern sowieso überhaupt nichts am Hut habe. Weil ich eine Freundin habe.“ Gasperlmaier schoss wieder einmal die Hitze in die Ohren. Hatte ihnen die Frau Magistra jetzt praktisch eingestanden, dass sie lesbisch war? Gasperlmaier hatte noch nie mit einer lesbischen Frau zu tun gehabt. Plötzlich musste er daran denken, dass die Katharina der Frau Magistra auch schon aufgefallen war. Da konnte er nur hoffen, dass die es nicht darauf abgesehen hatte, seine Tochter zu verführen. Im gleichen Moment schalt er sich selber einen Idioten. Wenn sie einen Mann als Lehrer hat, dachte er bei sich, denkst du ja auch nicht gleich daran, dass der über sie herfallen wird. Und bei einem wie dem Magister Fritzenwallner schien das ja so ausgeschlossen nicht zu sein, wie man gerade gehört hatte. „Sie haben ihm gesagt, dass Sie eine Beziehung mit einer Frau haben?" Die Frau Doktor wollte es anscheinend genau wissen. Die Frau Magistra Zettel nickte, wobei ihr ein großer Teil ihrer schwarzen Haare ins Gesicht fielen. „Und damit haben die Schwierigkeiten erst angefangen. Dann ist er nämlich richtig schleimig und schmierig geworden. Wenn ich ein bisschen nett zu ihm bin, hat er gesagt, dann könnte es ja sein, dass nicht die ganze Schule davon erfährt. Weil ich ja nicht glauben darf, dass ich als lesbische Lehrerin an einer Schule mit siebzig Prozent Mädchenanteil lange überleben würde."

„Was der Herr Magister Fritzenwallner da getan hat", die Frau Doktor atmete lang und hörbar aus, Gasperlmaier schien es, als ob sie von Ekel geschüttelt würde, „das nennt man Nötigung, im Volksmund auch Erpressung. Darauf steht Gefängnisstrafe." Die Frau Doktor holte noch einmal tief Luft. „Allerdings", fuhr sie fort, „möchte ich Ihnen gleich sagen, dass Sie schlechte Karten haben, wenn es zu einer Verhandlung in dieser Sache kommen sollte. Sie haben wahrscheinlich keine Zeugen dafür, dass der Magister Fritzenwallner Ihnen gedroht hat?" Die Frau Magistra schüttelte den Kopf. Ihre Haare flogen dabei, Gasperlmaier entging es nicht, um den Kopf und bildeten einen Schleier vor dem Gesicht, den sie mit der rechten Hand zur Seite schob. Auch an mindestens drei Fingern, fiel Gasperlmaier auf, trug sie Ringe mit schwarzen Steinen drin.

„Wissen Sie, ob der Magister Fritzenwallner seine Drohung wahrgemacht hat? Hat er jemandem von Ihrer sexuellen Orientierung erzählt?“ Gasperlmaier fiel auf, dass die Frau Doktor vermied, das Wort „lesbisch“ auszusprechen. Am Ende war das gar nicht politisch korrekt. Gasperlmaiers Gedanken drifteten ab. Er stellte sich vor, wie die Frau Magistra Zettel nach Hause zu ihrer Freundin kam und sie sich zur Begrüßung küssten. Gasperlmaier begann zu schwitzen und bemühte sich, an Unverfängliches zu denken. Er stellte fest, dass er schon wieder aufs Klo musste.

Die Frau Magistra schüttelte den Kopf. „Ich glaube nicht. Aber er fordert immer unverschämter, dass ich einmal mit ihm ausgehe. Oder dass ich zu ihm kommen soll, er könne hervorragend kochen, behauptet er, ein Essen mit ihm würde ich nie vergessen.“ Die Frau Magistra seufzte und lehnte sich zurück. „Die Situation wird für mich einfach schwierig. Was mache ich?“

Die Frau Doktor antwortete nicht gleich, sah zur Windschutzscheibe hinaus und schien die Regentropfen zu beobachten, die immer dichter und heftiger auf die Scheibe prasselten. „Sie wissen schon, dass Sie da in einem besonders sensiblen Beruf gelandet sind“, fuhr sie nun doch fort, bevor Gasperlmaier die Pause peinlich geworden war. „Es gibt Organisationen schwuler Polizisten und Polizistinnen, sogar in der US Army haben sich Schwule schon organisiert und durchgesetzt, dass sie nicht mehr diskriminiert werden. Aber haben Sie schon einmal von einer schwulen Lehrerinneninitiative gehört? So weit sind wir mit der Toleranz in Österreich noch nicht. Leider.“ Die Frau Magistra senkte den Kopf. „Das weiß ich ja auch!“ Gasperlmaier begriff, dass die Frau Magistra zu weinen anfing, und schon wurde sie von Schluchzern nur so geschüttelt. Der Rest von dem, was sie sagte, war deswegen nur mehr bedingt verständlich. „Ich weiß auch nicht, warum ich unbedingt Lehrerin werden wollte!", heulte sie. „Aber es kann doch nicht sein, dass ich ein Berufsverbot bekomme, bloß weil ich ein wenig anders bin! Und es kann doch nicht sein, dass so ein Arschloch mir drohen kann, bloß weil er mit mir schlafen will, und dass ich mich nicht wehren kann!" Die Frau Doktor reichte der Frau Magistra ein Taschentuch. Plötzlich wurde Gasperlmaiers Harndrang so stark, dass er mit einer hingemurmelten Entschuldigung die Tür aufriss und in den Regen hinausstolperte. Mit der Frau Doktor und der heulenden Schönheit in dem engen Wagen noch länger sitzen zu müssen, das wurde ihm und seiner Blase zu viel. Das überstieg seinen Bedarf an Gefühlsäußerungen bei weitem. Gasperlmaier sah sich nach einem geeigneten Baum um, hinter dem er seinem Drang nachgeben konnte. Als er sich erleichtert hatte, stellte er fest, dass seine Jacke bereits einigermaßen durchnässt war, von seiner Mütze ganz zu schweigen. Sich wieder aufwärmen zu können, so dachte Gasperlmaier bei sich, das war in dem völlig ausgekühlten Auto ohne Standheizung wohl nicht zu erhoffen. Hoffentlich nahm die Angelegenheit bald ein Ende in einem warmen, trockenen Raum. Gasperlmaier war es zutiefst unangenehm, nach Erledigung seines Bedürfnisses nun mit ungewaschenen Händen wieder ins Auto einsteigen zu müssen. Er nahm sich vor, diese hygienische Maßnahme alsbald nachzuholen.

Als er sich wieder ins Auto setzte, rieb sich die Frau Magistra gerade die Nase mit einem weiteren Taschentuch. Die Frau Doktor maß Gasperlmaier mit einem vorwurfsvollen Blick, der jedoch war sich keiner Schuld bewusst. Er konnte ja schließlich nichts dafür, dass die

Damen einen Treffpunkt ausgewählt hatten, der nicht einmal über eine anständige Toilette, geschweige denn über darüber hinausgehende Annehmlichkeiten verfügte. Gasperlmaier nahm seine triefende Mütze ab und legte sie aufs Armaturenbrett. Um zu demonstrieren, dass seiner Meinung nach ihr Aufenthalt hier lang genug gedauert hatte, schloss er seinen Sicherheitsgurt und starrte zur Windschutzscheibe hinaus.

„Sie unternehmen jetzt vorderhand einmal gar nichts", sagte die Frau Doktor. „Den Herrn Magister, um den kümmern wir uns, ich glaube, den können wir jetzt sowieso bald aus dem Verkehr ziehen. Er steht nämlich auch unter dringendem Mordverdacht, möglicherweise sogar in drei Fällen." Der Frau Magistra klappte der Mund herunter. „Drei Fälle? Wieso?" „Ich möchte Sie nicht beunruhigen, ich glaube nicht, dass Sie in Gefahr sind", sagte sie, „Aber ich muss Ihnen dennoch sagen, dass heute ein weiterer Mann umgebracht wurde, von dem wir zumindest wissen, dass er mit dem Herrn Magister Fritzenwallner bekannt war. Es ist denkbar, dass er mit diesem Mann einen Zeugen oder Mitwisser seiner Taten getötet hat." Die Frau Magistra nickte. „Ehrlich gesagt, einen Mord traue ich ihm gar nicht zu. So weit reicht es doch bei so schmierigen Erpressern in der Regel gar nicht, dazu braucht man auch Entschlossenheit und Mut." „Oder Verzweiflung!", fügte die Frau Doktor hinzu. Gasperlmaier fragte sich, wie die junge Frau darauf kam, dass man zum Morden Entschlossenheit und Mut brauchte. Aus seiner Sicht wurden die meisten dieser Beziehungstaten von psychisch instabilen Zeitgenossen begangen, die schnell die Kontrolle über sich verloren und durchdrehten, wenn sich nicht alles nach ihren meist ziemlich abwegigen Vorstellungen richtete. Der mutige und entschlossene Killer war zumindest ihm, Gasperlmaier, noch nicht begegnet.

„Fahren Sie jetzt nach Hause, und bleiben Sie mit mir in Kontakt." Die Frau Doktor reichte der Frau Magistra die Hand. „Und achten Sie darauf, dass Sie mit ihm nicht allein sind. Ich glaube nicht, dass er sich gerade in der jetzigen Situation trauen wird, herumzuerzählen, dass Sie lesbisch sind." Nun hatte die Frau Doktor dieses Wort doch gesagt. Lesbisch. Gasperlmaier bemühte sich redlich, in der Frau Magistra Zettel eine ganz normale junge Frau zu sehen, dennoch haftete ihr in seinen Augen etwas Exotisches, Verruchtes an, das er nicht gänzlich verdrängen konnte. Er musste unbedingt mit seiner Christine darüber sprechen, der gelang es fast immer, seine Gedanken und Ansichten so zu ordnen, dass er sich mit Sachverhalten anfreunden konnte, die ihm zunächst unerhört erschienen waren.

„Das Gespräch mit der Frau Zettel, Gasperlmaier, das bleibt übrigens vertraulich." Gasperlmaier nickte mit dem Kopf. „Auch Ihrer Frau gegenüber!" Gasperlmaier fühlte sich ertappt. Die Frau Doktor hatte wieder einmal tief in ihn hineingeschaut und seinen wunden Punkt treffsicher erkannt. Er musste doch über diese Sache mit der Christine sprechen, schon, weil es doch auch die Katharina betraf. Wenn er der Christine strengstes Stillschweigen auferlegen würde? Er würde es sich noch überlegen, ob es nicht doch einen Weg gab, die Christine in irgendeiner Form einzuweihen.

„Was glauben Sie Gasperlmaier, nehmen wir den Magister Fritzenwallner jetzt gleich fest? Haben wir genug gegen ihn in der Hand?" Die Frau Doktor, fand Gasperlmaier, lächelte so siegessicher, dass wohl kein Zweifel daran bestehen konnte, dass sie den Magister Fritzenwallner schon in Handschellen sah. „Meinen

Sie, dass er auch den Direktor ...?" Gasperlmaier vollendete seinen Satz nicht. Die Frau Doktor zuckte mit den Schultern. „Keine Ahnung, ob er ein Motiv hat. Gelegenheit – vielleicht. Da müssen wir noch auf die Auswertung der Spuren warten, wir wissen zu wenig. Aber dass er bei den beiden Frauen seine Finger im Spiel hat, da verwette ich meinen Hintern drauf." Gasperlmaier stieg beim Gedanken daran, was die Frau Doktor verwetten wollte, ein wenig Röte ins Gesicht, gleichzeitig erstaunte ihn die derbe Ausdrucksweise, die ungewöhnlich für sie war. „Entschuldigung, Gasperlmaier!", sagte sie auch gleich darauf. „Ich wollte Sie nicht schockieren!"

Wenig später waren sie vor dem Wohnhaus des Magister Fritzenwallner angelangt. Die Frau Doktor läutete mehrmals und ausdauernd, doch nichts rührte sich. „Schauen wir einmal rund ums Haus, Gasperlmaier. Vielleicht ist irgendwo ein Fenster offen." Der Rasen im Garten war nass und weich wie ein Sumpf. Immer wieder versanken die Absätze der Frau Doktor, und nach wenigen Minuten und einigen deftigen Flüchen ihrerseits standen sie wieder vor der Haustür, diesmal mit schlammverkrusteten Absätzen, die an den hellen Schuhen der Frau Doktor unschön auffielen, wie Gasperlmaier fand. Offenes Fenster hatten sie keines gefunden, Geräusche keine vernommen.

Plötzlich tauchte hinter ihnen eine ältere Dame auf, die einen weißen Pudel an der Leine führt. „Scheußliches Wetter, nicht? Zu wem will denn die Polizei? Doch nicht etwa zu mir?" Gasperlmaier fand es seltsam, dass die Dame so fröhlich war. Normalerweise begegneten ihm ausschließlich erschrockene Gesichter, wenn sich Haustüren öffneten. Wer sah schon gern die Polizei im Haus? „Ich bin die Schwester vom Herrn Magister Fritzenwallner!“ Die Frau Doktor strahlte die alte Dame an. „Und das ist mein Mann. Der ist nur zufällig in Polizeiuniform, wissen Sie, ich hab ihn gerade vom Dienst abgeholt. Wir wollen meinen Bruder besuchen. Nur – wir haben keinen Hautürschlüssel! Wenn Sie uns vielleicht ...?“ Gasperlmaier wurde ganz anders zumute, als die Frau Doktor anfing, so schamlos zu lügen, doch die Dame nickte nur, zückte einen Schlüsselbund und hielt ihnen die Tür auf. „Bei dem Wetter kann ich Sie doch nicht heraußen warten lassen!“ Dann standen sie auch schon vor der Wohnungstür des Magister Fritzenwallner. Gasperlmaier rang nach Luft. „Sie können doch nicht ...“, begann er, doch es wollte ihm nicht genau einfallen, was es war, das die Frau Doktor nicht konnte. „Übrigens, Gasperlmaier, wenn Sie glauben, jetzt irgendwelche Rechte ableiten zu können – wir sind soeben wieder geschieden worden!“ Gasperlmaier schnappte nach Luft und Worten, als die Frau Doktor eine Kreditkarte zückte und sich am Türspalt zu schaffen machte.

Das gab es doch eigentlich nur im Film. In Wirklichkeit, war sich Gasperlmaier sicher, war es weder möglich, mit einer Kreditkarte eine Tür zu öffnen, noch kam es vor, dass die Polizei so etwas tat. Er, Gasperlmaier, hätte in so einem Fall einfach geduldig abgewartet, bis man des Magister Fritzenwallner habhaft geworden war. Überstürztes Handeln, so fand er, konnte nur ins Verderben führen. Die Tür sprang auf, womit Gasperlmaier nicht gerechnet hatte. Die Frau Doktor nahm ihn am Arm und zog ihn in die Wohnung. „Sie haben doch auch jemanden jammern gehört, Gasperlmaier? Da war Gefahr im Verzug! Da darf man nicht zögern!“, grinste die Frau Doktor, während Gasperlmaier kaum wusste, wie ihm geschah. Sie hielt ihm ein paar Latexhandschuhe hin. „Die ziehen Sie an, bevor Sie hier etwas angreifen! Wir wollen schließlich keine Spuren hinterlassen." „Gesundheit!", wünschte Gasperlmaier der Frau Doktor, die plötzlich heftig niesen musste. So viel zum Thema Spuren hinterlassen, dachte Gasperlmaier bei sich. Die Frau Doktor hatte mit Sicherheit einen Sprühregen auf dem Ergobike hinterlassen, das Gasperlmaier schon von ihrem ersten Besuch hier ein Begriff war. Hoffentlich kam niemand auf die Idee, dort Proben zu nehmen. „Sehen wir uns einmal an, wie der Herr Fritzenwallner wohnt!" Die Frau Doktor öffnete die Tür zu ihrer Rechten. Gasperlmaier nahm sich fest vor, keinesfalls irgendwas in der Wohnung zu berühren. Betreten starrte er auf die Schmutzspuren, die die Frau Doktor auf dem Boden hinterlassen hatte, hütete sich aber, dazu Stellung zu nehmen. Gasperlmaier spähte in ein recht vollgeräumtes Zimmer, das der Arbeitsraum des Herrn Magister zu sein schien. Bücher, Mappen und allerlei Stapel von Papier türmten sich in den Regalen, auf dem Boden standen Kartons und Plastiksäcke herum. In einer Ecke stand ein geöffneter Laptop neben einem Drucker. „Oje!", meinte die Frau Doktor. „Ob wir in diesem Chaos etwas finden? Zu lang möchte ich mich hier ja nicht aufhalten." Gasperlmaiers Magen meldete sich mit einem unangenehmen Ziehen, als er daran dachte, dass sie der Herr Magister Fritzenwallner am Ende hier überraschen konnte. „Sehen wir einmal nach, was der Computer zu bieten hat. Vielleicht ist der ordentlicher aufgeräumt." Gasperlmaier war es gar nicht recht, dass die Frau Doktor jetzt auch noch den Computer einschalten musste. „Kein Passwort. Sehr leichtsinnig." Die Frau Doktor setzte sich vor das Gerät und begann, mit ihren behandschuhten Fingern darauf herumzutippen. Gasperlmaier ging zum Fenster. Man konnte von dieser Seite der Wohnung die Bundesstraße und den Zinkenkogel sehen. Die Straße allerdings war durch eine Lärmschutzwand verborgen. „Sehen Sie sich doch einstweilen in den anderen Zimmern um, Gasperlmaier! Ich bin gleich fertig." Gasperlmaier stellte mit einem kurzen Blick auf den Bildschirm fest, dass die Frau Doktor einen Ordner mit Bildern geöffnet hatte. Er ging ins Vorzimmer zurück und öffnete eine weitere Tür. Sie führte ins Wohnzimmer, das Gasperlmaier ebenfalls schon kannte. Nichts darin fand er besonders auffällig. Außer, dass der Herr Magister einen augenscheinlich neuen, großen Flachbildfernseher besaß. Seine Kinder lagen Gasperlmaier ständig in den Ohren, dass ein besserer Fernseher angeschafft werden musste als das angejahrte Röhrenmodell, mit dem sie sich noch immer abfinden mussten. Gasperlmaier sah nicht ein, warum dafür Geld ausgegeben werden sollte. Ihm war das alte Gerät gut genug. Schließlich war es ein Farbfernseher – was konnte man mehr wollen? Allerdings, das musste Gasperlmaier eingestehen, wurde es ihm immer mühsamer, bei den Skirennen, die er so sehr liebte, die mitlaufende Zeit zu erkennen. Er hatte den Verdacht, dass man durch die Verkleinerung der Zeitanzeige die Zuschauer förmlich zwingen wollte, größere Geräte anzuschaffen. Der Zeitanzeigen-Programmierer war wohl mit irgendeinem koreanischen Hersteller von Fernsehgeräten ins Geschäft gekommen, mutmaßte er. Gasperlmaier schloss die Tür und öffnete die daneben liegende. Sie führte, so stellte er fest, ins Schlafzimmer. Gasperlmaier fühlte sich nicht wohl dabei, in ein fremdes Schlafzimmer einzudringen. Er selbst hatte es auch gar nicht gern, wenn er irgendwen, und sei es nur einen Handwerker, in sein eigenes hineinlassen musste. Das Schlafzimmer hier war aber in der Tat beeindruckend. Weißer Teppichboden und schwarze Möbel. Es sah aus wie ein elegantes Hotelzimmer und war, ganz im Gegensatz zum Arbeitszimmer, penibel aufgeräumt. Kein Wunder, so dachte Gasperlmaier bei sich, hier legt der Herr Magister schließlich seine Opfer flach, da muss er schon für ein gewisses Ambiente sorgen. Gasperlmaier betrachtete das Bett und drückte vorsichtig darauf. Es gab nach, und Gasperlmaier meinte sogar, ein ganz leises Glucken zu vernehmen. Der Herr Magister vergnügte sich anscheinend in einem Wasserbett. Gasperlmaier wurde er dadurch nicht sympathischer, ganz im Gegenteil, ein Wasserbett schien ihm verrucht und machte seinen Besitzer jedenfalls verdächtig. Gasperlmaier musste daran denken, dass der Magister Fritzenwallner seine Tochter unterrichtete. Auch darüber, so schien es ihm, war mit der Christine zu beraten. Der Lebenswandel des Herrn Magister war offenbar alles andere als einwandfrei. Gasperlmaier öffnete, neugierig geworden, einige Schubladen, fand aber nichts Außergewöhnliches. Außer, man hielt es für außergewöhnlich, dass der Herr Magister anscheinend Boxershorts bevorzugte. Gasperlmaier selbst hielt es lieber mit den altmodischen, hergebrachten Unterhosen, die das, was zu bedecken war, ordentlich zusammenhielten. Beim Öffnen einer der letzten Schubladen allerdings erlebte Gasperlmaier eine Überraschung. Sie enthielt, wie selbst Gasperlmaier auf den ersten Blick feststellen konnte, Damenunterwäsche. Allerdings nicht Unterwäsche der Art, wie sie gewöhnlich in Supermärkten und Versandhauskatalogen feilgeboten wurde, sondern, wie Gasperlmaier erstaunt feststellte, ganz ausgesuchte Stücke, zahlreich und in allen nur denkbaren

Formen und Farben. Gasperlmaier blickte versonnen in die Schublade und nahm etwas Rostrotes daraus hervor, das mit allerlei Bordüren und Spitzen besetzt war, sonst aber kaum Substanz besaß. Ohne, dass er es wirklich wollte, sah er plötzlich die Frau Doktor Kohlross in diesem rostroten Etwas vor seinem inneren Auge und ließ es so rasch wieder fallen, als habe er sich die Finger verbrannt. Er musste wirklich etwas dafür tun, dass er sich besser unter Kontrolle bekam. Dennoch fragte er sich, wer wohl eine ganze Schublade voll Damenunterwäsche in dem Schlafzimmer hinterlassen hatte, wo der Herr Magister doch allein lebte.

„Jaaaa!“, erklang ein begeisterter Ruf der Frau Doktor. Gasperlmaier schloss die Schublade vorsichtig und begab sich wieder ins Arbeitszimmer. Die Frau Doktor, so stellte er fest, hatte einen Stick an den Computer angeschlossen und war dabei, Fotos zu kopieren. „Sehen Sie, Gasperlmaier!“ Die Frau Doktor klickte auf ein Foto, das im Miniaturformat zu sehen war. Plötzlich lächelten der Herr Magister Fritzenwallner und die Sandra Märzendorfer vom Bildschirm. Beide trugen Radtrikots und standen über ihren Rädern, das Foto war offenbar von einem der beiden selbst aufgenommen worden, man sah den Arm, der sich dem Betrachter entgegenstreckte und die Kamera hielt. Auf dem nächsten Foto sah man die Sandra im Bikini, wie sie dem Fotografen einen Kussmund zuwarf. „Und das ist nicht die einzige Frau auf den Fotos!“, triumphierte die Frau Doktor. Nicht nur die Sandra Märzendorfer, auch die Simone Eisel haben wir! Alles! Mit Datum, Uhrzeit, und so weiter! Damit werden wir ihn festnageln, den sauberen Herrn Magister. Ich hab schon alles auf meinen Stick kopiert!“ Die Frau Doktor zog das kleine lila Ding vom Computer ab und hielt es Gasperlmaier unter die Nase. „Das hier ist das Ende vom Lied für den sauberen Herrn Magister! Der Fall ist gelöst!" Gasperlmaier fragte sich, ob vom Computer eines Verdächtigen gestohlene Fotos wirklich vor Gericht gegen ihn verwendet werden konnten. Er zuckte die Schultern. „Ist das allein schon strafbar, dass er die beiden gekannt hat? Ich meine, ist das ein Beweis?" Die Frau Doktor kniff Gasperlmaier mit Daumen und Zeigefinger in die Nase, der darüber gewaltig erschrak und die Hand vor das betroffene Organ hielt. „Seien Sie kein Spielverderber, Gasperlmaier! Natürlich sind das keine Beweise! Aber Indizien! Die uns helfen, ihn festzunageln." Gasperlmaier, immer noch höchst überrascht über den, wie er fand, recht intimen Zugriff der Frau Doktor, fiel ein, dass der Magister Fritzenwallner ja zur Tatzeit, was die Simone Eisel betraf, in der Schule gewesen war. Der Direktor hatte ihnen das bestätigt. Allerdings wollte er jetzt nicht auf diesen Einzelheiten herumtrampeln, um der Frau Doktor die Laune nicht zu verderben, schon gar nicht, solange sie sich in der fremden Wohnung aufhielten, in die der Gesuchte jederzeit zurückkehren konnte.

„Kommen Sie, Gasperlmaier, gehen wir Mörder fangen!" Die Frau Doktor war, wie Gasperlmaier fand, viel zu aufgeräumt. Zweimal waren sie schon sicher gewesen, den Täter geschnappt zu haben, und beide Male waren die Indizien so schnell zerronnen, dass die beiden längst wieder in Freiheit waren. Er war nach wie vor skeptisch. Zu viel war ihnen in den letzten Tagen dazwischengekommen, als dass er daran glauben wollte, man brauche jetzt bloß den Herrn Magister Fritzenwallner suchen gehen, verhaften und dem Staatsanwalt präsentieren. „Haben Sie übrigens irgendwas Auffälliges in den anderen Räumen gesehen?" Gasperlmaier schüttelte den Kopf, fragte sich aber gleichzeitig, ob er der Frau Doktor nicht doch von der Damenunterwäsche erzählen sollte. Durchaus gegenwärtig war ihm noch, wie abschätzig sie ihn behandelt hatte, als er auf den Schmetterling im Dekolleté der Susi Schneider verwiesen hatte, deren Anwesenheit in der Vinothek, wahrscheinlich sogar zusammen mit den drei bewussten Herren, von denen einer ja nunmehr tot war, seiner Meinung nach immer noch klärungsbedürftig war. Die Frau Doktor horchte gerade an der Tür, um festzustellen, ob sich jemand im Stiegenhaus befand, und öffnete sie einen Spalt, um vorsichtig hinauszublicken, als sich Gasperlmaier doch entschloss, von seiner Entdeckung zu berichten. „Da ist vielleicht doch etwas, was Sie noch sehen sollten." Die Frau Doktor schloss die Tür wieder und sah Gasperlmaier neugierig an. „Dann aber schnell! Wir sollten uns nicht länger als unbedingt nötig hier herinnen aufhalten!" Gasperlmaier führte sie ins Schlafzimmer, wo ihn ein seltsames Gefühl beschlich. Ein wenig unheimlich war es ihm schon, mit der Frau Doktor in einem Schlafzimmer zu stehen. Noch dazu, wo es um Damenunterwäsche ging. Wenn sie sich nun plötzlich vor ihm aufs Bett warf? Er holte zu einer umständlichen Erklärung aus: „Wo doch der Herr Magister allein wohnt ..." „Haben Sie etwa Frauenkleider gefunden?" Die Frau Doktor war in ihren Schlussfolgerungen blitzschnell und messerscharf, das musste man ihr lassen. Gasperlmaier deutete stumm auf die bewusste Schublade. Die Frau Doktor zögerte nicht, sie zu öffnen, und pfiff durch die Zähne. „Schöne Sammlung! Hätte ich auch gern!" Gasperlmaier spürte Hitze aufstiegen, als er sich an seine Gedanken von zuvor erinnerte. Die Frau Doktor nahm ein paar Wäschestücke aus der Schublade, das rostrote war auch dabei. Gasperlmaier wandte den Blick ab, als sie ein Teil um das andere herausholte und auf dem Bett ausbreitete. „Seltsam.“ Die Frau Doktor stützte ihr Kinn in die immer noch behandschuhte Rechte. „Fällt Ihnen was auf, Gasperlmaier? Bei den BHs, meine ich.“ Gasperlmaier meinte förmlich zu spüren, wie er rot anlief. Er fühlte sich wie jemand, den man aufs Klo gesperrt hat, obwohl er gar nicht muss. Es ging, seiner Meinung nach, nicht an, dass er hier – verbotenerweise noch dazu – mit der Frau Doktor in einem fremden Schlafzimmer stand und die Einzelheiten von Damenwäsche diskutieren sollte. Die Frau Doktor nahm ihm eine Stellungnahme aber ab. „Sehen Sie her! Drei verschiedene Größen: A, B, C! Die können nicht der gleichen Frau gehört haben.“ Die Frau Doktor hielt einen feuerroten, mit dunkelroter Spitze besetzen BH in die Höhe, danach einen violetten und zum Schluss einen braunen mit weißen Rüschen. Bei dem konnte selbst Gasperlmaier, der nur verschämt hinzublicken wagte, deutlich erkennen, dass die Körbchen um einiges größer waren als beim ersten. „Wenn Sie mich fragen, Gasperlmaier, dann passt der zur Simone Eisel.“ Sie streckte Gasperlmaier den violetten hin, so als wolle sie ihn dazu auffordern, ihn eingehender zu prüfen. Gasperlmaier streckte ihr abwehrend seine Hände entgegen. „Der da“, die Frau Doktor nahm noch einmal den roten zur Hand, „der passt zur Sandra Märzendorfer, soweit ich das nach den Fotos beurteilen kann, die ich von ihr gesehen habe. Den dritten da kann ich nicht zuordnen. Dafür fehlt uns noch die Frau.“ Gasperlmaier dachte bei sich, dass der braune mit weißen Rüschen gut zum Schmetterling der Susi Schneider passen könnte, hütete aber seine Zunge. Er hoffte inständig, dass die Durchsuchung des Fritzenwallner'schen Schlafzimmers ein rasches Ende finden würde, doch die Frau Doktor kramte weiter in der Schublade herum. Schließlich förderte sie ein dottergelbes, größtenteils durchsichtiges Exemplar zu Tage. „Und da haben wir Größe D!“ Gasperlmaier trat unruhig von einem Fuß auf den anderen, während die Frau Doktor alles wieder einräumte. „Vielleicht war er bloß ein Sammler, und er hat das Zeug nur angeschaut oder selber getragen.“ Gasperlmaier war zwar schleierhaft, warum sich der Magister Fritzenwallner BHs in vier verschiedenen Größen anschaffen sollte, wenn er vorhatte, sie nur selbst zu tragen oder anzusehen, aber, so dachte er bei sich, was wusste er schon von den Abgründen, die sich in der Seelenlandschaft mancher Zeitgenossen auftaten.

Einigermaßen erleichtert war er erst, als sie wieder im Auto saßen. „Irgendwas“, sagte die Frau Doktor, „sagt mir, dass diese Wäsche getragen wurde. Nicht von ihm, meine ich, sondern von Frauen, von verschiedenen Frauen.“ Gerade, als sie auf die Hauptstraße einbogen, schnippte sie so laut mit dem Finger, dass Gasperlmaier zusammenschrak. „Jetzt fällt’s mir ein! Die Teile haben alle gerochen! Nach Parfum! Und zwar nach verschiedenen!“ Gasperlmaier gab zu bedenken, dass die Wäsche in der Schublade ja wohl gewaschen worden war, doch die Frau Doktor wischte seinen Einwand beiseite. „Parfum bleibt immer hängen! Da können Sie waschen, so viel sie wollen!“ Gasperlmaier seufzte und hoffte, dass es ihnen gelingen würde, den Herrn Magister Fritzenwallner einzufangen, noch bevor es Zeit zum Abendessen war. Als ob die Frau Doktor seine Gedanken erraten hätte, sah sie auf die Uhr. „So spät schon!“ Sie schlug die Richtung ins Ortszentrum ein. „Wissen Sie was, Gasperlmaier – wir machen für heute Schluss. Ich lasse eine Zivilstreife vor dem

Haus vom Magister Fritzenwallner postieren, damit ich ihn vernehmen kann, sobald er zu Hause auftaucht. Und um den Magister Loisenhammer kümmert sich der Kollege Hinterholzer. Es wäre sinnlos, jetzt in der Gegend herumzufahren und zu versuchen, den Fritzenwallner irgendwo aufzutreiben. Er wird uns schon ins Netz gehen, er ahnt ja nicht, dass wir ihm so dicht auf den Fersen sind. Spätestens, wenn er heimkommt, schnappt die Falle zu!“ Die Frau Doktor ballte die Faust, um zu unterstreichen, wie sie sich das Zuschnappen vorstellte.

Gasperlmaier war zwar mit der Entwicklung der Dinge zufrieden, soweit sie den nahenden Feierabend betrafen, dennoch hatte er noch eine Frage. „Was glauben Sie denn – wer hat den Direktor erschossen? Auch der Fritzenwallner?“ Die Frau Doktor zuckte mit den Schultern, als sie die Abzweigung nach Altaussee nahm. „Wenn es einen Zusammenhang mit unseren Fällen gibt, dann hat hier wohl der Mörder noch einmal zugeschlagen. Allerdings – ich muss schon zugeben, über sein Motiv bin ich mir nicht im Klaren. Ich kann mir schlecht vorstellen, dass der Herr Direktor als Mitwisser oder Zeuge den Mörder erpresst hat. Das hat doch ein Schuldirektor nicht nötig.“ „Was, wenn jemand geglaubt hat, der Schuldirektor ist der Mörder? Und sich an ihm rächen wollte? Der Vater von der Sandra, beispielsweise. Der hat mir ziemlich gewaltbereit gewirkt!“ Die Frau Doktor warf Gasperlmaier einen anerkennenden Blick zu. „Scharfsinnig gedacht, Gasperlmaier – da dürfen wir dann allerdings den Magister Eisel auch nicht außer Acht lassen – der hätte ja schließlich auch allen Grund, dem Mörder seiner Frau böse zu sein. Dennoch – wenn es ein Racheakt eines Angehörigen war, dann, glaube ich, hat es den Falschen erwischt. Da fällt mir ein, wir wissen ja noch nicht einmal, ob der Direktor ein Alibi für die Mordzeit gehabt hätte!"

Das Handy der Frau Doktor klingelte, und sofort schaltete sich das Radio ein. Die Frau Doktor drückte eine Taste auf dem Lenkrad, meldete sich, und schon drang die gemächliche Stimme des Major Hinterholzer aus den Lautsprechern. „Einen schönen guten Abend wünsche ich, Gnädigste!" „Gibt's was Neues?", fragte die Frau Doktor zur Windschutzscheibe hin, und Gasperlmaier fragte sich, wo das Mikrofon verborgen war, das ihre Stimme aufnahm. „Nicht wirklich", vernahm er wieder den Major Hinterholzer. „Es ist unglaublich, aber niemand hat etwas gesehen. Niemand hat etwas gehört. Niemandem ist ein Auto aufgefallen, das zur bewussten Zeit den Parkplatz verlassen hat. Keine Spuren, soweit wir bisher wissen. Der Täter hat anscheinend nur einen oder zwei Schritte in den Raum hinein getan und sofort wieder umgedreht. Auf dem Boden keine Rückstände von ihm. Wir sind gerade dabei, die Nachbarn und die Lehrer zu vernehmen. Natürlich geht es langsam. Die Tochter haben wir auch ausfindig gemacht, sie kommt morgen."

„Haben Sie sich den Loisenhammer schon vorgenommen?" Gasperlmaier wunderte sich, dass der Herr Major umständlich über Nebensachen referierte, während er sich das, was sie wirklich interessierte, aus der Nase ziehen ließ. „Sicher. Leider hab ich Ihre Unterlagen noch nicht bekommen, sodass ich im Dunklen tappe – ich weiß ja nicht, was er Ihnen schon erzählt hat. Die Sache mit den Fotos aus der Vinothek hab ich deshalb weggelassen, da fehlen mir Basisinformationen." Die Frau Doktor zuckte mit den Schultern. „Tut mir leid, dass Sie noch nicht alles haben. Ich habe in

Auftrag gegeben, Sie per Mail zu unterrichten. Was hat er zur Tatzeit gemacht?" „Bombenfestes Alibi", antwortete der Major. „Er ist im Café Zauner gesessen. Er scheint dort Stammgast zu sein, mehrere Kellnerinnen und sogar der Chef persönlich haben ihn gesehen und einwandfrei identifiziert." Gasperlmaier wunderte es nicht, dass der Herr Magister Loisenhammer aus dem Leim zu gehen drohte, wenn er einen Großteil seiner Freizeit im Café Zauner verbrachte, dessen Torten und Strudel allerdings tatsächlich Weltruhm genossen, wie Gasperlmaier wusste. Was ihn allerdings schon überraschte, war, wie schnell der Magister Loisenhammer an den Ort zurückgekehrt war, von dem ihn die Frau Doktor in Handschellen abgeführt hatte. Das musste dem ja peinlich sein. Die Sucht nach den Torten vom Zauner, so dachte Gasperlmaier bei sich, war wohl größer gewesen als die Scham.

Die Frau Doktor hielt vor dem Posten. „Bye, Gasperlmaier!" Gasperlmaier hätte es zwar lieber gesehen, wenn sie ihn direkt nach Hause gebracht hätte, aber er wagte nicht, danach zu fragen. So stieg er vor dem Polizeiposten aus, wartete, bis die Frau Doktor abgefahren war, und machte sich auf den Weg nach Hause.

16

Überraschenderweise waren alle zu Hause, als Gasperlmaier in die Küche trat. Und noch überraschender war es, dass alle mit dem Vorbereiten des Abendessens beschäftigt waren. Dass die Katharina den Salat herrichtete und der Christoph die Teller und das Besteck zum Tisch trug, das war nicht alltäglich. Die Christine wandte sich kurz um und begrüßte ihn. „Gut, dass du kommst. Essen ist gleich fertig. Ich hab heute wenig Zeit gehabt, es gibt ganz normale Spaghetti mit Fleischragout." Gasperlmaier war das recht, er hatte nicht das Geringste gegen die Spaghetti einzuwenden. Von hinten näherte er sich der Christine und drückte ihr einen Kuss auf den Nacken. Sie schrak zusammen, drehte sich um und drohte ihm mit dem Kochlöffel. „Du wasch dir lieber die Hände und zieh dich um, statt dass du mich da störst!"

Der Christoph hatte noch seine Rot-Kreuz-Uniform an und Gasperlmaier fragte sich, warum die Christine ihn nicht zum Umziehen geschickt hatte. „Habt's euren Mörder schon?", fragte er grinsend, doch Gasperlmaier zuckte nur die Schultern. „Ich darf da nicht drüber reden, das weißt du doch." Anstatt zu tun, was Christine ihn geheißen hatte, ging Gasperlmaier zum Kühlschrank, holte sich ein Bier heraus und setzte sich auf die Eckbank. „Unser Lehrer ist es jedenfalls nicht gewesen!", meinte die Katharina, während sie Tomaten kleinschnitt, und Gasperlmaier kam es vor, als wäre ihr Ton ein klein wenig giftig gewesen. Er nahm einen tiefen Schluck aus der Flasche. Das entspannte! „Woher willst du denn das wissen? Er hat sich jedenfalls ganz schön verdächtig gemacht!" Schon war ihm etwas entschlüpft, was keinesfalls für die Ohren der Kinder bestimmt war. Die Katharina kam ihm mit der Salatschüssel entgegen und stellte sie ein wenig heftig auf den Tisch. „So. Und wie, bitteschön, hat sich der Herr Professor verdächtig gemacht? Hat die Polizei nichts anderes zu tun, als unschuldige Lehrer zu verfolgen? Sind bei euch auch die Lehrer an allem schuld?“ Gasperlmaier konnte sich nicht recht erklären, woher die Aggression in der Stimme der Katharina kam. Ob das nur die Pubertät war? Ihm fiel auf, dass sie jetzt wieder einen ganz normalen Pullover anhatte. Obwohl es hier in der Küche gewiss viel wärmer war als am Vormittag in der Schule, wo sie praktisch im Unterleiberl herumgerannt war. Gasperlmaier erinnerte sich, dass er mit der Christine sprechen musste. Über die Kleidung ihrer Tochter, über den Magister Fritzenwallner, und vielleicht auch noch, da hatte er sich noch nicht entschieden, über die besonderen Vorlieben der Frau Magistra Zettel. Die Christine stellte die Schüssel mit den Spaghetti auf den Tisch, während der Christoph den Topf mit dem Fleischragout brachte. Gasperlmaier wollte sich gerade mit der Nudelgabel bedienen, als ihm die Christine auf die Finger klopfte. „Zum Bierholen haben wir Zeit, zum Händewaschen nicht?“ Folgsam stand Gasperlmaier auf und begab sich ins Bad, es hatte sowieso keinen Zweck, eine Debatte anzufangen.

Während Gasperlmaier seine Nudeln in sich hineinräumte, ging ihm der heutige Tag durch den Kopf, weil ohnehin niemand sprach. Er staunte, mit welchem Tempo und in welcher Menge der Christoph Spaghetti in sich hineinstopfte. Ob sie ihm beim Roten Kreuz keine Jause gaben? Gasperlmaier hätte es ohnehin vorgezogen, wenn der Christoph zum Bundesheer gegangen wäre. Schließlich konnte er nicht einmal Polizist werden, wenn er nicht imstande war, eine Waffe zu tragen. Die Katharina hingegen stocherte nur lustlos in ihren wenigen Spaghetti herum. Entweder, so dachte Gasperlmaier bei sich, hat sie wegen irgendwas Sorgen, oder sie hat Angst um ihre Figur. Wenn sie ihm nur nicht magersüchtig würde.

„Warum", fragte Gasperlmaier, „verteidigst du den Professor Fritzenwallner eigentlich so?" Die Katharina schmiss die Gabel hin. „Ich? Ich verteidig ihn doch nicht! Spinnst du?" „Du musst", nuschelte Gasperlmaier mit vollem Mund, „nicht gleich so heftig reagieren. Ich hab nur gespürt, dass du ein wenig grantig wirst, wenn die Sprache darauf kommt, dass er sich verdächtig gemacht hat." Sorgsam war er darauf bedacht, keine Informationen aus ihren Ermittlungen auszuplaudern. Die würden alle schön schauen, dachte er bei sich, wenn der Magister Fritzenwallner morgen in Handschellen abgeführt werden und sich die Presse darauf genüsslich über alle Einzelheiten seines Lotterlebens verbreiten würde.

Die Katharina versuchte, sich locker zu geben. „Als Lehrer ist er ganz okay! Er gibt uns sogar manchmal frei! Das traut sich sonst keiner!" Die Christine mischte sich ein. „Na, hör mal! Das hat doch nichts mit sich was trauen zu tun, wenn einer den Kindern freigibt, anstatt zu unterrichten! Das ist Faulheit, Pflichtvergessenheit! Er kriegt ja schließlich gezahlt dafür!" Gasperlmaier wurde hellhörig. Er schenkte sich noch einmal aus der Bierflasche nach und blickte skeptisch zum Christoph hinüber, der ihm die halbvolle Bierflasche mehr oder weniger aus der Hand genommen und sich selbst nachgeschenkt hatte. Musste das sein, dass die Kinder am Familientisch Alkohol tranken? „Sag einmal, Katharina", gab sich Gasperlmaier nach einem ausgiebigen Schluck interessiert, „wann hat euch denn der Herr Professor Fritzenwallner das letzte Mal freigegeben?" Wenn der Herr Magister so großzügig mit der Unterrichtszeit umging, wie die Katharina gerade behauptet hatte, dann konnte es ja durchaus sein, dass er auch für den Mord an der Simone Eisel infrage kam, schließlich hatte der Direktor nur in seinem Computerstundenplan nachgesehen, und da stand ja wohl nicht drin, ob sich der Herr Magister eine freie Randstunde gegönnt hatte, indem er seine Schüler einfach nach Hause geschickt hatte.

„Lass mich einmal überlegen." Die Katharina wickelte versonnen eine einzelne Nudel um ihre Gabel. Die, so mutmaßte Gasperlmaier, musste schon längst kalt geworden sein. „Am Montag, da haben wir früher ausgehabt, weil unsere Musiklehrerin wegen irgendeinem Projekt nicht da war. Da haben wir die vierte Stunde ausfallen lassen. Weil wir die Woche davor eh schon eine zusätzliche Stunde gehabt haben, hat er gesagt." Gasperlmaier horchte angespannt hin. „Und wann ist er dann gegangen, ich meine, wann war die Schule aus?" „So irgendwann nach elf." Gasperlmaier wurde ungehalten. Eine genaue Auskunft in Bezug auf Termine und Zeiten von seinen Kindern zu bekommen, schien unmöglich. Alles fand irgendwann und vielleicht statt, nichts zu einem bestimmten Zeitpunkt und gewiss. Was sollte aus so einer Jugend werden? Er nahm sich zusammen und fragte ganz freundlich und geduldig: „Kannst du's mir nicht ein wenig genauer sagen?" Die Katharina grunzte ungehalten. „Um fünf nach halb elf war die dritte Stunde aus. Die vierte hätte der Herr Professor Fritzenwallner gehabt, der war aber schon in der Pause nach der zweiten herinnen und hat uns gesagt, dass wir uns freinehmen sollen."

Gasperlmaiers kriminalistisches Gehirn arbeitete auf Hochtouren. Das hieß doch nicht mehr und nicht weniger, als dass der Hallodri womöglich schon um zehn aus der Schule verschwunden war, während er nach Stundenplan bis um zwölf Dienst gehabt hätte. Was sein Direktor auch geglaubt hatte. Gasperlmaier wog ab. Seine Vorbehalte gegen den Magister Fritzenwallner als Mörder waren soeben zusammengebrochen. Rief er jetzt gleich die Frau Doktor an, so scheuchte er sie womöglich auf, und sie kam wieder nach Altaussee und sie mussten zu nachtschlafener Zeit auf die Jagd nach dem Magister Fritzenwallner gehen. Der aber, so dachte Gasperlmaier bei sich, war schließlich bloß ein gewöhnlicher Mörder und kein Mafioso, der würde ihnen schon nicht davonlaufen. Morgen war gewiss noch Zeit, ihn zu suchen und einzufangen, er würde ja nicht gerade jetzt, in der Zwischenzeit, neuerlich eine Frau auf den Loser schleppen und von dort hinunterstoßen. Womöglich war er ja sogar schon in Haft, schließlich waren vor seiner Wohnung Posten installiert worden.

Wenig später hatte Gasperlmaier es sich mit der Zeitung auf dem Sofa bequem gemacht, während die Christine noch mit dem Geschirr in der Küche herumklapperte. Die Kinder hatten sich längst in ihre Zimmer verzogen. Aus Christophs Zimmer war gelegentlich lautes Gelächter zu hören, obwohl er allein war. Gasperlmaier hatte aufgegeben, sich um den Geisteszustand seines Sohnes Sorgen zu machen, als er darüber aufgeklärt worden war, dass man über Internet mit Freunden genau so reden konnte, als wären sie im Zimmer. Ihn selber plagte schlechtes Gewissen, weil er sich vor dem Aufräumen der Küche verdrückt hatte, so schlecht war es aber auch wieder nicht, dass es ausreichte, ihn zum Aufstehen zu bewegen, um der Christine doch zu helfen.

Wenig später gesellte sich die Christine zu ihm und schaltete den Fernseher ein. „Magst du nicht ‚Steiermark heute' schauen? Da kommt doch sicher was über eure Morde!" Gasperlmaier hatte das Gerät ganz bewusst ausgeschaltet gelassen, er hatte irgendwie überhaupt keine Lust, jetzt neuerlich mit seiner Arbeit konfrontiert zu werden, er wollte das lieber draußen halten.

Die Sendung hatte bereits begonnen, irgendein Bericht über eine neue Operationsmethode lief. Als Gasperlmaier seine Zeitung sinken ließ, starrte er mitten in den geöffneten, blutigen Brustraum eines Patienten, dessen Herz deutlich sichtbar rhythmisch pulsierte. Schnell hob er die Zeitung wieder hoch, vermochte sich aber nicht auf den Artikel zu konzentrieren, den er gerade gelesen hatte. „Sagst mir's, wenn das mit der Operation wieder vorbei ist", brummte er zur Christine hinüber. Doch bereits wenige Sekunden später kündigte die Sprecherin einen Beitrag über eine abscheuliche Bluttat im benachbarten Oberösterreich an. „Einem Mordanschlag zum Opfer gefallen ist heute der Leiter des Bundesgymnasiums in Bad Ischl. Er wurde nachmittags erschossen in seinem Büro gefunden." Die Sprecherin verschwand vom Bildschirm, stattdessen wurde formatfüllend die Gestalt des Major Hinterholzer sichtbar, der fast schläfrig in die Kamera blickte. „Die Ermittlungen laufen auf Hochtouren!", sagte er, „und wir können derzeit gar nichts ausschließen." „Könnte es sich um einen Racheakt eines gescheiterten Schülers handeln?" Der Reporter sprach aus dem Off, man konnte ihn nicht sehen. „Sehr geehrter Herr Reporter", seufzte der Major Hinterholzer, „Sie verwenden den zweiten Konjunktiv: könnte. Das heißt, Sie fragen mich, ob die Möglichkeit besteht, dass es so war, wie Sie sagen. Und die Antwort darauf heißt natürlich: Ja, diese Möglichkeit besteht. Aber nur deswegen, weil wir zum jetzigen Zeitpunkt keine Möglichkeit ausschließen können oder wollen, wie ich Ihnen ja bereits gesagt habe." Der Reporter schien verwirrt, denn er zögerte mit seiner nächsten Frage. „Kann es auch ein Raubmord gewesen sein?" Der Major Hinterholzer seufzte tief. „Sehr verehrter Herr Reporter", wiederholte er seine leicht ironisch gefärbte Anrede, „ich muss Sie auf meine erste Antwort verweisen, die die Antwort auf Ihre jetzige Frage bereits vorwegnimmt."

„Das ist ja fast ein Philosoph, dein Kollege da", meinte die Christine schmunzelnd, während das Geplänkel zwischen dem Journalisten und dem Major Hinterholzer seinen Fortgang nahm. „Der nimmt den Reporter ja ganz schön auf die Schaufel." Gasperlmaier hatte dem Gespräch lediglich entnommen, dass es keine neuen Erkenntnisse gab – oder dass die Polizei in Oberösterreich keine Informationen an die Öffentlichkeit weitergab. Natürlich hatten es die Fernsehleute nicht lassen können – nach dem Interview folgten die ewig gleichen Fragen an Schüler und Schülerinnen, Lehrer und Nachbarn, deren Antworten keinerlei wesentliche Informationen enthielten. Gasperlmaier fragte sich, warum sich das Fernsehen ununterbrochen von Passanten bestätigen lassen musste, dass Verbrechen ganz, ganz schrecklich waren. Diese Gefühlsduselei ging ihm auf die Nerven. Als der Beitrag zu Ende war, erinnerte sich Gasperlmaier daran, dass er drei Dinge mit der Christine zu besprechen hatte, und er drängte sie, den Fernseher wieder abzuschalten. Er wollte das ehestmöglich hinter sich bringen.

„Ich war heute in der Schule von der Katharina", begann er, um gleich wieder eine Pause einzulegen, denn er wusste nicht recht weiter. So dauerte es seine Zeit, bis die Christine darüber unterrichtet war, dass die Katharina heute in einem sehr knappen Outfit in der Schule gewesen war und Gasperlmaier sich deswegen Sorgen machte. Die Christine zog eine steile senkrechte Falte auf der Stirn. „Davon weiß ich nichts!", sagte sie, „das Haus hat sie bis jetzt immer in Kleidung verlassen, gegen die ich nichts einzuwenden gehabt habe, aber es wäre mir nicht eingefallen, zu kontrollieren, was sie drunter trägt." Die Christine legte die Stricknadeln beiseite, die sie gerade erst zur Hand genommen hatte, und stieg die Treppe hinauf. Wenig später konnte Gasperlmaier erregte Stimmen aus dem Zimmer der Katharina vernehmen, er meinte sogar, seine Tochter erregt brüllen zu hören, während die Stimme der Christine zwar laut, aber einigermaßen gelassen blieb. Da hatte er ganz schön gezündelt, dachte Gasperlmaier bei sich, die Katharina würde jetzt wahrscheinlich ein paar Tage nicht mehr mit ihm reden, weil er sie verraten hatte. Schuld waren natürlich immer die Erwachsenen, selber hatte man ja nie einen Fehler gemacht. Wenig später wurde es ruhiger, und Gasperlmaier meinte, die Katharina schluchzen zu hören. Und als er bei den Sportseiten seiner Zeitung angelangt war, war die Christine wieder da und begann – ohne Gasperlmaier über die Details der Unterredung mit der Katharina ins Bild zu setzen – mit den Stricknadeln zu klappern.

„Da ist noch was!", fasste sich Gasperlmaier neuerlich ein Herz. „Du musst mir aber versprechen, zu keinem Menschen auch nur ein Wort darüber zu sagen!" Die Christine warf ihm einen skeptischen Blick zu.

„Wer sind denn die größeren Quadratratschen? Doch ihr Männer beim Stammtisch! Das ist ja auch nur eine Männerfantasie, dass die Frauen nichts anderes zu tun haben, als Vertraulichkeiten weiterzuerzählen!" Gasperlmaier versuchte eine beruhigende Handbewegung. „Ist ja schon gut. Es ist nur wegen dem Magister Fritzenwallner, da haben sich jetzt wirklich", Gasperlmaier rang nach dem richtigen Wort „... dichte Verdachtsmomente ergeben. Wir hätten ihn heute schon verhaftet, wenn er zu Hause gewesen wäre. Aber die Frau Doktor meint, der wird uns schon nicht davonlaufen, wenn er sich sicher fühlt." Die Christine runzelte die Stirn. „Ob er auch für den Mord heute verantwortlich ist?" Gasperlmaier zuckte die Schultern. „Du hast es ja selber gesehen – es gibt anscheinend keine klare Spur. Vorstellen kann ich mir das eine und das andere nicht, aber das will ja nichts heißen." Es entstand eine Pause, während der nur die Stricknadeln weiterklapperten. Ein wenig ärgerlich oder besorgt, wie Gasperlmaier aus dem Rhythmus herauszuhören meinte. „Es ist ja nur – ich habe kein gutes Gefühl, wenn ich mir vorstelle, dass mein Kind in der Schule sitzt, und einer von den Lehrern, der da herumläuft, ist ein Mörder. Ein mehrfacher sogar, möglicherweise." Wiederum legte die Christine ihre Stricknadeln weg. „Jetzt lass einmal die Kirche im Dorf, Franz!", sagte sie, wiederum mit einer steilen Falte auf ihrer Stirn. „Erstens einmal, das sagst du selber, fehlt es an Beweisen gegen den Professor Fritzenwallner. Zweitens wird er ja nicht gerade morgen in der Schule Amok laufen und die Schüler reihenweise niedermähen. Und drittens – wie willst du denn das der Katharina beibringen, weswegen sie morgen nicht in die Schule gehen soll? Ich glaub ohnehin nicht, dass du im Moment die beste Gesprächsbasis mit ihr hast.

Sie ist nämlich der Meinung, dass du nicht nur gemein und niederträchtig bist, sondern auch noch ein oberpeinlicher und hinterwäldlerischer Verräter. So hat sie dich nämlich vorhin genannt. Und wenn du ihr auch nur irgendwas erzählst, dann kannst du dir sicher sein, dass es noch heute Abend die ganze Schule weiß – da wird ja sofort alles bei Facebook gepostet." Gasperlmaier fand es ungerecht, dass ihn die Katharina für einen Verräter hielt, obwohl er die Wortgewandtheit seiner Tochter bewunderte. Schließlich war die Christine, was die Kleidung der Katharina betraf, ja ganz auf seiner Seite gewesen – sonst hätte es den Streit im ersten Stock vorhin ja nicht geben müssen und die Katharina hätte ihrer Mama ganz sachlich und von Frau zu Frau erklären können, wie man sich sexy kleidet und so seine Vorteile zur Geltung bringt. Er war jetzt wieder an allem schuld. Er nahm sich vor, den Christoph zu fragen, was er von der Angelegenheit hielt. Vielleicht konnte er den auf seine Seite ziehen.

„Und da ist noch was. Die Frau Doktor hat mir streng verboten, darüber zu reden, auch mit dir. Aber es geht nicht." Gasperlmaier richtete sich auf. Das mit der lesbischen Lehrerin, das war ein so kompliziertes und delikates Problem, das konnte Gasperlmaier nicht im Liegen mit der Christine besprechen. Nach ausgiebigem Händeringen, Schulterzucken und dem Hervorbringen zahlreicher unvollständiger Sätze war es dann schließlich doch so weit, dass die Christine wusste, dass die Unterrichtspraktikantin Magistra Zettel lesbisch war und deswegen vom Magister Fritzenwallner erpresst wurde. Der es aber nicht auf Geld, sondern auf sexuelle Dienstleistungen abgesehen hatte, und sich dadurch natürlich nicht nur strafbar gemacht, sondern auch den Verdacht gegen sich selbst erhärtet hatte. „Dass du mir aber wirklich mit keiner Menschenseele darüber sprichst!" Die Christine wurde ärgerlich. „Hast du vielleicht Bedenken, ob du dich auf mich verlassen kannst? Dann sag's lieber gleich! Hab ich dir in den letzten zwanzig Jahren irgendwann einmal Anlass gegeben, mir nicht zu vertrauen?" Gasperlmaier musste flüchtig an den Beda denken, schob aber den Gedanken rasch beiseite. „Nein, nein!", bemühte er sich zu beschwichtigen. „Es ist nur – ich frage mich, ob da nicht ein Einfluss ausgehen kann, von so einer Frau, dass sie sozusagen ..." Gasperlmaier wusste nicht mehr weiter. Die Christine aber lachte nur. „Hast du Angst, dass die Katharina lesbisch wird, oder von ihrer Lehrerin verführt? Lass dir gesagt sein, du Oberpsychologe: Homosexualität ist nicht ansteckend! Auch, wenn uns die Kirche das noch vor ein paar Jahrzehnten einreden wollte." Gasperlmaier legte sich wieder aufs Sofa. „Eigentlich wollte ich genau das hören. Mir selber hab ich es ja nicht geglaubt, aber dir glaub ich es." Die Christine lächelte. „Schön, dass du mir mehr vertraust als dir selber. Und überleg dir: Wenn der Christoph eine junge Lehrerin gehabt hat, hast du dann Angst gehabt, sie könnte ihn verführen? Na also!" Gasperlmaier war beruhigt, musste sich jedoch eingestehen, dass er nur eine ganz dumpfe Erinnerung daran hatte, was der Christoph über seine Lehrerinnen erzählt hatte. Er wusste nicht einmal, ob überhaupt eine junge darunter gewesen war. Die Christine kam mit einer Schnapsflasche und zwei Stamperln daher. „Du musst schauen, dass ihr den Fall bald loswerdet. Das beschäftigt dich alles zu sehr, du bist ja schließlich kein Kriminalbeamter. Vielleicht entspannt dich das!" Sie schenkte ihnen beiden ein Stamperl ein. Wohlige Wärme breitete sich in Gasperlmaier aus, nachdem er es hinuntergestürzt hatte.

Vielleicht würde er der Christine später noch von der Unterwäschesammlung des Herrn Magister Fritzenwallner erzählen, wenn es sich ergab. Der braune BH mit den weißen Rüschen, so dachte er bei sich, hätte sicher auch an der Christine gut ausgesehen.

17

Etwas missmutig machte sich Gasperlmaier zum Posten auf. Alle anderen durften sich in ihren Betten noch einmal herumdrehen, denn es war Nationalfeiertag. Gasperlmaier hätte sowieso Dienst gehabt, und mit den Mordermittlungen am Hals war schon gar nicht daran zu denken, länger als gewohnt im Bett zu bleiben. Wenigstens hatte sich das Wetter ein wenig gebessert. Es wehte zwar ein frischer Wind, der ihn ein wenig frösteln ließ, doch der hatte einen Teil der Wolken vertrieben und die Sonne, so hoffte er, würde wohl hervorkommen. Gasperlmaier rieb sich die Hände, als er die Amtsstube betrat.

Was er vorfand, war ein ungewöhnliches Bild. Mit dem Rücken zu ihm saß eine dunkelhaarige Frau im grauen Mantel, die es vor lauter Schluchzen geradezu schüttelte. Ihr gegenüber saß der Kahlß Friedrich hinter seinem Schreibtisch und warf Gasperlmaier verzweifelte Blicke zu, während er immer wieder den Kopf schüttelte. „Liebe Frau", sagte der Friedrich dann, „ich bring ja nichts aus Ihnen heraus, wenn Sie die ganze Zeit nur plärren. Da brauchen wir erst gar kein Protokoll anfangen." Gasperlmaier trat näher und stellte fest, dass er die Frau schon einmal gesehen hatte. Erst gestern war es gewesen, in Altmünster draußen. Da hatte er der Frau Märzendorfer und ihrem Mann gegenübergesessen, sie eingeschüchtert, er mit einer unverkennbaren Ausstrahlung von Gewalt und Geringschätzung seiner Frau gegenüber. „Grüß Sie, Frau Märzendorfer!" Gasperlmaier streckte ihr die Hand hin und bekam eine tränennasse rechte hingestreckt, die er kurz drückte, ohne dass von der Frau Märzendorfer Gegendruck zu spüren war. Schon hatte sie ihr Gesicht wieder in den Händen vergraben und schluchzte, dass man Mitleid haben musste. „Die Frau Märzendorfer", klärte der Friedrich Gasperlmaier auf, „ist aus Altmünster zu uns hergekommen. Weil sie gedacht hat, dass sie hier die Frau Doktor Kohlross findet. Und sie hat mir nur gesagt, dass sie nicht mehr heimkann und dass ihr Mann ihre Tochter umgebracht hat. Mehr weiß ich bisher nicht." Die Frau Märzendorfer heulte wieder auf, und Gasperlmaier zog einen Sessel heran, sodass er neben dem Friedrich sitzen konnte. „Ich hab die Frau Doktor auch schon angerufen, sie hat Neuigkeiten für uns, aber den Magister Fritzenwallner, den haben sie noch nicht aufgetrieben. Nicht einmal sein Auto."

Gasperlmaier wollte es einmal mit der Frau Märzendorfer versuchen. „Frau Märzendorfer, Sie können sich doch an mich erinnern? Ich war gestern bei Ihnen." Die Frau blickte kurz auf und hörte auf zu schluchzen. „Wie kommen Sie denn auf die Idee, dass Ihr Mann Ihre Tochter umgebracht hat?" Schon begann das Schluchzen von neuem. Gasperlmaier ging zum Waschbecken und holte einen Stapel Papierhandtücher aus dem Spender. Er legte sie vor die Frau Märzendorfer hin, eines aber drückte er ihr gleich in die Hand. Folgsam wischte sie sich damit über die Augen. Sie mochten vielleicht ein wenig kratzig sein für das Gesicht einer Frau, dachte Gasperlmaier bei sich, aber bei dem Zustand, in dem sich die Frau Märzendorfer befand, war das auch schon egal.

Ganz leise begann die Frau Märzendorfer zu sprechen, richtete dabei jedoch ihre Blicke in ihren Schoß. „Er war immer so grob. Zu mir, und zur Sandra auch. Er hätte ja lieber einen Buben gehabt. Und ich war daran schuld, dass wir nur ein Kind gehabt haben. Und keinen Buben." Sie stockte wieder. Gasperlmaier warf dem Friedrich einen Blick zu und fragte: „Hat er Sie geschlagen?“ Die Frau Märzendorfer schüttelte den Kopf. „Mich nicht mehr. Mich hat er einfach gar nicht beachtet. Nur geschrien, wenn ihm das Essen nicht geschmeckt hat oder die Wohnung nicht sauber genug war.“ Gasperlmaier hatte eigentlich gemeint, ob er die Sandra geschlagen hatte, aber darauf wollte er nicht herumreiten. „Er hat Sachen gemacht“, sagte die Frau Märzendorfer. Der Kahlß Friedrich warf Gasperlmaier ein Blick zu und gab ihm mit einem Kopfnicken zu verstehen, er solle mit ihm ins daneben gelegene kleine Büro kommen. „Entschuldigen Sie uns einen Augenblick, Frau Märzendorfer. Wir sind gleich wieder bei Ihnen.“ Die beiden erhoben sich und schlossen, als sie den Nebenraum betreten hatten, die Tür hinter sich. „Glaubst du, dass er sie missbraucht hat? Die Tochter?“, fragte der Friedrich. „Was sollte sie denn sonst mit ‚Sachen machen‘ gemeint haben? Und ob sie Beweise hat, gegen ihren Mann, dass der die Sandra umgebracht hat?“ Gasperlmaier zuckte mit den Schultern und meinte nur: „Wir sollten sie jetzt nicht allein lassen. Hoffentlich kommt die Frau Doktor bald!“ Er öffnete die Tür wieder und setzte sich auf den Stuhl gegenüber der Frau Märzendorfer. Die saß zusammengesunken da. Hie und da gluckste sie noch leise, doch sie schien sich ein wenig beruhigt zu haben. Das wollte Gasperlmaier nicht aufs Spiel setzen und hielt vorsichtshalber einmal den Mund. Der Friedrich stampfte an ihm vorbei, schnappte sich sein Kapperl von der Garderobe und verschwand. Es wurde fast völlig still. Plötzlich begann die Frau Märzendorfer wieder zu sprechen. „Ich bin ja eigentlich schuld. Ich hab es ja zugelassen. Niemandem hab ich was gesagt. Ich hab mein Kind verraten. Nicht einmal, als er sie umgebracht hat, hab ich es jemandem gesagt. Ich bin an allem schuld." Monoton, fast tonlos hatte sie die Sätze hervorgestoßen. Gasperlmaier fühlte sich mit der Situation überfordert. Die Frau tat ihm furchtbar leid, doch er hatte keine Ahnung, wie er mit ihr umgehen sollte und ob er sie trösten konnte oder nicht. Einfach so dasitzen konnte er aber auch nicht. So beugte er sich über den Schreibtisch, griff nach der Hand der Frau Märzendorfer, nahm sie in seine und begann, sie zu streicheln. Hoffentlich, so dachte er bei sich, würde der Friedrich nicht gleich wieder zurückkommen und ihn sehen. Die Frau Märzendorfer wehrte sich nicht, sah nicht auf, sprach nicht weiter, atmete aber, so fand Gasperlmaier zumindest, ruhiger. Die Frau war sich sicher, dass ihr Mann die Sandra getötet hatte. Jetzt, wo sie den Magister Fritzenwallner praktisch nur noch abzuholen brauchten! Warum der Herr Magister dann nicht nach der verschwundenen Sandra gesucht hatte, fragte er sich aber schon. Wenn sie ein Paar gewesen waren, als sie so sang- und klanglos verschwand, da wäre sie ihm doch sicher abgegangen, wenn er sie nicht selber umgebracht hatte. Und in diesem Fall hätte die Polizei ja wohl was gewusst davon. Und ob er von den Misshandlungen gewusst hatte, das fragte sich Gasperlmaier auch. Andererseits, wie man ja seit gestern wusste, wandte sich der Herr Magister recht schnell einer neuen BH-Größe zu, wenn ihm eine Frau abhandenkam. Auf den durfte man keinesfalls vertrauen. Dessen war sich Gasperlmaier sicher.

„Ihr müsst's mich sowieso einsperren." Die Frau Märzendorfer hatte den Kopf gehoben, ihre Hand aber in der Gasperlmaiers belassen. Papieren dünn fühlte sich ihre Hand an, dachte Gasperlmaier, dem die Situation immer unangenehmer zu werden begann. „Weil wenn's ihr mich nicht einsperrt's, dann bringt mich mein Mann eh um. Da sitz ich schon lieber im Gefängnis. Oder ich werf mich vor den Zug." Gasperlmaier erschrak. „Das dürfen S' nicht sagen! Nicht einmal denken!" Die Frau Märzendorfer zuckte nur mit den Schultern. „Ist ja wahr!" Gasperlmaier wurde klar, dass der einzige Ort, an den er die Frau Märzendorfer in ihrem Zustand lassen durfte, ein Krankenhaus war. Vorher aber, so hoffte er, würde die Frau Doktor kommen, dass man von der Frau noch eine vernünftige Aussage bekam. Warum sie wusste, dass ihr Mann die Sandra vom Loser heruntergestoßen hatte? Er selbst fühlte sich zu so einem Verhör nicht in der Lage. Er wusste nicht einmal, ob er das durfte. Die Frau Märzendorfer sagte nichts mehr, und auch Gasperlmaier fiel nichts ein. Er hoffte inständig, die Frau Doktor würde jetzt endlich kommen, sogar, wenn der Friedrich wieder zurückgekehrt wäre, hätte ihn das erleichtert. Nach ein paar Minuten, die ihm wie eine Ewigkeit vorkamen, hatte er eine rettende Idee. Er ließ die Hand der Frau Märzendorfer los. „Ich mach Ihnen jetzt einmal einen Kaffee. Oder einen Tee, wenn Ihnen das lieber ist!" Da die Frau Märzendorfer nicht antwortete, entschied sich Gasperlmaier für Tee. Immer wieder schielte er aus den Augenwinkeln zur Frau Märzendorfer hinüber, während er den Tee zubereitete. Nicht auszudenken, wenn sie ihm davonlief und sich tatsächlich vor den Zug warf! Da hätte sie allerdings, dachte Gasperlmaier bei sich, zuerst nach Aussee hinunterfahren müssen. Wo sie überhaupt so früh am Morgen hergekommen war? So wie eine, die mit dem Auto eine Stunde weit nach Altaussee hereinfuhr, sah sie ihm nicht aus. Als er die Teetasse auf dem Schreibtisch niederstellte, hörte er draußen Schritte. Der Friedrich trat ein und hielt ein Jausensäckchen in der Hand. „Ich hab mir gedacht, wenn Sie was essen, wird's besser!" Er stellte das Säckchen hin, holte ein Butterkipferl heraus und legte es vor die Frau Märzendorfer hin. Als die zögerlich nach der Teetasse griff, trat die Frau Doktor in den Raum. Sie trug, so fiel Gasperlmaier auf, heute ein Kostüm, das dem nicht ganz weißen und dem lilafarbenen in Stil und Schnitt durchaus ähnelte, allerdings pfefferminzgrün war. Die Frau Doktor schien eine Vorliebe für Kostüme zu haben.

„Guten Morgen, allerseits." Die Frau Doktor nickte ihnen zu und streckte der Frau Märzendorfer die Hand hin. „Guten Morgen, Frau Märzendorfer." Gasperlmaier fragte sich, ob es der Frau Doktor auffiel, dass es für die Frau Märzendorfer keinesfalls ein guter Morgen sein konnte. Aber was, so dachte er bei sich, hätte die Frau Doktor sonst sagen sollen? Die Frau Märzendorfer blickte kurz auf und nickte kaum erkennbar. Die Frau Doktor setzte sich auf den Stuhl, auf dem der Kahlß Friedrich vorhin gesessen war. Gasperlmaier schob die Teetasse ein wenig in Richtung der Frau Märzendorfer, weil er das Gefühl hatte, dass sie sie übersehen hatte. „Krieg ich auch einen Tee?" Die Frau Doktor lächelte Gasperlmaier an, dass dem ganz warm ums Herz wurde. Er machte sich auf, eine neue Tasse zuzubereiten, während sich der Friedrich an seinen Schreibtisch zurückzog.

„Frau Märzendorfer, kann ich Ihnen irgendwie helfen?", begann die Frau Doktor. Anscheinend, so dachte Gasperlmaier bei sich, hatte sie vom Friedrich die wesentlichsten Informationen bekommen, sonst hätte sie ihr Gespräch nicht so angefangen. „Mir kann niemand helfen." Mit leerem Blick starrte die Frau Märzendorfer irgendwo hinter der Frau Doktor an die Wand. Gasperlmaier setzte sich neben die Frau Doktor und schob ihr den Tee hin. Erst jetzt stellte er fest, dass ein Weihnachtsmannmotiv die Tasse zierte. Hoffentlich nahm ihm die Frau Doktor das nicht übel. „Frau Märzendorfer, ich muss Sie das jetzt leider fragen: Woher wissen Sie, dass Ihr Mann die Sandra getötet hat?" Lange sagte die Frau Märzendorfer nichts, und die Frau Doktor rührte in ihrem Tee. „Wer soll es denn sonst gewesen sein?", antwortete sie endlich. Die Frau Doktor nahm einen Schluck und blickte Gasperlmaier an. „Haben Sie ein bisschen Zucker?" Gasperlmaier stand auf und fragte sich, warum sie zuerst gerührt hatte, obwohl noch gar kein Zucker im Tee gewesen war. Vielleicht gehörte das zu ihrer psychologischen Taktik. „Wissen Sie, wann genau Ihr Mann mit Ihrer Tochter nach Altaussee gefahren ist, auf den Loser?" Die Frau Märzendorfer schüttelte nur den Kopf. Die Frau Doktor wartete. „Hat er Ihnen vielleicht die Tat gestanden?" Wieder schüttelte die Frau Märzendorfer den Kopf, und Gasperlmaier befürchtete schon, aus ihr werde gar nichts mehr herauszubringen sein. „Ich hab es ihm auf den Kopf zugesagt!", schrie die Frau Märzendorfer so plötzlich, dass Gasperlmaier erschrocken zurückfuhr. „Und er hat mich nur ausgelacht!" Wieder schlug die Frau Märzendorfer die Hände vors Gesicht und begann zu schluchzen. Die Frau Doktor wartete geduldig, bis sie sich ein wenig beruhigt hatte. „Frau Märzendorfer", sagte sie dann, „warum sind Sie heute eigentlich zur Polizei gegangen? Warum sind Sie hier bei uns?" „Weil ihr ihn einsperren sollt! Und mich auch, weil ich's zugelassen hab!" Die Frau Doktor schaute etwas verblüfft und fragte nach: „Was zugelassen?" „Dass er sie schlägt. Und Sachen macht. Mich hat er ja nicht mehr angeschaut." Davon hatte die Frau Doktor offensichtlich noch nichts gehört, denn sie warf Gasperlmaier einen erstaunten Blick zu. „Frau Märzendorfer – Sie müssen uns genauere Angaben machen, was Sie Ihrem Mann vorwerfen – sonst können wir nichts gegen ihn tun. Verstehen Sie das?" Die Frau Märzendorfer blickte bloß in ihren Schoß und sagte schließlich: „Dann geh ich jetzt." Schon war sie aufgestanden und hetzte zur Tür, in einem Tempo, das Gasperlmaier der in sich versunken scheinenden Frau niemals zugetraut hätte. Er sprang auf, schnitt ihr den Weg ab und hielt die Türschnalle fest, noch bevor die Frau Märzendorfer sie erreichen konnte. Sie stieß gegen ihn. „Sie können nicht so einfach gehen, Frau Märzendorfer!", keuchte er. „Erinnern Sie sich nicht? Sie haben gesagt, Sie können nicht mehr heim und wollen sich vor den Zug werfen! Da können wir Sie doch nicht einfach allein lassen!" Ohne viel Widerstand zu leisten, ließ sich die Frau Märzendorfer zurück zu ihrem Sessel führen. Die Frau Doktor führte den Daumen ans Ohr und den kleinen Finger vor den Mund und malte ein Kreuz in die Luft. Gasperlmaier verstand, dass er die Rettung oder den Notarzt rufen sollte. Er nickte der Frau Doktor zu und verließ das Büro. Gott sei Dank, dachte er nach dem Telefongespräch, hatte er nicht darauf vergessen, dem Rettungsfahrer zu sagen, dass er ohne Folgetonhorn fahren sollte. Das würde die Frau Märzendorfer nur unnötig erschrecken, fürchtete er.

Drinnen stellte er fest, dass die Frau Doktor die Frau Märzendorfer schon vorbereitet hatte: „Glauben Sie mir, dort sind Sie sicher, und dort wird man sich auch um Sie kümmern. Sie brauchen jetzt einfach auch medizinische Betreuung, damit Sie wieder auf die Füße kommen. Wir passen auch auf Sie auf!" Gasperlmaier konnte nicht feststellen, ob die Frau Märzendorfer überhaupt reagierte. Er war felsenfest davon überzeugt, dass sie ihre Drohung wahrgemacht hätte, wenn sie sie gehen lassen hätten. Was hatte die Frau noch zu verlieren? Die Tochter lange tot, zum Mann konnte sie nicht mehr zurück, und sie schien ihm keine Frau zu sein, die in der Lage war, ihr Leben selbständig in den Griff zu bekommen. Sie tat ihm leid. Was sollte mit ihr werden, wenn man sie im Krankenhaus nicht mehr behielt?

Als der Rettungswagen eintraf, ließ sich die Frau Märzendorfer von den Sanitätern widerspruchslos hinausführen. Die Frau Doktor seufzte, als sich die Tür hinter ihnen schloss. „Arme Frau!", sagte sie. „Was geschieht denn mit ihr, nach dem Krankenhaus, meine ich?" Die Frau Doktor zuckte mit den Schultern. „Ich weiß nicht, ob sie in ein Frauenhaus kann. Da werden Mütter mit Kindern vorgezogen. Ich hoffe für sie, dass sie einen Platz in einer betreuten Einrichtung bekommt. Wenn wir ihren Mann dingfest machen können, kann sie vielleicht auch wieder nach Hause." Der Friedrich mischte sich aus dem Hintergrund ein. „Ich glaub ihr, was sie über den Missbrauch sagt. Aber ich glaub auch, dass sie in Wirklichkeit keine Ahnung hat, ob ihr Mann die Sandra umgebracht hat." Die Frau Doktor nickte. „Sie kann es eigentlich nicht wirklich wissen – selbst wenn ihr Mann es ihr gestanden hat, kann es sein, dass er es nur getan hat, um sie zu demütigen, weiter zu verletzen. Trotzdem – wir müssen die Kollegen in Oberösterreich bitten, sich mit dem Herrn Märzendorfer zu beschäftigen. Man kann ihre Aussage ja nicht einfach ignorieren, und wer weiß, vielleicht finden sich Anhaltspunkte, dass sie recht hat, und vielleicht sind Misshandlungshandlungen an der Sandra auch noch nicht verjährt." Das, fand Gasperlmaier, war jetzt ein arg juristisches Wort von der Frau Doktor gewesen.

Gasperlmaier mochte sich zwar nicht vorstellen, was der Herr Märzendorfer der Sandra alles angetan haben konnte, aber es gefiel ihm nicht, wenn man das ebenso nüchtern wie umständlich als „Misshandlungshandlungen“ bezeichnete.

Das Notruftelefon läutete, der Friedrich nahm ab und hörte zu. „Was sagst du?“ Gasperlmaier schrak auf, so aufgeregt hatte der Friedrich geklungen. Er drückte auf die Lautsprechertaste, sodass Gasperlmaier und die Frau Doktor mithören konnten. Der Friedrich legte die Hand über die Muschel und flüsterte ihnen zu: „Der Bohuslav, von der Loserhütte. Er hat einen Toten gefunden!“ Schon hörte Gasperlmaier, wie der Bohuslav weitersprach: „Glaub ich, Kahlß, dass ich kenne tote Herrn, was liegt tot neben Parkplatz. Ist Herr, was hat scheenen Audi von supersexy Frau Doktor gefahren zu Haufen Schrott!“ Der Bohuslav, so dachte Gasperlmaier bei sich, hatte natürlich keine Ahnung, dass die das Kompliment mithörte. Gasperlmaier wagte grinsend einen Seitenblick, die Frau Doktor aber verzog keine Miene. „Greif nichts an!“, rief der Friedrich. „Wir kommen gleich! Wo hast du denn die Leiche gefunden?“ Der Bohuslav holte weiter aus: „Na, geh ich aus Hitte hinaus, schau ich, ob wird scheener Tag, seh ich, dass Wolken sich anschicken, zu ziehen fort ...“ Die Frau Doktor winkte dem Friedrich hektisch zu und bedeutete ihm, das Gespräch abzuschließen. Der Friedrich nickte und bellte nur in den Hörer. „Wir kommen! Lass niemanden zu der Leiche!“

Auf der Fahrt auf den Loser hinauf ließ die Frau Doktor sie spüren, was der BMW unter der Haube hatte. Leider hatte Gasperlmaier hinten Platz nehmen müssen, und trotz angelegtem Sicherheitsgurt wurde er in den Kurven hin und her geschleudert, dass ihm angst und bange wurde. Nach jeder Kehre ließ die Frau Doktor den Motor laut aufheulen, und das Fahrzeug schoss nur so den Berg hinauf. Bei einer Rallye, so dachte Gasperlmaier bei sich, da gibt es einen Überrollkäfig aus Stahlrohren, und man sitzt wie mit einem Babygeschirr festgezurrt auf seinem Sitz. Von Helm und feuerfestem Overall ganz zu schweigen. Dieses Auto und er selbst, fand er, waren für eine solche Fahrweise ganz und gar nicht geeignet. Vor allem, wo man dem Bohuslav in einer Hinsicht gewiss trauen durfte: Wenn er sagte, dass der Herr Magister Eisel tot in den Latschen lag, dann stimmte es wahrscheinlich. „Ich werd noch wahnsinnig mit euch Ausseern!", ärgerte sich die Frau Doktor. „Wollt ihr euch gegenseitig ausrotten? Genügt es euch nicht, dass hie und da einer von selbst vom Berg herunterfällt und von der Bergrettung eingesammelt werden muss? Müsst ihr unbedingt euren Hausberg zu einem Schlachtfeld umfunktionieren?" Gasperlmaier fand die zwischen Schaltvorgängen und abrupten Bremsmanövern stoßweise hervorgebrachte Tirade der Frau Doktor über die Maßen ungerecht, war doch keines der Opfer, streng genommen, Ausseer Herkunft. Ganz im Gegenteil, alle waren sie Oberösterreicher, und der Mörder, dem sie hinterher waren, der war vermutlich ein Salzburger. Nicht einmal der Schatten eines Verdachts fiel auf einen, der im Ausseerland daheim war. Er verzichtete darauf, der Frau Doktor seine Überlegungen mitzuteilen.

Mit quietschenden Reifen hielt der BMW direkt hinter der Loserhütte. Der Bohuslav hatte schon auf der Terrasse gewartet. Als Gasperlmaier aussteigen wollte, kam er mit wedelnden Armen auf sie zu. „Ist falsche Parkplatz, misst ihr wieder auffefahren!" Gasperlmaier wusste, welcher Parkplatz gemeint war. „Steigen Sie ein!", rief die Frau Doktor und raste los, noch bevor Gasperlmaier und der Bohuslav Zeit gefunden hatten, nach den Sicherheitsgurten zu greifen. „Jessusmarantjosef! Ist eh schon tot, diese gefundene Mann! Sollen nicht wir ihm leisten Gesellschaft!", jammerte der. Weniger als eine Minute später hielt der BMW auf einem kleinen, etwas oberhalb der Loserhütte gelegenen Parkplatz. Einige Autos mit Wanderern, die gerade die Bergschuhe anzogen und ihre Teleskopstöcke in die Länge zogen, beobachteten verwundert das Polizeiaufgebot. „Hat Ihnen der Herr Postenkommandant nicht gesagt, Sie sollen aufpassen, dass sich niemand dem Toten nähert?" Die Frau Doktor war, wie Gasperlmaier fand, recht grob zum Bohuslav, der in einer Geste der Unschuld und Hilflosigkeit seine Arme ausbreitete. „Jessus Maria! Hab ich gebraucht unbedingt an Schnaps! Bin ich nicht gewehnt, anzusehen totgeschossene Leiche! Und kann man eh nix sehen von hier!" Der Bohuslav ging zum Rand des Parkplatzes und deutete nach unten, wo unterhalb eines kleinen Schotterfelds eine Gruppe Latschen stand. „Dort ist Leiche!" Die Frau Doktor musterte ihn misstrauisch. „Wie haben Sie denn die Leiche gefunden, wenn man sie von hier oben gar nicht sieht?" Der Bohuslav gab sich beleidigt. „Wenn Frau Doktor nicht rast wie von tollwietiges Eber gebissen, ich kennte ihr zeigen, dass von Straße in Nähe von Hitte aus rote Jacke von Leiche ist zu sehen!" „Ist schon okay", bemühte sich die Angesprochene zu beschwichtigen. Gasperlmaier begann, um die Angelegenheit nicht unnötig in die Länge zu ziehen, mit dem Abstieg zur Leiche.

Er erkannte den Magister Eisel schon an seinem wirren, weißen Haarschopf, da musste man ihn gar nicht erst auf den Rücken drehen. Gasperlmaier fragte sich, wer jetzt Interesse daran haben konnte, den um sein Leben zu bringen. Hatte er etwa im Alleingang herausgefunden, wer der Mörder seiner Frau war? Die Frau Doktor hatte anscheinend ähnliche Gedankengänge verfolgt. „Ich will einmal nicht hoffen, dass der Herr Magister Eisel sich hier ein Shootout mit dem Mörder seiner Frau geliefert hat!", meinte sie, als sie etwas atemlos neben Gasperlmaier ankam. Der warf einen skeptischen Blick auf die Schuhe der Frau Doktor, die für einen solchen Einsatz seiner Meinung nach wirklich gänzlich ungeeignet waren. Damit konnte man höchstens auf Großstadtpflaster eine gute Figur machen. „Gasperlmaier, ich weiß selber, dass die Schuhe nicht fürs Herumkraxeln gemacht sind! Außerdem sind sie eh hin, von dem groben Schotter da! Und schauen Sie woanders hin!" Gasperlmaier fühlte sich ertappt und wandte seine Blicke ab, hinunter zum Altausseer See, der spiegelglatt und dunkelblau unter ihnen lag. Gerade schickte sich die Sonne an, die ersten Strahlen zwischen Wolkenfetzen hervorzuschicken, und Gasperlmaier bedauerte den Magister Eisel. Einen so schönen Tag wie heute, den hätte er ihm gerne noch vergönnt. „Hat Herr Lehrer noch Pistole in Hand!", riss der Bohuslav Gasperlmaier aus seinen Überlegungen. Tatsächlich. Der rechte Arm des Magister Eisel lag seltsam verdreht halb unter dem Körper, doch zwischen den Fingern, die im Schatten unter einem Latschenzweig lagen, konnte man deutlich eine Schusswaffe erkennen. „Schauen wir einmal, ob er sich selbst ..." Die Frau Doktor beendete den Satz nicht. Sie beugte sich über die Leiche, deren Kopf auf der rechten Seite lag. „Drehen Sie ihn mir um!" Die Frau Doktor winkte den Friedrich und Gasperlmaier zu sich heran. Das konnte sie nicht ernst meinen! Er,

Gasperlmaier, sollte die Leiche anfassen, bevor die Spurensicherung hier aufgetaucht war? „Jetzt gehen Sie schon her!“ Langsam beugte sich Gasperlmaier über die Leiche. Der Magister Eisel, so schien ihm, starrte mit dem einen gebrochenen Auge, das Gasperlmaier sah, direkt auf seinen Fuß. Gasperlmaier graute, dennoch musste er zugreifen, der Friedrich hatte die Leiche schon an der Hüfte gepackt. Gasperlmaier griff, immer noch zögerlich, nach der Schulter des Toten und hob sie schließlich vorsichtig an, doch der Körper wollte sich nicht rühren. Schließlich zog der Friedrich fester an, und der Magister Eisel fiel fast ohne Gasperlmaiers Zutun auf den Rücken. Gasperlmaier zuckte zurück. An der rechten Stirnseite des toten Lehrers klaffte ein blutrotes Loch mit dunklen Rändern. „Sieht mir nach Selbstmord aus!“, meinte die Frau Doktor. „Schauen wir mal nach, was er so bei sich hat.“ Sie zog Latexhandschuhe aus ihrer Handtasche, beugte sich über den Toten und öffnete den Reißverschluss seiner roten Jacke. Sie suchte die Innenseiten nach einer Tasche ab, fand aber nichts und machte sich über die Reißverschlusstaschen auf der Außenseite der Jacke her. Aus einer zog sie schließlich einen zusammengefalteten Zettel. „Jetzt wird interessant!“, sagte der Bohuslav, der sich neugierig hinter die Frau Doktor stellte, um besser sehen zu können. Gasperlmaier wunderte sich, dass sie ihn nicht wegschickte. „Der meine Frau getötet hat“, las die Frau Doktor vor, „hat seine gerechte Strafe bekommen. Aber ich will nicht ins Gefängnis gehen. Ich habe lang genug gelebt, mir war eh schon langweilig.“ Gasperlmaier konnte es nicht fassen, dass jemand solchen Galgenhumor aufbringen konnte, dass er sogar auf seinem Abschiedsbrief schlechte Witze hinterließ. Den Eindruck hatte der Magister Eisel auf

Gasperlmaier gar nicht gemacht. Aber man konnte sich ja in Menschen gründlich täuschen.

„Das wär's jetzt!", meinte der Friedrich. „Jetzt ist die Sache ausgestanden und erledigt. Aber umbringen hätt er sich ja nicht gleich müssen." Gasperlmaier wandte sich um und begann, den Hang wieder hinaufzuklettern. Was gar nicht so leicht war, denn das Geröll gab leicht nach, sodass er immer wieder zurückrutschte. Ein Idealfall, so dachte er bei sich, für die Gerichte. Kein Angeklagter, kein Verfahren, keine Rechtsanwälte, keine Kosten. Dennoch war der Fall gelöst. Leider hatte er sich da aber getäuscht.

„Nicht so schnell, meine Herren!", rief sie die Frau Doktor zurück. „Erstens ist es nicht gesagt, dass der Magister Eisel wirklich recht hat – wenn er meint, dass der Schuldirektor seine Frau umgebracht hat, dann muss das ja nicht wirklich so sein. Zweitens möchte ich mir die Leiche schon noch ein bisschen genauer anschauen." Gasperlmaier seufzte und drehte wieder um, während die Frau Doktor sich die Schusswunde am Kopf des Magister Eisel noch einmal genauer besah. Gasperlmaier hatte keinerlei Verlangen, es ihr gleichzutun, und setzte sich auf den Schotter. Jetzt drehte die Frau Doktor sogar den Kopf des Opfers herum, soweit dies möglich war. „Es gibt keine Austrittswunde. Könnte durchaus die Waffe sein, mit der auch der Direktor erschossen worden ist. Für Details müssen wir natürlich die kriminaltechnische Untersuchung abwarten." Die Frau Doktor ließ den Kopf des Magister Eisel wieder los und beugte sich über die Waffe, ohne sie zu berühren. „Eine Beretta Bobcat, Kaliber sechs fünfunddreißig. Nicht sehr durchschlagskräftig. Passt zur Wunde, keine Frage." Gasperlmaier hatte eine Idee. „Sie meinen also nicht", fragte er,

„dass hier noch jemand anderer seine Finger im Spiel hatte? Ich meine, der Abschiedsbrief könnte doch auch gefälscht sein. Er klingt irgendwie komisch, gar nicht so, wie ich mir den Mann da vorstelle." Die Frau Doktor nickte anerkennend. „Scharfsinnig gedacht, Gasperlmaier. Man muss immer alle Eventualitäten im Auge behalten. Dennoch", sie zeigte auf den Kopf der Leiche, „glaube ich, dass er sich die Pistole selber an den Kopf gesetzt und abgedrückt hat. Ich habe schon viele Schusswunden gesehen, aus allen Entfernungen, und das schaut eindeutig wie ein aufgesetzter Schuss aus dieser Waffe da aus." Die Frau Doktor zog ihre Handschuhe aus, sah sich um, ob es eine Möglichkeit gab, sich ihrer zu entledigen, zuckte schließlich mit den Schultern und behielt sie in der Hand. „Wir gehen wieder hinauf, meine Herren!" Kaum hatte sich die Frau Doktor zum Gehen gewandt, rutschte sie auch schon aus und fiel auf die Knie. Gasperlmaier beeilte sich, ihr die Hand hinzustrecken, und befürchtete schon, er werde sich wieder eine Schelte einhandeln – weil ja, wie er wusste, die Frau Doktor der Meinung war, Frauen könnten alles allein machen –, doch diesmal ergriff sie seine Hand kräftig und zog sich an ihr hoch. „Verdammte Schweinerei!" Sie zupfte an ihren Strümpfen herum, die beide in der Kniegegend riesige Löcher aufwiesen. Was, wie Gasperlmaier fand, wenig elegant aussah. „Helfen Sie mir hinauf, Gasperlmaier! Sonst zerreiß ich mir noch mein ganzes Gewand!" So zog Gasperlmaier die Frau Doktor an der Hand den Abhang hoch. Einerseits war es ihm angenehm, ihren kräftigen Händedruck zu spüren, andererseits schien ihm, seine Hand würde immer heißer werden. Auch fühlte er sich von den anderen beobachtet. Der Friedrich würde sich womöglich später lustig darüber machen, dass er mit der Frau Doktor händchenhaltend zum Parkplatz hinaufgeklettert war. Darum ließ er, als sie den Rand der asphaltierten Fläche erreicht hatten, die Hand der Frau Doktor sofort los. „Wir warten jetzt noch, bis die Spurensicherung kommt.“ Die Frau Doktor zupfte an den Resten ihrer Strümpfe herum. „Meine Herren, bitte wegschauen. Die muss ich jetzt ausziehen, das schaut unmöglich aus.“ Gasperlmaier beeilte sich, seine Blicke dem Losergipfel zuzuwenden, wollte aber doch kontrollieren, ob die anderen nicht versuchten, einen Blick auf die Beine der Frau Doktor zu erhaschen. „Gasperlmaier, wegschauen!“, fauchte die Frau Doktor, worauf ihm die Hitze ins Gesicht stieg und er keinen weiteren Blick riskierte. „Huh! Kalt!“ Gasperlmaier wunderte das nicht. Zwar schien mittlerweile die Sonne, aber Ende Oktober auf fünfzehnhundert Meter Seehöhe, das war kein Klima für nackte Beine. „Ich setz mich ins Auto.“ Gasperlmaier, der Friedrich und der Bohuslav blieben auf dem Parkplatz zurück. Der Bohuslav grinste Gasperlmaier ins Gesicht. „Hast du gesehen Haxen von supersexy Frau Kommissar?“ Er pfiff durch die Zähne, murmelte irgendwas auf Tschechisch und grinste verschwörerisch. Gasperlmaier war die Situation unangenehm, er hoffte, sie würden sich bald wieder von hier verabschieden können. Der Friedrich hatte auch keine Lust mehr, herumzustehen, und zog sich ächzend auf den Rücksitz des BMW zurück. Gasperlmaier musste zur Seite treten, denn gleich mehrere Autos kamen an den Rand des Abhangs gerollt, den sie gerade heraufgestapft waren. Zwei Polizeifahrzeuge und ein Leichenwagen. Die Frau Doktor stieg wieder aus und gab den Polizisten Anweisungen.

„Lagebesprechung, meine Herren!“ Die Frau Doktor wies mit der Hand auf die Loserhütte. Wenige

Minuten später saßen sie um einen Tisch, der von den schräg durchs Fenster einfallenden Sonnenstrahlen hell erleuchtet wurde. Fast fühlte sich Gasperlmaier geblendet. Man war derlei nach dem Wetter der letzten Tage, ja Wochen, gar nicht mehr gewöhnt. „Wie geht es jetzt weiter?“ Gasperlmaier war sich nicht ganz sicher, ob die Frau Doktor ihm oder sich selbst diese Frage gestellt hatte. Da sie gleich weitersprach, brauchte er sich darüber keine weiteren Gedanken mehr zu machen. „Wenn wir vom Wahrscheinlichsten ausgehen, dann hat der Magister Eisel Selbstmord begangen, weil er zuvor den vermeintlichen Mörder seiner Frau erschossen hat – unseren Direktor. Ich bin der Meinung, dass er sich getäuscht hat – ich halte nach wie vor den Fritzenwallner für den Schuldigen, den wir noch immer nicht erwischt haben. Ganz auszuschließen ist es natürlich nicht, dass entweder der Magister Loisenhammer oder der Herr Märzendorfer bei zumindest einem der Morde ihre Finger im Spiel haben.“ Die Frau Doktor beschriftete, während sie sprach, Bierdeckel mit den Namen der Genannten und legte sie nebeneinander vor sich auf. Der Bohuslav stellte dem Friedrich ein Bier hin, auf den Bierdeckel vom Magister Fritzenwallner. Gasperlmaier und die Frau Doktor hatten sich für einen Häferlkaffee entschieden. Obwohl er, Gasperlmaier, bedeutend lieber ein Bier getrunken hätte. Aber er sorgte sich bereits wieder, dass die Maggie Schablinger hier aufkreuzen könnte, schließlich gab es wieder einen Toten, und die Maggie hatte ihnen ja angekündigt, heute in ihrer Zeitung den Mörder zu präsentieren. Gasperlmaier fiel ein, dass er die Schilling-Zeitung noch gar nicht zu Gesicht bekommen hatte. Was würde die Maggie sich heute ausgedacht haben?

Der Bohuslav kam mit einer Riesenrein Kasspatzen. „Entschuldigen Sie, aber wer hat das bestellt?" Die Frau Doktor war angesichts der Größe der Portion einigermaßen fassungslos. Der Bohuslav winkte nur ab: „Frau Kommissar, Polizei muss nicht bestellen. Nach scheißliche Leiche heite Morgen, nach kaputte Strumpf und eiskalte Beine muss ma bissl essen, nicht wahr?" Er zwinkerte ihr zu und legte ein Besteck vor sie hin. Der Friedrich hatte bereits begonnen, Kasspatzen in sich hineinzuschaufeln, während Gasperlmaier missmutig sein Kaffeehäferl fixierte. Das passte nun aber gar nicht zu den Kasspatzen. Ob er sich vielleicht doch ein Bier erlauben sollte?

„Den Loisenhammer hat der Major Hinterholzer übernommen – ergebnislos, zumindest für den Mord gestern", sprach die Frau Doktor weiter, „den Märzendorfer möchte ich ihm auch gerne überlassen, der liegt ja praktisch bei ihm am Weg. Unsere Aufgabe sehe ich darin, den Fritzenwallner zu finden. Wo kann der sein, verdammt noch einmal?" Gasperlmaier hatte den Mund voll und konnte nicht antworten, als der Bohuslav ungefragt ein Bier neben ihn hinstellte. „Kannst du nicht saufen Kaffee zu Kasspatzen. Besser warten, bis Schwarzbeernocken an Reihe!" Klatschend landete die Rechte des Bohuslav auf Gasperlmaiers Schulter, dass es den nur so durchschüttelte. Er beugte sich zu Gasperlmaier hinunter und flüsterte ihm ins Ohr: „Supersexy, hä?" Danach kicherte er hinter vorgehaltener Hand wie ein Schulbub. Schön langsam begann er, Gasperlmaier auf die Nerven zu gehen. Gasperlmaier trank einen großen Schluck, stellte das Bierglas dann aber nicht auf den Tisch, sondern auf das Gitter hinter seiner Bank, das den Heizkörper abdeckte. So, dachte er bei sich, kann die Maggie ruhig kommen, mein Bier kann sie nicht sehen. Die Frau Doktor folgte den Vorgängen mit hochgezogenen Augenbrauen. „Ist das hier bei euch immer so? Dass man abgefüttert und abgefüllt wird, ohne dass man bestellt hat? Von einem Kellner, der anzügliche Bemerkungen macht?“ Der Friedrich stellte sein leeres Bierglas polternd auf dem Tisch ab. „Kleine Gefälligkeiten, Frau Doktor. Wer braucht nicht einmal die Polizei? Und wer kommt nicht in Situationen, wo man sie nicht brauchen kann?“ Die Frau Doktor rümpfte missbilligend die Nase. „Riecht das nicht nach Bestechung?“ Der Friedrich blieb ganz ruhig. „Bestechung!“, sagte er langsam und ließ eine lange Pause. „Bestechung, das ist ein großes Wort. Da höre ich im Fernsehen immer Zahlen mit mindestens fünf Nullen hinten dran. Hier, liebe Frau Doktor, geht's um ein Bier, das man einem Freund spendiert. Gar keine Null. So seh ich das.“

„Na ja“, meinte die Frau Doktor. „Ich bin übrigens noch nicht ganz fertig, ich habe eine saftige Überraschung für euch, meine Herren.“ Gasperlmaier war gespannt, als die Frau Doktor in ihrer Handtasche kramte. Zutage förderte sie eine Klarsichthülle mit einem Foto im Format A4, von dem sie zunächst aber nur die weiße Rückseite zu sehen bekamen. „Was glauben Sie, meine Herren, von wem wir auf dem Computer des Herrn Magister Fritzenwallner noch Fotos gefunden haben? Sie werden es nicht für möglich halten!“ Gasperlmaier kombinierte diesmal blitzschnell. Der Schmetterling auf dem Busen der Susi Schneider fiel ihm ein, und der BH in der Schublade, von dem die Frau Doktor gemeint hatte, er passe zu keiner der Frauen, mit denen sie den sauberen Herrn Magister bisher in Zusammenhang gebracht hatten. „Wahrscheinlich haben Sie ein Foto von der Susi Schneider gefunden“, sagte er und versuchte, dabei einen möglichst gelassenen Gesichtsausdruck zur Schau zu stellen. Die Frau Doktor riss die Augen auf. „Gasperlmaier! Sie überraschen mich!“ Gasperlmaier dachte bei sich, dass er ja die Frau Doktor mehrmals vergeblich auf den Schmetterling der Susi Schneider aufmerksam gemacht hatte, als er ihn auf dem Foto aus der Vinothek entdeckt hatte. Die Frau Doktor war nahe daran gewesen, ihm schmutzige Männerfantasien zu unterstellen. Nun war es an ihr zu staunen. Sie drehte das Bild um und legte es wieder auf den Tisch. „Der saubere Herr Fritzenwallner hat also auch mit der Susi Schneider eine Beziehung unterhalten – zumindest eine, in der er sie in Badekleidung hat fotografieren können!“ Gasperlmaier staunte nicht schlecht, als er das Foto endlich zu Gesicht bekam. Die Susi Schneider räkelte sich in einem knappen Bikini in der Meeresbrandung und zeigte dabei mehr, als sie verhüllte. Der Schmetterling war deutlich zu erkennen. Auch der Friedrich beugte sich jetzt über den Tisch, um das Foto genauer in Augenschein zu nehmen. Gasperlmaier stellte fest, dass die Susi Schneider auch an anderen Stellen tätowiert war, die man natürlich nicht sehen hatte können, als sie ihm im Dirndl gegenübergesessen war. „Die waren also zumindest einmal miteinander auf Urlaub“, stellte Gasperlmaier fest. Das Bild war ja eindeutig an einem Meeresstrand aufgenommen worden, und wie hätte es sich auf dem Computer des Herrn Magister Fritzenwallner finden können, wenn er es nicht selbst aufgenommen hätte?

„Und das erst heuer, wie wir an der Datierung der Fotos feststellen konnten. Es gibt“, antwortete die Frau Doktor, „auch noch einigermaßen, wie soll ich es sagen …“, sie legte den Zeigefinger an den Mund, „… weit intimere Fotos als das da, die nahelegen, dass die beiden auch eine, sagen wir mal, sexuelle Beziehung hatten." Gasperlmaier machte große Augen. „Nein, Gasperlmaier, Sie brauchen gar nicht so zu schauen. Sie werden sie nicht zu sehen kriegen. Das da", sie klopfte mit dem Finger auf das Foto, „das war ja schon mehr als genug, wie ich an Ihren Blicken feststellen konnte." Gasperlmaier bemühte sich, mit möglichst unschuldigem Gesichtsausdruck den Aschenbecher zu fixieren, konnte dennoch aber förmlich fühlen, wie sich seine Ohren röteten.

Plötzlich stand eine ältere Dame mit einem Pudel im Gastzimmer und grüßte freundlich. Gasperlmaier versuchte sich zu erinnern, woher er die Dame kannte. Und den Pudel. Doch die Dame selbst war es, die sich zuerst erinnerte. „Sie sind doch die Schwester von meinem Wohnungsnachbarn, vom Herrn Magister Fritzenwallner! Was treibt Sie denn heute hier herauf?" Zum ersten Mal, so dachte Gasperlmaier bei sich, hatte es der Frau Doktor die Sprache verschlagen, denn sie blickte ratlos zwischen der Dame und ihm hin und her. „Und der Herr Gemahl ist auch da! Schon wieder im Dienst?" Sie streckte Gasperlmaier die Hand hin, der nicht anders konnte, als sie kräftig zu schütteln. Der Friedrich umklammerte sein halbleeres Bierglas und staunte mit offenem Mund in die Runde. „Das, wenn ich der Christine erzähle!", murmelte er halblaut Gasperlmaier zu. Die Frau Doktor stand auf und schüttelte der Dame ebenfalls die Hand. „Guten Tag, Frau ...?" „Reiter, mein Name, Gusti Reiter." „Bitte setzen Sie sich doch zu uns, Frau Reiter, ich muss ihnen da was erklären." Und während die Frau Doktor erklärte, warum die Frau Reiter gestern von ihnen so schamlos belogen worden war, wurden deren Augen immer größer. „Wenn das so ist“, meinte sie schließlich, „dann geh ich überhaupt nicht mehr nach Hause. Ich kann ja schließlich nicht mit einem Mörder unter einem Dach leben!“ Die Frau Doktor bemühte sich, zu beruhigen. „Wir haben noch keine hieb- und stichfesten Beweise, Frau Reiter. Sie haben sicher schon von der Unschuldsvermutung gehört – solange jemand nicht verurteilt ist, hat er als unschuldig zu gelten.“ „Sie machen mir Spaß. Sie müssen ja nicht mit ihm in einem Haus leben!“ Der Pudel schnupperte mittlerweile an Gasperlmaiers Bein. Der hatte generell wenig Freude an Hunden, deswegen beobachtete er das Tier wachsam und skeptisch.

„Frau Reiter, haben Sie eine Ahnung, wo sich der Herr Magister Fritzenwallner aufhalten könnte? Wir haben ihn seit gestern Nachmittag nicht in seiner Wohnung angetroffen.“ Der Hund hatte sich inzwischen weiter vorgewagt und war gerade auf dem besten Weg, Gasperlmaier im Schritt zu beschnuppern. Ob man den Hund wegschieben konnte, ohne dass er zubiss? „Platz, Sissi!“ Die Frau Reiter hatte gerade noch rechtzeitig gesehen, was Sissi im Begriff war zu tun, und zog kräftig an der Leine. Sissi purzelte auf den Rücken, legte sich nach einem kurzen Japsen aber folgsam unter den Tisch zwischen die Beine ihrer Besitzerin. „Der wird halt bei seinem Weibsbild übernachtet haben!“, meinte die Frau Reiter. „Weibsbild? Wen meinen Sie denn damit?“ Die Frau Doktor, so dachte Gasperlmaier bei sich, ist heute ein wenig schwer von Begriff. Er schob der Frau Reiter das Foto von der Susi Schneider hin. „Ist es vielleicht die da?“ „Ja, ja!“, nickte die Frau Reiter. „Ich kenn sie genau, sogar ihre Tätowierungen, sie ist ja öfter bei uns im Garten in der Sonne gelegen. Schamlos, wenn Sie mich fragen. Manchmal hat sie sogar ihr Oberteil weggelegt. Da kann man seinen Mann nicht einmal zum Fenster lassen, sag ich Ihnen!“ Die Frau Reiter, fand Gasperlmaier, redete sich schön langsam in eine gewisse Empörung hinein. „Frau Reiter“, sagte die Frau Doktor nun, „ich möchte mich nochmals für die kleine Notlüge von gestern entschuldigen. Sie haben uns sehr geholfen, herzlichen Dank.“ Die Frau Doktor erhob sich von ihrer Bank und bedeutete Gasperlmaier und dem Friedrich, ihr zu folgen. Draußen auf der Terrasse saß ein Pärchen in der Sonne an der Hüttenwand, sonst war sie leer. Die meisten Bänke standen noch verkehrt herum auf den Tischen, niemand hatte wohl damit gerechnet, dass es heute noch so schön werden würde. „Meine Herren“, sagte die Frau Doktor zum wiederholten Mal, „da drinnen wären wir die nicht mehr losgeworden. Wir müssen jetzt allerschnellstens die beiden auftreiben, die Susi Schneider und den Herrn Magister Fritzenwallner. Am besten fahren wir zu ihrer Wohnung – wenn die Frau Reiter recht hat, sind sie vielleicht noch dort und vergnügen sich aneinander.“ Gasperlmaier fiel auf, dass die Frau Doktor mit keinem Wort erwähnte, dass sich sein Verdacht als begründet herausgestellt hatte – und dass sie selbst im Unrecht gewesen war, als sie seine Ahnung als Überreaktion seiner erotischen Fantasie abgetan hatte. Er würde sie bei Gelegenheit daran erinnern müssen.

Auf dem Parkplatz, unterhalb von dem die Leiche des Magister Eisel gefunden worden war, herrschte immer noch hektische Betriebsamkeit. Ein Großteil des Platzes war mit Plastikbändern abgesperrt, und aus den Augenwinkeln sah Gasperlmaier, dass ein Metallsarg gleich neben dem Leichenwagen stand. Fast tat der Magister Eisel Gasperlmaier leid. Obwohl es den Anschein gehabt hatte, dass die Ehe der Eisels ohnehin nicht mehr richtig funktionierte, hatte er Rache am Mörder seiner Frau üben wollen, wahrscheinlich den falschen erwischt und schließlich, völlig sinnlos, seinem eigenen Leben ein Ende gesetzt.

Ein paar Kehren weiter unten riss es Gasperlmaier plötzlich. Er hatte zwar die entgegenkommenden Fahrzeuge nicht genau beachtet, aber plötzlich war ihm so, als sei ihnen ein blitzblaues Cabrio mit offenem Verdeck begegnet. Irgendwo hatte er so ein Fahrzeug in den letzten Tagen schon gesehen. Zwei, drei Kehren weiter unten erst dämmerte es ihm. Vorsichtshalber fragte er noch nach. „Was für ein Auto hat denn eigentlich der Herr Magister Fritzenwallner?" „Einen Peugeot, ein blaues 207er Cabrio. Wir fahnden schon seit gestern danach." „Dann", meinte Gasperlmaier, „sollten wir vielleicht umdrehen. So ein Auto ist nämlich gerade den Berg hinaufgefahren." „Was?", schrie die Frau Doktor und stieg auf die Bremse, dass es Gasperlmaier nach vorne warf und er Angst bekam, es würde ihm wieder einmal ein Airbag um die Ohren fliegen. Es wäre in dieser Woche ja nicht das erste Mal gewesen. „Wie gibt es denn das, dass ich den übersehen habe!", schimpfte die Frau Doktor. „Ich war wohl in Gedanken." Dabei drehte sie mitten auf der Straße so riskant um, dass Gasperlmaier Angst bekam, das Auto werde in den Abgrund stürzen. Instinktiv rief er „Aufpassen!", als er vor sich nur noch den Altausseer See tief unter sich sehen konnte. Seine Füße stemmten sich gegen die Bodenplatte, als könne er dadurch zusätzliche Bremswirkung erzielen. „Na, na!", beruhigte ihn die Frau Doktor mit einem kurzen Seitenblick. „Nicht gleich die Nerven wegschmeißen, Gasperlmaier, die werden sie jetzt noch brauchen, wenn er's wirklich war. Es gibt ja schließlich mehr als ein blaues Cabrio, und ganz schön dreist wäre es schon, wenn er am Montag die eine Freundin vom Berg hinunterschmeißt und am Freitag schon wieder mit der nächsten hinaufklettert." „Dann", so meinte Gasperlmaier", sollten wir uns vielleicht beeilen. Wer weiß, was er mit der Susi vorhat!" „Sie haben recht!" Die Frau Doktor gab Gas und überholte einen Reisebus. Gasperlmaier schloss die Augen. Die Sicht bis zur nächsten Kurve, so fand er, hätte gerade ausgereicht, um einen Radfahrer zu überholen. Er öffnete die Augen erst wieder, als die Frau Doktor den BMW mit quietschenden Reifen in die nächste Kehre warf. Der Leichenwagen kam ihnen entgegen. Wenn der, so dachte Gasperlmaier bei sich, nur zehn Sekunden früher oben weggefahren wäre, dann hätten sie sich jetzt gleich zum Magister Eisel dazulegen können.

Erst als die ersten abgestellten Autos auf dem Parkplatz am Ende der Straße in Sicht kamen, ging die Frau Doktor vom Gas. „Sie schauen rechts, ich links!", wies sie Gasperlmaier an. Doch bis zum hintersten Ende des Parkplatzes kam kein blaues Cabrio in Sicht. Sie fuhren durch eine weitere Reihe geparkter Autos wieder zurück, doch auch hier – kein blaues Cabrio. „Wo können die bloß sein?", jammerte die Frau Doktor. „Ja, wenn sie hier nicht sind", ließ sich der Friedrich von hinten vernehmen, „dann können sie eigentlich nur bei der Loserhütte geparkt haben." Die Frau Doktor schlug sich an die Stirn. „Natürlich! Das hat uns jetzt Zeit gekostet!" Sie raste die Straße wieder hinunter, dass Gasperlmaier Hören und Sehen verging. Direkt am Ende der Zufahrt zur Hütte stand tatsächlich das blaue Cabrio. Allerdings, so stellte Gasperlmaier fest, war das Verdeck geschlossen, niemand befand sich im oder am Auto. „Zuerst das Kennzeichen checken!"

Die Frau Doktor stieg aus und ging mit ihrem Handy am Ohr um das Fahrzeug herum, während sie darauf wartete, dass am anderen Ende jemand abnahm. „Ja? BA 741 AF? Schaust du mir schnell nach? Okay!“ Sie legte wieder auf. „Es ist sein Auto! Wir müssen ihnen nach!“ Gasperlmaier blickte skeptisch zuerst an sich hinunter, dann auf die Beine der Frau Doktor. „Wir haben nicht das geeignete Schuhwerk!“, gab er zu bedenken. „Sie schon gar nicht!“ „Ach was, Gasperlmaier! Mit Ihren Schuhen können Sie da wohl hinauf, ist ja schließlich ein Weg da! Müssen Sie halt aufpassen! Ich bleib hier beim Auto, könnte ja sein, dass ihr sie verfehlt – dann bin ich zur Stelle, wenn sie allein zurückkommen.“ Der Friedrich hatte sich soeben schnaufend aus dem Rücksitz befreit und winkte gleich ab. „Frau Doktor, wenn's recht ist, bewache ich das Auto. Mich kriegen Sie da nicht hinauf, selbst wenn Sie mir eine Waffe in den Hintern schieben! Mein Blutdruck! Und mein Herz!“ Die Frau Doktor zögerte einen Moment. Selbst ihr schien klar zu werden, dass der Friedrich auf keinen Fall dazu zu bewegen sein würde, auf den Loser hinaufzusteigen. Gasperlmaier hatte sich schon damit abgefunden, mit seinen Halbschuhen auf den rutschigen Felsen herumturnen zu müssen. Und dann sollte auch noch ein Mörder gefangen werden. Großartige Aussichten. „Mist!“ Die Frau Doktor schleuderte zornig ihre Handtasche auf den Fahrersitz. „Da gibt's doch eine Kellnerin, oder? Ich borg mir schnell der ihre Schuhe aus!“ Schon verschwand sie um die Hausecke und kam wenige Minuten später mit klobigen Bergschuhen an den Füßen zurück. Wenig passend zu ihrem pfefferminzgrünen Kostüm, wie Gasperlmaier fand. „Die Kellnerin hat zwar keine gehabt“, keuchte die Frau Doktor, „aber der Bohuslav hat relativ kleine Füße. Sie sind mir nur um eine Nummer zu groß." Gasperlmaier sah dicke graue Wollstutzen oben aus den Bergschuhen herausragen. Er hoffte, dass die Frau Doktor wenigstens frisch gewaschene zu leihen bekommen hatte, wenn sie schon die Schuhe, in denen die Schweißfüße vom Bohuslav gesteckt waren, anziehen musste. Der, so dachte Gasperlmaier bei sich, würde sich die Schuhe, die die „supersexy" Frau Doktor getragen hatte, wohl auf einen Altar in seinem Zimmer stellen. „Los jetzt!" Ohne sich nach ihm umzudrehen, stürmte die Frau Doktor zum Steig hinüber, der auf den Losergipfel führte. Der Friedrich war gerade damit beschäftigt, sich eine Bank auf der Terrasse so zurechtzurücken, dass er das Cabrio im Blickfeld hatte, als Gasperlmaier ihr folgte. Leider legte die Frau Doktor ein solches Tempo vor, dass Gasperlmaier sie gelegentlich aus den Augen verlor, zumindest, solange noch ein paar Bäume links und rechts des Steigs standen. „Vorwärts, Gasperlmaier! Sie sind doch ein Gebirgsbewohner! Also los!" Wie Gasperlmaier befürchtet hatte, glitt er immer wieder auf glattgescheuerten Felsen aus. Die Schuhe waren wirklich nicht zum Bergsteigen geeignet. Gasperlmaier sah sich schon in einer Bergetrage liegen und unter dem Hubschrauber am Seil hängen, so wie die beiden unglücklichen Frauen, die sie am Montag gefunden hatten. Womöglich würde auch er jahrelang nicht gefunden werden, und seine Knochen würden weit übers Kar verstreut in der Sonne bleichen, ohne dass seine Familie ihn an seinem Grab beweinen konnte.

Die Leute, die ihnen begegneten, grüßten zwar, wie es beim Bergsteigen üblich war, warfen ihnen aber seltsame Blicke zu. Die Frau Doktor, dachte Gasperlmaier bei sich, war eben kein alltäglicher Anblick, mit ihrem Stadtkostüm und den abgewetzten, dreckverkrusteten Bergschuhen. Gasperlmaier wurde heiß, und er zog seine Uniformjacke aus und warf sie sich über die Schulter. Das Hemd war bereits durchgeschwitzt. „Wo bleiben Sie denn, Gasperlmaier? Bleiben Sie doch nicht immer stehen!“ Die hatte gut reden, dachte Gasperlmaier, wenigstens waren ihre Sohlen auf dem glatten, steinigen Untergrund gut zu gebrauchen. Immer wieder musste er sich nun mit den Händen an den Felsen abstützen, wenn er wegrutschte. Die Jacke, die er mit der rechten Hand festhielt, war dabei im Weg. Er zog sie fluchend wieder an. Plötzlich hatte er die Frau Doktor aus dem Blickfeld verloren. Obwohl ihm das Herz bis in die Ohrmuscheln pochte, beeilte er sich, ihr zu folgen. Endlich kam sie wieder in Sicht. Sicher hundert Meter vor ihm. Und fünfzig Meter über ihm. Es half nichts, er musste stehen bleiben, sein Puls raste. Hilflos winkte er der Frau Doktor zu, als sie sich umdrehte. Ihm kam es so vor, als machte sie eine wegwerfende Handbewegung, als sie weiterkletterte. „Servus, Gasperlmaier!“ Der Kilian. Der hatte ihm gerade noch gefehlt. „Fit mach mit, gell? Am Nationalfeiertag! Aber warum denn in der Uniform, Gasperlmaier? Willst einem ein Strafmandat ausstellen, weil er mit dem Radl hinaufgefahren ist?“ Brüllend lachte der Kilian über seinen eigenen Scherz, schlug Gasperlmaier auf die Schulter, dass es dem fast den Atem nahm und war mit ein paar flotten Sprüngen schon wieder weiter unten. Der Kilian, das war einer, der redete und redete, und dem es nicht einmal auffiel, wenn er keine Antwort bekam. Gott sei Dank, dachte Gasperlmaier bei sich, ist er so schnell wieder verschwunden und hat mich heute einmal nicht lang aufgehalten.

Etwa eine Viertelstunde später kam Gasperlmaier an die Weggabelung mitten in dem Latschenfeld, an der es links weiter auf den Losergipfel hinauf, rechts aber zum Hochanger ging. Dort stand die Frau Doktor mit finsterem Gesicht und vor der Brust verschränkten Armen. „Das hat aber gedauert, Gasperlmaier! Sie sollten wirklich was für Ihre Fitness tun!“ Gasperlmaier fand kaum die Luft, um zu antworten: „Warum haben Sie denn auf mich ...“ Die Frau Doktor fiel ihm ins Wort. „Weil ich selber nicht einschätzen kann, wohin sie wahrscheinlich gegangen sind. Auf den Loser, oder zum Augstsee hinüber?“ Gasperlmaier deutete nach links, um sich Worte und Atem zu sparen. „Niemand“, keuchte er, „würde hier zum Augstsee weitergehen, wenn er noch nicht auf dem Gipfel war.“

Die Frau Doktor hastete weiter. „Dass wir sie noch nicht eingeholt haben!“, rief sie zu Gasperlmaier zurück, „das wundert mich! Hoffentlich sind sie da oben!“ Schon wieder eilte sie ihm davon, Gasperlmaier versuchte diesmal gar nicht erst, Schritt zu halten. Doch kurz vor dem Gipfelplateau wartete die Frau Doktor wieder auf ihn. Sie hatte, wie Gasperlmaier feststellte, unterhalb eines niedrigen, aber steilen Felsabbruchs Schutz gesucht, sodass sie von oben noch nicht gesehen werden konnte. „Wenn sie oben sind, sollten wir zusammen ankommen!“ Jetzt schien es die Frau Doktor nicht mehr so eilig zu haben. Das letzte Stück ging es über sanft ansteigende Matten. Der Wind pfiff gehörig hier oben, sodass Gasperlmaier jetzt, wo er die ganze Anstrengung des Aufstiegs hinter sich hatte, zu frieren begann. Schon konnten sie erkennen, dass eine kleine Gruppe bunt gekleideter Wanderer rund um das Gipfelkreuz stand. Die Frau Doktor schlich geduckt weiter und deutete Gasperlmaier mit der Hand, das Gleiche zu tun. Einen seltsamen Anblick mussten sie beide abgeben, dachte Gasperlmaier bei sich. Was würde jemand denken, der sie hier heranschleichen sah? Es war wohl das allererste Mal, dachte Gasperlmaier, dass jemand auf dem Losergipfel verhaftet werden würde. Wenn sie den Magister Fritzenwallner überhaupt fanden. Plötzlich blieb die Frau Doktor stehen, streckte die Hand in Richtung Gasperlmaier hinter sich aus und hielt den Zeigefinger vor den Mund. Dann deutete sie nach links. Gasperlmaier schloss auf und blickte in die Richtung, in die sie gewiesen hatte. Tatsächlich saß dort, vielleicht dreißig Meter von ihnen entfernt, ein Pärchen in der Wiese. Der Mann hatte dunkles, kurz geschnittenes Haar und konnte der Herr Magister Fritzenwallner, genauso gut aber jemand anderer sein. Unverkennbar war dagegen die Susi Schneider: Ihr kurzes, oben blond und darunter schwarz gefärbtes Haar war doch ziemlich auffällig, nicht viele liefen so herum. Vor allem, wo man, obwohl sie saß und sich auf einen zurückgestreckten Arm stützte, erkennen konnte, dass die Person eine großgewachsene, kräftige Frau war. „Machen wir so wenig Aufsehen wie möglich. Wir schleichen uns von hinten an, sie können ohnehin nicht weg. Keine Waffe ziehen", flüsterte sie ihm zu. Das fand Gasperlmaier vernünftig. Nicht einmal der Magister Fritzenwallner, glaubte er, würde sich dazu versteigen, sich hier heroben eine Schießerei mit der Polizei zu liefern, bei, schätzungsweise, zehn, zwölf Zeugen, die sich auf dem Gipfelplateau befanden. Gasperlmaier fragte sich, ob der Magister Fritzenwallner bloß einen günstigen Augenblick abwartete, um die Susi Schneider hinunterzustoßen. Vielleicht mussten sie sich beeilen. So leise wie möglich auftretend, schlich sich Gasperlmaier im Schatten der Frau Doktor an die beiden heran, die, wie er feststellte, gerade jausneten. Der Herr Magister setzte eine Bierflasche an die Lip-

Gasperlmaier ging als Letzter. Wortlos stieg die Gruppe ab, der vorangehende Magister Fritzenwallner in Handschellen ließ sich Zeit, die Frau Doktor verzichtete darauf, ihn anzutreiben. Die Susi Schneider begann zu schluchzen, was ihrem Tempo auch nicht gerade förderlich war, denn alle paar Minuten musste sie stehen bleiben und ein Taschentuch hervorziehen, um sich zu schnäuzen. Die Frau Doktor hatte inzwischen ihr Handy hervorgeholt. „Ja, wir haben ihn!", sagte sie. „Ein Fahrzeug. Besser zwei. Zur Loserhütte. Ja, weiter herauf kann ja keiner fahren, oder?"

Bald hatten sie wieder jene Stelle erreicht, an der sich der Kessel, in dem man den ersten Teil des Wegs zurücklegte, öffnete und der Steilabfall in Sicht kam, an dem der Rest des Wegs entlangführte. Gasperlmaier sah zu den gegen die Lawinen aufgeschütteten Erdwällen hinunter, und ihm wurde ein wenig mulmig. Hier, so sagte er sich, hatte er sich doch noch nie gefürchtet, den Weg war er gewohnt. Wurde die Höhenangst etwa mit zunehmendem Alter schlimmer? „Schneller, Frau Schneider, nicht so einen großen Abstand lassen!" Gasperlmaier trieb die immer noch schluchzende Frau ein wenig an, denn er hatte festgestellt, dass sich eine größere Lücke zwischen ihnen und der Frau Doktor aufgetan hatte, die dem Magister Fritzenwallner auf dem Fuß folgte. Als die Susi Schneider abermals stehen blieb, um sich ein Taschentuch aus dem Rucksack zu holen, überholte sie Gasperlmaier. Die Frau Doktor, fand er, musste einfach ein wenig warten.

Plötzlich spürte Gasperlmaier einen Schlag auf den Kopf, die Beine knickten ihm weg und er sah sich geradewegs den steilen Abhang hinunterstürzen, und als die Felsbrocken immer näher kamen, wurde ihm mit einem Mal schwarz vor den Augen. Gasperlmaier fand sich in wabernden Nebelschwaden wieder, tastete mit den Händen nach greifbarem Widerstand und stand plötzlich auf einer Bergstraße, direkt vor einer Leitplanke. Wegen des Nebels konnte man dahinter zwar nichts sehen, doch Gasperlmaier wusste, dass es hier Hunderte Meter steil hinunterging. Dennoch beugte er sich über die Leitplanke. Die Frau Doktor war hier hinuntergestürzt. „Renate! Hallo, Renate!“, rief Gasperlmaier, und nur ein hohles Echo antwortete ihm. Plötzlich stand die Susi Schneider hinter ihm. Sie hatte ein Dirndl mit einem tiefen Ausschnitt an. Der Schmetterling auf ihrem Busen war keineswegs tätowiert, denn er schillerte in allen Farben des Regenbogens und bewegte seine Flügel. Gasperlmaier betrachtete ihn fasziniert. Die Susi Schneider lächelte und zeigte ihre blütenweißen Zähne. „Das gefällt dir, was?“, grinste sie und näherte sich Gasperlmaier. Sie streckte ihre Hände nach ihm aus. Blutrote, lange Fingernägel schienen nach ihm zu fassen. Sie kam immer näher. Plötzlich hörte er die Stimme der Christine. „Gasperlmeier, wie kommst du denn daher? Zieh dir was Vernünftiges an! Gasperlmaier sah an sich hinunter und stellte fest, dass er ein dünnes Leibchen mit Spaghettiträgern und rosarotem Blumenmuster trug und darunter nur die Lederhose anhatte. Mit einem gewaltigen Schlag gegen die rechte Wange beförderte ihn die Susi Schneider über die Leitplanke. Gasperlmaier fiel. Und fiel. Wann würde er endlich aufschlagen? Er streckte die Hände nach unten. Colles-Frakturen. Plötzlich spürte er einen stechenden Schmerz in der Brust. Neben ihm auf einem weiten Schotterkar lag ein stöhnendes Skelett. „Gasperlmaier!“, schrie das Skelett, „Gasperlmaier! Wachen Sie auf!“

Gasperlmaier bemühte sich, seine Augen zu öffnen. Die Frau Doktor schälte sich aus dem Nebel. Er selbst lag auf dem Boden und stöhnte. Und nicht das Skelett hatte nach ihm gerufen, sondern die Frau Doktor. Sie beugte sich über ihn. Ihr Rock, so stellte Gasperlmaier durch den Nebel fest, war zerrissen, ihre Knie blutig. „Gasperlmaier, bewegen Sie die Beine! Bewegen Sie die Arme! Geht's? Geht's? Mensch!" Die Frau Doktor streichelte seine Wangen. Am liebsten wollte Gasperlmaier einschlafen und weiterträumen. Leider ging die Frau Doktor vom Streicheln gleich zum Klatschen über. Sie verabreichte Gasperlmaier einige Ohrfeigen, als er gerade im Begriff war, wieder in seinem Traum zu versinken. „Aufwachen! Sie sind weg!"

Gasperlmaier öffnete die Augen und starrte in den blitzblauen Himmel. Er lag, so stellte er fest, mit dem Kopf nach unten in steilem Gelände. „So sagen Sie doch was, Gasperlmaier!" Die Frau Doktor zog Rotz hoch. Unter ihren Augen glänzte es feucht. Sie hatte doch wohl nicht um ihn geweint? Gasperlmaier wurde ganz wohlig ums Herz. Er versuchte, Zehen und Finger zu bewegen. Es ging. Luft bekam er auch, obwohl tiefe Atemzüge schmerzten. „Alles in Ordnung!", wollte er sagen, doch seinem Mund entrang sich nur ein ersterbendes Röcheln. „Was ist denn, Gasperlmaier? Wo tut es denn weh? Soll ich den Hubschrauber holen?" Gasperlmaier versuchte abzuwinken, doch da durchzuckte ein heftiger Schmerz seinen rechten Ellbogen. Vorsichtig legte er den Arm auf seinem Oberkörper ab und versuchte, sich nach links zu rollen, um auf die Beine zu kommen. Dabei rutschte er ein Stück ab und er dachte schon, dass es jetzt endgültig vorbei sei. Wer konnte schon wissen, welche zerschrundenen Abgründe sich unter ihm auftaten? Gasperlmaier schloss die Augen und bereitete sich auf das Schlimmste vor. Man sollte ja, so dachte er bei sich, das ganze Leben an sich vorbeiziehen sehen, wenn es zu Ende ging. Gasperlmaier sah aber bloß den verdammten Schmetterling von der Susi Schneider und kam ruckartig zum Liegen. Diesmal hatte er Glück, seine Beine zeigten hangabwärts und er fand mit den Füßen Halt im Geröll. Auch der linke Arm, auf den er sich stützte, gehorchte, und wenige Sekunden später stand Gasperlmaier zwar schnaufend, aber wenigstens aufrecht da. „Gott sei Dank, Gasperlmaier. Was ist denn mit Ihrem Arm?“ Die Frau Doktor versuchte danach zu greifen, und Gasperlmaier schrie vor Angst auf. „Nicht!“ Verwundert hielt die Frau Doktor inne. „Ist am Arm was, Gasperlmaier?“ Er nickte. „Tut weh!“ Mehr wollte er im Moment nicht dazu sagen. Gasperlmaier sah an sich hinunter. Seine Hose und seine Jacke waren zerrissen, beide Hände blutig aufgeschunden, aber immerhin konnte er stehen, ohne gleich wieder zusammenzubrechen. „Die zwei haben uns übertölpelt!“, sagte die Frau Doktor. Sie holte ein Taschentuch heraus und kam Gasperlmaiers Gesicht näher. Der zuckte zusammen. „Ruhig halten! Ich will Ihnen doch nur das Blut aus dem Gesicht wischen!“ Während die Frau Doktor vorsichtig Gasperlmaiers linke Augenbraue und seine linke Wange abtupfte, setzte sie ihn ins Bild. „Die Susi Schneider hat Sie den Abhang hinuntergestoßen, und als ich Sie schreien gehört habe und mich umdrehte, war es schon zu spät. Sie ist wie eine Furie auf mich los und hat sich auf mich gestürzt. Ich bin samt ihr hingefallen und auch ein Stück runtergerutscht. Sie sehen ja, wie ich ausschau!“ Sie wies auf den Zustand ihres Kostüms. Gasperlmaier schaute nach unten, genau genommen war der Rock so zerrissen, dass man von einem Kleidungsstück eigentlich nicht mehr sprechen konnte. Die Frau Doktor würde sich auf der Loserhütte was zum Anziehen ausborgen müssen, denn so konnte man sie nicht unter die Leute lassen. Ihn selbst übrigens auch nicht. Gasperlmaier zuckte zusammen. Seine Wange brannte. „Stellen Sie sich nicht so an! Ist ja nur ein Kratzer!" Gasperlmaier fand, nach einem kapitalen Absturz in steilstem Gelände hatte er ein bisschen mehr Mitgefühl verdient. „Ja, und dann", setzte die Frau Doktor fort, „hatte ich die Wahl: entweder den beiden nach, oder mich um Sie kümmern. Und Sie sehen es ja, ich habe mich für Sie entschieden." Gasperlmaier erinnerte sich daran, wie er im Traum während der kurzen Bewusstlosigkeit der Frau Doktor nachgerufen hatte, die in den Nebel hinabgestürzt war. Fast Erleichterung empfand er jetzt, als sie sich mühsam wieder auf den Weg hinauf zum Steig machten. Gasperlmaier blickte nach oben. Unvorstellbar, dachte er bei sich, dass er diesen Absturz halbwegs unversehrt überlebt hatte. Mehrere Minuten brauchten sie, bis sie wieder auf dem Weg standen. „Eins sage ich Ihnen, Gasperlmaier: Sie müssen heute ein paar Schmerztabletten nehmen. Sie haben solche Prellungen, da können Sie morgen nicht mehr aus dem Bett heraus, das sage ich Ihnen aus eigener Erfahrung. Ich hab mich mal mit dem Mountainbike ordentlich hingelegt, und ich hab's nicht geglaubt. Am nächsten Tag konnte ich mich kaum mehr bewegen. Und Sie wissen, was das heißt, wenn man allein lebt." So, so, dachte Gasperlmaier, jetzt habe ich also doch wieder ein klein wenig über ihr Privatleben erfahren: Die Frau Doktor ist also Single. Oder war es zumindest, als sie vom Mountainbike gefallen ist.

„Hoffentlich überrumpeln sie den Friedrich nicht!" Gasperlmaier nickte. Darüber hatte er sich auch schon Gedanken gemacht. Der Friedrich, der passte nicht immer so auf, wie das in dieser Situation wohl nötig war. Am Ende hatte er sich in der Hütte drinnen schon wieder ein Bier bestellt. Allerdings, so überlegte Gasperlmaier, er und die Frau Doktor hatten auch nicht besonders gut aufgepasst, das konnte man wirklich nicht sagen. Der Verhaftete und seine Freundin waren weg, und sie beide waren übel zugerichtet. Gasperlmaier pfiff schön langsam auf diese Mordermittlungen. Nie ging es dabei ohne Verletzungen und Krankenhaus ab, das war ihm auf die Dauer zu gefährlich. „Warum, denken Sie, hat mich denn die Susi da hinuntergestoßen?" Jetzt erst fand Gasperlmaier Zeit, sich zu überlegen, was denn überhaupt der Grund für die überraschende Attacke der Susi Schneider gewesen sein mochte. „Für so eine völlig sinnlose Handlung", antwortete die Frau Doktor, die voranstieg, „finde ich keinen vernünftigen Grund. Entweder war sie es selber, die die beiden Frauen umgebracht hat, oder sie will den Magister Fritzenwallner schützen. Jedenfalls, völlig irrational!" In Gasperlmaier keimte ein fürchterlicher Verdacht auf. Wenn nun die Susi Schneider die Mörderin war, dann konnte man getrost annehmen, dass sie auch ihn und die Frau Doktor hatte umbringen wollen. Zu ihrer beider Glück war es dann doch nicht so steil hinuntergegangen, dass der Plan der Susi aufgehen hatte können. Gasperlmaier probierte vorsichtig, die rechte Hand zur Faust zu ballen. Sieh da, es war möglich. Ohne allzu große Schmerzen. Auch das Handgelenk und den Ellbogen konnte er wieder einigermaßen bewegen. Obwohl, wenn man genau hinhörte, da knackte was. Aber es tat bei weitem nicht mehr so weh wie vorhin.

Sie stiegen zwischen den ersten Bäumen hinab, die sich bis an die Baumgrenze vorgewagt hatten, und schon kam die Hütte in Sicht. Als die Frau Doktor sich anschickte, geradewegs und ohne Deckung auf die Terrasse loszustürmen, warnte sie Gasperlmaier: „Vorsicht, Frau Doktor! Wer weiß, was passiert ist!" Die aber ließ sich nicht aus dem Konzept bringen. „Entweder sie sind weg, oder der Friedrich hält sie in Schach! Und dann braucht er vielleicht Hilfe!" Gasperlmaiers schmerzende Beine konnten nicht so schnell, wie sie sollten. Als er um die Ecke der Terrasse bog, bot sich ihm eine unglaubliche Szene. Der Friedrich saß an einem Tisch, vor sich eine Halbe Bier, die er umklammert hielt. Der Magister Fritzenwallner saß wie ein Häufchen Elend mit gesenktem Kopf auf dem Boden und war mit einem weiteren Paar Handschellen ans Geländer der Terrasse gefesselt. Die Susi Schneider saß, haltlos schluchzend, auf der Bank dem Friedrich gegenüber und hatte ihren Kopf an die Schulter des Bohuslav gelehnt, der ihr begütigend über den Rücken strich. Die Jetti und der Kilian standen ein wenig abseits. Die Frau Doktor trat von hinten an die Susi Schneider heran und riss sie am Oberarm hoch, sodass dem Bohuslav ein erschrockenes „Jessusmarantjosef!" entschlüpfte. „Gasperlmaier!", keuchte die Frau Doktor, „die können Sie auch gleich ans Geländer fesseln!" Gasperlmaier kramte seine Handschellen hervor, griff nach dem linken Arm der immer noch heulenden Susi Schneider und ließ es klicken. Unsanft stieß die Frau Doktor die Susi wieder auf eine Bank, schob sie zum Geländer hin und ließ die zweite Hälfte der Handschellen einschnappen. Keiner der Umstehenden hatte auch nur Zeit gehabt, irgendeine Bemerkung zu machen, so schnell war das alles gegangen. Der Bohuslav hatte sich als Erster wieder gefangen. „Ist große Missverständnis! Frau Polizist, hat Susi sich geflichtet vor Merder hier zu uns! Missen Sie freilassen, sofort!“ Die Frau Doktor blickte skeptisch von einem zum anderen. „Setzen Sie sich halt einmal her!“ Der Friedrich klopfte neben sich auf die Bank und rutschte ein Stück zur Seite. Die Frau Doktor setzte sich, Gasperlmaier nahm gegenüber Platz, neben der Susi Schneider, die ihn nun verängstigt anblickte. „Die Frau Schneider ist hier aufgetaucht, zum Auto hin, und hat ganz hysterisch an der Tür gerüttelt. Dann hat sie wild geflucht und auf das Dach gehaut – sie hat nämlich, hat sich herausgestellt, keinen Schlüssel gehabt. Ich bin dann zu ihr hinunter, und plötzlich hängt sie sich an mich, fängt an zu schreien, ein Mörder sei hinter ihr her. Und ich bin gleich auf und ihm entgegen, da ist der da“, der Friedrich wies mit dem Bierglas in der Hand zum Magister Fritzenwallner hinüber, der immer noch reglos dasaß, „schon dahergekommen, mit seinen gefesselten Händen, und hat geschrien. ‚Haltet sie auf, haltet sie auf, sie hat alle umgebracht!‘ Und ich hab mir gedacht“, endete der Friedrich, „der mit den Handschellen, das ist mir doch der Verdächtigere von beiden, und ich hab ihn festgesetzt. Sie hat ja keine Anstalten gemacht, wegzurennen.“ Der Friedrich nahm einen tiefen Schluck von seinem Bier. „Jetzt“, sagte er und wischte sich den Schaum vom Mund, „schaut das gleich ganz anders aus. Sie hat geglaubt, sie kann alles dem Kaspar da in die Schuhe schieben.“ Der Friedrich nickte bedächtig, zum Zeichen, dass er mit seinen Erklärungen ans Ende gekommen war.

Gasperlmaier mischte sich ein. „Jetti, kannst du vielleicht der Frau Doktor irgendwas zum Anziehen ...“ Der

Friedrich sah hinunter auf den Rock der Frau Doktor, der bei weitem nicht mehr bedeckte, was zu bedecken war. „Ist vielleicht eine ganz gute Idee“, brummte er, „und bringst dem Gasperlmaier und der Frau Doktor vielleicht auch gleich einen Lupitscher, die hat nämlich schon eine Ganslhaut.“ Die Jetti schaute ein wenig sauer drein, weil sie, so dachte Gasperlmaier bei sich, befürchtete, irgendetwas Spannendes zu versäumen, das es vielleicht noch zu sehen oder zu hören gab. Die Frau Doktor verschwand mit der Jetti um die Ecke. „Ich kann euch ja allein lassen, die zwei sind eh angehängt!“

„Ich mach euch den Lupitscher.“ Der Kilian ging ebenfalls in die Hütte, zurück blieben Gasperlmaier, der Bohuslav und der Friedrich mit den beiden Gefangenen, die sich so ruhig verhielten, dass es Gasperlmaier fast unheimlich wurde. Die Susi Schneider starrte ihn nur unverwandt an. Gasperlmaier musste daran denken, wie sie ihm während seiner Bewusstlosigkeit mit blutroten, langen Fingernägeln erschienen war und ihn verfolgt hatte. Der Bohuslav grinste. „Hast du gesehen supersexy Haxen von Frau Doktor? Bis ganz oben!“ Gasperlmaier warf ihm einen bösen Blick zu. Der Bohuslav, so dachte er bei sich, denkt immer nur an das eine und hat bei der Frau Doktor überhaupt keine Chancen.

„Erzähl halt!“, sagte der Friedrich nur, und Gasperlmaier erzählte, bis der Friedrich alles gehört hatte, was sich zugetragen hatte, seit sie sich vor der Loserhütte getrennt hatten. „Das gehört schon genäht, weißt du!“, meinte der Friedrich und wies, nur mit gehobenem Kopf und Augenbrauen, auf eine Stelle über Gasperlmaiers rechtem Auge. Der langte unvorsichtig danach und zuckte vor Schmerz zusammen, als seine Finger auf eine anscheinend offene Wunde trafen. Höllisch brannte es, dennoch winkte Gasperlmaier ab. Er wollte nicht als Schwächling gelten, der wegen einem Kratzer gleich ins Krankenhaus lief.

„Und wer von euch beiden war es denn nun?", fragte der Friedrich in die Runde. „Und warum hast du denn den Gasperlmaier den Abhang hinuntergeschmissen, ha?" Einen leicht bissigen Unterton, fand Gasperlmaier, ließ der Friedrich schon mitschwingen in seiner Frage. Der Magister Fritzenwallner hob den Kopf. „Sie war's! Sie hat mich ja völlig fertiggemacht mit ihrer Eifersucht! Die hat ja geklammert wie, wie ..." Anscheinend, so dachte Gasperlmaier bei sich, fiel dem Herrn Magister jetzt kein passender Vergleich dafür ein, wie die Susi Schneider geklammert hatte. „Ja, ja!", mischte sich die Frau Doktor jetzt aus dem Hintergrund ein. Sie trug, so stellte Gasperlmaier fest, der Jetti ihre Blue Jeans, die um den Hintern herum viel zu weit waren, weil die Jetti anscheinend einen größeren besaß als die Frau Doktor. Sehr kleidsam und stilvoll war das nicht. „Und Ihre Kollegin Zettel, die hat womöglich auch geklammert? Ja? Und die haben wir natürlich nicht erpresst! Und die Sandra Märzendorfer und die Simone Eisel, die haben natürlich auch geklammert. Da ist es schon recht praktisch, wenn man eine Felswand bei der Hand hat ..."

Plötzlich schrie der Magister Fritzenwallner auf. „Mir wollt ihr die Morde jetzt anhängen? Mir? Warum, glauben Sie, hat sie Sie denn den Berg hinuntergestoßen, Sie und den Herrn Inspektor? Weil sie mich retten wollte? Da täuschen sie sich aber, Madame! Sie hat nämlich mir auch noch einen Rempler verpasst, die Kanaille! Und dann hat sie sich eine schöne Geschichte ausgedacht! Der böse Kaspar, der hat alle auf dem Gewissen, und sie ist die Unschuld vom Land!"

Der Kilian kam gerade recht, um die Anschuldigung noch mitzuhören. Er stellte die beiden dampfenden Lupitscher vor die Frau Doktor und Gasperlmaier hin. Der trank zwar recht selten dieses teuflische Gebräu, das aus mehr Rum als Tee bestand, musste sich aber eingestehen, dass auch er fröstelte. Die Susi Schneider, so fiel Gasperlmaier auf, war dem Ausbruch mit offenem Mund gefolgt, lediglich ein paar vereinzelte Tränen machten sich auf den Weg über ihre Wangen nach unten. Sie schluckte, und dann brach der Strom der Tränen erst wirklich los.

„Erzählen Sie uns doch einmal Ihre Version", sagte die Frau Doktor und quetschte sich hinter dem Friedrich vorbei, um der Susi Schneider gegenübersitzen zu können. Die aber wurde von ihrer Schluchzerei förmlich herumgeworfen, sodass Gasperlmaier schon überlegte, ob er sie nicht festhalten sollte. Als er aber ein wenig zögerte, man musste schließlich genau überlegen, in welchen Situationen man eine Frau berührte, brach es aus ihr heraus. „Die Weiber haben ihn doch verführt! Die waren doch hinter ihm her, er hat sich ja gar nicht wehren können! Die waren ja wie die Kletten! Dabei hat er immer nur mich geliebt! Immer!" Die Frau Doktor drehte sich zum Magister Fritzenwallner um. „Sie können einem wirklich leidtun. Ständig hat man Sie verführt. Und Sie haben sich halt nicht wehren können, gell? Möchten Sie vielleicht im Nachhinein eine der Verstorbenen anzeigen?" Der Magister Fritzenwallner zischte nur verächtlich und sah zu Boden. „Uns haben Sie erzählt, Frau Schneider, dass Sie am vorigen Wochenende in Bad Schallerbach waren und für die Frau Eisel gelogen haben, die angeblich mit ihrem Geliebten, der da hinter uns sitzt, zusammen war? Wie passt denn das mit Ihrer angeblichen Eifersucht zusammen?“ Gasperlmaier vermutete, die Frau Doktor hatte den Verdacht, dass die beiden ein Spiel mit ihr spielten und versuchten, Verwirrung in die ganze Angelegenheit zu bringen. Wer war jetzt wirklich wann mit wem zusammen gewesen, und wer hatte die Simone Eisel tatsächlich vom Loser gestoßen? Der Magister Fritzenwallner mischte sich ein. „Natürlich war die Simone mit mir zusammen. Am Sonntag. Weil die Susi ja in Bad Schallerbach auf ihrer Tagung war, und ich hab geglaubt, die Susi weiß nichts davon, dass ich noch mit der Simone ...“ Er machte eine Pause. Die Susi, fand Gasperlmaier, schleuderte ihm hasserfüllte Blicke zu. „Aber am Montag, da war ich in der Schule, das kann ich beweisen. Und die Susi, die ist mit der Simone auf dem Loser gewesen und hat sie hinuntergeschmissen, aus lauter dämlicher Eifersucht. Dabei hab ich sie doch beide geliebt!“ „Ja, ja!“, warf die Frau Doktor ein. „Und natürlich auch noch die Frau Zettel aus Ihrer Schule. Da kommt übrigens ein Verfahren wegen Nötigung auf Sie zu, mein Lieber! Und zwar unabhängig davon, ob Sie jetzt der Mörder sind oder nicht!“ Die Susi machte große Augen. „Du Sau, du Hund, dich bring ich um!“, schrie sie, sprang auf, vergaß aber dabei, dass sie an das Terrassengeländer gefesselt war, sodass sie regelrecht zurückgerissen wurde, als die Handschellen ihr keinen Spielraum mehr ließen. Das muss wehgetan haben, dachte Gasperlmaier bei sich. Die Susi Schneider beruhigte sich auch etwas und setzte sich wieder hin. Der Kilian blieb in dezenter Entfernung stehen. Der wollte sich anscheinend das Schauspiel nicht entgehen lassen.

Gasperlmaier fiel ein, dass der Magister Fritzenwallner sich am Montag ja schon früher aus der Schule verabschiedet hatte, als er das hätte dürfen. Die Katha-

nichts davon gewusst, dass die Frau Schneider die beiden Frauen umgebracht hat? Sie waren ahnungslos?" Der Magister Fritzenwallner zuckte kurz und schien zu überlegen, dann schüttelte er den Kopf. „Und wenn wir die Frau Jetti, die Kellnerin hier heroben, wenn wir die fragen würden, ob sie Ihre Stimme als die des Anrufers identifizieren kann, der am Montag den Absturz der Simone Eisel gemeldet hat, was würde sie dann wohl antworten?" Der Magister Fritzenwallner senkte den Kopf. „Die Mühe können Sie sich sparen. Ich hab angerufen." Es entstand eine Pause. Nach einer Weile fragte die Frau Doktor: „Und? Weiter?" Der Magister Fritzenwallner seufzte. „Sie hat mich ganz hysterisch angerufen. Von einem Mord war natürlich keine Rede. Eine Streiterei, hat sie gesagt, ein Unfall. Und dass ich ihr helfen soll. Wenn ein Mann anruft, hab ich mir gedacht, und erzählt, seine Frau ist abgestürzt, dann ist die Susi aus der Schusslinie. Mir ist halt nichts Besseres eingefallen."

Zwei Polizeiautos hielten mit Blaulicht, Folgetonhorn und quietschenden Reifen vor der Terrasse, drei Polizisten und eine Polizistin stürmten heraus und kamen im Laufschritt auf die Terrasse gehetzt. „Kein Grund zur Sorge und zur Eile, Kolleginnen und Kollegen." Die Frau Doktor stand auf. „Die beiden da wären nach Liezen aufs Bezirkskommando zu bringen, bitte getrennt unterbringen und zur Befragung vorbereiten. Schaut's, dass sie sich nicht wehtun!" Gasperlmaier und die Frau Doktor schlossen die jeweiligen Handschellen auf, und je zwei Uniformierte nahmen den Herrn Magister Fritzenwallner und die Susi Schneider zwischen sich. „Du Drecksau, du Hurenbock!", schrie die Susi noch einmal, versuchte, sich loszureißen und sich auf den Magister Fritzenwallner zu stürzen, doch die beiden Beamten hatten sie fest im Griff, mochte sie sich noch so sehr winden. Fast tat sie Gasperlmaier leid. Die beiden, so dachte Gasperlmaier bei sich, als sie in den Polizeiautos verschwanden, würden wohl nicht mehr mitsammen auf den Loser steigen, auch, wenn sie wieder aus dem Gefängnis heraußen waren.

„Kommen Sie, Gasperlmaier! Wir essen jetzt was, und dann machen wir Schluss." Gasperlmaier blickte an sich und der Frau Doktor hinunter. Dass sie sich etwas zu essen verdient hatten, das konnte man ziemlich laut sagen, so, wie sie beide zugerichtet waren. Gasperlmaier dachte kurz darüber nach, ob er nicht lieber ins Krankenhaus zum Nähen fahren sollte, überlegte es sich aber dann doch anders. Wenn die Frau Doktor schon einmal daran dachte, dass auch Zeit zum Essen sein musste, dann wollte er kein Spielverderber sein.

„Wollt's Kasspatzen?", fragte der Kilian. „Ich kann's euch gleich für alle drei machen. In einer Rein." Ob Gasperlmaier heute bereits zum zweiten Mal Appetit auf Kasspatzen hatte, das musste er sich noch überlegen. Schließlich hatten sie erst vor gut drei Stunden eine ganze Rein verdrückt. Er ließ sich stöhnend neben dem Friedrich nieder, der schon wieder ein Bier umarmte. „Schau!", sagte er zu Gasperlmaier. „Die Schilling-Zeitung!" Er schob ihm die aufgeschlagene Zeitung hin. „Ausseer Lehrer als Doppelmörder?" lautete die Überschrift, die sich über die ganze Doppelseite hinzog. Außerdem gab es Bilder vom Wohnhaus des Magister Fritzenwallner, die Eltern der Sandra Märzendorfer posierten auf einem weiteren Bild mit verhärmten Gesichtern mit einem gerahmten Foto der Sandra, das einen Trauerflor trug. Die Simone Eisel und ihr Mann waren mit Passfotos vertreten. Gasperlmaier mochte sich den Schmus, den die Maggie da zusammengeschrieben hatte, gar nicht durchlesen. Trotzdem bereitete es ihm einige Genugtuung, dass die Maggie diesmal knapp, aber doch deutlich danebengelegen hatte und morgen würde zurückrudern müssen. „Sie war wenigstens geschickt genug, dass sie den Magister Fritzenwallner weder mit Namen noch mit Foto in die Zeitung gebracht hat, das hat sie sich dann doch nicht getraut!“ Der Friedrich zog die Zeitung wieder an sich. „Der Fritzenwallner ist schon ein wilder Hund! Da wird er in der Zeitung als Mörder hingehängt, und er steigt seelenruhig auf den Loser!“ Der Kilian brachte ein Bier für Gasperlmaier und ein Seidel für die Frau Doktor. Diesmal war es an Gasperlmaier, erstaunt die Augenbrauen hochzuziehen. Die Frau Doktor hatte in seiner Gegenwart noch niemals Alkohol getrunken. „Was schauen Sie so, Gasperlmaier? Habe ich mir nicht wenigstens ein kleines Bier verdient?“ Gasperlmaier beeilte sich, zustimmend zu nicken. „Wahrscheinlich“, warf die Frau Doktor ein, „hat er die Zeitung heute früh gar nicht in die Hände bekommen. Ich lese sie ja auch nicht!“

Gasperlmaier lehnte sich zurück. Er fühlte sich erschöpft und ausgelaugt, er war sich immer noch nicht sicher, ob er wirklich Hunger hatte. Der Frau Doktor schien es ähnlich zu gehen, denn auch sie lehnte sich zurück und schloss die Augen.

Als der Kilian die Riesenpfanne Kasspatzen vor sie hinstellte, kam noch jemand in die Gaststube. „Ja mein Gott, wie schaust du denn aus, Gasperlmaier!“ Die Christine hatte die Katharina und die Frau Magistra Zettel im Schlepptau. Gasperlmaier riss erstaunt die Augen auf. Wie kam die zur Christine und zur Katharina? Und was wollte sie überhaupt da heroben? Die Frau Doktor schaltete schneller als Gasperlmaier. Sie streckte den drei Frauen Gabeln hin. „Esst's mit! Das schaffen wir ohnehin nicht allein!" Der Friedrich seufzte hörbar. Er schien sich Sorgen zu machen, ob die Portion wirklich für alle ausreichen würde.

Die fragenden Blicke Gasperlmaiers veranlassten die Christine dann doch, zwischen zwei Gabeln Kasspatzen eine Erklärung abzugeben. „Ja, weißt du, die Frau Magistra Zettel ist bei uns vorbeigekommen, weil sie mit dir reden wollte. Sie hat sich entschlossen, sich nicht mehr zu verstecken und den Magister Fritzenwallner anzuzeigen."

„Die Kasspatzen sind super!", fügte die Frau Magistra mit vollem Mund hinzu. „Und ich hab es endgültig satt, dass ich nicht dazu stehen kann, wie ich bin. Ich bin lesbisch, und basta. Und die Schüler stehen hinter mir, mal sehen, was die Eltern und die Schulbürokratie dazu sagen." Fröhlich stopfte die Frau Magistra noch eine Gabel voll in den Mund und spülte mit einem Schluck Bier nach. Die Katharina grinste übers ganze Gesicht, der Friedrich verschluckte sich und bekam einen Hustenanfall, der sein Gesicht rot anlaufen ließ. Die Christine patschte ihm fest auf den Rücken, und alsbald erfing er sich wieder. Gasperlmaier hatte ein flaues Gefühl im Magen. Es war ihm gar nicht recht, dass die Katharina eine lesbische Lehrerin hatte. Andererseits wollte er keinesfalls als verzopfter Idiot dastehen, der den Homosexuellen ihre Rechte streitig machte. Das mit den Schwulen war ja alles kein Problem und gut und schön, solange es nicht in seine Familie hineinreichte, dachte Gasperlmaier bei sich. „Und wenn sie sie hinausschmeißen, dann streiken wir für die Frau Professor! Wir gehen bis nach Graz!" Die Katharina schwang angriffslustig ihre Gabel. Na bravo, dachte Gasperlmaier bei sich, noch hatte er nicht einmal seine Blessuren aus dem Mordfall gänzlich überstanden, schon stand neues Ungemach ins Haus.

Als der Kilian eine Runde Schnaps vor sie hinstellte, winkte die Frau Doktor ab. „Ich muss fahrtauglich bleiben, außerdem muss ich jetzt weg, mir stehen heute noch Vernehmungen ins Haus. Am meisten reden sie, wenn man dranbleibt, solange die Sache noch heiß ist.“ Sie stand auf und schüttelte allen die Hände. „Gasperlmaier, kommen Sie noch kurz mit mir hinaus? Es gibt noch etwas Vertrauliches zu besprechen.“ Als Gasperlmaier aufstand, merkte er, dass er den Alkohol bereits zu spüren begann. Hoffentlich würde ihn die Christine heute nach Hause fahren. Draußen auf der Terrasse nahm in die Frau Doktor an der Schulter. „Gasperlmaier, ich habe Ihnen einiges zugemutet, diesmal. Schauen Sie uns beide an – nicht so schlimm wie beim letzten Mal, aber immerhin sind wir auch diesmal im Krankenhaus gelandet. Und Sie sollten sich das wirklich nähen lassen.“ Sie deutete auf Gasperlmaiers Wunde über der Augenbraue. Der nickte. Die Frau Doktor zog ihn zu sich heran und küsste ihn auf beide Wangen. „Auf Wiedersehen, Gasperlmaier. Und schauen Sie mir drauf, dass im Ausseerland nicht so viel gemordet wird!“ Sie lächelte, winkte ihm noch einmal zu und verschwand um die Hausecke. Gasperlmaier war wie betäubt. Er spürte noch das Parfum der Frau Doktor in der Nase, und die Küsse brannten ihm wie Feuer auf den Wangen. Hatte er geträumt, oder war das Wirklichkeit gewesen? Langsam machte er sich wieder auf den Weg in die Gaststube. Hoffentlich sah ihm die Christine nicht an, was gerade geschehen war.